（典藏版）

百部国学传世经典

中华国学经典盛宴／获取先贤核心智慧

唐宋八大家

宋双双／主编

漓江出版社

图书在版编目（CIP）数据

唐宋八大家 / 宋双双主编. -- 桂林：漓江出版社，2018.7
（百部国学传世经典）
ISBN 978-7-5407-8462-1

Ⅰ. ①唐… Ⅱ. ①宋… Ⅲ. ①唐宋八大家—古典散文—散文集 Ⅳ. ①I264.2

中国版本图书馆 CIP 数据核字（2018）第 186412 号

唐宋八大家 TANG-SONG BADAJIA

主　　编　宋双双

出 版 人　刘迪才
出 品 人　张　谦
策划编辑　陈植武　林晓鸿
责任编辑　李浩清
装帧设计　林晓鸿　宋双成
责任监印　杨　东

出版发行　漓江出版社有限公司
社　　址　广西桂林市南环路 22 号
邮　　编　541002
发行电话　010-85893190　0773-2583322
传　　真　010-85890870-814　0773-2582200
网　　址　http://www.lijiangbook.com

印　　制　北京飞达印刷有限责任公司
开　　本　710mm×1000mm　1/16
印　　张　28
字　　数　487 千字
版　　次　2018 年 9 月第 1 版
印　　次　2019 年 1 月第 2 次印刷
书　　号　ISBN 978-7-5407-8462-1
定　　价　45.00 元

前言

中华民族有着数千年的文明历史，创造了光辉灿烂的古代文化，其中中国传统国学是我国辉煌灿烂的文化典籍的核心部分，它博大精深、源远流长，显示出中华文化的深厚根基，给人类留下了丰富的精神财富。它是我们炎黄子孙的文化精髓，它塑造了我们中华民族的民族精神，是培育民族精神的重要资源。它开启心智，滋润生命，陶冶人格，塑造灵魂。

开卷有益，忙碌的人们闲暇之时，应该用传统国学来陶冶自己的情操，开阔自己的心胸，提高自己的人文修养，用先人的哲思来涤荡自己忙碌的心灵。我们应该坚持阅读的爱好，在潮流文化的强大攻势下，让传统文化永驻我们的心田。“复兴国学，从根本上讲，是复兴中华民族的自尊心、自信心。”我们要甄选传世经典著作中最经典的部分来读，要以开放的胸襟和燃烧的激情去承接古人的经典大论与哲思华章，以自豪而不狂妄、执着而不僵化的精神风貌来直面当今社会的竞争与挑战。

为了弘扬中国传统文化，帮助读者深刻了解我们的历史与文化，用经典历史文学知识陶冶情操、提高文化修养，同时使国学得到承传，得以弘扬光大，我们精心编排了本丛书。为了便于读者理解和领会古代先贤的思想与精神，我们在文章中选取了与正文相契合的插画，将插画与正文有机地结合在一起，可大大增加读者的阅读趣味。

本丛书选取了国学经典著作中很多优秀的作品及资料，博采各类经典作品的长处，并有所创新，以使得本丛书风格迥异、卓然超群，相信会给读者带来全新感受。

由于时间仓促，书中难免有不尽之处，恳请读者朋友们提出宝贵意见，在此深表谢意。

目录

韩愈

柳宗元

欧阳修

苏 轼

苏 洵

苏　辙

王安石

曾　巩

韩愈

韩愈（768—824年），字退之。唐代文学家、哲学家。河南河阳（今河南孟州市）人。自谓郡望昌黎，世称韩昌黎。晚年任吏部侍郎，又称韩吏部。谥号“文”，又称韩文公。3岁丧父，由兄嫂抚养成人。德宗贞元八年（792年）登进士第，任节度推官，其后任监察御史、阳山令等职。宪宗即位，为国子博士。后又历官至太子右庶子。元和十二年（817年），从裴度征讨淮西吴元济叛乱有功，升任刑部侍郎。元和十四年（819年），宪宗迎佛骨入大内，他上表力谏，为此被贬为潮州刺史。移袁州。不久回朝，历官国子祭酒、吏部侍郎等官职。卒于长安。韩愈在政治上力主加强统一，反对藩镇割据。思想上尊儒排佛，以孔孟道统的继承者自居。他反对六朝以来盛行的形式主义的骈偶文风，大力提倡古文，和柳宗元共同领导了中唐古文运动。苏轼称他“文起八代之衰”（《潮州韩文公庙碑》）。他的议论文内容广博，体裁不拘一格，如《原道》《论佛骨表》《师说》《进学解》等，立意新颖，观点鲜明，大胆坦率，战斗性强。他的碑志文“随事赋形，各肖其人”（《韩愈志》），创造性地把《左传》《史记》的传记手法运用于碑志，塑造了一大批栩栩如生的人物形象，使碑志这种历来枯燥无味的文体增辉生色，其中有的作品已成为优秀的传记文学，如《柳子厚墓志铭》等。《送孟东野序》《送董邵南序》等赠序，手法多样，使赠序发展成为一种富有文学性的实用性的文体。《答崔

立之书》等书启，因人陈词，情真意切。韩文雄奇奔放，汪洋恣肆，“如长江大河，浑浩流转”（苏洵《上欧阳内翰第一书》）。深于立意，巧于构思，语言精练，富有创造性。其诗亦别开生面，勇于创新，工于长篇古风，采用散文辞赋的章法笔调，气势雄浑，才力充沛，想象奇特，形成奇绝宏伟的独特风格，开创了李、杜之后的一个重要流派，纠正了大历以来的平庸诗风。代表作有《山石》《八月十五夜赠张功曹》等。七律《左迁蓝关示侄孙湘》、七绝《早春呈水部张十八员外》，也是脍炙人口的名篇。但他过于追求新奇，不免流于险怪，强调“以文为诗”，又不免使诗变成“押韵之文”。有门人李汉所编《昌黎先生集》传世。宋魏仲举所辑《五百家注音辨昌黎先生文集》40卷、《外集》10卷较完善。诗注以方世举《韩昌黎诗集编年笺注》、今人钱仲联《韩昌黎诗系年集释》较好。事迹见新、旧《唐书》本传。

马说

《马说》约写作于795年至800年之间。当时的韩愈初登仕途，很不得志，曾三次上书宰相以求得提拔，却一直未被采纳。虽然没能得到重用，但他仍然声明自己“有忧天下之心”，不会遁迹山林。后来的几年内，他相继依附于宣武节度使董晋、武宁节度使张建封，也并未得到特别的赏识，所以常常郁郁寡欢，并有“伯乐不常有”之叹。他进京城应试以图做官，在京城上下奔走相告，待了十年之久，最终还是无限怨愤地离开了长安。韩愈的坎坷遭遇正是写这篇《马说》的思想基础，这篇文章的另一用意是委婉地表白心迹，并抒发自己怀才不遇的愤懑之情。

原文

世有伯乐[①]，然后有千里马。千里马常有，而伯乐不常有。故虽有名马，祇辱于奴隶人[②]之手，骈死于槽枥[③]之间，不以千里称也[④]。

马之千里者[⑤]，一食或尽粟一石[⑥]。食马者不知其能千里[⑦]而食也。是马也，虽有千里之能[⑧]，食不饱，力不足，才美不外见[⑨]，且欲与常马等不可得[⑩]，安[⑪]求其能千里也?

策之不以其道[⑫]，食之不能尽其材[⑬]，鸣之而不能通其意[⑭]，执策而临之[⑮]，曰:“天下无马!”呜呼！其[⑯]真无马邪?其[⑰]真不知[⑱]马也!

注释

①伯乐：春秋时秦穆公时人，姓孙，名阳，善相马。

②奴隶人：地位低贱，受人役使的人。这里指马夫。

③骈：两马并驾，引申为一起。槽枥：原指养兽的食器，这里指养马的处所。

④不以千里称也：不因为能日行千里而出名。以，因为，介词。称，称颂，称道。

⑤马之千里者：马（当中）能行千里的。之，助词。此句“马”和“千里者”是部分复指关系。

⑥一食：吃一次。或：有时。尽粟一石：吃尽一石粟。尽，全，这里作动词用，是“吃尽”的意思。石，十斗为石。

⑦其：指千里马，代词。能千里：能走千里。

⑧能：才能。

⑨才美不外见：才能和长处不能表现在外。见，同“现”，表露。

⑩且：将。欲：想要，要。等：相当。不可得：不可能。得，能，表示客观条件允许。

⑪安：怎么，哪里，疑问代词。

⑫策：驾驭。之：指千里马，代词。以其道：用（对待）它的办法。

⑬尽其材：发挥它的全部才能。材，同“才”，此指行千里的才能。

⑭鸣之：鸣叫。通其意：跟它的心意相通。

⑮执策：拿着马鞭。策，赶马的鞭子，名词。临之：面对它。临，面对。

⑯其：语气助词，加强反问语气。

⑰其：语气助词，加强肯定语气。

⑱不知：不识。

译文

世上有了伯乐，然后才会有千里马被发现。可是千里马虽然世代常有，而伯乐却不常有。因此，虽然有不少好马，却只能在马夫手中受糟蹋，最后接连不断地死在马厩之中，而不能以千里马著名。

那些千里马，一顿往往要吃尽一石小米。可是喂马的人不知道它能日行千里，只是像对凡马一般地饲养它。于是，那些好马，虽然有日行千里的本领，可是吃不饱，力气不足，它们的骨力特长因此不能表现出来，这样，即使想与凡马一般也不可能，哪里还能叫它日行千里呢？

驾驭时不能顺其本性，喂养时又不能给料充足，使它充分发挥才能。马虽然哀鸣，人却一点不懂得它的意思，还拿着马鞭，煞有介事地对它说：“天下没有千里马！”唉！难道是真的没有千里马吗？其实是他们真的不能识得千里马啊！

师说

《师说》是我国古代专论教师的名篇，约写作于公元 802 年。韩愈针对当时社会“师道日微”“耻学于师”的风气写了本文，着重阐明了“从师学道”的必要性和应有的态度，提出了教师的基本任务是“传道、授业、解惑也”；认为选择教师应以掌握仁义之道为根本条件；提倡学无常师，要虚心好学，不耻下问；提出了教师与学生之间的关系是平等的，师生是可以相互学习的。本文的观点因注入了民主和辩证的新内容而较作者以前的思想更进了一步。

原文

古之学者[①]必有师。师者，所以传道[②]、授[③]业、解惑也。人非生而知之者[④]，孰能无惑？惑而不从师，其为惑也，终不解矣。生乎吾前，其闻道[⑤]也固先乎吾，吾从而师之；生乎吾后，其闻道也亦先乎吾，吾从而师之[⑥]。吾师道也，夫庸知其年之先后生于吾乎[⑦]？是故无贵无贱，无长无少，道之所存，师之所存也。

嗟乎！师道[⑧]之不传也久矣，欲人之无惑也难矣。古之圣人，其出人[⑨]也远矣，犹且从师而问焉；今之众人，其下圣人[⑩]也亦远矣，而耻学于师[⑪]。是故圣益圣，愚益愚[⑫]。圣人之所以为圣，愚人之所以为愚，其皆出于此乎？

注释

①学者：求学的人。

②道：指儒家孔子、孟轲的哲学、政治等原理、原则。可以参看本书上面所选韩愈《原道》。

③授：教授。

④人非生而知之者：人不是生下来就懂得道理。知，懂得；之，指知识和道理。《论语·季氏》："坐而知之者，上也；学而知之者，次也。"《论语·述而》："我非生而知之者，好古，敏以求之者也。"

⑤闻道：闻，听见，引申为懂得。道，这里作动词用，学习、从师的意思。《论语·里仁》："朝闻道，夕死可矣。"

⑥从而师之：跟随（他），拜他为老师。师之，即以之为师。

⑦夫庸知其年之先后生于吾乎：哪管他的年龄比我大还是比我小呢？庸，岂，表示反问的语气。

⑧师道：从师学习的风尚。

⑨出人：超过常人。

⑩下圣人：低于圣人。

⑪耻学于师：以向老师学习为耻。

⑫是故圣益圣，愚益愚：因此聪明人更加聪明，愚蠢的人更加愚蠢。

译文

古时候求学问的人一定有老师。所谓老师，就是（用来）传授道理、授予专业知识、解答疑难问题的人。人不是生下来就懂道理的，谁能够没有疑难问题呢？有疑难问题却不跟老师请教，那些成为疑难的问题便终究会解决不了。出生在我前面的，他懂得道理本来比我早，我跟随他，以他为师；出生在我后面的，他懂得道理要是也比我早，我也跟他学习。我学习的是道理，哪管他出生在我之前还是在我之后呢？因此，不论地位高还是低，不论年龄大还是小，道理存在的地方，老师也就在那里。唉！从师学习的传统不被继承已经很久了，要人们没有疑难问题是很困难的了！古时候的圣人，超出一般人够远了，尚且跟从老师请教；现在的一般人，他们远不如圣人，却以向老师学习为耻辱。因此，圣人就更加圣明，愚人就更加愚蠢。圣人之所以成为圣人，愚人之所以成为愚人，大概都是由于这个原因吧！

原文

爱其子，择师而教之；于其身也，则耻师焉⑬，惑矣！彼童子之师⑭，授之书而习其句读者⑮，非吾所谓传其道解其惑者也。句读之不知，惑之不解，或师焉，或不焉⑯，小学而大遗⑰，吾未见其明也。巫医乐师百工之人，不耻相师。士大夫之族，曰师曰弟子云者⑱，则群聚而笑之。问之，则曰：“彼与彼年相若也，道相似也。位卑则足羞⑲，官盛则近谀。”呜呼！师道之不复可知矣。巫医乐师百工之人，君子不齿⑳，今其智乃反不能及，其可怪也欤㉑！

注释

⑬于其身：对于他自己。耻师焉：耻于从师。

⑭彼童子之师：那些教小孩子的（启蒙）老师。

⑮习：教习。句读：断句。

⑯或师焉，或不（fǒu）焉：有的（指“句读之不知”这样的小事）请教老师，有的（指“惑之不解”这样的大事）却不问老师。“不”同“否”。此句翻译时应注意交错翻译，详见下文翻译。

⑰小学而大遗：小的方面（句读之不知）要学习，大的方面（惑之不

解）却遗忘了。

⑱曰师曰弟子云者：听到称“老师”“弟子”等称呼。

⑲位卑则足羞：以地位低的人为师则感到耻辱。

⑳不齿：不屑与之同列，即看不起。或作“鄙之”。

㉑其可怪也欤：难道不值得奇怪吗？其，语气词，起加强反问语气作用。

译文

人们爱自己的孩子，就选择老师来教他们；对于自己呢，却不肯从师学习，这真糊涂了。那些儿童们的老师，是教儿童们读书和学习书中文句的，不是我所说的那种传授道理、解释疑难问题的老师。不懂得书中的文句就从师学习，疑难问题不得解释，却不向老师请教，小事学习，大事反而丢弃，我看不出他们明白道理的地方。巫医、乐师、各种工匠，不把相互学习当作难为情。读书做官的这类人，一听到有人以“老师”“学生”相称，就许多人聚集在一起讥笑人家。问他们为什么这样，他们就说：“他和他年纪差不多，学问也差不多。以地位低的人为师，就感到羞耻，以官位高的人为老师，就近于奉承。”唉！从师学习的传统不能恢复，从这里可以知道了。巫医、音乐师和工匠，是所谓上层人士看不起的，现在那些“上层人士”的明智程度竟然反而不及这些人，岂不是很奇怪的么！

原文

圣人无常师㉒。孔子师郯子、苌弘、师襄、老聃。郯子之徒㉓，其贤不及孔子。孔子曰：“三人行，则必有我师。”是故弟子不必不如师，师不必贤于弟子；闻道有先后，术业有专攻㉔，如是而已。

李氏子蟠，年十七，好古文㉕，六艺经传皆通习之。不拘于时㉖，学于余。余嘉其能行古道㉗，作《师说》以贻之。

注释

㉒圣人无常师：《论语·子张》："子贡曰'……夫子焉不学，而亦何常师之有？'"夫子，老师，指孔子。子贡说他何处不学，又为什么要有一定的老师呢！

㉓之徒：这些人。

㉔术业有专攻：学问和技艺上各自有专门的研究。攻：学习，研究。

㉕好古文：喜爱先秦、两汉的散文。

㉖不拘于时：指没有受到时代风气的影响，不受时俗的限制，不以从师学习为耻。时，时俗，指当时士大夫中耻于从师的不良风气。

㉗嘉：赞许。古道：古人求师之道。

译文

圣人没有固定的老师。孔子曾以郯子、苌弘、师襄、老聃为师。郯子这些人，他们的品德才能并不如孔子。孔子说："三个人一起走，那里面一定有可以当我老师的。"所以，学生不一定不及老师，老师不一定比学生高明。懂得道理有先有后，技能业务各有钻研与擅长，不过这样罢了。

李家的儿子名叫蟠，17岁，爱好古文，六经的经文和传注全都学了，不被时俗拘束，来向我学习。我赞许他能实行古代的从师之道，写这篇《师说》来赠给他。

原道

《原道》是韩愈“复古尊儒、排斥佛老”的代表作。本文观点鲜明，“破立”结合，引证古今，从历史发展、社会生活等方面，层层剖析，驳斥佛老之缺点，论述儒学之优点，归结恢复古道、尊崇儒学的宗旨，是唐代古文的杰出作品。

原文

博爱之谓仁，行而宜之之谓义[①]，由是而之焉之谓道[②]，足乎己而无待于外之谓德[③]。仁与义为定名[④]，道与德为虚位。故道有君子小人，而德有凶有吉。老子之小仁义，非毁之也，其见者小也。坐井而观天，曰天小者，非天小也。彼以煦煦为仁[⑤]，孑孑为义[⑥]，其小之也则宜。其所谓道，道其所道，非吾所谓道也。其所谓德，德其所德，非吾所谓德也。凡吾所谓道德云者，合仁与义言之也，天下之公言也。老子之所谓道德云者，去仁与义言之也，一人之私言也。

注释

①宜：合宜。《礼记·中庸》:“义者，宜也。”

②之：往。

③足乎己：自己内心满足，心安理得。无待于外：不需要外界的任何帮助和劝慰。

④定名：事物固定的名称。

⑤煦煦（xù）：和蔼的样子。这里指小恩小惠。

⑥孑孑（jié）：孤独的样子，此指行为特出，与众不同。

译文

博爱叫作仁，合宜于仁的行为叫作义，从仁义再向前去的叫作道，自身具有而不依赖外界的叫作德。仁和义是意义确定的名词，道和德是意义不确定的名词，所以道有君子之道和小人之道，而德有吉和凶之分。老子轻视仁义，并不是诋毁仁义，而是由于他的观念狭小。好比坐在井里看天的人，说天很小，其实天并不小。老子把小恩小惠认为仁，把谨小慎微认为义，他轻视仁义就是很自然的了。老子所说的道，是把他观念里的道当作道，不是我所说的道。他所说的德，是把他观念里的德当作德，不是我所说的德。凡是我所说的道德，都是结合仁和义说的，是天下的公论。老子所说的道德，是抛开了仁和义说的，只是他一个人的说法。

原文

周道衰，孔子没，火于秦，黄老于汉[7]，佛于晋、魏、梁、隋之间。其言道德仁义者，不入于杨，则入于墨[8]；不入于老，则入

于佛。入于彼，必出于此。入者主之，出者奴之；入者附之，出者污之。噫！后之人其欲闻仁义道德之说，孰从而听之？老者曰："孔子，吾师之弟子也。"佛者曰："孔子，吾师之弟子也。"为孔子者，习闻其说，乐其诞而自小也，亦曰"吾师亦尝师之"云尔⑨。不惟举之于其口，而又笔之于其书。噫！后之人虽欲闻仁义道德之说，其孰从而求之？

注释

⑦黄老：汉初道家学派，把传说中的黄帝与老子共同尊为道家始祖。

⑧杨：杨朱，战国时哲学家，主张"轻物重生""为我"。墨：墨翟，战国初年的思想家，主张"兼爱""薄葬"。《孟子·滕文公下》："天下之言不归杨则归墨。"

⑨云尔：语助词，相当于"等等"。关于孔子曾向老子请教，《史记·老庄申韩列传》及《孔子家语·观周》都有记载。

译文

自从周道衰落，孔子去世以后，秦始皇焚烧诗书，黄老学说盛行于汉代，佛教盛行于晋、魏、梁、隋之间。那时谈论道德仁义的人，不归入杨朱学派，就归入墨翟学派；不归入道学，就归入佛学。归入了那一家，必然轻视另外一家。尊崇所归入的学派，就贬低所反对的学派；依附归入的学派，就诬蔑反对的学派。唉！后世的人想知道仁义道德的学说，到底听从谁的呢？道家说："孔子是我们老师的学生。"佛家也说："孔子是我们老师的学生。"研究"孔学"的人，听惯了他们的话，乐于接受他们的荒诞言论而轻视自己，也说"我们的老师曾向他们学习"这一类话。不仅在口头上说，而且又把它写在书上。唉！后世的人即使想要知道关于仁义道德的学说，又该向谁去请教呢？

原文

甚矣！人之好怪也！不求其端，不讯其末，惟怪之欲闻。古之为民者四[10]，今之为民者六[11]。古之教者处其一，今之教者处其三。农之家一，而食粟之家六。工之家一，而用器之家六。贾之家一，而资焉之家六[12]。奈之何民不穷且盗也？

注释

⑩四：指士、农、工、商四类。

⑪六：指士、农、工、商，加上和尚、道士。

⑫资：依靠。焉：代词，指做生意。

译文

人们喜欢听怪诞的言论真是太过分了！他们不探求事情的起源，不考察事情的结果，只喜欢听怪诞的言论。古代的人民只有四类，今天的人民有了六类。古代负有教育人民的任务的，只占四类中的一类，今天却有三类。务农的一家，要供应六家的粮食；为工的一家，要供应六家的器用；经商的一家，依靠他服务的有六家。又怎么能使人民不因穷困而去偷盗呢？

原文

古之时，人之害多矣。有圣人者立，然后教之以相生相养之道。为之君，为之师。驱其虫蛇禽兽，而处之中土[13]。寒然后为之

衣，饥然后为之食。木处而颠，土处而病也，然后为之宫室[14]。为之工以赡其器用[15]，为之贾以通其有无，为之医药以济其夭死，为之葬埋祭祀以长其恩爱，为之礼以次其先后，为之乐以宣其湮郁[16]，为之政以率其怠倦，为之刑以锄其强梗[17]。相欺也，为之符、玺、斗斛权衡以信之[18]。相夺也，为之城郭甲兵以守之。害至而为之备，患生而为之防。今其言曰："圣人不死，大盗不止。剖斗折衡，而民不争。"[19]呜呼！其亦不思而已矣。如古之无圣人，人之类灭久矣。何也？无羽毛鳞介以居寒热也，无爪牙以争食也。

注释

⑬中土：指适于当时人们生活的中原地带。

⑭宫室：泛指房屋。

⑮赡：充分供应。器用：指工具。

⑯宣：宣泄。湮（yān）郁：郁闷。

⑰强梗：强暴之徒。

⑱符：古代的一种凭证，以竹、木、玉、铜等制成，刻有文字，双方各执一半，合以验真伪。玺（xǐ）：玉制的印章。斗斛：量器。权衡：秤锤及秤杆。

⑲以上几句语出《庄子·胠箧》。《老子》也说："绝圣弃智，民利百倍；绝仁弃义，民复孝慈；绝巧弃利，盗贼无有。"

译文

古时候，人民的灾害很多。有圣人出来，教人们"相生相养"的生活方法，做他们的君王或老师。圣人驱走禽兽蛇虫，把人们安顿在中原。天冷了，圣人就教他们做衣裳，饿了就教他们种庄稼。由于人们栖息在树木上容易掉下来，住在洞穴里容易生病，于是圣人就教导他们建造房屋。圣人又教导他们做工匠，供应人民生活用具；教导他们经营商业，调剂货物有无；发明医药，以拯救那些短命的人；制定葬埋祭祀的制度，以增进人与人之间的恩爱感情；制定礼节，以分别尊卑秩序；制作音乐，以宣泄人们心中的郁闷；制定政令，以督促那些怠惰懒散的人；制定刑罚，以铲除那些强暴之徒。因为有人弄虚作假，于是又制作了印玺、符节、斗斛、秤尺等物品作为凭信。因为有争夺抢劫的事，于是设置了城池、盔甲、兵器来守卫家国。总之，灾害来了就设法防备；祸患将要发生，就及早预防。现在道家却说："如果圣人不死，大盗就不会停止。只要砸烂斗斛、折断秤尺，人民就不会争夺了。"唉！这都是没有经过思考说出的话罢了。如果古代没有圣人，人类早就灭亡了。为什么呢？因为人们没有羽毛鳞甲以适应严寒酷暑，也没有强硬的爪牙来夺取食物。

原文

是故君者，出令者也；臣者，行君之令而致之民者也；民者，出粟米麻丝，作器皿，通货财，以事其上者也。君不出令，则失其所以为君；臣不行君之令而致之民，则失其所以为臣；民不出粟米麻丝，作器皿，通货财，以事其上，则诛。今其法曰[20]，必弃而君臣，去而父子，禁而相生相养之道，以求其所谓清净寂灭者[21]。呜呼！其亦幸而出于三代之后，不见黜于禹、汤、文、武、周公、孔子也[22]。其亦不幸而不出于三代之前，不见正于禹、汤、文、武、周公、孔子也。

注释

⑳其：指佛家。

㉑清净寂灭：佛家以离开一切恶行烦扰为清净。寂灭：梵语“涅槃”的意译。指本体寂静，远离一切诸相（现实世界）。《无量寿经》：“超出世间，深乐寂灭。”

㉒三代：指夏、商、周三朝。黜（chù）：贬斥。

译文

因此说，君王，是发布命令的；臣子，是执行君王的命令并且实施到百姓身上的；百姓，是生产粮食、丝麻，制作器物，交流商品，来供奉在上统治的人的。君王不发布命令，就丧失了作为君王的权力；臣子不执行君王的命令并且实施到百姓身上，就失去了作为臣子的职责；百姓不生产粮食和丝麻、制作器物、交流商品来供应在上统治的人，就应该受到惩罚。现在佛家却说：一定要抛弃你们的君臣关系，消除你们的父子关系，禁止你们“相生相养”的办法，以便追求那

种所谓“清净寂灭”的境界。哎呀！他们也幸而出生在三代之后，没有被夏禹、商汤、周文王、周武王、周公、孔子所贬斥。他们又不幸而没有出生在三代以前，没有受到夏禹、商汤、周文王、周武王、周公、孔子的教导。

原文

帝之与王，其号虽殊，其所以为圣一也。夏葛而冬裘，渴饮而饥食，其事虽殊，其所以为智一也。今其言曰[23]：“曷不为太古之无事？”是亦责冬之裘者曰：“曷不为葛之之易也？”责饥之食者曰：“曷不为饮之之易也？”传曰[24]：“古之欲明明德于天下者，先治其国；欲治其国者，先齐其家；欲齐其家者，先修其身；欲修其身者，先正其心；欲正其心者，先诚其意。”然则古之所谓正心而诚意者，将以有为也。今也欲治其心而外天下国家，灭其天常，子焉而不父其父，臣焉而不君其君，民焉而不事其事。孔子之作《春秋》也，诸侯用夷礼则夷之[25]，进于中国则中国之。经曰：“夷狄之有君，不如诸夏之亡[26]。”《诗》曰：“戎狄是膺，荆舒是惩[27]。”今也举夷狄之法，而加之先王之教之上，几何其不胥而为夷也？

注释

㉓其：指道家。

㉔传（zhuàn）：解释儒家经典的书称“传”。这里的引文出自《礼记·大学》。

㉕夷：中国古代汉族对其他民族的通称。

㉖经：指儒家经典。二句出自《论语·八佾》。

㉗引文见《诗经·鲁颂·閟宫》。戎狄：古代西北方的少数民族。膺：攻伐。荆舒：古代指东南方的少数民族。

译文

五帝与三王，他们的名号虽然不同，但他们之所以成为圣人的原因是相同的。夏天穿葛衣，冬天穿皮衣，渴了要喝水，饿了要吃饭，这些事情虽然各不相同，但它们同样是人类的智慧。现在道家却说："为什么不实行远古的无为而治呢？"这就好像怪人们在冬天穿皮衣："为什么你不穿简便的葛衣呢？"或者怪人们饿了要吃饭："为什么不光喝水，岂不简单得多！"《礼记》说："在古代，想要发扬他的光辉道德于天下的人，一定要先治理好他的国家；要治理好他的国家，一定要先整顿好他的家庭；要整顿好他的家庭，必须先进行自身的修养；要进行自我修养，必须先端正自己的思想；要端正自己的思想，必须先使自己具有诚意。"可见古人所谓正心和诚意，都是为了要有所作为。现在那些修身养性的人，却想抛开天下国家，灭绝天性，做儿子的不把他的父亲当作父亲，做臣子的不把他的君主当作君主，做百姓的不做他们该做的事。孔子作《春秋》，对于采用夷狄礼俗的诸侯，就把他们列入夷狄；对于采用中原礼俗的诸侯，就承认他们是中国人。《论语》说："夷狄虽然有君主，还不如中国的没有君主。"《诗经》说："夷狄应当被攻击，荆舒应当受惩罚。"现在，却尊崇夷狄之法，把它抬高到先王的政教之上，那么我们不是全都要沦为夷狄了？

原文

夫所谓先王之教者，何也？博爱之谓仁，行而宜之之谓义。由是而之焉之谓道。足乎己无待于外之谓德。其文，《诗》《书》《易》《春秋》；其法，礼、乐、刑、政；其民，士、农、工、贾；其位，君臣、父子、师友、宾主、昆弟、夫妇；其服，麻、丝；其居，宫、室；其食，粟米、果蔬、鱼肉。其为道易明，而其为教易行也。是故以之为己，则顺而祥；以之为人，则爱而公；以之为

心，则和而平；以之为天下国家，无所处而不当。是故生则得其情，死则尽其常。郊焉而天神假㉘，庙焉而人鬼飨。曰：“斯道也，何道也？”曰：“斯吾所谓道也，非向所谓老与佛之道也。尧以是传之舜，舜以是传之禹，禹以是传之汤，汤以是传之文、武、周公，文、武、周公传之孔子，孔子传之孟轲㉙，轲之死，不得其传焉。荀与扬也㉚，择焉而不精，语焉而不详。由周公而上，上而为君，故其事行。由周公而下，下而为臣，故其说长。”然则如之何而可也？曰：“不塞不流，不止不行。人其人，火其书，庐其居㉛。明先王之道以道之。鳏寡孤独废疾者有养也。其亦庶乎其可也㉜。”

注释

㉘郊：郊祀，祭天。假：通“格”，到。

㉙文：周文王姬昌。武：周武王姬发。周公：姬旦。孟轲：战国时邹（今山东邹县）人。孔子再传弟子，被后来的儒家称为“亚圣”。

㉚荀：荀子，名况，又称荀卿、孙卿。战国末年思想家、教育家。扬：扬雄（约前53—公元18年），字子云，西汉末年文学家、思想家。

㉛庐：这里作动词。其居：指佛寺、道观。

㉜庶乎：差不多、大概。

译文

所谓先王的政教，是什么呢？就是博爱，即仁。合乎仁的行为就称为义，从仁义再向前就是道。自身具有而不依赖外界的叫作德。讲仁义道德的书有《诗经》《尚书》《易经》和《春秋》，体现仁义道德的法式就是礼仪、音乐、刑法、政令，受到教育的人民就是士、农、工、商，讲究的伦理次序就是君臣、父子、师友、宾主、兄弟、夫妇，穿的衣服是麻布丝绸，居处的是房屋，吃的食物是粮食、瓜果、蔬菜、鱼和肉。这些作为理论是很容易明白的，它们作为教育是很容易推行的。所以，用它们来教育自己，就能和顺吉祥；用它们来对待别人，就能做到博爱公正；用它们来修养内心，就能平和而宁静；用它们来治理天下国家，就没有不适当的地方。因此，人活着就能感受到人与人之间的情谊，死了就是结束了自然的常态。祭天则天神降临，祭祖则祖先的灵魂来享用。有人问："你这个道，是什么道呀？"我说："这是我所说的道，不是刚才所说的道家和佛家的道。这个道是从尧传给舜，舜又传给大禹，大禹再传给商汤，商汤又传给文王、武王、周公，文王、武王、周公传给孔子，孔子传给孟轲，孟轲死后，没有继承的人。只有荀卿、扬雄从中选取过一些，但选取得不精；对其论述过一些，但论述得并不全面。周公以上的人，继承的都是在上做君王的，所以儒道能够实行；从周公以下，继承的都是在下做臣子的，所以他们的学说能够流传。"那么，怎么办才能使"儒道"获得实行呢？我以为："不堵塞佛老之道，儒道就不得流传；不禁止佛老之道，儒道就不能推行。必须把和尚、道士还俗为民，烧掉佛经道书，把佛寺、道观变成民房；阐明先王的儒道以教导人民，使鳏夫、寡妇、孤儿、老人、残疾人、病人都能生活，这样做也就差不多了。"

原　毁

本文论述和探究毁谤产生的原因。作者认为士大夫之间毁谤之风的盛行是道德败坏的一种表现，其根源在于"怠"和"忌"，即怠于自我修养且又妒忌别人；不怠不忌，毁谤便无从产生。文章先从正面开导，说明一个人应该如何正确对待自己和对待别人才符合君子之德、君子之风，然后将不合这个准则的行为拿来对照，最后指出其根源及危害性。

通篇采用对比手法，有“古之君子”与“今之君子”的对比，有同一个人“责己”和“待人”不同态度的比较，还有“应者”与“不应者”的比较，等等。全篇行文严肃而恳切，句式整齐中有变化，语言生动而形象，对当时“士”风的刻画，可谓入木三分。

原文

古之君子，其责己也重以周[1]，其待人也轻以约[2]。重以周，故不怠[3]；轻以约，故人乐为善。闻古之人有舜者，其为人也，仁义人也。求其所以为舜者，责于己曰：“彼，人也，予，人也。彼能是，而我乃不能是！”早夜以思[4]，去其不如舜者，就其如舜者。

闻古之人有周公者，其为人也，多才与艺人也。求其所以为周公者，责于己曰：“彼，人也，予，人也。彼能是，而我乃不能是！”早夜以思，去其不如周公者，就其如周公者。舜，大圣人也，后世无及焉；周公，大圣人也，后世无及焉。是人也，乃曰：“不如舜，不如周公，吾之病也。”是不亦责于身者，重以周乎！其于人也，曰：“彼人也，能有是，是足为良人矣[5]；能善是，是足为艺人矣。”取其一，不责其二；即其新，不究其旧。恐恐然惟惧其人之不得为善之利。一善易修也，一艺易能也。其于人也，乃曰：“能有是，是亦足矣。”曰：“能善是，是亦足矣。”不亦待于人者，轻以约乎？

注释

①责己：要求自己。重：严格。以：连词，相当于“而”。周：全面。

②轻：宽容。约：简要。

③不怠：不怠慢。

④早夜以思：早上晚上都在思考。

⑤良人：良好的人。

译文

古时候的君子，他要求自己严格而全面，他对待别人宽容又简约。严格而全面，所以不怠惰；宽容又简约，所以人家都乐意做好事。听说古代的圣人——舜是个仁义的人。探究舜能够成为圣人的道理，责备自己说："他是个人，我也是个人，他能这样，我却不能这样！"早晚都在思考，改掉那不如舜的行为，去做那些与舜所做差不多的事。

听说古代的圣人周公是个多才多艺的人。探究他所以成为圣人的道理，就责备自己说："他是个人，我也是个人，他能这样，我却不能这样！"早晚都在思考，改掉那不如周公的地方，去做那符合周公的事情。舜，是大圣人，后代没有能及得上他的；周公，是大圣人，后代没有能及得上他的；这些人却说："及不上舜，及不上周公，是我的缺点。"这不就是对自身要求严格而且全面吗？他对待别人，说道："那个人啊，能有这点，这就够得上是良善的人了；能擅长这个，就算得上是有才能的人了。"肯定他一个方面，而不苛求他别的方面，议论他今天的表现，而不计较他的过去，小心谨慎地只恐怕别人得不到做好事应得的表扬。一件好事是容易做到的，一种技能是容易学得的，他对待别人，却说："能有这样，这就够了。"又说："能擅长这个，这就够了。"岂不是要求对别人宽容又简约吗？

原文

今之君子则不然。其责人也详，其待己也廉。详，故人难于为善；廉，故自取也少。己未有善，曰："我善是，是亦足矣。"己未有能，曰："我能是，是亦足矣。"外以欺于人，内以欺于心，未少有得而止矣。不亦待其身者已廉乎！其于人也，曰："彼虽能是，其人不足称也；彼虽善是，其用不足称也。"举其一，不计其十⑥；究

其旧，不图其新。恐恐然惟惧其人之有闻也[7]。是不亦责于人者已详乎？夫是之谓不以众人待其身[8]，而以圣人望于人[9]，吾未见其尊己也。

注释

⑥举其一，不计其十：举出他的一点，不估计他其余的十点。

⑦闻：名誉。

⑧是之谓：这叫作。待其身：要求自己。

⑨望于人：要求别人。

译文

现在的君子可不同，他责备别人周详，他要求自己简约。周详，所以人家难以做好事；简约，所以自己进步就少。自己没有什么优点，说："我有这优点，这就够了。"自己没有什么才能，说："我有这本领，这就够了。"对外欺骗别人，对己欺骗良心，还没有多少收获就止步不前，岂不是要求自身太少了吗？他们要求别人，说："他虽然能做这个，但他的人品不值得赞美；他虽然擅长这个，但他的才能不值得称道。"举出他一方面的欠缺，不考虑他多方面的长处，只追究他的既往，不考虑他的今天，心中惶惶不安只怕别人有好的名声。岂不是责备别人太周全了吗？这就叫不用常人的标准要求自身，却用圣人的标准希望别人，我看不出他是尊重自己的啊！

原文

虽然，为是者有本有原⑩，怠与忌之谓也。怠者不能修，而忌者畏人修。吾尝试之矣，尝试语于众曰："某良士⑪，某良士。"其应者，必其人之与也⑫；不然，则其所疏远，不与同其利者也；不然，则其畏也。不若是，强者必怒于言，懦者必怒于色矣。又尝语于众曰："某非良士，某非良士。"其不应者，必其人之与也；不然，则其所疏远，不与同其利者也；不然，则其畏也。不若是，强者必悦于言，懦者必悦于色矣。是故事修而谤兴⑬，德高而毁来。呜呼！士之处此世，而望名誉之光，道德之行，难已！

将有作于上者，得吾说而存之，其国家可几而理欤⑭！

注释

⑩为是者：这样做的人。有本有原：有根源。

⑪某良士：某人是贤良的人。

⑫与：朋友。

⑬事修：事情办好了。谤兴：毁谤产生了。

⑭几：庶几，差不多。

译文

尽管如此，这样做是有他的根源的，就是所谓怠惰和忌妒啊。怠惰的人不能自我修养，而忌妒的人害怕别人修身。我不止一次地试验过，曾经对大家说："某人是贤良的人，某人是贤良的人。"那随声附和的，一定是他的同伙；否则，就是和他疏远没有相同利害的人；否则，就是怕他的人。不然的话，强横的定会厉声反对，软弱的定会满脸不高兴。我又曾经试着对大家说："某人不是贤良的人，某人不是贤良的人。"那不随声附和的人，一定是他的同伙；否则，就是和他疏远没有相同利害的人；否则，就是怕他的人。不这样的话，强横的定会连声赞同，软弱的定会喜形于色。因此，事业成功，诽谤便随之产生，德望高了，恶言就接踵而来。唉！读书人生活在当今世界上，而希求名誉的光大、德行的推广，难极了！

在位的人想有所作为，听取我的说法记在心中，那国家差不多可以治理好了！

讳辩

封建时代，人们不能直接写出或说出君主和尊长的名字、谥号等，必须用其他字来代替，如汉高祖名邦，改"邦"为"国"；唐太宗名世民，改"世"为"代"，改"民"为"人"；尚书六部中的"民部"，则改为"户部"；等等。刻印古书时，也要把当世应避讳的字改掉或故意缺少笔画，这叫作避讳。

避讳的要求很严格，违犯者会招致非议，甚至获得罪刑。唐代著名诗人李贺，才气横溢，少年成名，但因为他的父亲名晋肃，在他准备参加进士科考试时就遭到了非议（晋、进同音），终于不能如当时其他读书人那样取得功名。韩愈曾鼓励李贺应进士试，也被人指责。面对这种陈腐的时尚，韩愈十分愤慨，《讳辩》就是为这件事而写的。韩愈当然不敢直接公开反对避讳，他只能巧妙地引用经典和法律依据，找出矛盾，从而反对将避讳搞得过滥。文章层层设问，一波三折，语言辛辣，说理痛快。全文没有一句从正面说出自己的主张，读者却可从中自然得出同作者相一致的结论。

原文

愈与李贺书[1]，劝贺举进士[2]。贺举进士有名，与贺争名者毁之曰：“贺父名晋肃，贺不举进士为是，劝之举者为非。”听者不察也，和而唱之[3]，同然一辞。皇甫湜曰[4]:“若不明白，子与贺且得罪。”愈曰:“然。”

《律》曰:“二名不偏讳[5]。”释之者曰:“谓若言‘徵’不称‘在’，言‘在’不称‘徵’是也[6]。”《律》曰:“不讳嫌名[7]。”释之者曰:“谓若‘禹’与‘雨’、‘丘’与‘蓲’之类是也[8]。”今贺父名晋肃，贺举进士，为犯二名律乎？为犯嫌名律乎？父名晋肃，子不得举进士，若父名仁，子不得为人乎？

注释

①李贺（790—816年）：字长吉，唐代著名诗人，因避父讳，不能参加进士科考试，只做过奉礼郎之类的小官。著有《昌谷集》。

②进士：唐代科举制度分常科和制科，常科是定期分科举行的考试，有秀才、明经、进士、明法等名目；制科是皇帝临时特设的考试。

③和（hè）而唱之：随声附和。

④皇甫湜：字持正，元和进士。曾从韩愈学。

⑤《律》：此处当指唐代某项法律条文。唐代法典总称《唐律》，分十二篇五百条，其中未见“二名不偏讳”及下引“不讳嫌名”等条文。“二名不偏讳”最早见于《礼记》的《典礼上》及《檀弓下》，意为二字之名在用到其中某一字时不避讳。偏：一半。一说偏即徧（遍），全部、普遍的意思。根据《礼记》的释文，似乎不能作这样的解释。

⑥“谓若”二句：孔子的母亲名“徵在”，孔子在说“徵”时不连用

"在"，在说"在"时不连用"徵"。意即只要不连用，就用不着避讳。如唐代律文中有"二名不偏讳"的条文，则二句为律的释文。这条释文袭用《礼记·檀弓下》正文及《礼记·曲礼上》郑玄注。

⑦嫌名：指与名字中所用字音相近的字。音近则有称名之嫌，所以叫嫌名。

⑧"谓若禹"二句：亦袭用《礼记·曲礼上》郑玄注。禹、雨都是同音字。禹即夏禹，丘为孔子名。

译文

我给李贺写了一封信，勉励他去考进士。李贺应进士试，很引人注目，同李贺争名的人出来诋毁他，说李贺的父亲名叫晋肃，李贺还是不参加进士考试为好，勉励他去考的人是不对的。听到这种议论的人不加辨析，纷纷附和，众口一声。皇甫湜对我说："如果不辩明这件事，您和李贺都会因此获罪。"我回答说："是的。"

《律》文说："凡双名不专讳一个字。"解释者说："孔子的母亲名'徵在'，孔子在说'徵'的时候不说'在'，说'在'的时候不说'徵'。"《律》文又说："不讳声音相近的字。"解释者说："譬如'禹'之与'雨'，'丘'之与'蓲'之类就是。"现在李贺的父亲名叫晋肃，李贺去考进士，是违背了"二名律"呢，还是违背了"嫌名律"呢？父名晋肃，儿子不可以考进士；那么倘若父亲名仁，儿子就不能做人了吗？

原文

夫讳始于何时？作法制以教天下者⑨，非周公孔子欤⑩？周公作诗不讳⑪，孔子不偏讳二名⑫，《春秋》不讥不讳嫌名⑬，康王钊之孙，实为昭王⑭。曾参之父名晳，曾子不讳昔⑮。周之时有骐期，汉之时有杜度⑯，此其子宜如何讳？将讳其嫌，遂讳其姓乎？将不讳其嫌者乎？汉讳武帝名彻为通⑰，不闻又讳车辙之辙为某字也；讳

吕后名雉为野鸡，不闻又讳治天下之治为某字也。今上章及诏[18]，不闻讳浒、势、秉、机也[19]。惟宦官宫妾，乃不敢言谕及机[20]，以为触犯。士君子立言行事[21]，宜何所法守也？今考之于经，质之于律，稽之以国家之典[22]，贺举进士为可邪？为不可邪？

凡事父母，得如曾参，可以无讥矣；作人得如周公孔子，亦可以止矣。今世之士，不务行曾参周公孔子之行[23]，而讳亲之名，则务胜于曾参周公孔子，亦见其惑也。夫周公孔子曾参卒不可胜，胜周公孔子曾参，乃比于宦者宫妾，则是宦者宫妾之孝于其亲，贤于周公孔子曾参者邪？

注释

⑨法制：礼法制度。

⑩周公：西周初年政治家，名姬旦，周武王的弟弟，帮助武王灭殷（商），又辅佐成王，主持制定了周朝的典章制度。他和孔子都被历代统治者尊崇为“圣人”。

⑪诗：《诗经》。《诗经·周颂》中的《噫嘻》与《雍》等篇，相传为周公所作，其中有“克昌厥后”“骏发尔私”等句，而周公之父文王名昌，周公之兄武王名发，所以说“周公作诗不讳”。

⑫孔子不偏讳二名：孔子不避单独用的“徵”或“在”字。如：《论语·八佾》中孔子曾说“杞不足徵也……宋不足徵也”，《论语·卫灵公》中又说“某在斯”。

⑬《春秋》：春秋时鲁国的编年史书，相传经孔子删订，为儒家经典之一。讥：讥刺，非难。

⑭“康王”二句：周康王名钊，其孙继位，谥昭。《春秋》对此未提出异议。

⑮曾参（shēn）：春秋时人，字子舆，孔子弟子，以孝行著称。不讳昔：《论语·泰伯》记曾子说：“昔者吾友尝从事于斯矣。”

⑯杜度：东汉时人，字伯度，齐国丞相。

⑰“汉讳”句：汉武帝名刘彻，当时为避讳，将彻侯改为通侯，蒯（kuǎi）彻改为蒯通。

⑱章：奏章，臣下给皇帝的报告。诏：诏书，皇帝颁发的文书命令。

⑲浒（hǔ）、势、秉、机：四字与唐高祖李渊之父（名虎）、太宗李世民、世祖李昞、玄宗隆基名同音。

⑳谕：与代宗李豫的名字同音。

㉑士君子：指官僚及其他有社会地位的乡绅、读书人等。

㉒稽：检核。国家之典：指上文所举汉代讳武帝、吕后名，唐朝奏章、诏令不避“浒势秉机”等例。

㉓务行：致力于实行。

译文

试问避讳是从什么时候开始的呢？制定礼法制度来教化天下的，不是周公、孔子吗？而周公吟诗不避讳，孔子不避母亲双字名中的单独一字，《春秋》中对人名相近不避讳的事例，也没有加以讥刺。周康王钊的孙子，谥号就是昭王。曾参的父亲名皙，曾子不避“昔”字。周朝时有一个人叫骐期，汉朝时有一个人叫杜度，像这样的名字让他们的儿子如何避讳呢？难道为了要避讳父名中音近的字，就连他们的姓氏也避讳了吗？还是就不避讳音相近的字了呢？汉代讳武帝名彻，遇到“彻”字就改为“通”字，但没有听说又讳“车辙”的“辙”字而将“辙”改为别的什么字；讳吕后名雉，遇到“雉”字就改称“野鸡”，但没有听说又讳“治天下”的“治”字而将“治”改为别的什么字。现在臣僚上送奏章、皇帝下传谕旨，也没听说要避浒、势、秉、机这些字，只有宦官和宫女，才不敢说谕和机这些字，以为这样是犯忌的。士大夫的言行，究竟应该依照什么法度呢？总之，无论是考据经典、查证律文，还是查核国家典章，李贺参加进士考试，到底是可以还是不可以呢？

大凡服侍父母能像曾参那样，可以免遭非议了；做人能像周公、孔子，也可以达到顶点了。而现在的读书人，不努力学周公、孔子的行事，却要在讳亲人的名字上去超越周公、孔子，真是太糊涂了。周公、孔子、曾参，毕竟是无法超过的，超越了周公、孔子、曾参，而去向宦官、宫女看齐，那么岂非宦官、宫女对亲人的孝顺，比周公、孔子、曾参还要好得多了吗？

争臣论

争臣，就是“谏诤”之臣。唐德宗时的阳城，原本隐居于中条山，因人品和学识为人所敬仰，因此被荐举为谏官。然而上任五年，却唯唯诺诺，对皇帝无所规劝。韩愈因此写了这篇《争臣论》加以抨击。

原文

或问谏议大夫阳城于愈：“可以为有道之士乎哉[①]？学广而闻多，不求闻于人也。行古人之道，居于晋之鄙，晋之鄙人，薰其德而善良者几千人。大臣闻而荐之，天子以为谏议大夫。人皆以为华，阳子不色喜。居于位五年矣，视其德，如在野，彼岂以富贵移易其心哉？”

愈应之曰：“是《易》所谓‘恒其德贞，而夫子凶’者也[②]。恶得为有道之士乎哉[③]？在《易·蛊》之‘上九’云：‘不事王侯，高尚其事[④]。’《蹇》之六二则曰：‘王臣蹇蹇，匪躬之故[⑤]。’夫亦以所居之时不一，而所蹈之德不同也。若《蛊》之上九，居无用之地，而致匪躬之节；以《蹇》之六二，在王臣之位，而高不事之心，则冒进之患生，旷官之刺兴。志不可则，而尤不终无也。今阳子在位，不为不久矣。闻天下之得失，不为不熟矣。天子待之，不为不加矣。而未尝一言及于政。视政之得失，若越人视秦人之肥瘠，忽

焉不加喜戚于其心。问其官，则曰谏议也；问其禄，则曰下大夫之秩也；问其政，则曰我不知也。有道之士，固如是乎哉？且吾闻之：‘有官守者，不得其职则去；有言责者，不得其言则去。’今阳子以为得其言乎哉？得其言而不言，与不得其言而不去，无一可者也。阳子将为禄仕乎？古之人有云：‘仕不为贫，而有时乎为贫。谓禄仕者也。’宜乎辞尊而居卑，辞富而居贫，若抱关击柝者可也。盖孔子尝为委吏矣，尝为乘田矣，亦不敢旷其职，必曰会计当而已矣，必曰牛羊遂而已矣。若阳子之秩禄，不为卑且贫，章章明矣，而如此，其可乎哉？”

注释

①谏议大夫：官名。唐时隶属门下省。专掌讽喻规谏。阳城：字亢宗，唐定州北平（今河北顺平县东南）人。家贫好学，为集贤院写书吏，唐德宗时中进士。曾隐居中条山，由李泌推荐，召为谏议大夫。任谏官五年，每日饮酒，未尝言事，韩愈为此写下了这篇《争臣论》。

②恒其德贞，而夫子凶：本句的引文见《易·恒》：“恒其德贞。妇人吉，夫子凶。”意思是说，永远保持一种行为的准则，对妇人来说是好事，对男子来说并不是好事。

③恶：怎么，哪里。

④不事王侯，高尚其事：是“蛊”卦中“上九”爻辞。前一个“事”为动词，谓侍奉。后一个“事”为名词，指行为、节操。

⑤王臣蹇蹇，匪躬之故：“蹇”卦中“六二”爻辞。意思是王臣屡屡直谏，并非为自己，而是为君为国。

译文

有人问我："谏议大夫阳城，可以算作有道德的士人吗？他学识渊博，广见多闻，又不希望人们知道他的名声。他履行古人的道德准则，住在晋地的边境。晋地边境的人受到他的道德熏陶而修行善良的有几千人之众。大臣听说后就推荐他，皇帝任用他为谏议大夫。人们都认为这是很荣耀的，而阳先生却没有欣喜的表情。他担任这个职务已经五年了，看他的品德好像与隐居时一样，他哪里会因富贵而改变自己的心志呢？"

我回答说："这就是《易经》里所说的，长期保持着一种德操而不能因事制宜，这对士大夫来说是有危害的。哪里算得上有道德的人呢？《易经·蛊卦》的'上九'爻辞中说：'不愿侍奉王侯，只求自己的节操高尚。'《易经·蹇卦》的'六二'爻辞中又这么说：'做臣子的不避艰难去直言进谏尽忠于君主，是由于他不顾自身的缘故。'那不就是因为所处的时间场合不一样，所实践的准则也不同吗？就像《蛊卦》的'上九'爻辞说的那样，处于没被任用的地位，却去表示奋不顾身的节操；再如《蹇卦》的'六二'爻辞说的，处在君王之臣的职位，却把不事王侯的节操当作高尚，那么冒求仕进的祸患便会产生，玩忽职守的指责也会兴起。此种志向不当效法，而且最后将不可避免地获得罪过啊！现在阳先生担任职位的时间，不能算是不长久了；了解国家的政治措施的正确与失误，不能算是不熟悉了；皇帝对待他，不能说不重视。然而他未曾说过一句关系到国家政治的话。看待朝政的得失，就好像越国人看秦国人的胖瘦一样，毫不在意，他心中没有喜悦和忧愁的波动。问他担任什么官职，就说是谏议大夫啊；问他有多少俸禄，就说是下大夫的品级啊；问他朝政情况，就回答说我不知道。有道德的人，原来是这样的吗？况且我听说：有官位职守的人，不能称职就该离去；有进言任务的人，不能提出有益的意见就应辞去。现在阳先生认为提出了自己的建议批评没有呢？能够提出批评而不提，和不能提出自己的建议批评而不离去，这两种态度没有一种是对的啊！阳先生是为了俸禄而做官的吗？古人说过：'做官不是因为家贫，但有时是因为贫困的。指的是那些为俸禄而做官的人。'应该辞去高位而担任低下的职务，放弃富贵而安于贫贱生活，当个守门、巡夜之类的差使就可以了。孔子曾经做过管理粮仓的小吏，又曾做过管理畜牧的贱职，也不敢旷废他的职守，总是说‘一定做到统计准确无误才算完成任务’，总是说‘牛羊顺利成长才行’。像阳先生的品级俸禄，不算低下和微薄，那是明明白白的了，可是他的行事却是这个样子，难道可以吗？”

原文

或曰：“否，非若此也。夫阳子恶讪上者，恶为人臣招其君之过而以为名者。故虽谏且议，使人不得而知焉。《书》曰：‘尔有嘉谟嘉猷，则入告尔后于内，尔乃顺之于外，曰：‘斯谟斯猷，惟我后之德⑥。’”夫阳子之用心，亦若此者。

愈应之曰：“若阳子之用心如此，滋所谓惑者矣。入则谏其君，出不使人知者，大臣宰相之事，非阳子之所宜行也。夫阳子，本以布衣隐于蓬蒿之下，主上嘉其行谊，擢在此位，官以谏为名，诚宜有以奉其职，使四方后代，知朝廷有直言骨鲠之臣，天子有不僭赏、从谏如流之美。庶岩穴之士，闻而慕之，束带结发，愿进于阙下，而伸其辞说，致吾君于尧舜，熙鸿号于无穷也⑦。若《书》所谓，则大臣宰相之事，非阳子之所宜行也。且阳子之心，将使君人者恶闻其过乎？是启之也。”

注释

⑥《书》：《书经》，记载上古帝王言论和政治文告。本段话出自《书·君陈》。

⑦岩穴之士：指隐居山林的知识分子。

译文

有人说:“不,不是这样的。阳先生是憎恶诽谤皇上的人,厌恶那些作为臣下却因公开揭发他的君主的过失而出名的人。所以,他虽然向皇帝提了意见和建议,却不让别人知道。《尚书》中说:‘你有好的计策和谋略,就去告诉你的君主,你到外面告诉大家,这个计策智谋是我们君主出的。’阳先生的用意也是像这样的。”

我回答说:“假如阳先生的用心是这样的,那他可谓更糊涂了。进去为君主献策,出来又不使别人知道,这是大臣宰相的做法,不是阳先生所应该做的啊!那阳先生,本来以平民身份,隐居在草野之间,皇上赏识他的品行道义,提拔他担任这个职位,官为谏议大夫,他实在应该做出成绩来,奉行自己的职守,使全国各地和子孙后代知道朝廷有直言不讳、刚正不屈的臣子,君主有不滥赏和从谏如流的美名。这就可能使山野间的隐士听到了而对此产生羡慕之心,束好腰带,挽起发髻,愿意进身到宫门之下陈述他们的言论,使我们的君主成为尧舜那样的圣君,使他伟大的名声流传千古。像《尚书》所说的,那是大臣宰相的事,不是阳先生所应该做的啊!况且阳先生的用心,将会使君主厌恶听到自己的过失吧?这就是在这方面启发君主啊。”

原文

或曰:“阳子之不求闻而人闻之,不求用而君用之,不得已而起,守其道不变,何子过之深也?”

愈曰:“自古圣人贤士,皆非有求于闻用也。闵其时之不平,人之不义,得其道,不敢独善其身,而必以兼济天下也[8]。孜孜矻矻,死而后已。故禹过家门不入,孔席不暇暖,而墨突不得黔[9]。彼二圣一贤者,岂不知自安佚之为乐哉?诚畏天命而悲人穷也。夫天授人以贤圣才能,岂使自有余而已,诚欲以补其不足者也。耳目之于

身也，耳司闻而目司见，听其是非，视其险易，然后身得安焉。圣贤者，时人之耳目也；时人者，圣贤之身也。且阳子之不贤，则将役于贤以奉其上矣；若果贤，则固畏天命而闵人穷也。恶得以自暇逸乎哉？”

注释

⑧闵：通“悯”，忧虑。乂：安定。

⑨禹：夏禹。他治理洪水非常勤劳，十三年里三过家门而不入。“孔席不暇暖，而墨突不得黔”二句出自汉班固《答宾戏》，大意是说孔子和墨子热心世事，周游列国，整天奔忙不休，座席还未坐暖，灶上烟囱还未烧黑，又离家出行了。

译文

有人说：“阳先生不求出名而别人都知道他，不求任用而君主任用了他，他不得已才出来做官，保持着一贯的操行准则而不改变，为什么您对他责备得如此苛刻呢？”

我说：“自古以来的圣人贤士，都不是由于追求名望而被任用的，他们怜悯自己所处的时代动荡，民生不安定，有了道德和学问之后，不敢独善其身，一定要经世致用，普济天下。勤恳努力，终身不懈，到死才罢休。所以大禹在治理洪水的过程中，三次经过自己的家门也不进去看一下；孔子周游列国时，连座席也来不及坐暖就又出门了；而墨翟从不安居一地，所住之处灶上烟囱不及熏黑，就离家了。那两位圣人和一位贤人，难道不懂得自己过安逸生活的快乐吗？实在是敬畏上天的旨意，而且怜悯人民的穷困啊。上天将圣贤的德才和能力授予这些人，哪里只是让他们自己有余就算了，实在是想通过他们来补充别人的不足。耳目对于人来说，耳管听，眼管看，听清是非，看明安危，然后身体才能安全。圣人贤人，是世人的耳目；世人，是圣贤的身体。再说阳先生要不是贤人，那就应该被贤人所遣使来侍奉他的君主；如果确实是贤人，本当敬畏上天的意旨，而怜悯百姓的穷困。怎么能够只顾自己的闲适安逸呢？”

原 文

或曰："吾闻君子不欲加诸人，而恶讦以为直者。若吾子之论，直则直矣，无乃伤于德而费于辞乎？好尽言以招人过，国武子之所以见杀于齐也，吾子其亦闻乎[10]？"

愈曰："君子居其位，则思死其官。未得位，则思修其辞以明其道。我将以明道也，非以为直而加人也。且国武子不能得善人，而好尽言于乱国，是以见杀。《传》曰：'惟善人能受尽言[11]。'谓其闻而能改之也。子告我曰：'阳子可以为有道之士也。'今虽不能及已，阳子将不得为善人乎哉？"

注 释

⑩国武子：名佐，春秋时齐国的大夫。《国语·齐语》："柯陵之会，单襄公见国武子，其言尽。襄公曰：'立于淫乱之间，而好尽言以招人过，怨之本也。'鲁成公十八年，齐人杀武子。"

⑪《传》：此指《国语》。《国语》又称《春秋外传》。引文见《国语·周语下》。

译文

有人说："我听说君子不想把自己的意见强加于人，并且憎恶那种把攻击别人当作正直的人。像您的议论，直率是够直率的了，未免有点损害道德并且浪费口舌了吧？喜欢直言不讳地揭发别人的过失，这就是国武子在齐国被杀害的原因啊，您大概也听说过吧？"

我说："君子有官位，就应有以身殉职的思想准备；未得到官位，就考虑修饰文辞来阐明他掌握的道理。我是要申明道理，并非自作正直而指责他人。《春秋外传》说：'只有善人才能够毫无保留地接受批评。'这就是说他听到别人规劝后能改正自己的过失。您告诉我说：'阳先生可以算是有道德的人。'阳先生虽然现在未能达到，难道他将来也不能成为一个有道德的人吗？"

论佛骨[1]表

唐宪宗崇奉佛教，元和十四年（819年）正月，宪宗派宦官到凤翔法门寺，把释迦牟尼佛的遗骨迎入宫，供奉三日，又送回寺院。于是整个长安城都轰动了，王公士民们奔走相庆，纷纷前去瞻礼施舍，唯恐落下自己。韩愈认为佛教的教义和儒家学说相悖，并鉴于"迎佛骨"给国家和人民造成的巨大危害，而写了《论佛骨表》，指出历史上那些"事佛求福"的国君，不仅没有得福，反而"乃更得祸"，甚

至亡国，因此，"佛不足事"。现在"迎佛骨"以供养，使人民"老少奔波，弃其业次"，为害不浅；况且佛教"不知君臣之义，父子之情"，所以应当把所谓的"佛骨""投诸水火，永绝根本"。韩愈的意见在当时是应该得到重视的，但他却因此获得罪名，被贬至偏远的潮州。

原文

臣某言：伏以佛者，夷狄之一法耳，自后汉时流入中国，上古未尝有也②。昔者黄帝在位百年，年百一十岁③；少昊在位八十年，年百岁④；颛顼在位七十九年，年九十八岁⑤；帝喾在位七十年，年百五岁⑥；帝尧在位九十八年，年百一十八岁⑦；帝舜及禹，年皆百岁⑧。此时天下太平，百姓安乐寿考，然而中国未有佛也。其后殷汤亦年百岁⑨，汤孙太戊在位七十五年，武丁在位五十九年，书史不言其年寿所极，推其年数，盖亦俱不减百岁⑩；周文王年九十七岁，武王年九十三岁，穆王在位百年⑪。此时佛法亦未入中国，非因事佛而致然也。

汉明帝时，始有佛法，明帝在位，才十八年耳⑫。其后乱亡相继，运祚不长⑬。宋、齐、梁、陈、元魏已下，事佛渐谨，年代尤促⑭。惟梁武帝在位四十八年，前后三度舍身施佛，宗庙之祭，不用牲牢，昼日一食，止于菜果⑮。其后竟为侯景所逼，饿死台城，国亦寻灭⑯。事佛求福，乃更得祸。由此观之，佛不足事，亦可知矣。

注释

①佛骨：指佛教始祖释迦牟尼的一节指骨。

②伏：俯首向下，下对上的敬辞。以：以为。佛：此指佛教。佛教创始人为释迦牟尼（意为释迦族的圣人），姓乔答摩，名悉达多。他原为天竺迦毗

国学经典 唐宋八大家

罗卫国净饭王的儿子，因见到生老病死诸苦相，加上天竺社会黑暗，便产生厌世思想。传说他29岁出家求道，苦修六年，无所收获，于是在菩提树下独坐冥想，忽然成就无上正觉（即成佛）。后在中印度各地传教，说苦、集、灭、道“四谛”及“八正道”。80岁时在拘尸那城附近的娑罗双树下入灭（逝世）。后汉：东汉。佛教传入中国，早在西汉末年就开始了。汉哀帝元寿元年（公元前2年），西域佛教国大月氏使臣伊存来汉，博士弟子景卢曾向他学习浮屠经。但佛学在中国的兴盛却起于东汉。《后汉书·西域传》记载：“世传明帝梦见金人，长，大，顶有光明，以问群臣。或曰：‘西方有神，名曰佛，其形长丈六尺而黄金色。’帝于是遣使天竺，问佛道法，遂于中国图画形象焉。

③黄帝：传说中中原各族的共同祖先。本姓公孙，后改姬姓，号轩辕氏。先是打败扰乱各部落的炎帝，后又击杀蚩尤，被众部落拥戴为领袖。

④少昊：传说中古部落首领。黄帝子，一说姓己，名挚，号穷桑帝。

⑤颛顼：传说中古部落首领。黄帝之子昌意之后，号高阳氏。

⑥帝喾：传说中古部落首领，黄帝之子玄嚣之后，号高辛氏。

⑦帝尧：传说中古部落联盟领袖，帝喾之子，号陶唐氏。

⑧帝舜：传说中古部落联盟领袖，颛顼的七世孙，姚姓，号有虞氏，名重华。禹：传说中夏后氏部落领袖，后因治水有功，舜死后为部落联盟领袖。

⑨殷汤：帝喾之子契之后，子姓，原为商族领袖。后用伊尹，陆续灭掉邻国和夏的盟国，最后一举灭夏，建立商朝，号武王。

⑩太戊：大戊，殷汤第四代孙。武丁：殷汤第十代孙。

⑪周文王：相传为帝喾之子后稷之后，姬姓，名昌。亦称西伯，史称其“积善累德，诸侯皆向之”。纣王曾囚西伯于羑里（故址在今河南省汤阴县北）。武王：名发，文王次子。率众诸侯伐纣灭商，建立周朝。穆王：名满，周昭王子。

⑫汉明帝：刘庄，光武帝刘秀第四子，公元58—75年在位。

⑬运祚：国运，福祚，即世运。

⑭元魏：北魏。鲜卑人拓跋珪建立北魏，魏孝文帝时改姓元氏，故称元魏。谨：慎重。促：短。

⑮梁武帝：萧衍。字叔达，502年至549年在位。即位后大兴寺庙，自己曾三次舍身同泰寺，由他的儿子和臣子用重金赎回。牲牢：指作祭品用的牲畜牛、羊、猪。

⑯侯景：字万景，北魏怀朔镇（今内蒙古包头东北）人。

译文

臣某进言：臣谨慎地认为佛教不过是外国的一种道法而已。在后汉时流入中国，上古时期不曾有过。以前黄帝在位100年，享年110岁；少昊在位80年，享年100岁；颛顼在位79年，享年98岁；帝喾在位70年，享年105岁；帝尧在位98年，享年118岁；帝舜和禹都享年100岁。那时候天下太平，百姓安居乐业，健康长寿，可是中国那时候还没有佛教啊！从那以后，殷汤的君王享年也100岁，他的孙子太戊在位75年，武丁在位59年，史书上没有记载他们的年龄，推算他们的年龄，大概不会低于100岁；周文王享年97岁，武王享年93岁，穆王在位百年。这时候，佛教也还没有流入中国。可见，这些帝王长命百岁并不是由于侍奉佛的缘故啊！

汉明帝的时候才开始有佛法，可明帝在位只有18年。从那以后，社会长期混乱，国运不长，朝代更迭。自宋、齐、梁、陈、元魏以来，侍奉佛的越来越虔诚，但立国的时间和皇帝的寿命更加短暂。只有梁武帝在位48年，在此期间，他三次为佛舍身，宗庙的祭祀不用牛羊牲畜，白天吃一顿饭也仅限于蔬菜和水果。可后来武帝被一个叫侯景的人所逼迫，被活活饿死在台城，国家也随着灭亡。恭敬地侍奉佛，祈求好运，反而招来更多的祸害。从中可以看到，佛是不值得侍奉的，也就可以明白了！

原文

高祖始受隋禅，则议除之。当时群臣材识不远，不能深知先王之道、古今之宜，推阐圣明，以救斯弊，其事遂止⑰，臣常恨焉。伏惟睿圣文武皇帝陛下，神圣英武，数千百年已来，未有伦比⑱。即位之初，即不许度人为僧尼道士，又不许创立寺观。臣常以为高祖之志，必行于陛下之手，今纵未能即行，岂可恣之转令盛也？

今闻陛下令群僧迎佛骨于凤翔，御楼以观，舁入大内，又令诸寺递迎供养。臣虽至愚，必知陛下不惑于佛，作此崇奉，以祈福祥也。直以年丰人乐，徇人之心，为京都士庶设诡异之观，戏玩之具耳⑲。安有圣明若此，而肯信此等事哉！然百姓愚冥，易惑难晓，苟见陛下如此，将谓真心事佛⑳，皆云："天子大圣，犹一心敬信；百姓何人，岂合更惜身命？"焚顶烧指，百十为群，解衣散钱，自朝至暮，转相仿效，惟恐后时，老少奔波，弃其业次㉑。若不即加禁遏，更历诸寺，必有断臂脔身以为供养者㉒。伤风败俗，传笑四方，非细事也。

注释

⑰材识：才能见识。推阐：推广阐发。圣明：对皇帝的美称，此指高祖禁佛的主张。

⑱睿圣文武皇帝：是唐宪宗元和三年正月群臣给宪宗皇帝上的尊号。伦比：匹敌。舁：抬。大内：指皇帝宫殿。递迎：一个接一个迎接。

⑲直：只是。徇：顺从。诡异：怪异。观：景观。具：名词，东西。

⑳愚冥：愚昧。

㉑焚顶烧指：以火烧头顶，烧灼手指。奔波：忙碌地往来奔走。业次：

生业，常业。此处指本职工作，如做工、经商等。

㉒脔身：把身上的肉割下一块。脔，切成小块的肉，这里是作动词用，意为割下。

译文

高祖刚接受隋代皇帝的禅让登上王位时，就商议要废除佛教。但当时，群臣的才识有限，眼光短浅，不能深刻地理解先王立国的道理以及古代与现在应该做的事，推广并解释高祖的英明主张，来挽救由于信佛而带来的弊端，废除佛教的措施逐渐停了下来，因此微臣常常感到遗憾。微臣认为，睿圣文武皇帝陛下，神圣英武，几千年以来，没有一个可比得上的。陛下登上王位的初期，立即禁止剃度人为僧尼道士，也不允许建立寺庙道观。臣常常以为高祖的志向，必然会被陛下亲自推行，现在纵然不能立即施行，岂可以放纵使佛教繁盛起来？

现在，听说陛下让僧人到凤翔法门寺去“迎佛骨”，亲自登楼观看。于是僧人把“佛骨”送进宫内，又让众多的寺庙轮流供养。微臣虽然很愚蠢，也知道陛下不会被佛事迷惑，进行如此虔诚的活动，只是祈求幸福和吉祥。不过是由于年成丰足，人民安乐，顺应人们的心意，为京城的官员和百姓设置奇异的景观，提供游玩娱乐的东西罢了。陛下如此圣明，却怎么肯相信这样的事呢？然而百姓愚昧，很容易被迷惑，要了解它非常难，如果见到陛下做出这样的事，他们将会认为陛下真心向佛，都会说：“天子非常圣明，尚且一心恭敬地侍奉佛，百姓是什么样的人，怎么能更加吝惜自己的性命呢？”他们焚烧头发和手指，大约百个一群、十个一堆，从早到晚，施舍衣服，散发钱财。百姓互相仿效，唯恐落在后面。老老小小一起奔波，放弃了他们的职业。假如不能立即加以禁止与遏制，再让“佛骨”经过寺庙，肯定会有人砍下自己的手臂、切割身上的肉来敬奉“佛骨”的。伤风败俗，作为笑谈传到四方，这并不是件小事啊！

原文

夫佛本夷狄之人，与中国言语不通，衣服殊制，口不言先王之法言，身不服先王之法服，不知君臣之义、父子之情㉕。假如其身至今尚在，奉其国命，来朝京师，陛下容而接之，不过宣政一见，礼宾一设，赐衣一袭，卫而出之于境，不令惑众也㉖。况其身死已久，枯朽之骨，凶秽之余，岂宜令入宫禁？

孔子曰："敬鬼神而远之。"古之诸侯，行吊于其国，尚令巫祝先以桃茢祓除不祥，然后进吊㉗。今无故取朽秽之物，亲临观之，巫祝不先，桃茢不用，群臣不言其非，御史不举其失，臣实耻之。乞以此骨付之有司，投诸水火，永绝根本，断天下之疑，绝后代之惑。使天下之人，知大圣人之所作为，出于寻常万万也㉘。岂不盛哉！岂不快哉！佛如有灵，能作祸祟，凡有殃咎，宜加臣身，上天鉴临，臣不怨悔。无任感激恳悃之至，谨奉表以闻㉙。臣某诚惶诚恐。

注释

㉕法言、法服：指合乎礼法的言语、服饰。不知君臣之义、父子之情：僧人见皇帝不行人臣礼，又不养父母，无妻无子。

㉖宣政：宫殿名，位于大明宫含元殿后。礼宾：礼宾院，唐宪宗元和九年设礼宾院于长安长兴里，以待四夷之使。设：指设宴。袭：一套。

㉗巫：能以舞降神的人。祝：祠庙中司祭礼的人。桃茢：用桃枝编的笤帚，古人用它扫除不祥。祓除：驱除。

㉘寻常：指一般人。万万：谓远远胜过。

㉙无任：不胜。感激：激动。恳悃：诚恳。

译文

佛原本是外国人，他的语言跟中国的不同，衣服的样式也不一样，不会说合乎古代圣王礼法的语言，身上不穿合乎古代圣王礼法的衣服，不知道君臣之间的义、父子之间的情。假如他的身体到现在还存在，奉他的国王的命令，到京城朝见皇上，陛下包容他并且迎接他，只不过是在宣政殿召见他，设宴招待，赐一套衣服，命令卫兵保护他们过境，不让他迷惑众人。何况他已经死了很久，枯朽的骨头不过是不祥的污秽的死尸的残留物，让他进入皇宫禁地，这怎么可以呢？

孔子说:“敬重鬼神，但需离它远远的。”古代的诸侯，在他们自己的国家进行吊祭的时候，尚且命令巫祝先用桃枝、扫帚等物来掸去不吉祥的东西，然后再进行吊祭。现在无缘无故取回腐朽的脏东西，亲自到现场观看，巫祝没有先行，也不让人用桃枝、扫帚等物来掸去不吉祥的东西，许多大臣没有说出这是不对的，御史也不列举它的过失。臣确实为这件事感到羞耻。请求陛下把这些骨头交付给司法部门，把它投到水中或火中，永远地根除祸害的源头，断绝让天下人及后代产生这种疑惑的根，使天下人知道大圣人的所作所为，超出一般人的万万倍，这岂不是很好的事吗？岂不是大快人心的事吗？佛如果真的灵验，能降下灾祸的话，那么一切祸殃，都应加在微臣身上。有上天作为明证，臣绝不抱怨后悔。臣不胜感激，极其恳切，谨奉上这表让皇上知道。微臣惶恐不安。

获麟解

此文比喻巧妙，寓意深远，借麒麟来比喻下层文人被压抑和被歧视的处境以及无所用其才的悲愤。虽然妇女和小孩都知道麒麟的出现是吉祥的象征，但因为没有人知道麒麟到底长什么样子，因此麒麟真的出现时，反而被世人轻贱对待。本文在结尾点明每个时代从来不缺乏麒麟之才，只是缺乏赏识人才的明君而已。

原文

麟之为灵，昭昭也。咏于《诗》，书于《春秋》，杂出于传记百家之书。虽妇人小子，皆知其为祥也。

然麟之为物，不畜于家[①]，不恒有于天下。其为形也不类，非若马、牛、犬、豕、豺、狼、麋、鹿然。然则虽有麟，不可知其为麟也。角者，吾知其为牛；鬣者，吾知其为马；犬、豕、豺、狼、麋、鹿，吾知其为犬、豕、豺、狼、麋、鹿；惟麟也不可知。不可知，则其谓之不祥也亦宜。

虽然，麟之出，必有圣人在乎位，麟为圣人出也。圣人者必知麟，麟之果不为不祥也。

又曰："麟之所以为麟者，以德不以形。若麟之出不待圣人[②]，则谓之不祥也亦宜。"

注释

①畜于家：在家中饲养。

②不待圣人：不等待有圣人在位就出世，即生不逢时。

译文

麒麟是灵异的动物，这是十分明显的事。《诗经》咏赞过它，《春秋》记载过它，它还出现在众多的杂记、传记之类的书中。连妇女和小孩都知道它是吉祥的象征。

但是麒麟虽然是吉祥的象征，却不能养在家里，天下也不常见。麒麟的外形也不伦不类，不像马、狗、猪、豺、狼、麋、鹿那样容易为人所辨识。既然这样，虽然在人间有麒麟出现，一般人也不知道这是麒麟。看到长角的，我们就知道它是牛；看到长鬣毛的，就知道它是马；看到狗、猪、豺、狼、麋、鹿，我们都知道它们是狗、猪、豺、狼、麋、鹿，只有麒麟我们不知道长什么样。不能辨识麒麟，那么人们看见麒麟的时候，说它是不吉祥的东西也是在所难免的。

虽然这样，麒麟出现之时，天下一定有圣人在，因为麒麟就是为圣人而来的。圣人必定能够辨识麒麟。这样看来，麒麟并不是不吉祥的东西啊。

有人说："麒麟之所以是麒麟，是因为它注重的是德行而不是外表。如果麒麟不等圣人在位的时候就出现，那么没有人能辨识麒麟，麒麟被视为不吉祥的东西也是理所当然的。"

进学解

本文是元和七、八年间韩愈任国子博士时所作，假托向学生训话，勉励他们在学业、德行方面取得进步，学生提出质问，他再进行解释，故名“进学解”，借以抒发自己怀才不遇、仕途蹭蹬的牢骚。文中通过学生之口，形象地突出了自己学习并尊重儒学、从事文章写作的努力与成就，有力地衬托了遭遇的不平；而针锋相对的解释，表面心平气和，字里行间却充满了郁勃的感情，也反映了对社会的批评。另外，文中有许多创造性的语句已经被后代沿用为成语。

韩愈作为散文家，其实也推崇汉代文人扬雄的辞赋，本文的写作即对扬雄的《解嘲》《解难》等篇有所借鉴，词句丰富、音节铿锵、对偶工整，虽然属于赋文，然而气势奔放，语言流畅，摆脱了汉赋、骈文中常有的艰涩、呆板、堆砌辞藻等缺点。林纾所谓“浓淡疏密相间，错而成文，骨力仍是散文”说的就是韩愈特创的散文赋，可以看作杜牧的《阿房宫赋》、苏轼的《赤壁赋》的前驱之作。

原文

国子先生晨入太学，招诸生立馆下，诲之曰①：“业精于勤，荒于嬉；行成于思，毁于随。方今圣贤相逢，治具毕张②。拔去凶邪，登崇俊良。占小善者率以录，名一艺者无不庸③。爬罗剔抉，刮垢磨光④。盖有幸而获选，孰云多而不扬？诸生业患不能精，无患有司之不明；行患不能成，无患有司之不公⑤。”

注释

①国子先生：韩愈自称，当时他任国子博士。唐朝时，国子监是设在京都的最高学府，下面有国子学、太学等七学，各学置博士为教授官。国子学是为高级官员子弟而设的。太学：这里指国子监。唐朝国子监相当于汉朝的太学，古时对官署的称呼常有沿用前代旧称的习惯。

②治具：治理的工具，主要指法令。《史记·酷吏列传》："法令者，治之具。"毕：全部。张：指建立、确立。

③率：都。庸：录用。

④爬：爬梳，整理。抉（jué）：选择。

⑤有司：负有专责的部门及其官吏。

译文

国子先生早上走进太学，召集学生们站立在学舍下面，教导他们说："学业的精进由于勤奋，而荒废由于游荡玩乐；德行的成就由于思考，而败坏由于因循随便。当前圣君与贤臣相遇合，法制健全。拔除凶恶奸邪，晋升英俊善良。具有微小优点的都已录取，称有一技之长的无不任用。搜罗人才，加以甄别、教育、培养，对他们刮去污垢，磨炼得闪闪发光。大概只有侥幸而得选上的，谁说多才多艺而不被高举呢？诸位学生只怕学业不能精进，不要怕主管部门官吏看不清；只怕德行不能成就，不要怕主管部门官吏不公正。"

原文

言未既，有笑于列者曰："先生欺余哉！弟子事先生，于兹有年矣。先生口不绝吟于六艺之文，手不停披于百家之编⑥。记事者必提其要，纂言者必钩其玄⑦。贪多务得，细大不捐。焚膏油以继晷，恒兀兀以穷年⑧。先生之业，可谓勤矣。觝排异端，攘斥佛老⑨。补苴罅漏，张皇幽眇⑩。寻坠绪之茫茫⑪，独旁搜而远绍。障百川而东之，回狂澜于既倒。先生之于儒，可谓有劳矣。沉浸醲郁，含英咀华，作为文章，其书满家⑫。上规姚姒，浑浑无涯；周《诰》殷《盘》，佶屈聱牙；《春秋》谨严，《左氏》浮夸；《易》奇而法，《诗》正而葩；下逮《庄》《骚》，太史所录；子云相如，同工异曲⑬。先生之于文，可谓闳其中而肆其外矣。少始知学，勇于敢为；长通于方，左右具宜。先生之于为人，可谓成矣。然而公不见信于人，私不见助于友⑭。跋前踬后，动辄得咎⑮。暂为御史，遂窜南夷⑯。三年博士，冗不见治⑰。命与仇谋，取败几时⑱。冬暖而儿号寒，年丰而妻啼饥。头童齿豁，竟死何裨。不知虑此，而反教人为⑲？"

注释

⑥六艺：指儒家六经，即《诗》《书》《礼》《乐》《易》《春秋》六部儒家经典。百家之编：指儒家经典以外各学派的著作。《汉书·艺文志》把儒家经典列入《六艺略》中，另外在《诸子略》中著录先秦至汉初各学派的著作："凡诸子 189 家，4324 篇。"春秋战国时期，各种学派兴起，著书立说，

故有“百家争鸣”之称。

⑦纂：编集。纂言者：指言论集、理论著作。

⑧膏油：油脂，指灯烛。晷（guǐ）：日影。恒：经常。兀（wù）兀：辛勤不懈的样子。穷：终、尽。

⑨异端：儒家称儒家以外的学说、学派为异端。《论语·为政》：“攻乎异端，斯害也已。”朱熹《四书集注》：“异端，非圣人之道，而别为一端，如杨、墨是也。”焦循《论语补疏》：“异端者，各为一端，彼此互异。”攘（rǎng）：排除。老：老子，道家的创始人，这里借指道家。

⑩苴（jū）：鞋底中垫的草，这里作动词用，是填补的意思。罅（xià）：裂缝。皇：大。幽：深。眇：微小。

⑪绪：前人留下的事业，这里指儒家的道统。韩愈《原道》认为，儒家之道从尧舜传到孔子、孟轲，以后就失传了，而他以继承这个传统自居。

⑫英、华：都是花的意思，这里指文章中的精华。

⑬姚姒（sì）：相传虞舜姓姚，夏禹姓姒。佶屈：屈曲的样子，引申为不通顺。聱牙：文词艰涩，念起来不顺口。《春秋》：鲁国史书，记载鲁隐公元年（前722年）到鲁哀公十四年（前481年）间史事，相传经孔子整理删订，叙述简约而精确，往往一个字中寓有褒贬（表扬和批评）的意思。《左氏》：指《春秋左氏传》，简称《左传》。相传鲁史官左丘明作，是解释《春秋》的著作，其铺叙详赡，富有文采，颇有夸张之处。《易》：《易经》，古代占卜用书，相传周人所撰。通过八卦的变化来推算自然和人事规律。《诗》：《诗经》，我国最早的一部诗歌总集，保存西周及春秋前期诗歌305篇。逮：及、到。《庄》：《庄子》，战国时思想家庄周的著作。《骚》：《离骚》，战国时大诗人屈原的长诗。太史：指汉代司马迁，曾任太史令，也称太史公，著《史记》。子云：汉代文学家扬雄，字子云。相如：汉代辞赋家司马相如。

⑭见信、见助：被信任、被帮助。“见”在动词前表示被动。

⑮跋（bá）：踩。踬（zhì）：绊。语出《诗经·豳风·狼跋》：“狼跋其胡，载疐其尾。”意思说，狼向前走就踩着颔下的悬肉（胡），后退就绊倒在尾巴上。形容进退都有困难。辄：就。

⑯窜：放逐，贬谪。南夷：韩愈于贞元十九年（803年）授四门博士，次年转监察御史，冬，上书论宫市之弊，触怒德宗，被贬为连州阳山令。阳

山在今广东，故称南夷。

⑰三年博士：韩愈在宪宗元和元年（806 年）六月至元和四年任国子博士。一说“三年”当作“三为”。韩愈此文为第三次博士时所作（元和七年二月至八年三月）。冗（rǒng）：闲散。见：通“现”。表现，显露。

⑱几时：不时，不一定什么时候，也即随时。

⑲为：语助词，表示疑问、反诘。

译文

话没有说完，有人在行列里笑道：“先生在欺骗我们吧？我们这些学生侍奉先生您，到现在已经好几年了。先生嘴里不断地诵读六经的文章，两手不停地翻着诸子百家的书籍。对记事之文一定提取它的要点，对言论之编一定探索它深奥的旨意。不知满足地多方面学习，力求有所收获，大的小的都不舍弃。点上灯烛夜以继日，经常这样刻苦用功，一年到头不休息。先生的从事学业可以说勤奋了。抵制、批驳异端邪说，排斥佛教与道家，弥补儒学的缺漏，发扬光大精深微妙的义理。寻找渺茫失落的古代圣人之道的传统，独自广泛搜求并继承它们。防堵纵横奔流的各条川河，引导它们东注大海；挽回那狂涛怒澜，尽管它们已经倾倒泛滥。先生您对于儒家，可以说是有功劳了。心神沉浸在意味浓郁醇厚的书籍里，仔细地品尝咀嚼其中的精英华采，写作起文章来，书卷堆满了家屋。向上效法虞、夏时代的典章，深远博大得无边无际；周代的诰书和殷代的《盘庚》，多么艰涩、拗口、难读；《春秋》的语言精练准确，《左传》的文辞铺张夸饰；《易经》变化奇妙而有法则，《诗经》思想端正而辞采华美；往下一直到《庄子》《离骚》，太史公的记录；杨雄、司马相如的创作，同样巧妙而曲调各异。先生的文章可以说是内容宏大而气势奔放，波澜壮阔。先生少年时代就开始懂得学习，敢作敢为，长大之后通达道理，处理各种事情，左的右的，无不合宜。先生的做人，可以说是有成就的了。可是在公的方面，不能被人们信任；在私的方面，得不到朋友的帮助。前进退后，都发生困难，动不动便惹祸获罪。刚当上御史就被贬到南方边远地区。做了三年博士，职务闲散表现不出治理的成绩。您与敌仇打交道，不时遭受失败。冬天气候还算暖和的日子里，您的儿女们已为缺衣少穿而哭着喊冷；年成丰收，而您的夫人却仍为食粮不足而叫饿。您自己的头顶秃了，牙齿缺了，这样一直到死，有什么好处呢？不知道想想这些，倒反而来教训别人干吗呢？”

原文

先生曰：“吁，子来前[20]！夫大木为宗，细木为桷，欂栌、侏儒，椳、闑、扂、楔，各得其宜，施以成室者，匠氏之工也[21]。玉札、丹砂，赤箭、青芝，牛溲、马勃，败鼓之皮，俱收并蓄，待用无遗者，医师之良也[22]。登明选公，杂进巧拙，纡余为妍，卓荦为杰，校短量长，惟器是适者，宰相之方也[23]。昔者孟轲好辩，孔道以明，辙环天下，卒老于行[24]。荀卿守正，大论是弘，逃谗于楚，废死兰陵[25]。是二儒者，吐辞为经，举足为法，绝类离伦，优入圣域，其遇于世何如也[26]？今先生学虽勤而不由其统，言虽多而不要其中，文虽奇而不济于用，行虽修而不显于众。犹且月费俸钱，岁靡廪粟；子不知耕，妇不知织；乘马从徒，安坐而食[27]。踵常途之役役，窥陈编以盗窃[28]。然而圣主不加诛，宰臣不见斥，兹非其幸欤？动而得谤，名亦随之。投闲置散，乃分之宜。若夫商财贿之有亡，计班资之崇庳，忘己量之所称，指前人之瑕疵，是所谓诘匠氏之不以杙为楹，而訾医师以昌阳引年，欲进其豨苓也[29]。”

注释

⑳吁（xū）：叹词。

㉑宋（máng）：屋梁。桷（jué）：屋椽。欂栌（bó lú）：斗拱，柱顶上承托栋梁的方木。侏（zhū）儒：梁上短柱。椳（wēi）：门臼。闑（niè）：门中央所竖的短木，在两扇门相交处。扂（diàn）：门闩之类。楔（xiē）：门两旁的长木柱。

㉒玉札：地榆。丹砂：朱砂。赤箭：天麻。青芝：龙兰。以上四种都是名贵药材。牛溲：牛尿，一说为车前草。马勃：马屁菌。以上两种及"败鼓之皮"都是贱价药材。

㉓纡（yū）余：委婉从容的样子。妍：美。卓荦（luò）：突出，超群出众。校（jiào）：比较。

㉔孟轲好辩：《孟子·滕文公下》载：孟子有好辩的名声，他说："予岂好辩哉！予不得已也。"意思是说：自己因为捍卫圣道，不得不展开辩论。辙（zhé）：车轮痕迹。

㉕荀卿：荀况，战国后期儒家大师，时人尊称为卿。曾在齐国做祭酒，被人谗毁，逃到楚国。楚国春申君任他做兰陵（今山东枣庄）令。春申君死后，他也被废，死在兰陵，著有《荀子》。

㉖绝、离：都是超越的意思。伦、类：都是"类"的意思，指一般人。

㉗靡：通"靡"，浪费，消耗。廪（lǐn）：粮仓。

㉘踵（zhǒng）：脚后跟，这里是跟随的意思。役役：劳累不停的样子。窥：从小孔、缝隙或隐僻处察看。陈编：古旧的书籍。

㉙财贿：财物，这里指俸禄。班资：等级、资格。亡：同"无"。庳（bì）：低下。前人：指职位在自己前列的人。瑕（xiá）：玉石上的斑点。疵（cī）：病。瑕疵，比喻人的缺点。如上文所说"不公""不明"。杙（yì）：小木桩。楹（yíng）：柱子。訾（zǐ）：毁谤非议。昌阳：菖蒲。药材名，相传久服可以长寿。豨（xī）苓：又名猪苓，利尿药。这句意思是：自己小材不宜大用，不应计较待遇的多少、高低，更不该埋怨主管官员的任使有什么问题。

译文

国子先生说:“唉，你到前面来啊！要知道那些粗大的木材做屋梁，细小的木材做屋椽，柱上的斗拱、梁上的短柱、门臼、门橛、门闩、门柱，各用合适的材料建造，用以做成房屋，这是木工的心思啊。贵重的地榆、朱砂，天麻、龙芝，牛尿、马屁菌，坏鼓的皮，全都收集，储藏齐备，等到需用的时候就没有遗缺的，这是医师的高明啊。提拔人才，公正贤明，选用人才，态度公正。灵巧的人和朴质的人都得引进，有的人谦和而成为美好，有的人豪放而成为杰出，比较各人的短处，衡量各人长处，按照他们的才能品格分配适当的职务，这是宰相的方法啊！从前孟轲爱好辩论，孔子之道得以阐明，他游历的车迹周遍天下，最后在奔走中老去。荀况恪守正道，发扬光大宏伟的理论，因为逃避谗言到了楚国，还是丢官而死在兰陵。这两位大儒，说出话来成为经典，一举一动成为法则，远远超越常人，优异到进入圣人的境界，可是他们在世上的遭遇是怎样的呢？现在你们的先生学习虽然勤奋却不能遵循儒家的道统，言论虽然不少却不切合要旨，文章虽然写得出奇却无益于实用，行为虽然有修养却并没有突出于一般人的表现，尚且每月浪费国家的俸钱，每年消耗仓库里的粮食；儿子不懂得耕地，妻子不懂得织布；出门乘着车马，后面跟着仆人，安安稳稳地坐着吃饭；局局促促地按常规行事，眼光狭窄地在旧书里盗窃陈言，东抄西袭。然而圣明的君主不加处罚，也没有被宰相大臣所斥逐，岂不是幸运么？有所举动就遭到毁谤，名誉也跟着受到影响，被放置在闲散的位置上，实在是恰如其分的。至于考虑财物的有无，计较品级的高低，忘记了自己的才能和什么位置才相称，指责官长上司的缺点，这就好比责问工匠为什么不用小木桩做柱子，指责医师用菖蒲延年益寿，却想引进他的猪苓啊！”

送穷文

这是一篇亦庄亦谐的千古奇幻妙文，主人公认为自己正被五个穷鬼缠住身子，使他一生困顿。这五个穷鬼分别是智穷、学穷、文穷、命穷、交穷。主人公决心要把五个穷鬼送走，不料穷鬼却诙谐有趣地告诉主人公，他们将忠心耿耿地跟着他，虽然让他不合于世，但却能帮助他获得百世千秋的英名。韩愈写“送穷”，实则是“留穷”，以诙谐诡奇之笔抒发了抑郁不得志的愤慨。

原文

元和六年正月乙丑晦，主人使奴星结柳作车，缚草为船，载糗舆粻，牛系轭下，引帆上樯[①]。三揖穷鬼而告之曰[②]：“闻子行有日矣，鄙人不敢问所涂，窃具船与车，备载糗粻，日吉时良，利行四方，子饭一盂，子啜一觞，携朋挈俦，去故就新，驾尘彍风，与电争先，子无底滞之尤，我有资送之恩，子等有意于行乎。[③]”

屏息潜听，如闻音声，若啸若啼，砉欻嘎嘤，毛发尽竖，竦肩缩颈，疑有而无，久乃可明，若有言者曰[④]：“吾与子居，四十年余，子在孩提，吾不子愚，子学子耕，求官与名，惟子是从，不变于初[⑤]。门神户灵，我叱我呵，包羞诡随，志不在他[⑥]。子迁南荒，热烁湿蒸，我非其乡，百鬼欺陵[⑦]。太学四年，朝齑暮盐，惟我保汝，人皆汝嫌[⑧]。自初及终，未始背汝，心无异谋，口绝行语，于何听闻，云我当去？是必夫子信谗，有间于予也[⑨]。我鬼非人，安用车船，鼻齅臭香，糗粻可捐[⑩]。单独一身，谁为朋俦，子苟备知，可数已不[⑪]？子能尽言，可谓圣智，情状既露，敢不回避。”

注释

①元和六年：811年。晦阴历每月最后一天。载糗舆粻：用车运载干粮。糗，干粮；粻，米粮。轭：套牲口拉车，扼在牛马颈上的用具。樯：船的桅杆。

②穷鬼：唐《四时宝鉴》言，高阳氏（《文宗备问》作高辛）子喜欢穿破衣、吃稀粥，号为穷子，死于正月的最后一天。于是每逢此日世人备稀粥，扔破衣，谓之“除贫”。穷鬼由穷子而来。

③啜：饮。驾尘：指牛车奔驰扬起尘土。彍风：指风鼓船帆，顺势而行。彍，张满。底滞：停滞。尤：怨恨。

④砉欻：声音细碎。嘎嘤：声音夹杂。

⑤孩提：幼儿。

⑥包羞：容忍羞耻之事。诡随：诡谲善变。

⑦子迁南荒：指韩愈贬为阳山令事。

⑧齑：切碎的腌菜或酱菜。

⑨间：疏远离间。

⑩齅：同嗅。臭：气味。捐：弃。

⑪数：一一列举。已不：同“以否”。

译文

元和六年正月的最后一天，主人让名叫星的奴仆用柳条编成车，用草扎成船，载着干粮，套好牛轭，拉起船帆，向穷鬼拜了三下，告诉他说：“听说你即将远行，我不敢问你去哪里，私自备好了车和船，装好了干粮，今天刚好是良辰吉日，有利于出走到各地，请你吃了这碗饭，喝了这口汤，带上朋友，离开故主，寻找新的主人。你现就可以驾着牛车，扬起风帆，与闪电争先，你不至长久住在这里长久怨恨，我有资助你出行的情谊，你们有出行的意思吗？”

我屏住呼吸，偷听情况，仿佛听到了声音，像在呼啸又像在啼哭，声音细微而又嘈杂。我的头发都竖了起来，耸起肩，缩着颈，怀疑到底有没有穷鬼。过了很久才听清楚，好像有人在说：“我跟你住在一起，有四十几年了。你还是幼儿的时候，我没当你无知。你学习、耕作、求官显名我都听你的，始终没改变我的初衷。守护门户的神灵呵斥我，我也忍着耻辱跟随你，从无二心。你被贬到阳山，那里天气湿热，热浪灼人，我不是他们的乡亲，众鬼都欺负我。你在太学四年，早晚用齑菜和盐下饭，只有我守护你，别人却嫌弃你。从开始到现在，从没背叛过你，心里也没有其他想法，绝口不提要离开你。你是从哪里听说的，说我要离开？一定是你听信谗言，对我产生了隔膜。我是鬼不是人，哪里用得着车船？我只是闻食物的气味，干粮可丢弃。我单独一人，谁是我的朋友？如果你已经知道了，可不可以说给我听？你能详尽说出来，那就可称为圣人智者。真实情况既已揭露，我们敢不走开吗？”

原文

主人应之曰：“子以吾为真不知也邪！子之朋俦，非六非四，在十去五，满七除二，各有主张，私立名字，捩手覆羹，转喉触讳，凡所以使吾面目可憎、语言无味者，皆子之志也[12]。其名曰智穷：矫矫亢亢，恶圆喜方，羞为奸欺，不忍害伤[13]；其次名曰学穷：傲数与名，摘抉杳微，高挹群言，执神之机[14]；又其次曰文穷：不专一能，怪怪奇奇，不可时施，祇以自嬉；又其次日命穷：影与形殊，面丑心妍，利居众后，责在人先；又其次曰交穷：磨肌戛骨，吐出心肝，企足以待，寘我仇冤[15]。凡此五鬼，为吾五患，饥我寒我，兴讹造讪，能使我迷，人莫能间。朝悔其行，暮已复然。蝇营狗苟，驱去复还[16]”

言未毕，五鬼相与张眼吐舌，跳踉偃仆，抵掌顿脚，失笑相顾[17]。徐谓主人曰：“子知我名，凡我所为，驱我令去，小黠大痴。人生一世，其久几何？吾立子名，百世不磨。小人君子，其心不

同，惟乖于时，乃与天通。携持琬琰，易一羊皮，饫于肥甘，慕彼糠糜[18]。天下知子，谁过于予，虽遭斥逐，不忍子疏，谓予不信，请质《诗》《书》[19]。”主人于是垂头丧气，上手称谢，烧车与船，延之上座[20]。

注释

⑫非六非四连同下二句均言五个，如此行文只为诙谐而已。捩手：转手。捩，扭转。转喉：指说话。

⑬矫矫：刚强。亢亢：刚直。恶圆喜方：厌恶圆滑喜欢正直。

⑭傲数与名：指不重视对一些技艺和概念的学习、研究。摘抉：发明、揭示。挹：舀取。执神之机：掌握了自然规律的关键。神，这里指自然规律。机，枢机，比喻事物运动的关键。

⑮磨肌戛骨：抚摩肌肉，敲击骨头，形容人内外反省，待人至诚。企足：踮起脚跟，表示盼望。

⑯讹：谣言。讪：诽谤。蝇营狗苟：像苍蝇一样飞来飞去，像狗一样苟且为生。蝇营：苍蝇飞来飞去的样子。

⑰跳踉：腾跃跳动。抵掌：击掌。

⑱琬琰：泛指美玉。饫：饱。肥甘：肥美。

⑲质：问，对照。

⑳上手：举手。

译文

主人回答说："你以为我真的不知道你们吗？你的同伙，不是六个也不是四个，用十减去五，七去掉二，你们各有自己的主张，私自起了名字，使我动手就惹祸，一说话就会触犯忌讳。凡是让我面目可憎、语言乏味的，都是你们的主意。你们中的一个叫'智穷'：坚强正直，刚正不阿，痛恨圆滑，喜欢正直，以奸诈为羞，不忍伤害别人；另一个叫'学穷'：轻视术数和名物的学问，揭示深远微妙的道理，吸取各家学说的精华，把握事物的本质；还有一个叫'文穷'：不专用一种写作技巧，因此，文章古怪雄奇，不能在当时施行，只能用来娱乐自己；再有一个叫'命穷'：影子与体形不同，外貌丑陋而心地善良，利益让众人先得，而责任自己先挑；再一个叫'交穷'：抚摩肌肤，敲打骨头，说出心里话，踮起脚跟等待，别人却把我当作冤仇。这五鬼都是我的祸患，让我挨饿、受冻，使人们给我编造谣言和诽谤的话，能使我沉迷不觉。人们却不能中断我与你们的联系，我早上后悔自己的行为，晚上还是要跟你们在一起。你们像不知廉耻的苍蝇和狗，驱走了又回来。"

话还没说完，五鬼便互相瞪眼吐舌，跃起仆倒，击掌跺脚，不禁大笑相望。慢慢地对主人说："你知道我们的名字和所做的一切，却赶我们走，你这是在小的方面聪明，大的方面痴傻。人生一世，能活多久？我们树立你的清名，让你流芳百世。小人和君子，他们的心是不同的。只有与当时相背离，才能与上天相通。你这样驱赶我们等于用美玉换来一张羊皮，饱食美味却羡慕糠粥。天下了解你的情况的，谁能超过我们？虽然遭到斥责驱逐，我们也不疏远你。告诉你，要是不信我们的话，请你查对《诗》《书》。"主人于是垂头丧气，拱手拜谢，烧掉车船，请穷鬼上坐。

与于襄阳书

于襄阳名頔，字允元，河南（今河南洛阳）人，唐朝宰相，由于做过襄阳大都督，故称于襄阳。贞元十七年（801年）秋冬之际，韩愈被任命为国子监四门博士，正式在京师做官。博士职乃是闲官，地位不高，很难施展抱负，为此，他给于襄阳写信请求引荐。此信以士欲进身扬名、建立功业须前辈援引，而前辈之功业盛名又须有为的后继者为之传扬为论点，入情入理。

原文

七月三日，将仕郎守国子四门博士韩愈，谨奉书尚书阁下[①]：

士之能享大名显当世者，莫不有先达之士负天下之望者为之前焉。士之能垂休光照后世者，亦莫不有后进之士负天下之望者为之后焉。莫为之前，虽美而不彰；莫为之后，虽盛而不传。是二人者，未始不相须也[②]。然而千百载乃一相遇焉。岂上之人无可援，下之人无可推欤？何其相须之殷，而相遇之疏也？其故在下之人负其能，不肯谄其上，上之人负其位，不肯顾其下。故高材多戚戚之穷，盛位无赫赫之光。是二人者之所为，皆过也。未尝干之，不可谓上无其人；未尝求之，不可谓下无其人。愈之诵此言久矣，未尝敢以闻于人。

注释

①将仕郎：唐代的文职散官。守：唐代品级较低的人担任较高官职的叫守。国子：国子监，唐代国家教育管理机构和最高学府，总辖国子、太学、广文馆、四门等学。四门博士：学官名。北魏初设于京师四门。唐代四门学的大学，隶属国子监，置博士六人，传授儒家经典。韩愈于贞元十七年任国子监四门博士。

②未始：未尝。相须：相互帮助。

译文

七月三日，将仕郎守国子四门博士韩愈，恭敬地把信呈给尚书阁下：

读书人能够享有大名声，显扬于当代，没有哪一个不是靠天下有名望、地位显达的前辈替他引荐的。读书人能够把他的美好德行流传下来，照耀后代的，也没有哪一个不是靠天下有名望的后辈给他做继承人的。没有人给他引荐，即使有美好的才华也不会显扬；没有人做继承人，即使有很好的功业，德行也不会流传。这两种人，未曾不是互相等待的，然而千百年才相逢一次。难道是居于上位的人中没有可以攀缘的人，居于下位的人中没有值得举荐的人吗？为什么他们互相等待那样殷切，而相逢的机会却那样少呢？其原因在于居于下位的人倚仗自己的才华不肯巴结地位高的人请求引荐，居于上位的人倚仗自己的地位不肯照顾地位低的人。所以很多才学很高的人都为不得志而忧愁，很多地位高的人没有显耀的声誉。这两种人的行为都是错误的。没有去求取，就不能说上面没有引荐人；没有向下寻找，就不能说下面没有可以举荐的人。我思考这句话已经很久了，没有敢把这句话说给别人听。

原文

侧闻阁下抱不世之才，特立而独行，道方而事实，卷舒不随乎时，文武唯其所用。岂愈所谓其人哉！抑未闻后进之士，有遇知于左右，获礼于门下者。岂求之而未得邪？将志存乎立功，而事专乎报主，虽遇其人，未暇礼邪？何其宜闻而久不闻也！

愈虽不材，其自处不敢后于恒人。阁下将求之而未得欤？古人有言："请自隗始③。"愈今者惟朝夕刍米仆赁之资是急，不过费阁下一朝之享而足也。如曰："吾志存乎立功，而事专乎报主，虽遇其人，未暇礼焉。"则非愈之所敢知也。世之龊龊者，既不足以语之；磊落奇伟之人，又不能听焉。则信乎命之穷也！

谨献旧所为文一十八首，如赐览观，亦足知其志之所存。

愈恐惧再拜。

注释

③请自隗始：隗，即郭隗，战国时燕人。燕昭王欲攻齐，拿黄金四处访求贤人问计，郭隗说："今王欲致士，先从隗始，隗且见事，况贤于隗者乎？"燕昭王就为他筑宫而敬以为师，于是乐毅等相继而至。

译文

我从旁听说阁下具有非凡的才能，不随波逐流、有独到的见识，行为方正而做事实际，进退有度而不随流俗，文武官员能量才任用。难道您就是我所说的那种人吗？然而没有听说过后辈有得到您的赏识和礼遇的，难道是您寻求而没能得到吗？还是您志在建功立业，而办事一心想报答君主，虽然遇到了可以推荐的人才，也没有空闲来以礼相待呢？为什么应该听到您推荐人才的事却久久没有听到呢？

我虽然没有才能，但要求自己却不敢落后于一般人。阁下将要寻求的人才还没能找到吗？古人说过："请从我郭隗开始。"我现在只为早晚的柴米和雇仆人的费用着急，这些不过费阁下一顿早饭的费用就足够了。如果您说："我志在建功立业，办事一心想报答君主，虽然遇到了可以推荐的人才，但没有空闲来以礼相待。"那就不是我敢去知道的了。世间那些拘谨小心的人，既不足以向他们告诉这些话，而胸怀坦荡、才识卓越的人，又不听取我的话，那么就真的是我的命运很坏了！

恭敬地呈上我以前作的文章十八篇，如蒙您过目，也足以了解我的志向所在。

韩愈诚惶诚恐，再拜。

答李翊书①

李翊曾向韩愈学习过古文。贞元十八年（802 年），韩愈在另一篇文章中称他为“出群之才”，向主考官郑重推荐。同年，李翊进士及第。这篇文章是韩愈在李翊及第前一年写给他的信，回答了他提出的有关古文写作的问题。

原文

六月二十六日，愈白，李生足下②：

生之书辞甚高，而其问何下而恭也③。能如是，谁不欲告生以

其道[4]？道德之归也有日矣，况其外之文乎[5]？抑愈所谓望孔子之门墙而不入于其宫者，焉足以知是且非邪[6]？虽然，不可不为生言之。

生所谓立言者，是也，生所为者与所期者，甚似而几矣[7]。抑不知生之志，蕲胜于人而取于人邪[8]？将蕲至于古之立言者邪？蕲胜于人而取于人，则固胜于人而可取于人矣！将蕲至于古之立言者，则无望其速成，无诱于势利，养其根而俟其实，加其膏而希其光[9]。根之茂者其实遂，膏之沃者其光晔[10]。仁义之人，其言蔼如也[11]。

注释

①答李翊书：李翊，贞元十八年进士。韩愈曾作《与祠部陆员外书》荐举李翊，称其为“出群之才”。此信写于贞元十七年。

②六月二十六：指唐德宗贞元十七年（801 年）六月二十六日。是年韩愈 34 岁。白：启，说。生：古时前辈对弟子的称呼，也指一般的读书人。足下：对人的敬称。

③书辞：书信中的文辞。下：指态度谦逊。

④道：指仁义之道。

⑤归：归属。有日：指日可待，言为期不远。其外之文：其，指道德。作者认为文是道德的外在表现，故言“其外之文”。

⑥抑：转折连词，如同现代汉语中的“不过”“可是”。“望孔子”句的意思是说自己只是望见了孔子的门墙还没有登堂入室，这是作者自谦的话，说自己道德学问还未修养到家。

⑦立言者：指李翊来信中关于“立言”的说法。立言，著书立说。《左传·襄公二十四年》：“太上有立德，其次有立功，其次有立言。虽久不废，此之谓不朽。”期：期望。几：接近。

⑧蕲：通“祈”，希望。取于人：被人取而用之，被人学习。

⑨固：已经。诱：诱惑。当时官场和科举考试皆用时文（骈文），故韩愈

说欲作古文便须“无诱于势利”。俟：等待。实：果实。膏：油。

⑩遂：完成，指果实成熟，结得饱满。沃：肥美，这里指油脂多而好。晔：明亮。

⑪蔼如：和顺的样子。如，用法同“然”。

译文

六月二十六日，韩愈对李生说：

你来信中的文辞很好，而你问得又是多么谦虚而恭敬啊！能像这样，谁不愿意把自己懂得的仁义之道告诉你呢？道有所归指日可待了，更何况作为道德外在表现的文章呢？不过我是人所说的望到孔子家的门墙还没有进入到他家门的人，又哪能真正知晓是非呢？即使如此，我也不能不对你谈谈这个问题。

你所说的立言的想法是对的，你所写的文章与你所期求的，非常相似和接近了。不过，不知道你的志向是期求超过别人，让自己的言论被别人所取用呢，还是期望达到古代立言的境界呢？如果你希望超过别人而为别人所取用，那么你本来就已超过别人而可以被别人所取用了。如果你期望达到古代立言的人的境界，那么你就不要希望自己快速成功，不要被权势地位和功名利禄所诱惑，要像培养树木的根一样去等待它的果实，像添加油脂一样去希望灯光亮。根长得茂盛的树木，它的果实就会顺利成长；油脂充足的灯，灯光就会明亮；仁义的人，他的言辞自然就和善可亲。

原文

抑又有难者，愈之所为，不自知其至犹未也。虽然，学之二十余年矣。始者，非三代两汉之书不敢观，非圣人之志不敢存⑫。处若忘，行若遗，俨乎其若思，茫乎其若迷。当其取于心而注于手也，惟陈言之务去，戛戛乎其难哉⑬！其观于人，不知其非笑之为

非笑也[14]。如是者亦有年，犹不改[15]。然后识古书之正伪，与虽正而不至焉者，昭昭然白黑分矣，而务去之，乃徐有得也[16]。当其取于心而注于手也，汩汩然来矣[17]。其观于人也，笑之则以为喜，誉之则以为忧，以其犹有人之说者存也[18]。如是者亦有年，然后浩乎其沛然矣[19]。吾又惧其杂也，迎而距之，平心而察之，其皆醇也，然后肆焉[20]。虽然，不可以不养也。行之乎仁义之途，游之乎《诗》《书》之源，无迷其途，无绝其源，终吾身而已矣[21]。气，水也；言，浮物也。水大而物之浮者大小毕浮[22]。气之与言犹是也，气盛则言之短长与声之高下者皆宜[23]。

注释

⑫三代：指夏、商、周三代。两汉：指西汉和东汉。

⑬俨乎：庄重的样子。乎，用法同“然”。茫乎：茫茫然。迷：迷惑。“当其取于心”句：意思是把心里的想法用手写出来。注：倾注。陈言：陈腐的观点和言词。务：必须。

⑭非笑：非议和讥笑。比如当时的宰相裴度就指责古文创作不应“磔裂章句，隳废声韵”。还说韩愈“恃其绝足，往往奔放，不以文立制，而以文为戏。可矣乎，可矣乎？”（《寄李翱书》）韩愈作《毛颖传》，时人“大笑以为怪”（柳宗元《读韩愈所著<毛颖传>后题》）。就连他的弟子张籍也一再写信给他，责怪他不该“以驳杂无实之说为戏”。认为这是“挠气害性，不得其正”。

⑮有年：多年。不改：指不改学习方法和对待世人非笑的态度。

⑯正伪：指古书中所载之道的真假。昭昭然：明白的样子。去之：指去掉古书之伪和虽正而不至者。

⑰汩汩：水流迅急的样子，比喻文思涌动。

⑱说：意见，指时人的观点。

⑲浩乎、沛然：都是水势广大、汹涌的样子，比喻文笔奔放。如皇甫湜

所说“韩吏部之文，如长江大注，千里一道，冲飙激浪，汗流不滞”（《谕业》）。

⑳杂：指内容的不纯。察：研究。肆：指放手去写。

㉑《诗》《书》：《诗经》《尚书》，这里代指各种儒家经典著作。下面“无迷其途”承“行之乎仁义之途”而言,“无绝其源”承“游之乎《诗》《书》之源”而言。

㉒毕：全，都。

㉓高下：指声调的抑扬。

译文

不过这里又有些难处，我所作的文章，自己也不知道它达到了还是没有达到“古之立言者”的境界。虽然这样，我学习写文章已有二十多年了。起初不是三代两汉的书我不敢翻阅，不是圣人的思想我不敢吸收，居家好像忘掉了什么，外出好像丢掉了什么，神态时而庄重像是在凝思，时而茫然像是迷茫。当我从心里取出想的东西，倾注到手上写出来，务求除去陈言滥调，这真是非常困难的事啊！起初文章给别人看，我不了解他们的非议讥笑可以当作非议讥笑。像这样又有好些年，我始终不改变我的做法，这以后我才能识别古书中道理的真与假，以及那些虽然正确但还不够完善的内容，这时黑和白就区分得清清楚楚了。而后务求除去自己文章中不可取之处，这才渐渐地有所得。当我把自己的思想写出来的时候，文思勃发就像流水奔泻一样不可遏止。当我再把文章拿给别人看的时候，别人如果讥笑我的文章，我就觉得高兴；别人如果称赞我的文章，我就觉得忧虑。这是因为在文章中，还存有时人的意思和看法。像这样的情况又有好些年，这以后我写的文章气势浩大，就像汹涌澎湃的江水一样奔流不止了。我又担心自己的文章不够纯正，就主动寻找抵御那些不纯的东西，平心静气地去审察它，直到文章韵律、内容都纯正了，然后才放手去写。即使这样，还是不可以不继续加强修养。要使自己的修养行走在仁义的道路上，沉浸在《诗》《书》的渊源里，不要迷失道路，不要断绝源泉，我终身如此。文章的气势，如同水；言辞，如同水面上漂浮的东西。水势大，那么能够浮起的东西，不论大小都能浮起来。气和言辞的关系也像是这样，气盛，那么言辞的长短与声音的高低就都会恰到好处。

原文

虽如是，其敢自谓几于成乎？虽几于成，其用于人也奚取焉㉕？虽然，待用于人者，其肖于器邪㉖？用与舍属诸人。君子则不然，处心有道，行己有方，用则施诸人，舍则传诸其徒，垂诸文而为后世法㉗。如是者，其亦足乐乎？其无足乐也？

有志乎古者希矣㉘。志乎古必遗乎今，吾诚乐而悲之㉙。亟称其人，所以劝之，非敢褒其可褒而贬其可贬也㉚。问于愈者多矣，念生之言不志乎利，聊相为言之。愈白。

注释

㉕其用于句：言被人用时，不一定就有可取之处。

㉖肖：像。器：器物。

㉗处心：考虑问题。处，处理，安排。心，指思想。道：方法。行己：自己行事。方：方法，原则。舍：不见用。垂诸文：指把自己的"道"写成文章。《论语·述而》："用之则行，舍之则藏。"下面"其亦足乐乎？其无足乐也"，意思是说这样做（指"用则施诸人，舍则传诸其徒"）是令人快乐的。

㉘希：同"稀"，少。

㉙遗：弃。下句"乐"因其"志乎古"而发，"悲"因其"遗乎今"而发。

㉚亟：屡次，每每。其人：指有志于学古人立言的人。劝：鼓励。褒：

赞扬。贬：给予不好的评价、批评。可贬：可贬者，指习时文者。

译文

虽然我已做到这一步，又怎么敢说自己已接近成功了呢？即使自己的文章接近成功了，但自己被别人任用时，究竟又有什么可取之处呢？虽然如此，等待被别人任用的人，难道就像个器具一样吗？这种等待别人任用的人，用与不用都取决于别人。君子就不是这样，他们要让自己的思想总是合乎道理，让自己的行为总是合乎原则。如果为人所用，就把自己的才能献给别人；不为人所用时，就把自己的学说传给自己的门徒。写成文章流传下去而为后世效法。像这样是值得高兴呢，还是不值得高兴呢？

有志于古道的人少了。有志于古道的人，一定被当代的人所冷落，我的确是既高兴又悲愤。我多次称赞有志于古道的人，以此勉励他们，这样做并不是敢于赞美那些我觉得应该赞美的人，而去贬斥那些我觉得应该贬斥的人。向我提问的人很多，顾念你的言辞，志不在名利，姑且为你说说以上这些看法。韩愈诚告。

应科目时与人书

《应科目时与人书》作于公元793年。韩愈参加“博学鸿词科”考试时写给别人的信，目的是希望别人能帮他作些宣传，扩大自己的声誉。全文气势充沛，富于变化，通过生动贴切的比喻，巧妙地把自己的处境、心理状态、要求和对方的身份作用具体而细微地表达出来，分寸掌握得当。

原文

月日，愈再拜：天池之滨，大江之濆，有怪物焉，盖非常鳞凡介之品汇匹俦也。其得水，变化风雨，上下于天不难也。其不及水，盖寻常尺寸之间耳①。无高山大陵旷途绝险为之关隔也，然其穷涸，不能自致乎水，为猵獭之笑者，盖十八九矣②。如有力者，哀其穷而运转之，盖一举手一投足之劳也。然是物也，负其异于众也，且曰："烂死于沙泥，吾宁乐之。若俯首帖耳，摇尾而乞怜者，非我之志也。"是以有力者遇之，熟视之若无睹也。其死其生，固不可知也。

今又有有力者当其前矣。聊试仰首一鸣号焉，庸讵知有力者不哀其穷，而忘一举手一投足之劳，而转之清波乎③？其哀之，命也；其不哀之，命也；知其在命，而且鸣号之者，亦命也。愈今者，实有类于是。是以忘其疏愚之罪，而有是说焉。阁下其亦怜察之！

注释

①寻常尺寸：指范围狭小。古代八尺叫寻，倍寻叫常。

②猵獭：水獭，半水栖动物。

③庸讵：岂，怎么，哪里。

译文

某月某日，韩愈再拜：大海的水边，大江的滩旁，有一种怪物，它不是一般披鳞带甲之类的东西。它到了水里，变风化雨，上天下地，都不困难。

但一旦离开了水，便只能在尺寸见方的地方活动了。又没有什么高山大丘、远险路途阻碍它，然而它只能干涸着，自己毫无办法挪到水里去，为小小的水獭所耻笑，已经不知道有多少回了。如果有一位有力量的人，可怜它的处境而帮它挪一下，也不过一举手、一投足的工夫。偏偏这个怪物，自己以为与众不同，说什么："就是死了烂在沙泥里，我也愿意；如果要低着头、垂着耳、摇着尾巴，去向别人求得怜悯，那绝不是我的志向。"因此，有力量的人碰到它，就像没有看见一样，它的死活，也就难以预料了。

现在又有一位有力量的人来到它的面前，姑且抬起头来，叫喊一声吧！怎么知道有力量的人不哀怜它的处境，而忘记一举手一投足的辛劳，将它送到清水中去呢？他同情它，是命运；不同情它，也是命运；知道这些都是命中注定仍要大喊大叫，同样是命运啊！我韩愈，今天的处境与上面所说的这个怪物差不了多少，所以不顾自己的粗鲁和愚昧，说了上面这些话，阁下您大概也能哀怜体察吧。

后十九日复上宰相书

韩愈于贞元八年（792年）登进士第。唐代制度规定登进士后，还须通过吏部考试才得以做官。而韩愈在贞元九年、十年、十一年三次参加吏部考试均落第，只好走"上书"之路。他于贞元十一年（795年）正月廿七、二月十六、三月十六三次上宰相书。本文乃是第二次上书，因在第一次正月廿七后的第十九天，故题为《后十九日复上宰相书》。

原文

二月十六日，前乡贡进士韩愈，谨再拜言相公阁下[①]：

向上书及所著文后，待命凡十有九日，不得命。恐惧不敢逃遁，不知所为。乃复敢自纳于不测之诛，以求毕其说，而请命于左右[②]。

愈闻之，蹈水火者之求免于人也，不惟其父兄子弟之慈爱，然后呼而望之也。将有介于其侧者，虽其所憎怨，苟不至乎欲其死者，则将大其声疾呼而望其仁之也。彼介于其侧者，闻其声而见其事，不惟其父兄子弟之慈爱，然后往而全之也。虽有所憎怨，苟不至乎欲其死者，则将狂奔尽气，濡手足，焦毛发，救之而不辞也。若是者何哉？其势诚急，而其情诚可悲也。

愈之强学力行有年矣。愚不惟道之险夷，行且不息，以蹈于穷饿之水火，其既危且亟矣，大其声而疾呼矣，阁下其亦闻而见之矣。其将往而全之欤？抑将安而不救欤？有来言于阁下者曰："有观溺于水而爇于火者，有可救之道而终莫之救也。"阁下且以为仁人乎哉？不然，若愈者，亦君子之所宜动心者也。

注释

①乡贡：唐时士人由州县举选，而不经过学馆举选的，叫乡贡。进士：唐时士人参加礼部考试的，叫作进士；进士得第，叫作前进士。

②诛：责备，责罚，惩处。

译文

二月十六，前乡贡进士韩愈，恭敬地向宰相阁下再拜进言：

前些日子曾给您呈上一封书信和我所写的文章，事后恭候您的回信已19天了，还没得到您的回音。我心中惶恐不安，又不敢离去，不知道该怎么办。于是我宁肯受那不可预料的责罚，也要把想说的话说完，并向您请教。

我听说，陷于水火之中的人向他人呼救时，不因为他和自己有父子兄弟般的慈爱，而后才去呼唤并期望他来解救。他是寄希望于附近的人，即使与自己曾有过仇恨，只要还不至于希望自己死掉的，那就会大声而急切地呼喊，希望他发出仁慈之心来援救。那些处在他附近的人，听到这声音，看到这情况，也不因为和他有父子兄弟般的慈爱，然后才去抢救他。即使有过恨和怨，只要还不到希望他死去的地步，就会拼命地跑，即使弄湿手脚、烧焦毛发，也不会逃避或退却。这样做是为什么呢？是因为他的处境确实危急，而他的心情确实是值得怜悯的缘故啊！

我勤奋学习并身体力行已经好多年了。我从不考虑道路的艰险与平坦，前进不止，以致陷入困窘饥饿之中，处境确实是又危险又急迫，我放大声音急迫呼救过了，您也许听到看到了吧。您是准备前来保全我呢，还是安然坐观而不加救济呢？如果有人来向您说：“有人看见被水淹和被火烧的人，他有救人的办法却不肯去救他。”您认为他是个仁人君子吗？如果不这样认为，那么像我韩愈这样的人，也是仁人君子所应该动心而给予同情的了！

原文

或谓愈：“子言则然矣，宰相则知子矣，如时不可何？”愈窃谓之不知言者，诚其材能不足当吾贤相之举耳。若所谓时者，固在上位者之为耳，非天之所为也。前五六年时，宰相荐闻，尚有自布衣蒙抽擢者，与今岂异时哉？且今节度、观察使及防御营田诸小使

等，尚得自举判官，无间于已仕未仕者。况在宰相，吾君所尊敬者，而曰不可乎？古之进人者，或取于盗，或举于管库；今布衣虽贱，犹足以方于此③。

情隘辞蹙，不知所裁，亦惟少垂怜焉。

愈再拜。

注释

③取于盗：在盗贼中选取人才。（事见《礼记·杂记》）举于管库：在管理仓库的人中选拔人才。（事见《礼记·檀弓下》）

译文

有人对我说："你的话是对的，宰相也很了解你，但是时机还不成熟怎么办呢？"我私下认为那是个不懂说话道理的人，实际上那个人的才能不值得我们的贤明的宰相推举罢了。至于时机，本来就是居于高位的人所掌握的，并不是上天的作为啊。前五六年宰相向朝廷推荐的人才，还有从平民中提拔出来的，那时与现在相比，时机哪有什么不同呢？况且现在的节度使、观察使，以及防御使、营田使等品位较低的官吏，都可以自选判官，不用区分这个人原来有没有官职，更何况宰相是我们君主所尊敬的人，难道还能说不行吗？古时候推荐、选用人才的人，有的从盗贼中发现人才，有的从管仓库的人中推举人才，现在我这个平民虽然地位卑下，但还是足够和这些人相比的。

情况窘迫，言辞急切，不知道说什么，只希望您稍微赐予一点爱怜而已。

韩愈再拜。

后廿九日复上宰相书

此信为韩愈的第三封上宰相书。与前封书信比，尽管同是求荐，但内容和表现手法却迥然不同。前者自述穷困，以求“垂怜”，重在以情动人；此信则引经据典、分析道理，以求“垂察”，重在以理服人。立意的角度则从个人的利益得失，转变为朝廷用人的得与失，把宰相对待他上书的态度，提升到是否重视人才的高度。文章充分体现了韩愈积极入仕、耿直无忌的思想性格。

原文

三月十六日，前乡贡进士韩愈，谨再拜言相公阁下：

愈闻周公之为辅相，其急于见贤也，方一食，三吐其哺，方一沐，三握其发。当是时，天下之贤才，皆已举用。奸邪谗佞欺负之徒，皆已除去；四海皆已无虞；九夷八蛮之在荒服之外者皆已宾贡；天灾时变，昆虫草木之妖，皆已销息①；天下之所谓礼乐刑政教化之具，皆已修理；风俗皆已敦厚；动植之物，风雨霜露之所沾被者，皆已得宜；休征嘉瑞，麟凤龟龙之属，皆已备至②。而周公以圣人之才，凭叔父之亲，其所辅理承化之功，又尽章章如是。其所求进见之士，岂复有贤于周公者哉？不惟不贤于周公而已，岂复有贤于时百执事者哉？岂复有所计议，能补于周公之化者哉？然而周公求之如此其急，惟恐耳目有所不闻见，思虑有所未及，以负成王托周公之意，不得于天下之心。如周公之心，设使其时辅理承化之功，未尽章章如是，而非圣人之才，而无叔父之亲，则将不暇食

与沐矣，岂特吐哺握发为勤而止哉！维其如是，故于今颂成王之德，而称周公之功不衰。

注释

①销息：消失灭迹。

②休征嘉瑞：美好吉祥的象征。麟凤龟龙：古代认为代表吉祥的四种动物。

译文

三月十六日，前乡贡进士韩愈，恭敬地向宰相阁下再拜进言：

我听说，周公辅佐君主做宰相的时候，他急于接见贤才，仅吃一顿饭的时间就多次吐出口中的食物，洗一次头的时间就多次把解开的头发握在手中。在那时，天下的贤才都已拔举任用，奸诈邪恶、挑拨是非、花言巧语、反复无常、背信弃义的小人，都已被清除，天下太平，无可忧虑；处在极边远地方的许多蛮夷部落，都来归顺和进献礼物；天灾时变、各类妖孽都已销声匿迹；天下所称道的礼制、音乐、刑法、政治、教化等各种制度，都已修明整治；民间风俗都已变得敦厚淳朴；天下万物，凡是受到风霜雨露滋润的，都已得其所宜；美好的征兆，麟、凤、龟、龙之类都已全部出现；而且周公凭着他那圣人一样的才能，凭靠君王叔父的亲缘关系，辅助君主治理国家、继承先王教化的功绩，又都是非常显著的。那些请求进见周公的人，难道还有比周公更贤能的吗？不但比不上周公，事实上在那些求见者中，他们的才能甚至不如当时的公卿百官，所以他们的计谋方略，很难对周公的政治教化有什么帮助了。然而周公求贤如此急迫，唯恐自己有耳听不到、眼看不到，考虑不周全的地方，以致辜负成王委托自己的心愿，不能合于天下民众的心意。按照周公的心思，假使那时辅佐天子治理国家和继承奉行先王教化的功绩，没有这样充分显著地表现出来，而他既没有圣人才能，又没有天子的叔父这种至亲的关系，那就要连吃饭和洗头的时间都没有了，哪里是吐哺握发这样的勤劳就够了呢！正因为他是这样，所以至今人们仍颂扬周成王的德行，而且不停地称赞周公的功绩。

原文

今阁下为辅相亦近耳。天下之贤才岂尽举用？奸邪谗佞欺负之徒岂尽除去？四海岂尽无虞？九夷、八蛮之在荒服之外者岂尽宾贡[③]？天灾时变、昆虫草木之妖岂尽销息？天下之所谓礼、乐、刑、政教化之具岂尽修理？风俗岂尽敦厚？动植之物、风雨霜露之所沾被者岂尽得宜？休征嘉瑞、麟凤龟龙之属岂尽备至？其所求进见之士，虽不足以希望盛德，至比于百执事，岂尽出其下哉？其所称说，岂尽无所补哉？今虽不能如周公吐哺握发，亦宜引而进之，察其所以而去就之，不宜默默而已也。

愈之待命，四十余日矣。书再上，而志不得通。足三及门，而阍人辞焉。惟其昏愚，不知逃遁，故复有周公之说焉。阁下其亦察之。

译文

③荒服：指极远的地方。

译文

现在您担任宰相，和周公的地位差不多，天下贤士难道已经全部选用了？奸诈邪恶、挑拨是非、花言巧语、反复无常、背信弃义的小人难道都已清除掉了？天下难道已完全没有可忧虑的了？边远少数民族难道都已归顺和进献礼物？天灾时变、各类妖孽难道均已销声匿迹？天下所称道的礼制、音乐、刑法、政治、文化等各种制度，难道都已经修明整治？民间风俗难道都已变得敦厚淳朴？天下万物，凡是受到风霜雨露滋润的，难道都已得其所宜？美好吉祥的征兆，麟、凤、龟、龙之类难道都已经全部出现？那些请求进见的人，虽然不能期望他们有极为美好的道德，但和那些办事的人相比，难道德才都在他们之下吗？请求进见的人所称道论说的，难道对治理国家一点补益也没有吗？现在您虽然不能像周公那样吐哺握发，也应该积极推举他们，考察其表现而后决定去留，不应该冷漠对待、无所反应。

我等待您的指示已经四十多天了。接连呈上两封书信，而我的心意仍未能使您了解。三次登门拜见，均被府上看门的人挡住。仅因我生性糊涂愚钝，不知道躲避离开，所以又有这番关于周公的议论。希望您能仔细地看看它。

原文

古之士三月不仕则相吊，故出疆必载质[④]。然所以重于自进者，以其于周不可，则去之鲁；于鲁不可，则去之齐；于齐不可，则去之宋，之郑，之秦，之楚也。今天下一君，四海一国，舍乎此则夷狄矣，去父母之邦矣。故士之行道者，不得于朝，则山林而已矣。山林者，士之所独善自养，而不忧天下者之所能安也；如有忧天下之心，则不能矣。故愈每自进而不知愧焉，书亟上，足数及门，而不知止焉。宁独如此而已，惴惴焉惟不得出大贤之门下是惧。亦惟少垂察焉。渎冒威尊，惶恐无已。

愈再拜。

注释

④质：通“贽”，古人初次见面时所送的礼物。

译文

古代的士人，三个月没有官职，就相互慰勉，然后去别的国家寻找出路。他们之所以能够毛遂自荐，是因为若在周国不被任用，就到鲁国去；在鲁国不被任用，就到齐国去；在齐国不被任用，就到宋国、郑国、秦国、楚国去。现在天下仅有一个君主，四海之内只有一个国家，离开这里就是夷狄那些地方了，离开自己的祖国了。为此，要求实现自己的抱负和主张的士人，不在朝廷上得到任用，那就只有到山林间隐居去了。山林里边，是士人中那些独善其身、自我养生、不为天下担忧的人才能安心居处的。如果有为天下担忧之心，就不能安居在山林里了。所以，我才会屡次自荐不得而仍不知惭愧，屡次求见不得而仍不知退却。又哪里只是如此而已，我依然惶恐害怕不能拜在您的门下。同时也盼望您稍微赐以审察！亵渎冒犯了您的威严和尊贵，心中惶恐不已。

韩愈再拜。

蓝田县丞厅壁记

自唐朝以下，朝廷各官署的办公处所，常常有人题写“壁记”，叙述官署的创设、官秩的确定、官员任迁的始末等，将其刻在壁间。后来地方官署也起而效法。写“壁记”的目的在于使后任了解自己的职责和前任的情况，所以一般都写得比较平实详细。韩愈的这篇“壁记”却与一般的“壁记”有所不同。文章主要描写的是当时县丞一职，有职无权，形同虚设，还要受到吏胥的欺凌，只能低眉顺眼，使有才能、有抱负的人居此亦无所作为，并以崔斯立担任蓝田县丞的种种境遇为例尽情刻画，含有深刻的讽刺意味。韩愈代崔斯立发出不平之鸣，以期引起朝廷对这类事情的注意。

蓝田县，唐代属中道京兆府，今属陕西西安市。崔斯立于元和十年（815年）担任蓝田县丞，当时韩愈担任考功郎中兼知制诰，本文即写于此年。全文短小精悍，生动泼辣，意味深长。自“文书行”至“漫不知何事”一段，尤将县丞的无用描摹得淋漓尽致。

原文

柳先生曰：越人少思，生男女，必货视之。自毁齿已上，父兄鬻卖，以觊其利。不足，则取他室，束缚钳梏之。至有须鬣者，力不胜，皆屈为僮。当道相贼杀以为俗。幸得壮大，则缚取幺弱者。汉官因以为己利，苟得僮，恣所为不问。以是越中户口滋耗。少得自脱，惟童区寄以十一岁胜，斯亦奇矣。桂部从事杜周士为余言之。

丞之职所以贰令[①]，于一邑无所不当问。其下主簿、尉[②]，主

簿、尉乃有分职[3]。丞位高而偪[4]，例以嫌不可否事[5]。文书行[6]，吏抱成案诣丞[7]，卷其前[8]，钳以左手[9]，右手摘纸尾[10]，雁鹜行以进[11]，平立睨丞曰[12]："当署。"丞涉笔占位[13]，署惟谨[14]，目吏，问："可不可？"吏曰："得。"则退。不敢略省[15]，漫不知何事[16]。官虽尊，力势反出主簿、尉下。谚数慢[17]，必曰："丞。"至以相訾謷[18]。丞之设，岂端使然哉[19]？

博陵崔斯立[20]，种学绩文[21]，以蓄其有[22]，泓涵演迤[23]，日大以肆[24]。贞元初[25]，挟其能战艺于京师[26]，再进再屈千人[27]。元和初[28]，以前大理评事言得失黜官[29]，再转而为丞兹邑[30]。始至，喟曰："官无卑[31]，顾材不足塞职[32]。"既噤不得施用，又喟曰："丞哉，丞哉！余不负丞，而丞负余。"则尽枿去牙角[33]，一蹑故迹[35]，破崖岸而为之[36]。

丞厅故有记，坏漏污不可读。斯立易桷与瓦[37]，墁治壁[38]，悉书前任人名氏[39]。庭有老槐四行，南墙巨竹千梃[40]，俨立若相持[41]，水虢虢循除鸣[42]。斯立痛扫溉[43]，对树二松，日吟哦其间[44]。有问者，辄对曰："余方有公事，子姑去。"考功郎中、知制诰韩愈记[45]。

注释

①丞：县丞。贰：副职，这里作动词用，辅佐之意。令：县令。唐代制度，京都旁的各县称为畿县（蓝田即为畿县），置令一人，丞一人。

②主簿、尉：均为县令、县丞之下的官职。县署内设录事、司功、司仓、司户、司兵、司法、司士七司，主簿领录事司，负诸司总责，尉主地方治安。

③分职：分理诸司，各有专职。

④偪（bī）：同"逼"，迫近，侵迫。这一句的意思是说县丞官位高于主簿、尉，如果真的管起来，很容易侵犯县令的权力。

⑤例以嫌不可否事：按照惯例为了避嫌疑而对公事不表示意见。

⑥文书行：在传布公文的时候。行，传布。

⑦成案：已成的案卷。公文由主管各司拟稿，最后经县令判行，成为定案。诣：到。公文经县令签署之后，还要县丞副署。

⑧卷其前：卷起公文的前面部分。意即吏不需要丞知道公文的内容。

⑨钳以左手：用左手夹住（卷起的部分）。钳，用手指夹住。

⑩右手摘纸尾：用右手摘出纸尾。摘，拣出某一块地位的意思。

⑪鹜（wù）：鸭子。雁鹜行：像鹅和鸭一样行走。

⑫平立：站着。睨（nì）：斜视。雁鹜行、平立、睨都是描写吏对丞的轻蔑态度。

⑬涉笔：动笔。占位：应当署名的地方。

⑭惟谨：很谨慎。惟，发语助词。

⑮略省：稍稍了解一下。

⑯漫：茫然的样子。

⑰数：数说、列举。慢：散漫、无关紧要，文中指闲散官职。

⑱訾（zǐ）謷（áo）：诋毁。

⑲“丞之设”两句：设立县丞一职，难道本意就是如此吗？端：原本，本来。

⑳博陵：地名，在今河北蠡县南。崔斯立：名立之，字斯立。

㉑种学绩文：以耕田织布为比喻，说崔斯立勤学苦练，学有根底。绩：缉麻。

㉒以蓄其有：以积累学术修养。

㉓泓涵演迤（yí）：包孕宏深，境界广阔。

㉔日大以肆：每天都有进步，并且渐渐显露出来。

㉕贞元：唐德宗年号，785—805 年。

㉖战艺：以文艺与人较量。指应试。

㉗再进：崔斯立于贞元四年登进士第，贞元六年中博学宏词科。再屈千人：两次战胜众人。底本原作“再屈于人”，出人头地的意思。两说皆通。此据他本。

㉘元和：唐宪宗年号，806—820 年。

㉙大理评事：官名，掌刑法，属大理寺，上有卿、少卿、正、丞。言得

失：上疏论朝政得失。黜官：被贬官。

㉚再转：两次迁谪。丞：用作动词。

㉛官无卑：官职不论大小。

㉜顾：只是。塞职：称职。

㉝枿（niè）去牙角：去掉牙和角。枿同“蘖”，绝。

㉟一蹑故迹：完全按照过去的样子。蹑，踩。

㊱崖岸：指人严峻不易亲近。牙角、崖岸均喻人正直不阿，敢说敢做。“牙角”和“破崖岸”都是说磨掉自己的锐气和棱角。

㊲桷（jué）：方椽。

㊳墁：涂壁的工具。这里作动词用。

㊴悉书：全部写上。

㊵梃：株，棵。底本作“挺”，此据他本。

㊶俨立：昂首挺立。

㊷漷（guó）：水声。除：庭阶。

㊸痛扫溉：彻底洒扫。

㊹吟哦：底本无“吟”字，此据他本。

㊺考功郎中：官名，属吏部，掌内外文武官吏之考课。知制诰：官名，负责起草皇帝的诏敕策命，一般由中书省舍人担任。韩愈是以考功郎中兼知制诰。

译文

县丞是用以辅佐县令的，对于一县的政事没有什么不应过问。县丞下边是主簿和尉，主簿和尉各有专职。县丞的地位高于主簿和尉，逼近县令，照例为了避嫌而对公事不表示意见。在公文发出之前，胥吏怀抱已拟成的案卷，到县丞那儿去，卷起前面的内容，用左手夹住，右手扯出末端的签名处，像鹅或鸭子那样摇摇摆摆地进来，直立斜视，对县丞说：“您还要署一下名。”县丞拿起笔在应由自己署名的位置，谨慎地签上名字，然后抬头看看小吏，问：“可以了吗？”小吏说：“行了。”然后退下。县丞不敢稍稍去了解一下公文的内容，茫然不知道是什么事情。县丞官位虽然较高，实权、势力反而在主簿和尉之下。民间谚语列举闲散多余的官职，一定说到县丞，甚至把丞作为相互谩骂的话。设立县丞一职，难道本意就是如此吗？

博陵人崔斯立，勤学苦练，以积累学问，他的学问博大精深，境界广阔，每天都有长进，并且逐步显露出来。贞元初年，他身怀本领，在京城与人比试文才，两次得中，两次折服众人。元和初年，他担任大理评事的时候，因为曾上奏议论朝政得失而被贬。经过两次迁谪，来到这里做县丞。刚来到这里时，他叹息说："官无大小，只怕自己的能力不能称职。"在只能闭口无言、无所作为的现实面前，他又感慨地说："丞啊，丞啊，我没有对不起丞，丞却对不起我！"于是完全去掉棱角，一概按照旧例，平平庸庸地去做这县丞。

县丞的办公处原来刻有一篇壁记，但房屋损坏漏水而遭到污损，已无法阅读。崔斯立把瓦椽都换了，重新粉刷墙壁，将前任县丞的名字都写上。庭院里有四行老槐，南墙有千株大竹，昂首挺立，好像互不相干，绕着台阶流动的水汩汩有声。崔斯立将屋子里外打扫干净，种上两棵相对的松树，每日在庭院中吟诗。有人询问，他就回答说："我正有公事，您暂请离开这里。"考功郎中、知制诰韩愈记。

送孟东野序

孟郊（751—814年），字东野，湖州武康（今浙江德清县）人，中唐著名诗人。他壮年时屡次参加考试而未能及第，46岁才中进士，五十岁时被授为溧阳县尉。而韩愈因一直怀才不遇，心情抑郁，于是在孟郊上任之际，写此文加以赞扬和宽慰。文章运用比兴手法，从物不平则鸣，写到人不平则鸣，流露出对朝廷用人不当的感慨和不满。本文仅在篇尾花少量的笔墨直接点名孟郊，其他内容都凭空结撰，出人意料，但又紧紧围绕孟郊其人其事而设，"言在彼而意在此"，因而并不显得空疏游离，体现了韩愈谋篇布局上的独到造诣。

原文

大凡物不得其平则鸣。草木之无声，风挠之鸣。水之无声，风荡之鸣。其跃也，或激之；其趋也，或梗之；其沸也，或炙之。金石之无声，或击之鸣。人之于言也亦然，有不得已者而后言，其歌也有思，其哭也有怀。凡出乎口而为声者，其皆有弗平者乎？

乐也者，郁于中而泄于外者也，择其善鸣者而假之鸣。金、石、丝、竹、匏、土、革、木八者，物之善鸣者也①。维天之于时也亦然，择其善鸣者而假之鸣。是故以鸟鸣春，以雷鸣夏，以虫鸣秋，以风鸣冬。四时之相推敚，其必有不得其平者乎？

注释

①金、石、丝、竹、匏、土、革、木：古代八种做乐器的材料，叫作“八音”，常用来泛指各种乐器。

译文

一般说来各种事物处在不平静的时候就会发出声音。草木本来没有声音，风摇动它就发出声响。水本来没有声音，风震荡它就发出声响。水浪翻涌，或是有东西在阻遏水势；水流湍急，或是有东西阻塞了水道；水花沸腾，或是有火在烧煮它。金属石器本来没有声音，有人敲击它就发出音响。人的语言也同样如此，往往到了不得不说的时候才出来说话。人们唱歌是为了寄托情思，人们哭泣是因为有所怀恋，凡是从口中发出而成为声音的，大概都有其不能平静的原因吧！

音乐，是人们心中郁闷而抒发出来的心声，人们选择最适合发音的东西来奏乐。金、石、丝、竹、匏、土、革、木这八种乐器，是各类物质中发音最好的。上天对于一年四季也是这样，选择最善于发声的事物，借助它们来发声。因此，春天百鸟啁啾，夏天雷霆轰鸣，秋天虫声唧唧，冬天寒风呼啸。一年四季互相推移变化，也一定有其不能平静的原因吧！

原文

其于人也亦然。人声之精者为言，文辞之于言，又其精也，尤择其善鸣者而假之鸣。其在唐、虞，咎陶、禹，其善鸣者也，而假以鸣[②]。夔弗能以文辞鸣，又自假于《韶》以鸣[③]。夏之时，五子以其歌鸣[④]。伊尹鸣殷[⑤]，周公鸣周。凡载于《诗》《书》六艺，皆鸣之善者也。周之衰，孔子之徒鸣之，其声大而远。传曰："天将以夫子为木铎。"[⑥]其弗信矣乎？其末也，庄周以其荒唐之辞鸣[⑦]。楚，大国也，其亡也，以屈原鸣。臧孙辰、孟轲、荀卿，以道鸣者也[⑧]。杨朱、墨翟、管夷吾、晏婴、老聃、申不害、韩非、慎到、田骈、邹衍、尸佼、孙武、张仪、苏秦之属，皆以其术鸣[⑨]。秦之兴，李斯鸣之。汉之时，司马迁、相如、扬雄，最其善鸣者也。其下魏、晋氏，鸣者不及于古，然亦未尝绝也。就其善者，其声清以浮，其节数以急，其辞淫以哀，其志弛以肆，其为言也，乱杂而无章。将天丑其德莫之顾邪？何为乎不鸣其善鸣者也？

注释

②唐、虞：指唐尧和虞舜的时代。咎陶：也作"皋陶"。传说是虞舜时的狱官，曾制定法律。

③夔：传说为虞舜时的乐官。《韶》：传说为虞舜时的乐曲。

④五子：夏朝君主太康的五个弟弟。太康游乐无度，被有穷后羿所废。五子怨太康失国，作歌申述夏禹的警戒。

⑤伊尹：名挚，商初的贤相，曾辅助商汤灭夏建国，作过《伊训》《太甲》《咸有一德》等。

⑥传：这里指《论语》。"天将以夫子为木铎"：语出《论语·八佾》。夫子，对孔子的尊称。木铎，中有木舌的大铃。古代宣布政教法令或有战事时，就摇动大铃召集百姓。这里是说孔子不被诸侯所用，将要退而著书，传于弟子，其力量如同帝王发布政令。

⑦庄周：字子休，战国时宋国蒙人，著名的哲学家、文学家。著有《庄子》一书。荒唐：广大无边。

⑧臧孙辰：指臧文仲。春秋时鲁国执政者。

⑨慎到：战国时赵人。著有《慎子》。田骈：战国时齐人。齐宣王时做过上大夫。邹衍：战国末期齐人。阴阳家，曾为燕昭王师。尸佼：战国时鲁人。杂家。著有《尸子》。

译文

对于人来说也是这样。人类声音的精华是语言，文辞对于语言来说，又是它的精华，所以尤其要选择善于表达的人，依靠他们来表达意见。在唐尧、虞舜时，咎陶、禹是最善于表达的，因而借助他俩来表达。夔不能用文辞来表达，他就借演奏《韶》乐表达自己的心声。夏朝的时候，太康的五个弟弟用他们的歌声来表达。殷代善于表达的是伊尹，周朝善于表达的是周公。凡是记载在《诗经》《尚书》等儒家六种经典上的诗文，都是表达得很高明的。周朝衰落时，孔子和他的弟子表达看法，他们的声音洪大而传播遥远。《论语》上说："上天将使孔子成为宣扬教化的人。"这难道不是真的吗？周朝末年，庄周用他那荒诞不经的文辞来表达。楚国是大国，它灭亡时候的情景靠着屈原的创作来表达。臧孙辰、孟轲、荀卿等人用他们的学说来表达。杨朱、墨翟、管夷吾、晏婴、老聃、申不害、韩非、昚到、田骈、邹衍、尸佼、孙武、张仪、苏秦这些人，都通过各自的主张来表达。秦朝的兴起，李斯是表达者。在汉朝，司马迁、司马相如、扬雄，是最善于表达的人。此后的魏朝、晋朝，能表达的人及不上古代，可是也并未绝迹。就其比较好的人来说，他们的作品的声音轻飘而虚浮，节奏短促而急迫，辞藻艳丽而伤感，志趣颓废而放荡；他们的文辞，杂乱而没有章法。这大概是上天厌弃这个时代的丑陋德行而不愿照顾他们吧？为什么不让那些善于表达的人出来表达呢？

原文

唐之有天下，陈子昂、苏源明、元结、李白、杜甫、李观，皆以其所能鸣⑩。其存而在下者，孟郊东野始以其诗鸣。其高出魏、晋，不懈而及于古，其他浸淫乎汉氏矣⑪。从吾游者，李翱、张籍其尤也⑫。三子者之鸣信善矣。抑不知天将和其声，而使鸣国家之盛邪？抑将穷饿其身，思愁其心肠，而使自鸣其不幸邪？三子者之命，则悬乎天矣。其在上也，奚以喜？其在下也，奚以悲？东野之役于江南也，有若不释然者，故吾道其命于天者以解之。

注释

⑩苏源明：字弱夫，初名预，京兆武功人。唐代诗人。李观：字元宾，陇西人。唐代文学家。

⑪浸淫：渐次接近。汉氏：指汉朝。这里指汉朝的诗歌。

⑫李翱：唐陇西成纪人，一说赵郡人。他是韩愈的学生，是古文运动的积极参加者。

译文

唐朝建立以后，陈子昂、苏源明、元结、李白、杜甫、李观，都凭他们的出众才华来表达心声。其后还活着的人当中，孟郊开始用他的诗歌来表达感情。这些作品超过了魏、晋，有些经过不懈的努力已达到了上古诗作的水平，其他作品也都接近了汉朝的水准。同我交往的人中间，李翱、张籍大概是最引人注目的。他们三位的文辞表达确实是很好的。但不知道上天将应和他们的声音，使他们的作品表达国家的强盛呢，还是将让他们贫穷饥饿、愁肠百结，使他们用作品表达自身的不幸遭遇呢？他们三位的命运，就掌握在上天的手里了。身居高位有什么可喜的，身居下僚有什么可悲的！东野马上就要到江南地区去就任县尉，心里好像有想不开的地方，所以我讲这番“命由天定”的话来解开他心中的疙瘩。

送董邵南序

董邵南是在传统入仕之途遇阻、藩镇割据日益强盛的情况下去河北找出路的。韩愈这篇赠序的中心思想就是反对董邵南到河北去，同时对河北藩镇的“不臣而习乱”和朝廷“有司之不明”深有讥刺，但文章却写得含蓄不露，曲尽吞吐之妙。

原文

燕赵古称多感慨悲歌之士[①]。董生举进士[②]，连不得志于有司[③]，怀抱利器[④]，郁郁适兹土[⑤]。吾知其必有合也。董生勉乎哉！夫以子之不遇时，苟慕义强仁者皆爱惜焉[⑥]。矧燕、赵之士出乎其性者哉[⑦]！然吾尝闻风俗与化移易，吾恶知其今不异于古所云邪？聊以吾子之行卜之也。董生勉乎哉！吾因子有所感矣。为我吊望诸

君之墓[8]，而观于其市，复有昔时屠狗者乎[9]？为我谢曰："明天子在上，可以出而仕矣。"

注释

①燕赵：战国时，燕国位于今河北北部、辽宁西部一带；赵国位于今山西北部、河北西部一带。

②董生：指董邵南。

③有司：古代设官分职，各有专司，故称。这里指主持进士考试的礼部官。

④利器：比喻杰出的才能。

⑤兹土：指燕赵之地，当时此地区受地方割剧势力统治。兹，这。

⑥强：勉力。

⑦矧（shěn）：况且。

⑧望诸君：指乐毅，战国时燕国名将，辅佐燕昭王击破齐国，成就霸业，后被诬陷，离燕归赵，赵封之于观津（今河北武邑东南），称"望诸君"。

⑨屠狗者：据《史记·刺客列传》记载，高渐离曾以屠狗为业。其友荆轲刺秦王未遂而被杀，高渐离替他报仇，也未遂而死。这里泛指不得志的豪侠义士。

译文

自古就说燕、赵一带有很多慷慨激昂的豪侠义士。董生考进士，接连几次未被主考官录取，有着杰出的才能，郁闷地要到那个地方去。我知道这次董生一定会有所遇合。董生，努力吧！像你这样生不逢时，如果是仰慕仁义而且大力实行的人，都会同情怜惜你的。何况燕、赵一带的豪侠壮士奉行仁义是出于他们的本性呢！然而，我曾经听说风俗是随着教化的改变而改变的，我哪能料想现在比起古时候所说的没有什么两样呢？姑且以你这次的行程去证实吧！董生，努力吧！我因为你的此行而产生了一些感想。请你替我到望诸君乐毅坟墓上去凭吊一番，并且到那里的街市上看看，还有过去宰狗者一类的豪侠义士吗？替我向他们殷勤致意："圣明天子在上执政，可以出来任职效忠了！"

送石处士序

古代称有才德而不做官的知识分子为处士。本文作于元和五年（810 年）六月间。元和四年（809 年），河北恒州成德军节度使王士真死，其子王承宗统率军队不服从朝廷诏命，唐宪宗命令吐突承璀率兵讨伐。乌重胤于元和五年（810 年）四月就任河阳军节度使，其地处转运要道，责任重大。乌上任不久即访问贤才，渴望共济国事。石洪为洛阳人，德高望重，颇具才略，一度为黄州录事参军，后归隐洛北十年之久。当乌氏以国之大事相邀，石洪便欣然出山就任其幕府参谋。东都人士作诗饯别，并请韩愈写序以赠之。序中期望乌氏与石洪以道义为归依，并祝两人合作成功，兼寓箴规之意，具有丰富的现实与理想意义。

原文

河阳军节度御史大夫乌公，为节度之三月，求士于从事之贤者[①]。有荐石先生者，公曰："先生何如？"曰："先生居嵩、邙、瀍谷之间[②]，冬一裘，夏一葛，食朝夕，饭一盂，蔬一盘。人与之钱，则

辞；请与出游，未尝以事免；劝之仕，不应。坐一室，左右图书。与之语道理，辩古今事当否，论人高下，事后当成败，若河决下流而东注；若驷马驾轻车就熟路，而王良、造父为之先后也③；若烛照数计而龟卜也④。”大夫曰：“先生有以自老，无求于人，其肯为某来邪？”从事曰：“大夫文武忠孝，求士为国，不私于家。方今寇聚于恒，师环其疆，农不耕收，财粟殚亡。吾所处地，归输之途，治法征谋，宜有所出。先生仁且勇，若以义请而强委重焉，其何说之辞？”于是撰书词，具马币，卜日以授使者，求先生之庐而请焉。

注释

①节度：节度使的省称。唐代设置，统辖一个道或几个州，有军政、民政、用人理财等权，世称藩镇。御史大夫主管弹劾、纠察以及掌管图籍秘书。乌公：名重胤，字保君，唐张掖人。唐宪宗元和五年，任河阳军节度使御史大夫。

②嵩：也作“崧”，山名，古称中岳，又名嵩高。在河南登封市北。邙：山名，在河南省西部。瀍：水名，即瀍河。谷：水名。出河南渑池县，经渑池合渑水。

③驷马：古代车辆，一车四马，两服两骖，称为驷马。王良：传说为春秋时晋国善御马的人。造父：传说是周穆王时的善御马者。先后：指帮助驾驭车马。

④烛照数计：用烛光照它，用数理算它。比喻见事之明，料事精确。龟卜：用龟壳占卜吉凶。卜时用火灼龟壳，由壳上的裂纹来断吉凶。比喻料事如神。

译文

河阳军节度使、御史大夫乌公，就任节度使后的第三个月，向僚属中的贤者访求人才。有人推荐石先生。乌公问:“石先生为人怎么样?”回答说:“石先生深居于嵩、邙两座山和瀍、谷两条水之间，冬天穿一件皮衣，夏天穿一件布衫，早晚用餐，只是一碗饭，一盘蔬菜。人家给他钱，他就谢绝；请他一道出去游玩，他从未借故推辞过；劝他出去做官，却总是不答应。坐在一间屋子里，左右两旁全是图书。同他谈论道理，辩论古今事情的正确与否，评论人物德才的高下，事情的结局是成功还是失败，他的话就好像黄河决堤向东倾注那样滔滔不绝；就像四匹马驾着轻车走在熟悉的路上，而又是王良、造父那样的驾车高手在前后驾车；又好像用烛光照耀一样明察秋毫，像数学计算般精确，像龟甲占卜般预见得准确灵验。”乌大夫说:“先生有隐居终老的心愿，没有什么要求别人，他肯为我而出山吗?”僚属说:“大夫您文武全才，忠孝兼备，为国家访求贤才，不是为自家谋私利。现在贼寇集结在恒州，军队环布在它的疆界周围，农民无法耕种收获，钱财均已用尽。我们所处的地方，是军队往来和物资运输的交通要道，无论政治措施还是军事谋略，都应有人帮助出主意。石先生仁爱并且勇敢，假如凭借大义去聘请并将重任委派给他，他还有什么话推辞呢?”于是，乌大夫写好聘请的书信，备好马匹和礼品，选择好的日子将礼物交给使者，寻找到石先生的住处去聘请他。

原文

先生不告于妻子，不谋于朋友，冠带出见客，拜受书礼于门内。宵则沐浴，戒行李，载书册，问道所由，告行于常所来往。晨则毕至，张上东门外[5]。酒三行，且起，有执爵而言者曰:“大夫真能以义取人，先生真能以道自任，决去就[6]。为先生别。”又酌而祝曰:“凡去就出处何常?惟义之归。遂以为先生寿。”又酌而祝曰:“使大夫恒无变其初，无务富其家而饥其师，无甘受佞人而外敬正士，无昧于谄言，惟先生是听。以能有成功，保天子之宠命。”又祝曰:“使先生无图利于大夫，而私便其身图。”先生起拜祝辞，曰:“敢不敬蚤夜以求从祝规[7]!”于是东都之人士，咸知大夫与先生果能相与以有成也[8]。遂各为歌诗六韵[9]。遣愈为之序云。

注释

⑤张："供张"的略语，意为设宴饯行。

⑥三行：三巡，行酒三遍。爵：这里指酒器。执爵，执掌酒器。去就：谓离去或就职。

⑦蚤：通"早"，早晨。祝规：祝愿和规劝。

⑧咸：全部，都，统统。

⑨六韵：六个韵脚。旧体诗一般两句押一个韵，六韵应是十二句。

译文

石先生没告诉家人，也没同朋友商量，整好衣冠就出来会见客人，在屋里恭敬地接受了聘书和礼物。当天晚上就洗澡、准备行李、装好书籍、问清路上经过的地方，并向经常往来的朋友告别。次日清晨，亲友们一起来到东门外，为他设宴饯行。酒喝过三巡，石先生将要动身的时候，有人端酒杯说道："乌大夫真正能以大义访求人才，石先生也真正能以道义作为自己的责任，从而定夺自己的离去或者就职。这杯酒为先生您送别。"又斟了一杯酒祝愿说："凡是隐居或做官，哪有什么一成不变的规定？只有道义为依归。我就用这杯酒向先生祝寿。"又斟了杯酒祝愿说："希望乌大夫永远不要改变他的初衷，不去做那种专使自家富裕发财而让士兵缺乏军粮忍饥挨饿的事，不要内心喜爱那些善于阿谀奉承的人而只有表面上敬重正直之士，也不要被讨好奉承的话所蒙蔽，只愿他听从石先生的意见，从而能取得胜利，保持皇帝加恩特赐的光荣使命。"又祝愿说："希望石先生不要从乌大夫那里牟取私利，有营私利己的打算。"石先生起身拜谢这番祝辞说："我怎么敢不恭敬小心地从早到晚遵照诸位的祝愿劝告去做呢？"因此，东都洛阳的人士全都料定乌大夫与石先生一定能密切配合而取得成功。于是大家各自作了一首六个韵脚十二句的诗，委托韩愈我写了这篇序。

送温处士赴河阳军序

本文约作于元和五年（810年）冬季，与《送石处士序》可视为姊妹篇。本文既与《送石处士序》相承而作，故处处以石、温二人并提，然而文章绝无雷同重叠之感。温处士名造，少好读书，隐居王屋山，一度为寿州刺史张建封的参军，后隐居洛阳。河阳军节度使乌重胤上任不久，即聘石洪至幕府。过了数月，又将温造征聘而去。韩愈被乌氏的求贤若渴所感动，为好友石洪、温造怀才得遇而欣喜。他在序文中热情赞扬石、温两人的出众才能与乌氏的知人善任，对他们的合力报国寄予殷切期望，同时又对两位人才的离去表示无限惋惜之情。

原文

伯乐一过冀北之野，而马群遂空。夫冀北马多天下，伯乐虽善知马，安能空其群邪？解之者曰："吾所谓空，非无马也，无良马也。伯乐知马，遇其良，辄取之，群无留良焉。苟无良，虽谓无马，不为虚语矣。"

东都，固士大夫之冀北也①。恃才能深藏而不市者，洛之北涯曰石生，其南涯曰温生。大夫乌公，以鈇钺镇河阳之三月，以石生为才，以礼为罗，罗而致之幕下。

未数月也，以温生为才，于是以石生为媒，以礼为罗，又罗而致之幕下。东都虽信多才士，朝取一人焉，拔其尤，暮取一人焉，

拔其尤。自居守河南尹，以及百司之执事，与吾辈二县之大夫，政有所不通，事有所可疑，奚所咨而处焉？士大夫之去位而巷处者，谁与嬉游？小子后生，于何考德而问业焉？缙绅之东西行过是都者，无所礼于其庐。若是而称曰：“大夫乌公一镇河阳，而东都处士之庐无人焉。”岂不可也？

夫南面而听天下，其所托重而恃力者，惟相与将耳。相为天子得人于朝廷，将为天子得文武士于幕下，求内外无治，不可得也。愈縻于兹，不能自引去，资二生以待老。今皆为有力者夺之，其何能无介然于怀邪[②]？生既至，拜公于军门，其为吾以前所称，为天下贺；以后所称，为吾致私怨于尽取也。留守相公，首为四韵诗歌其事，愈因推其意而序之[③]。

注释

①东都：指洛阳。唐都长安，以洛阳为东都。

②介然：耿耿，有心事。

③留守相公：指当时的东都留守郑余庆。相公，指宰相。郑余庆曾经两次做过相公。

译文

伯乐一经过冀北的原野，马群就空了。冀北是天下马最多的地方，伯乐虽然擅长相马，怎么能使那里的马群空了呢？解释的人说：“我们说的空，不是没有马了，而是没有好马了。伯乐能识别好马，一遇到好马就把它挑去，马群里留不下一匹好马。如果没有一匹好马，那么说没有马，也不能算是假话了。”

东都洛阳，原本是士大夫的“冀北”之地。有真才实学而隐身不仕的，洛水的北岸有一位，叫石生；洛水的南岸有一位，叫温生。御史大夫乌公凭节度使的身份镇守河阳的第三个月，认为石生是个人才，就依照礼仪，把石生纳入幕府。

没过几个月，乌公认为温生也是个人才，于是通过石生引见，把温生招入幕府。东都有真才实学的人尽管很多，可是怎么禁得起早晨挑选一个，把最好的带走；晚上挑选一个，把最优的带走呢？这样一来，从东都留守、河南尹起，到各部门的主管和我们两县的官吏，如果政事上遇到疑难问题，或者办案时遇到可疑点，找什么人去商量妥善解决的办法呢？辞官回乡的士大夫们和谁一起游玩呢？青年后辈又到哪里去考究德行，请教学业呢？东来西往经过洛阳的官员们，也无法依照常规礼仪到他们的住所去拜访。像这样也就可以说是：“御史大夫乌公一到洛阳，洛阳处士们的住所里就没有人了。”难道不行吗？

皇帝处理天下大事，所依靠出大力的，只有宰相和将军罢了。宰相为皇帝把人才搜罗到朝廷，将军为皇帝选拔文人武士到军帐里，如果这样，要使国家内外不安宁，那是不可能的了。我被束缚在这里，没有办法自己引荐，想依靠石、温两位的帮助度过晚年。现在，二位都被有权力的人要走了，这又怎能不使我耿耿于怀呢？温生初到，在军门拜见乌公时，希望把我前面所说的，代为天下人祝贺；把我后面所说的，替我表示对尽选人才这件事的抱怨。东都留守相公首先写成一首“四韵诗”来赞美此事，我便依照他的诗意写了这篇序文。

柳子厚墓志铭

此文是韩愈于元和十五年（820 年）在袁州任刺史时所作。韩愈和柳宗元同是唐代古文运动中桴鼓相应的领袖，私交甚深，友情笃厚。柳宗元卒于元和十四年，韩愈写过不少哀悼和纪念文字，这是其中较有代表性的一篇。文章综括柳宗元的家世、生平、交友、文章，着重论述其治柳政绩和文学风义。韩愈赞扬宗元的政治才能，称颂其勇于为人，急朋友之难的美德和刻苦自励的精神。对他长期迁谪的坎坷遭遇，满掬同情之泪。然而对于宗元早年参加王叔文集团，企图改革政治的行为，却极为之讳，措辞隐约，表现了作者的保守思想。文中，韩愈肯定了柳宗元文学上的卓越成就，并揭示出柳文愤世嫉俗之情及其现实意义。全文写得酣畅淋漓，顿挫盘郁，乃韩愈至情至性之所发。

墓志铭，是古代文体的一种，刻石纳入墓内或墓旁，表示对死者的纪念，以便后人稽考。文章通常分两部分，前一部分是序文，叙述死者的姓氏、爵里、世系和生平事迹；后一部分是铭文，缀以韵语，表示对死者的悼念和颂赞。这一篇墓志铭的铭文极短，是一种变格。

原文

子厚，讳宗元[①]。七世祖庆，为拓跋魏侍中，封济阴公[②]。曾伯祖奭[③]，为唐宰相，与褚遂良、韩瑗俱得罪武后[④]，死高宗朝。皇考讳镇[⑤]，以事母弃太常博士，求为县令江南[⑥]。其后以不能媚权贵[⑦]，失御史。权贵人死[⑧]，乃复拜侍御史[⑨]。号为刚直[⑩]，所与游皆当世名人[⑪]。

子厚少精敏，无不通达。逮其父时[⑫]，虽少年，已自成人[⑬]，能取进士第[⑭]，崭然见头角[⑮]。众谓柳氏有子矣[⑯]。其后以博学宏词，授集贤殿正字[⑰]。俊杰廉悍[⑱]，议论证据今古[⑲]，出入经史百子[⑳]，踔厉风发[㉑]，率常屈其座人[㉒]。名声大振，一时皆慕与之交。诸公要人，争欲令出我门下[㉓]，交口荐誉之[㉔]。

注释

①子厚：柳宗元的字。作墓志铭例当称死者官衔，因韩愈和柳宗元是笃交，故称字。讳：名。生者称名，死者称讳。

②七世：史书记宗元七世祖柳庆在北魏时任侍中，入北周封为平齐公。子柳旦，任北周中书侍郎，封济阴公。韩愈所记有误。拓跋魏：北魏国君姓拓跋（后改姓元），故称。侍中：门下省的长官，掌管传达皇帝的命令。北魏时侍中位同宰相。

③曾伯祖奭（shì）：柳奭，字子燕，柳旦之孙，柳宗元高祖子夏之兄。当为高伯祖，此作曾伯祖误。柳奭贞观时为中书舍人，因外甥女王氏为皇太

子（唐高宗）妃，擢升为兵部侍郎。王氏当了皇后后，又升为中书侍郎。永徽三年（652年）代褚遂良为中书令，位相当于宰相。后来高宗欲废王皇后立武则天为皇后，韩瑗和褚遂良力争，武则天一党人诬说柳奭要和韩、褚等谋反，被杀。

④褚（chǔ）遂良：字登善，曾做过吏部尚书、同中书门下三品、尚书右仆射等官。唐太宗临终时命他与长孙无忌一同辅助高宗。后因劝阻高宗改立武后，遭贬忧病而死。韩瑗（yuàn）：字伯玉，官至侍中，为救褚遂良，也被贬黜。

⑤皇考：对亡父的尊称。

⑥太常博士：太常寺掌宗庙礼仪的属官。柳镇于肃宗时授左卫率府兵曹参军，佐郭子仪守朔方。后调长安主簿，居母丧，服除，命为太常博士。镇以有尊老孤弱在吴，再三辞谢，愿为宣称（今属安徽）令。此云"以事母弃太常博士"，恐误。

⑦权贵：此指窦参。

⑧权贵人死：其后窦参因罪被贬，第二年被德宗赐死。

⑨侍御史：御史台的属官，职掌纠察官僚，审讯案件。

⑩号为刚直：刚毅正直。郭子仪曾表奏柳镇为晋州录事参军，晋州太守骄悍好杀戮，吏莫敢与争，而柳镇独能抗之以理，故云。

⑪所与游皆当世名人：柳宗元有《先君石表阴先友记》，记载他父亲相与交游者计67人，书于墓碑之阴。并曰："先君之所与友，凡天下善士举集焉。"

⑫逮（dài）其父时：在他父亲在世的时候。柳宗元童年时，其父柳镇去江南，他和母亲留在长安。至十二三岁，柳镇在湖北、江西等地做官，他随父同去。柳镇卒于贞元九年（793年），子厚年21岁。逮，及，到。

⑬已自成人：已经成才。

⑭取进士第：贞元九年宗元进士及第，年二十一。

⑮崭然：高峻突出貌。见（xiàn）：同"现"。

⑯有子：有光耀楣门之子。

⑰博学宏词：唐代科举制度中的一种，由吏部在进士中选博学能文之士，

录取后授予官职。贞元十二年（796年），柳宗元考中博学宏词科。集贤殿：集贤殿书院，掌刊辑经籍，搜求佚书。正字：集贤殿置学士、正字等官，正字掌管编校典籍、刊正文字的工作。宗元二十四岁授集贤殿正字。

⑱廉悍：方正廉洁，有骨气。

⑲证据今古：引据今古事例作证。

⑳出入：融会贯通，深入浅出。

㉑踔（chuō）厉风发：议论纵横，言辞奋发，见识高远。踔，远。厉，高。

㉒率：每每。屈：使之屈服。

㉓令出我门下：都想叫他做自己的门生以沾光彩。

㉔交口：异口同声。

译文

子厚，名叫宗元。七世祖柳庆，做过北魏的侍中，被封为济阴公。高伯祖柳奭，做过唐朝的宰相，同褚遂良、韩瑗一起得罪了武则天皇后，在高宗时被处死。父亲叫柳镇，为了侍奉母亲，放弃了太常博士的官位，请求到江南做县令。后来因为他不肯向权贵献媚，丢掉了御史官。直到那位权贵死了，才又被任命为侍御史。人们都说他刚毅正直，与他交往的都是当时的名人。

子厚少年时就很精明能干，没有不明白通晓的事。当他的父亲还在世的时候，他虽然很年轻，但已经成才，能够考取进士科第，显露出出众的才华，大家都说柳家有个好儿子。后来又通过博学宏词科的考试，被授为集贤殿正字。他才智突出、清廉刚毅，发表议论时能引证今古事例为依据，精通经史典籍和诸子百家，言谈纵横上下、意气风发，常常使满座的人为之叹服。因此声名大噪，一时之间人们都敬慕而希望与他交往。那些公卿贵人争着要收他做自己的门生，众口一词地推荐称赞他。

原文

贞元十九年，由蓝田尉拜监察御史㉕。顺宗即位，拜礼部员外郎㉖。遇用事者得罪㉗，例出为刺史㉘。未至，又例贬永州司马㉙。居闲㉚，益自刻苦，务记览㉛，为词章，泛滥停蓄㉜，为深博无涯涘㉝。而自肆于山水间㉞。

元和中，尝例召至京师，又偕出为刺史㉟，而子厚得柳州㊱。既至，叹曰："是岂不足为政邪㊲？"因其土俗㊳，为设教禁㊴，州人顺赖㊵。其俗以男女质钱㊶，约不时赎㊷，子本相侔㊸，则没为奴婢㊹。子厚与设方计㊺，悉令赎归㊻。其尤贫力不能者，令书其佣㊼，足相当，则使归其质㊽。观察使下其法于他州㊾，比一岁㊿，免而归者且千人。衡湘以南为进士者[51]，皆以子厚为师，其经承子厚口讲指画为文词者，悉有法度可观[52]。

注释

㉕蓝田：今属陕西。尉：县府管理治安，缉捕盗贼的官吏。监察御史：御史台的属官，掌分察百僚，巡按郡县，纠视刑狱，整肃朝仪诸事。

㉖礼部员外郎：官名，掌管辨别和拟定礼制之事及学校贡举之法。柳宗元得做此官是王叔文、韦执谊等所荐引。

㉗用事者：掌权者，指王叔文。顺宗做太子时，王叔文任太子属官，顺宗登位后，王叔文任户部侍郎，深得顺宗信任。于是引用新进，施行改革。旧派世族和藩镇宦官拥立其子李纯为宪宗，将王叔文贬黜，后来又将其杀戮。

和柳宗元同时被贬作司马的共八人，号“八司马”。

㉘例出：按规定遣出。永贞元年（805 年），宗元被贬为邵州（今湖南邵阳）刺史。

㉙例贬：依照“条例”贬官。永州：今湖南零陵县。司马：本是州刺史属下掌管军事的副职，唐时已成为有职无权的冗员。

㉚居闲：指公事清闲。

㉛记览：记诵阅览。此喻刻苦为学。

㉜泛滥：文笔汪洋恣肆。停蓄：文笔雄厚凝练。

㉝无涯涘（sì）：无边际。涯、涘，均是水边。

㉞肆：放情。

㉟偕出：一同出任。元和十年（815 年），宗元等“八司马”同时被召回长安，但又同被迁往更远的地方。

㊱柳州：唐置，属岭南道，即今广西柳州市。

㊲是岂不足为政邪：这里难道就不值得做出政绩吗？是，这，这里，指柳州。

㊳因：顺着，按照。土俗：当地的风俗。

㊴教禁：教谕和禁令。

㊵顺赖：顺从信赖。

㊶质：典当，抵押。

㊷不时赎：不按时赎取。

㊸子：子金，即利息。本：本金。相侔（móu）：相等。

㊹没：没收。

㊺与设方计：替债务人想方设法。

㊻悉：全部。

㊼书：写，记下。佣：当雇工。这里指雇工应得的工钱。

㊽足相当：佣工工钱足以抵销借款本息。质：人质。

㊾观察使：又称观察处置使，是中央派往地方掌管监察的官。下其法：

推行赎回人质的办法。

㊿比（bì）：及，等到。

51衡湘：衡山、湘水，泛指岭南地区。为：应试。

52法度：规范。

译文

贞元十九年，子厚由蓝田县尉调任监察御史。顺宗即位，又升为礼部员外郎。逢遇当权人获罪，他也被援例贬出京城当刺史，还未到任，又被依例贬为永州司马。身处清闲之地，自己更加刻苦为学、专心诵读、写作诗文，文笔汪洋恣肆、雄厚凝练，像无边的海水那样精深博大。而他自己则纵情于山水之间。

元和年间，他曾经与同案人一起奉召回到京师，又一起被遣出做刺史，子厚分在柳州。到任之后，他慨叹道："这里难道不值得做出政绩吗？"于是按照当地的风俗，为柳州制定了教谕和禁令，全州百姓都顺从并信赖他。当地习惯于用儿女做抵押向人借钱，约定如果不能按时赎回，等到利息与本金相等时，债主就把人质没收做奴婢。子厚为此替借债人想方设法，都让他们把子女赎了回来；那些特别穷困没有能力赎回的，就让债主记下子女当佣工的工钱，到应得的工钱足够抵销债务时，就让债主归还被抵押的人质。观察使把这个办法推广到别的州县，到一年后，免除奴婢身份回家的将近一千人。衡山、湘水以南准备考进士的人，就把子厚当作老师，那些经过子厚亲自讲授和指点的人所写的文章，全都可以看得出是合乎规范的。

原文

其召至京师而复为刺史也，中山刘梦得禹锡亦在遣中[53]，当诣播州[54]。子厚泣曰：“播州非人所居，而梦得亲在堂[55]，吾不忍梦得之穷[56]，无辞以白其大人[57]；且万无母子俱往理。”请于朝，将拜疏[58]，愿以柳易播[59]，虽重得罪[60]，死不恨。遇有以梦得事白上者[61]，梦得于是改刺连州[62]。呜呼！士穷乃见节义。今夫平居里巷相慕悦，酒食游戏相征逐[63]，诩诩强笑语以相取下[64]，握手出肺肝相示[65]，指天日涕泣，誓生死不相背负[66]，真若可信。一旦临小利害，仅如毛发比[67]，反眼若不相识。落陷阱[68]，不一引手救，反挤之，又下石焉者，皆是也。此宜禽兽夷狄所不忍为，而其人自视以为得计。闻子厚之风，亦可以少愧矣[69]。

注释

⑬中山：今河北定县。刘梦得：名禹锡，彭城（今江苏铜山县）人，中山为郡望。其祖先汉景帝子刘胜曾封中山王。王叔文失败后，刘被贬为郎州司马，这次召还入京后又贬播州刺史。

⑭诣：前往。播州：今贵州绥阳县。

⑮亲在堂：母亲健在。

⑯穷：困窘。

⑰大人：父母。此指刘母。这一句是说这种不幸的处境难以向老母讲。

⑱拜疏（shū）：向皇帝上疏。

⑲以柳易播：指柳宗元自愿到播州去，让刘禹锡去柳州。

⑳重（chóng）得罪：再加一重罪。

㉑“遇有”句：指当时御史中丞裴度、崔群上疏为刘禹锡陈情一事。

㉒刺：用作动词。连州：唐属岭南道，州治在今广东连州市。

㉓征：约之来，逐：随之去。征逐，往来频繁。

㉔诩诩（xǔ）：夸大的样子。强（qiǎng）：勉强，做作。取下：指采取谦下的态度。

㉕出肺肝相示：比喻做出非常诚恳和坦白的样子。

㉖背负：背叛，变心。

㉗如毛发比：比喻事情之细微。比，类似。

㉘陷阱：圈套，祸难。

㉙少：稍微。

译文

他被召回京师又再次被遣出做刺史时，中山人刘梦得禹锡也在被遣之列，应当去播州。子厚流着泪说：“播州不是一般人能住的地方，况且梦得有老母在堂，我不忍心看到梦得处境困窘，他没有办法把这事告诉他的老母；况且绝没有母子一同前往的道理。”向朝廷请求，并准备呈递奏章，情愿拿柳州换播州，表示即使因此再度获罪，死也无憾。正遇上有人把梦得的情况告知了皇上，梦得因此改任连州刺史。呜呼！士人到了穷境时，才看得出他的节操和义气！现在一些人，平日街坊居处互相仰慕讨好，一起吃喝玩乐，来往频繁，夸夸其谈、强作笑脸，互相表示愿居对方之下，手握手做出掏肝挖肺之状给对方看；指着天日流泪，发誓不论生死谁都不背弃朋友，简直像真的一样可信。一旦遇到小小的利害冲突，仅仅像头发丝般细小，便翻脸不认人，朋友落入陷阱，也不伸一下手去救，反而借机推挤他，再往下扔石头，到处都是这样的人啊！这应该是连那些禽兽和野蛮人都不忍心干的，而那些人却自以为得计。他们听到子厚的高尚风节，也应该觉得有点惭愧了！

原文

子厚前时少年，勇于为人[70]，不自贵重顾藉[71]，谓功业可立就[72]，故坐废退[73]。既退，又无相知有气力得位者推挽[74]，故卒死于穷裔[75]，材不为世用，道不行于时也。使子厚在台省时[76]，自持其身，已能如司马刺史时，亦自不斥；斥时，有人力能举之，且必复用不穷。然子厚斥不久，穷不极，虽有出于人，其文学辞章，必不能自力[77]，以致必传于后如今，无疑也。虽使子厚得所愿，为将相于一时[78]，以彼易此，孰得孰失，必有能辨之者。

子厚以元和十四年十一月八日卒，年四十七。以十五年七月十日，归葬万年先人墓侧[79]。子厚有子男二人：长曰周六，始四岁；季曰周七[80]，子厚卒乃生。女子二人，皆幼。其得归葬也，费皆出观察使河东裴君行立[81]。行立有节概[82]，重然诺[83]，与子厚结交，子厚亦为之尽[84]，竟赖其力。葬子厚于万年之墓者，舅弟卢遵[85]。遵，涿人[86]，性谨慎，学问不厌。自子厚之斥，遵从而家焉[87]，逮其死不去。既往葬子厚，又将经纪其家，庶几有始终者[88]。铭曰：是惟子厚之室[89]，既固既安，以利其嗣人[90]。

注释

⑦0为人：助人。

⑦1顾藉：顾惜。

⑦2立就：即刻成功。

⑦3坐：因他人获罪而受牵连。废退：指远谪边地，不用于朝廷。

⑦4有气力：有权势和力量的人。推挽：推举提携。

⑦5穷裔：穷困的边远地方。

⑦6台省：御史台和尚书省。

⑦7自力：自我努力。

⑦8为将相于一时：被贬“八司马”中，只有程异后来得到李巽推荐，位至宰相，但不久便死，也没有什么政绩。此处暗借程异作比。

⑦9万年：在今陕西省西安市临潼区东北。先人墓：在万年县之栖凤原。

⑧0周七：指柳告，字用益，柳宗元遗腹子。

⑧1河东：今山西永济市。裴行立：绛州稷山（今山西稷山县）人，时任桂管观察使，是柳宗元的上司。

⑧2节概：节操度量。

⑧3重然诺：看重许下的诺言。

⑧4尽：尽心，尽力。

⑧5卢遵：柳宗元舅父之子。

⑧6涿（zhuō）：今河北涿州市。

⑧7从而家：跟从柳宗元并把家安在他那里。

⑧8庶几：近似，差不多。

⑧9惟：就是。室：幽室，即墓穴。

⑨0嗣人：子孙后代。

译文

子厚从前年轻时，勇于帮助别人，自己不看重和爱惜自己，认为功名事业可以一蹴而就，所以受到牵连而被贬斥。贬谪后，又没有熟识而有力量有地位的人推荐与引进，所以最后死在荒僻的边远之地，才干不能为世间所用，抱负不能在当时施展。如果子厚当时在御史台、尚书省做官时，能谨慎约束自己，就像做司马、刺史时那样，也自然不会被贬官了；贬官后，如果有人能够推举他，将一定会再次被任用，不致穷困潦倒。然而若是子厚被贬斥的时间不久，穷困的处境未达到极点，虽然能够在官场中出人头地，但他一定不能像这样在文学辞章方面下功夫，他的作品也不会像今天这样流传后世，这是毫无疑问的。即使让子厚实现他的愿望，一度官至将相，拿那个换这个，何者为得，何者为失？一定能有辨别它的人。

子厚在元和十四年十一月初八去世，终年 47 岁；在十五年七月初十安葬在万年县他祖先墓地的旁边。子厚有两个儿子：大的叫周六，才四岁；小的叫周七，是子厚去世后才出生的。两个女儿，都还小。他的灵柩能够回乡安葬，费用都是观察使河东人裴行立先生付出的。行立先生为人有气节，重信用，与子厚是朋友，子厚对他也很尽心尽力，最后竟仰赖他的力量办理了后事。把子厚安葬到万年县墓地的，是他的表弟卢遵。卢遵是涿州人，性情谨慎，做学问永不满足，自从子厚被贬斥之后，卢遵就跟随

他和他家住在一起，直到他去世也没有离开。安葬好子厚后，又准备安排料理子厚的家属，他可以称得上是有始有终的人了。铭文说：这是子厚的幽室，既牢固又安适，对子厚的子孙会有好处。

祭十二郎文

古时写祭文有一套固定的格式，内容多为对死者生平的追述和赞颂，形式多为骈文或四言韵文。韩愈的《祭十二郎文》打破了这一常规，此文的主旨不在于称颂死者，而在于倾诉自己的痛悼之情。通过对家常琐事的记叙，表现自己与死者的密切关系，表达刻骨铭心的骨肉至情。形式上突破了四言押韵常规，或散或偶，或长或短，情至而文生，被后人誉为“祭文中千年绝调”。后世祭文名作如李商隐的《祭小侄妇寄文》、袁枚《祭妹文》等都深受其影响。

原文

年月日[①]，季父愈闻汝丧之七日[②]，乃能衔哀致诚[③]，使建中远具时羞之奠[④]，告汝十二郎之灵：呜呼！吾少孤[⑤]，及长，不省所怙[⑥]，惟兄嫂是依。中年兄殁南方[⑦]，吾与汝俱幼，从嫂归葬河阳[⑧]；既又与汝就食江南[⑨]，零丁孤苦，未尝一日相离也。吾上有三兄[⑩]，皆不幸早世。承先人后者[⑪]，在孙惟汝，在子惟吾，两世一身[⑫]，形单影只。嫂尝抚汝指吾而言曰：“韩氏两世，惟此而已。”汝

时尤小，当不复记忆；吾时虽能记忆，亦未知其言之悲也。

注释

①年月日：此为拟稿时原样。《文苑英华》作“贞元十九年五月廿六日”；但祭文中说十二郎在“六月十七日”曾写信给韩愈，“五”字当误。

②季父：父辈中排行最小的叔父。

③衔哀：心中含着悲哀。致诚：表达赤诚的心意。

④建中：人名，当为韩愈家中仆人。时羞：应时的鲜美佳肴。羞，同“馐”。

⑤孤：幼年丧父称“孤”。《新唐书·韩愈传》：“愈生三死而孤，随伯兄会贬官岭表。”

⑥怙（hù）：《诗·小雅·蓼莪》：“无父何怙，无母何恃。”后世因用“怙”代父，“恃”代母。失父曰失怙，失母曰失恃。

⑦中年兄殁南方：代宗大历十二年（777 年），韩会由起居舍人贬为韶州（今广东韶关）刺史，次年死于任所，年 43。时韩愈 11 岁，随兄在韶州。

⑧河阳：今河南孟州市西，是韩氏祖宗坟墓所在地。

⑨就食江南：唐德宗建中二年（781 年），北方藩镇李希烈反叛，中原局势动荡。韩愈随嫂迁家避居宣州（今安徽宣城）。因韩氏在宣州置有田宅别业。韩愈《复志赋》：“值中原之有事兮，将就食于江之南。”《祭郑夫人文》：“既克返葬，遭时艰难。百口偕行，避地江濆。”均指此。

⑩吾上有三兄：三兄指韩会、韩介，还有一位死时尚幼，未及命名。一说：吾，我们，即韩愈和十二郎。三兄指自己的两个哥哥和十二郎的哥哥韩百川（韩介的长子）。

⑪先人：指已去世的父亲韩仲卿。

⑫两世一身：子辈和孙辈均只剩一个男丁。

译文

某年某月某日，小叔叔韩愈，在听到你去世消息的第七天，才能强忍哀痛，倾吐衷情，派遣建中打老远赶去，备办些时鲜食品，祭告于十二郎的灵前：呜呼！我幼年丧父，等到长大，还不知道父亲的模样，全是依靠着哥哥和嫂子。哥哥中年时，在南方去世。当时我和你年纪都还小，跟随嫂嫂送哥哥的灵柩回河阳安葬。随后又和你到江南谋生，孤苦伶仃，我俩没有一天离开过。我上面有三个哥哥，都不幸早死。继承先人之后事的，在孙子辈中只有一个你，在儿子辈中只有一个我，两代都是独苗，形单影只。嫂嫂曾经一手抚你、一手指我说："韩家两代人，就只有你们了！"你当时更小，大概没有留下什么记忆；我虽然能记得，但那时候并不懂得嫂嫂的话有多么悲哀啊！

原文

吾年十九，始来京城。其后四年，而归视汝[13]。又四年，吾往河阳省坟墓[14]，遇汝从嫂丧来葬[15]。又二年，吾佐董丞相于汴州[16]，汝来省吾，止一岁[17]，请归取其孥[18]。明年，丞相薨[19]，吾去汴州，汝不果来[20]。是年，吾佐戎徐州[21]，使取汝者始行[22]，吾又罢去[23]，汝又不果来。吾念汝从于东[24]，东亦客也，不可以久；图久远者，莫如西归，将成家而致汝。呜呼！孰谓汝遽去吾而殁乎[25]！吾与汝俱少年，以为虽暂相别，终当久相与处，故舍汝而旅食京师，以求斗斛之禄[26]；诚知其如此，虽万乘之公相[27]，吾不以一日辍汝而就也[28]！去年，孟东野往[29]，吾书与汝曰："吾年未四十，而视茫茫，而发苍苍，而齿牙动摇。念诸父与诸兄，皆康强而早世，如吾之衰

者，其能久存乎！吾不可去，汝不肯来，恐旦暮死，而汝抱无涯之戚也[30]。”孰谓少者殁而长者存，强者夭而病者全乎？

注释

⑬视：古时探亲，上对下曰视，下对上曰省。贞元二年（786年），韩愈19岁，由宣州至长安应进士举，至贞元八年春始及第，其间曾回宣州一次。但据韩愈《答崔立之书》与《欧阳生哀辞》均称20岁至京都举进士，与本篇所记相差一年。

⑭省（xǐng）：探望，此引申为凭吊。

⑮遇汝从嫂丧来葬：韩愈嫂子郑氏卒于贞元九年（793年），韩愈有《祭郑夫人文》。贞元十一年，韩愈往河阳祖坟扫墓，与奉其母郑氏灵柩来河阳安葬的十二郎相遇。

⑯董丞相：指董晋。贞元十二年（796年），董晋以检校尚书左仆射，同中书门下平章事任宣武军节度使，汴、宋、亳、颍等州观察使。时韩愈在董晋幕中任节度推官。汴州：治所在今河南开封市。

⑰止：住。

⑱取其孥（nú）：把家眷接来。孥，妻和子的统称。

⑲薨：古时诸侯或二品以上大官死曰薨。贞元十五年（799年）二月，董晋死于汴州任所，韩愈随葬西行。去后第四天，汴州即发生兵变。

⑳不果：没能够。指因兵变事。

㉑佐戎徐州：当年秋，韩愈入徐、泗、濠节度使张建封幕任节度推官。节度使府在徐州。佐戎，辅助军务。

㉒取：迎接。

㉓罢去：贞元十六年五月，张建封卒，韩愈离开徐州赴洛阳。

㉔东：指故乡河阳之东的汴州和徐州。

㉕孰谓：谁料到。遽（jù）：骤然。

㉖斗斛（hú）：唐时十斗为一斛。斗斛之禄，指微薄的俸禄。韩愈离开徐州后，于贞元十七年（801 年）来长安选官，调四门博士，贞元十九年，迁监察御史。

㉗万乘（shèng）：指高官厚禄。古代兵车一乘，有马四匹。封国大小以兵赋计算，凡地方千里的大国，称为万乘之国。

㉘辍（chuò），中途离开。辍汝，和上句"舍汝"义同。就：就职。

㉙去年：指贞元十八年（802 年）。孟东野：韩愈的诗友孟郊。是年出任溧阳（今属江苏）尉，溧阳离宣州不远，故韩愈托他捎信给宣州的十二郎。

㉚无涯之戚：无穷的悲伤。涯，边。戚，忧伤。

译文

我 19 岁那年，初次来到京城。此后四年，才回家看望你。又过了四年，我去河阳凭吊祖坟，遇到你送嫂嫂的灵柩来河阳安葬。又过了两年，我在汴州辅佐董丞相，你来看望我，只住了一年，你要求回去接家眷来。第二年，董丞相去世，我离开了汴州，你没有能够来。那一年，我在徐州辅助军事，派去接你的人刚要启程，我又罢职离开了徐州，你又没能够来。我想，你跟随我到东边，东边也是异乡，不能久住；从长远打算，不如向西回到河阳，将家安顿好再接你来。唉！谁料到你竟突然去世离开了我啊！我和你都年轻，满以为尽管暂时分离，终于会长久团聚的，所以才丢下你跑到京城求官做，企图赚点俸粮。如果早知道结果会这样，即便有万乘之国的宰相职位等着我，我也不愿离开你一天而去就任啊！去年，孟东野前往江南，我托他带给你的信中说："我还未到四十岁，而视力模糊，头发花白，牙齿松动。想到诸位叔伯和兄长，都是在壮年时便过早去世，像我这样衰弱的身体，能够活得长久吗？我不能离开职守，你又不肯来，生怕我早晚死去，使你陷入无边无际的悲哀啊！"谁料年轻的先死而年长的还活着，强壮的夭折而病弱的却保全了呢？

原文

呜呼！其信然邪？其梦邪？其传之非其真邪？信也，吾兄之盛德而夭其嗣乎？汝之纯明而不克蒙其泽乎[31]？少者强者而夭殁，长者衰者而存全乎？未可以为信也。梦也，传之非其真也？东野之书，耿兰之报[32]，何为而在吾侧也？呜呼！其信然矣！吾兄之盛德而夭其嗣矣！汝之纯明宜业其家者[33]，不克蒙其泽矣！所谓天者诚难测，而神者诚难明矣！所谓理者不可推，而寿者不可知矣！虽然，吾自今年来，苍苍者或化而为白矣，动摇者或脱而落矣[34]，毛血日益衰[35]，志气日益微[36]，几何不从汝而死也！死而有知，其几何离[37]？其无知，悲不几时，而不悲者无穷期矣！

汝之子始十岁[38]，吾之子始五岁[39]，少而强者不可保，如此孩提者[40]，又可冀其成立邪？呜呼哀哉！呜呼哀哉！

注释

㉛纯明：纯正贤明。不克：不能。蒙：承受。

㉜耿兰：生平不详，当时宣州韩氏别业的管家人。十二郎死后，孟郊在溧阳写信告诉韩愈，时耿兰也有丧报。

㉝业：用如动词，继承之意。

㉞动摇者或脱而落矣：时年韩愈有《落齿》诗云："去年落一牙，今年落一齿；俄然落六七，落势殊未已。"

㉟毛血：指体质。

㊱志气：指精神。

㊲其几何离：分离会有多久呢？意思是死后仍可相会。

㊳汝之子：十二郎有二子，长韩湘，次韩滂。韩滂出嗣十二郎的哥哥韩百川为子，见韩愈《韩滂墓志铭》。始十岁：当指长子韩湘。十岁，一本作“一岁”，则当指韩滂，滂生于贞元十八年（802年）。

㊴吾之子始五岁：指韩愈长子韩昶，贞元十五年（799年）韩愈居符离集时所生，小名曰符。

㊵孩提：本指两三岁的幼儿。此为年纪尚小之意。

译文

唉！难道这是真的吗？是在做梦吗？还是传送的消息不准确呢？如果是真的，为什么我哥哥有那么美好的德行却丧失了后代？你那么纯正贤明却不能承受他遗留的恩泽？为什么年少身强的反而早死，年长衰弱的却活着呢？我不敢相信这是真的啊！这是在做梦，还是传错了消息？可是，东野丧信，耿兰的讣文，为什么又分明放在我身边呢？唉！这是真的啊！我哥哥的美好品德反而使得他的儿子夭亡了啊！你纯洁聪明最适于继承家业，却不能承受先人的恩泽了啊！所谓“天”实在测不透，所谓“神”的确弄不清啊！所谓“理”简直没法推测，所谓“寿”根本不可知啊！虽然如此，我从今年以来，花白的头发有的已经全白了，动摇的牙齿有的已经脱落了，体质一天比一天衰弱，精神一天比一天衰退，还有多少时间不跟随你死去呢！死后如果有知觉，那我们的分离还能有多久？如果没有知觉，那我哀伤的时间也就不会长，而不哀伤的日子倒是无穷无尽啊！

现在你的儿子才十岁，我的儿子刚五岁。年少身强的都不能保全，像这样的孩子，又怎么能希望他们长大成人呢？呜呼，悲恸啊！呜呼，悲恸啊！

原文

汝去年书云："比得软脚病[41]，往往而剧。"吾曰："是疾也，江南之人，常常有之。"未始以为忧也。呜呼！其竟以此而殒其生乎？抑别有疾而至斯乎？汝之书，六月十七也。东野云：汝殁以六月二日。耿兰之报无月日。盖东野之使者，不知问家人以月日；如耿兰之报，不知当言月日。东野与吾书，乃问使者，使者妄称以应之耳。其然乎？其不然乎？今吾使建中祭汝，吊汝之孤与汝之乳母[42]，彼有食可守以待终丧[43]，则待终丧而取以来[44]；如不能守以终丧，则遂取以来；其余奴婢，并令守汝丧。吾力能改葬[45]，终葬汝于先人之兆[46]，然后惟其所愿[47]。

注释

㊶比（bì）：近来。软脚病：脚气病。

㊷吊：此指慰问。孤：指十二郎的儿子。

㊸终丧：守满三年丧期。《孟子·滕文公上》："三年之丧，……自天子达于庶人，三代共之。"

㊹取以来：指把十二郎的儿子和乳母接来。

㊺力能改葬：假设之意。即先暂时就地埋葬。

㊻兆：葬域，墓地。

㊼惟其所愿：才算了却心事。

译文

你去年来信说："近来得了脚气病，时常发作得很厉害。"我说："这种病，江南人是常有的。"未曾为你这种病而担忧。唉！难道这种病竟然夺去了你的生命吗？还是又患重病而无法挽救呢？你的信，是六月十七日写的；东野的来信说，你死于六月初二；耿兰报丧的信没有说明你死于哪月哪日。可能是东野的使者没有向家人问明死期；耿兰报丧的信不懂得应当说明死期；东野给我写信时向使者询问死期，使者不过信口胡乱回答罢了。是这样呢？还是不是这样呢？现在我派建中前来祭奠你，慰问你的儿子和你的奶妈。他们有粮可以守你的灵，直到丧事结束，那么就等到丧事结束之后再接他们来；如果不能等到丧事结束，就立即接他们来。其余奴婢下人，都让他们为你守丧。如果我有能力给你迁葬，最终一定把你埋葬到祖先的墓地里，然后才算了却我的心愿。

原文

呜呼！汝病吾不知时，汝殁吾不知日。生不能相养以共居，殁不得抚汝以尽哀[48]。敛不凭其棺[49]，窆不临其穴[50]。吾行负神明，而使汝夭，不孝不慈，而不得与汝相养以生，相守以死。一在天之涯，一在地之角，生而影不与吾形相依，死而魂不与吾梦相接。吾实为之，其又何尤[51]。彼苍者天，曷其有极[52]！自今以往，吾其无意于人世矣。当求数顷之田，于伊、颍之上[53]，以待余年，教吾子与汝子，幸其成[54]；长吾女与汝女，待其嫁[55]，如此而已。

呜呼！言有穷而情不可终，汝其知也耶？其不知也耶？呜呼哀哉！尚飨[56]。

注释

㊽抚汝以尽哀：指抚尸恸哭。

㊾敛：通“殓”。为死者更衣称小殓，尸体入棺材称大殓。

㊿窆（biǎn）：下棺入土。

51何尤：怨恨谁。

52彼苍者天，曷其有极：意思是你青苍的上天啊，我的痛苦哪有尽头啊。语本《诗经·唐风·鸨羽》：“悠悠苍天，曷其有极。”

53伊、颍（yǐng）：伊水和颍水，均在今河南省境。此指故乡。

54幸其成：韩昶后中穆宗长庆四年进士。韩湘后中长庆三年进士。

55长（zhǎng）：用如动词，养育之意。

56尚飨：古代祭文结语用词，意为希望死者享用祭品。

译文

唉！你生病我不知道时间，你去世我不知道日期。你活着我们不能互相照顾，同住一起；你死后我又不能抚摸你的遗体，尽情痛哭；入殓之时不曾紧靠你的棺材，下葬之时不曾俯视你的墓穴。我的德行有负于神灵，因而使你夭亡；我不孝顺、不慈爱，因而既不能和你互相照顾、一同生活，又不能和你互相依傍、一起死去。一个在天涯，一个在地角。活着的时候，你的影子不能和我的身子靠拢；去世以后，你的灵魂不能和我的梦魂亲近。这实在是我造成的，又能怨恨谁呢！那苍苍的上天啊，我的痛苦何时才有尽头！从今以后，我没有心思活在人世了！我应当在伊水和颍水边上买些田地，来度过我的晚年，教育我的儿子和你的儿子，期望他们长大成人；抚养我的女儿和你的女儿，等到她们出嫁，我的心愿不过如此罢了。

唉！言语总有说尽的时候，而悲痛的心情却是没完没了的，你能够理解吗？还是什么都不知道了呢？唉！伤心啊！希望你的灵魂能来享用我的祭品啊！

柳宗元

柳宗元，字子厚，唐代河东（今山西省永济市）人，代宗大历八年（773年）出生于京城长安，宪宗元和十四年（819年）客死于柳州。一代著名文学家、思想家，享年不到50岁。因为他是河东人，终于柳州刺史任上，所以人称柳河东或柳柳州。

贞元九年（793年）春，20岁的柳宗元考中进士，同时中进士的还有他的好友刘禹锡。贞元十二年（796年）柳宗元任秘书省校书郎，算是步入官场，这一年，与杨凭之女在长安结婚，两年后，中博学宏词科，调为集贤殿书院正字，得以博览群书，开阔眼界，同时也开始接触朝臣官僚，了解官场情况，并关心、参与政治。到集贤殿书院的第一年，他便写了《国子司业阳城遗爱碑》，颂扬了在朝政大事上勇于坚持己见的谏议大夫阳城，第二年写了《辩侵伐论》，表明坚持统一、反对分裂的强烈愿望。

贞元十七年（801年），柳宗元调为蓝田尉，两年后又调回长安任监察御史里行，时年31岁，与韩愈同官，官阶虽低，但职权并不下于御史，从此与官场上层人物交游更广泛，对政治的黑暗腐败有了更深入的了解，逐渐萌发了要求改革的愿望，成为王叔文革新派的重要人物。

王叔文、王伾的永贞革新，虽只有半年时间便宣告失败，但却是一次震动全国的进步运动，所实行的措施，打击了当时专横跋扈的宦官和藩镇割据势力，利国利民，顺应了历史的发展。柳宗元与好友刘禹锡是这场革新的核心人物，被称为“二王刘柳”。年轻的柳宗元在政治舞台上同宦官、豪族、旧官僚进行了尖锐的斗争。他的革新精神与斗争精神是非常可贵的。

由于顺宗下台、宪宗上台，革新失败，“二王刘柳”和其他革新派人士都随即被贬。宪宗八月即位，柳宗元九月便被贬为邵州（今湖南邵阳市）刺史，行未半路，又被加贬为永州司马。这次同时被贬为司马的，还有七人，所以史称这一事件为“二王八司马事件”。

永州地处湖南和广西交界的地方，当时甚为荒僻，是个人烟稀少得可怕的地方。和柳宗元同去永州的，有他 67 岁的老母、堂弟柳宗直、表弟卢遵。他们到永州后，连住的地方都没有，后来在一位僧人的帮助下，在龙兴寺寄宿。由于生活艰苦，到永州未及半载，他的老母卢氏便离开了人世。

柳宗元被贬后，政敌们仍不肯放过他。造谣诽谤，人身攻击，把他丑化成“怪民”，而且好几年后，也还骂声不绝。由此可见保守派恨他的程度。在永州，残酷的政治迫害，艰苦的生活环境，使柳宗元悲愤、忧郁、痛苦，加之几次无情的火灾，严重损害了他的健康，竟到了“行则膝颤、坐则髀痹”的程度。贬谪生涯所经受的种种迫害和磨难，并未能动摇柳宗元的政治理想。他在信中明确表示:“虽万受摈弃，不更乎其内。”永州之贬，一贬就是 10 年，这是柳宗元人生一大转折。在京城时，他直接从事革新活动，到永州后，他的斗争则转到了思想文化领域。永州十年，是他继续坚持斗争的十年，广泛研究古往今来关于哲学、政治、历史、文学等方面的一些重大问题，撰文著书，《封建论》《非〈国语〉》《天对》《六逆论》等著名作品，大多是在永州完成的。

元和十年（815 年）正月，柳宗元与刘禹锡等被召回京，但并未被重用。由于武元衡等人的仇视，他们二月到长安，三月便宣布改贬。柳宗元改贬为柳州（今广西柳州市）刺史，刘禹锡为播州刺史。虽然由司马升为刺史，但所贬之地比原来更僻远、更艰苦。柳宗元想到播州比柳州还要艰苦，刘禹锡还有 80 多岁的老母随身奉养，便几次上书给朝廷，要求与刘禹锡互换。后来因有人帮忙，刘禹锡改贬连州，柳宗元才动身向柳州。

柳州距京城长安，比永州距京城更远，更为落后荒凉，居民多为少数民族，生活极端贫困，风俗习惯更与中原大不相同。柳宗元初来这里，语言不通，一切都不适，但他还是决心利用刺史的有限权力，在这个局部地区继续实行改革，为当地民众做些好事。

柳宗元在柳州，决心废除“以男女质钱，约不时赎，子本相侔，则没为奴婢”的残酷风习，制定了一套释放奴婢的办法，规定那些已经沦为奴婢的人，都可以按时间算工钱，抵完债即恢复人身自由，回家和亲人团聚。此举受到广大贫苦人民的欢迎，后来被推行到柳州以外的州县。针对当地百姓迷信落后的习俗，柳宗元严令禁止江湖巫医骗钱害人；举办和发展文化教育事业，兴办学堂，推广医学，并使从不敢动土打井的柳州，接连打了好几眼井，解决了饮水问题。柳州荒地很多，柳宗元组织闲散劳力去开垦，仅大云寺一处开垦的荒地，就种竹三万竿，种菜百畦。他又重视植树造林，并多次亲自参加了植树活动。

柳州四年，柳宗元在力所能及的范围内，进行了一番兴利除弊的改革，遗惠一方，实际是王叔文改革在局部地区的施行。

长期的贬谪生涯，生活上的困顿和精神上的折磨，使柳宗元健康状况越来越坏，确是未老先衰。他的好友吴武陵多次奔走于执政大臣裴度门下，设法营救他离柳州还京。裴度与柳宗元同系河东人，元和十四年宪宗因受尊号实行大赦，经裴度说情，宪宗才同意召回柳宗元。然而为时已晚，诏书未到柳州，柳宗元便怀着一腔悲愤离开了人间，当时年仅 47 岁。临死前，柳宗元写信给好友刘禹锡，并将自己的遗稿留交给他。后来刘禹锡编成《柳宗元集》。

虽然活了不到 50 岁，但柳宗元却在文学上创造了光辉的业绩，在诗歌、辞赋、散文、游记、寓言、小说、杂文以及文学理论诸方面，都作出了突出的贡献。

柳宗元的诗，共集中 140 余首，在大家辈出、百花争艳的唐代诗坛上，是存诗较少的一个，但却多有传世之作。他在自己独特的生活经历和思想感受的基础上，借鉴前人的艺术经验，发挥自己的创作才华，创造出一种独特的艺术风格，成为代表当时一个流派的杰出诗才。苏轼评价说:“所贵乎枯淡者，谓其外枯而中膏，似淡而实美，渊明、子厚之流是也。”把柳宗元和陶渊明并列。现存柳宗元诗，绝大部分是贬官永州以后的作品，题材广泛、体裁多样。他的叙事诗文笔质朴、描写生动，寓言诗形象鲜明、寓意深刻，抒情诗更善于用清新峻爽的文笔，委婉深曲地抒写自己的心情。不论何种体裁，都写得精工密致、韵味深长，在简淡的格调中表现极其沉厚的感情，呈现一种独特的面貌。因他是一位关心现实、同情人民的诗人，所以无论写什么题材，都能写出具有社会意义和艺术价值的诗篇。

封建论

本文为柳宗元的名篇，探讨千余年来封建制度的弊病。柳宗元认为“封建”制度（分封国土给皇族王侯）不如“郡县”制度，虽然周朝实施“封建制”而享国八百年，秦朝实行“郡县制”而国祚短命，然而“郡县制”却是时代潮流所趋。西汉初年，“封建”“郡县”两制并行，后来发生七国之乱，“有叛国而无叛州”“有叛王而无叛吏”，实实在在显示“郡县制”才是长久之策。柳氏认为，上古时期实施“封建制”，有其时代环境因素，并非古圣贤喜欢封建制，而是当时局势使然，故不可拘泥于古法。本文立论恢宏，逻辑严密，可媲美贾谊的《治安策》。

原文

天地果无初乎①？吾不得而知之也。生人果有初乎②？吾不得而知之也。然则孰为近③？曰：有初为近。孰明之？由封建而明之也④。彼封建者，更古圣王尧、舜、禹、汤、文、武而莫能去之。盖非不欲去之也，势不可也。势之来，其生人之初乎？不初，无以有封建；封建，非圣人意也。

彼其初与万物皆生，草木榛榛，鹿豕狉狉，人不能搏噬，而且无毛羽，莫克自奉自卫，荀卿有言：“必将假物以为用者也⑤。”夫假物者必争，争而不已，必就其能断曲直者而听命焉⑥。其智而明者，

所伏必众；告之以直而不改，必痛之而后畏⑦；由是君长刑政生焉⑧。故近者聚而为群；群之分，其争必大，大而后有兵有德。又有大者，众群之长又就而听命焉，以安其属。于是有诸侯之列，则其争又有大者焉。德又大者，诸侯之列，又就而听命焉，以安其封⑨。于是有方伯、连帅之类，则其争又有大者焉⑩。德又大者，方伯、连帅之类，又就而听命焉，以安其人，然后天下会于一。是故有里胥而后有县大夫⑪，有县大夫而后有诸侯，有诸侯而后有方伯、连帅，有方伯、连帅而后有天子。自天子至于里胥，其德在人者，死必求其嗣而奉之。故封建非圣人意也，势也。

注释

①果：果真。初：开始，这里指原始阶段。

②生人：生民。这里指人类。

③近：指接近事实。

④封建：指三代和以后曾实行过的“封国土、建诸侯”的贵族领主制度。

⑤榛榛：草木丛杂的样子。狉狉：兽类成群走动的样子。奉：供养。必将假物以为用者也：出自《荀子·劝学篇》。

⑥曲直：是非。

⑦伏：服从，此处当“使人服从”解。直：正确的道理。痛之：使其痛苦。

⑧刑政：刑法、政令。

⑨诸侯之列：很多诸侯。列，行列。封，指封地。

⑩方伯：一方诸侯的领袖。连帅：十国诸侯的领袖。《礼记·王制》曰：“十国以为连，连有帅。”

⑪里胥：里的行政长官。里，古代县辖行政单位，县统乡，乡统里。古时二十五家为一里。唐以百户为里，五里为乡。县大夫：县的长官。

译文

自然界果真没有原始阶段吗？我没法知道。人类果真有原始阶段吗？我也没法知道。那么，（有或没有原始阶段）哪种说法比较接近事实呢？我认为：有原始阶段这种说法比较接近事实。怎么知道这一点呢？从“封国土、建诸侯”的封建制就可以明白。那种封建制，经历了古代贤明的帝王唐尧、虞舜、夏禹、商汤、周文王和周武王，没有谁能把它废除掉。不是不想把它废除掉，而是事物发展的趋势不允许，这种形势的产生，大概是在人类的原始阶段吧？不是原始阶段的那种形势，就没有可能产生封建制。实行封建制，并不是古代圣人的本意。

人类在他的原始阶段跟万物一起生存，那时野草树木杂乱丛生，野兽成群四处奔走，人不能像禽兽那样抓扑啃咬，而且身上也没有毛羽来抵御严寒，不能够光靠自身来供养自己、保卫自己。荀卿说过：“人类一定要借用外物作为自己求生的工具。”借用外物来求生的人必然会相争，争个不停，一定会去找那能判断是非的人而听从他的命令。那又有智慧、又明白事理的人，服从他的人一定很多；他把正确的道理告诉那些相争的人，不肯悔改的，必然要惩罚他，使他受痛苦之后感到惧怕，于是君长、刑法、政令就产生了。这样附近的人就聚结成群，分成许多群以后，相互间争斗的规模一定会大，相争的规模大了就会产生军队和威望。这样，又出现了更有威德的人，各个群的首领又去听从他的命令，来安定自己的部属。于是产生了一大批诸侯，他们相争的规模就更大了。又有比诸侯威德更大的人，许多诸侯又去听从他的命令，来安定自己的封国。于是又产生了方伯、连帅一类诸侯领袖，他们相争的规模还要大。这就又出现了比方伯、连帅威德更大的人，方伯、连帅们又去听从他的命令，来安定自己的老百姓，这以后天下便统一于天子一人之手了。因此先有乡里的长官而后有县的长官，有了县的长官而后有诸侯，有了诸侯而后有方伯、连帅，有了方伯、连帅而后才有天子。从最高的天子到乡里的长官，那些对人民有恩德的人死了，人们一定会遵奉他们的子孙为首领。所以说封建制的产生不是圣人的本意，而是形势发展的必然结果。

原文

夫尧、舜、禹、汤之事远矣，及有周而甚详。周有天下，裂土田而瓜分之，设五等，邦群后，布履星罗，四周于天下，轮运而辐集[⑫]。合为朝觐会同，离为守臣扞城[⑬]。然而降于夷王。害礼伤尊，下堂而迎觐者[⑭]。历于宣王，挟中兴复古之德，雄南征北伐之威，卒不能定鲁侯之嗣[⑮]。陵夷迄于幽、厉，王室东徙，而自列为诸侯矣[⑯]。厥后，问鼎之轻重者有之，射王中肩者有之，伐凡伯、诛苌弘者有之，天下乖戾，无君君之心[⑰]。余以为周之丧久矣；徒建空名于公侯之上耳！得非诸侯之盛强，末大不掉之咎欤[⑱]？遂判为十二，合为七国，威分于陪臣之邦，国殄于后封之秦。则周之败端，其在乎此矣[⑲]。

秦有天下，裂都会而为之郡邑，废侯卫而为之守宰，据天下之雄图，都六合之上游，摄制四海，运于掌握之内，此其所以为得也[⑳]。不数载而天下大坏，其有由矣。亟役万人，暴其威刑，竭其货贿。负锄梃谪戍之徒，圜视而合从，大呼而成群[㉑]。时则有叛人而无叛吏，人怨于下而吏畏于上，天下相合，杀守劫令而并起[㉒]。咎在人怨，非郡邑之制失也。

注释

⑫五等：周代诸侯爵位分为公、侯、伯、子、男五等。邦群后：言分封很多诸侯。邦，诸侯的封国，引申为分封。后，君主，此处指诸侯。布履：足迹遍布天下，说明到处都是诸侯的封地。星罗：繁星罗列，形容诸侯国之多。轮运而辐集：比喻诸侯听从中央的指挥如同车轮运转，轮上辐条集中于车毂上一样。

⑬朝觐：诸侯春天朝见帝王为朝，秋天朝见帝王为觐。会同诸侯朝见天子，随时朝见为会。众人一起朝见为同。扞城：保卫城池。

⑭降：下传。夷王：周夷王，名燮，公元前869-前858年在位。西周到懿王时便已衰微。夷王为诸侯所立，故其“下堂而迎觐者”（按周礼规定，天子只在堂上会见朝觐者）。

⑮宣王：周宣王，名静，公元前827—前782年在位。中兴：复兴。复古：指恢复武王、成王的大业。《史记·周本纪》曰：“宣王即位，二相（指召公、周公）辅之修政，法文、武、成、康之遗风，诸侯复宗周。”南征北伐：宣王即位后，曾大举讨伐西边的西戎、北方的以及南方、东南方的荆蛮、淮夷等部族。不能定鲁侯之嗣：公元前817年，鲁武公带儿子括、戏朝见宣王，宣王立戏为武公的继承人。武公死，鲁人杀戏，立括为君。

⑯陵夷：逐渐衰颓。幽、厉：周幽王宫涅，公元前781年即位，后被犬戎杀死于骊山。周厉王胡，公元前858年即位，暴虐侈傲。国人暴动，被迫逃亡，死于彘地（今山西省霍县）。幽王、厉王均为周代有名的昏君。从文意看来，此处“厉”似当作“平”。平王为幽王太子。王室东徙幽王死，平王宜臼即位，迁都于洛邑，是为东周。《史记·周本纪》曰：“平王之时，周室衰微，诸侯强并弱，齐、楚、秦、晋始大，政由方伯。”

⑰问鼎：《史记·周本纪》记载，“定王元年（前608年），楚庄王伐陆浑之戎，次洛，使人问九鼎，王使王孙满应设以辞，楚兵乃去”。楚庄王问九鼎之重，意在取周而代之。九鼎，九个鼎，传为夏禹所铸，象征九州，三代时奉为传国之宝。射王：公元前707年，周桓王林攻讨郑国，郑庄公寤生派兵迎战，射中桓王之肩。伐凡伯：桓王四年（前716年），桓王使卿士凡伯出使鲁国，凡伯回朝途经楚丘（今山东省曹县东南），遭到戎人的绑架。伐，击而取之。诛苌弘：周敬王二十八年（前492年），晋国贵族范吉射和赵鞅相攻，范吉射败，赵鞅不满意周大夫苌弘支持范吉射，责问周王室，敬王不得已杀苌弘。乖戾：违反常规。君君：尊重天子。前“君”字作动词用。

⑱末大不掉：形容上弱下强，指挥不灵。语出《左传·昭十一年》：“末大必折，尾大不掉。”

⑲判：分。十二：春秋时的十二诸侯国，即鲁、齐、晋、秦、楚、宋、卫、陈、蔡、曹、郑、燕。七国：战国时代的七个强国，即秦、楚、齐、燕、

韩、魏、赵。陪臣之邦：指韩、魏、赵、齐等国。周天子以诸侯为臣，以诸侯的大夫为陪臣。韩、赵、魏三国的祖先原为晋国大臣，周威烈王二十三年（前403年），韩虔、魏斯、赵籍分晋自为诸侯。齐原为吕尚的封国，周安王十六年（前386），齐大夫田和篡齐自为齐侯。殄：灭绝。后封之秦：秦本为周的附属小国，平王东迁时，秦襄公护送有功，才被封为诸侯国。后来秦庄襄王在公元前241年灭掉了东周。端：开头，起因。

⑳都会：指原诸侯国的都城。郡邑：郡县。侯卫：拱卫天子的诸侯。守宰：守卫地方的长官。秦国统一天下，分全国为36郡，废封建制为郡县制。上游：秦都咸阳，位于西北高地，居高临下，故称上游。摄制：控制。

㉑负锄梃谪戍之徒：指陈胜、吴广等前往渔阳防守边地的戍卒。梃，木棍。圜视：看看周围的情况。圜，环绕。合从：合纵，联合起来。

㉒守、令：郡、县长官。

译文

尧、舜、禹、汤的事离我们很远了，到了周代记载就很详备了。周朝占有天下，把土地像剖瓜一样分割开来，设立了公、侯、伯、子、男五等爵位，分封了许多诸侯。诸侯国像繁星似的罗列，四面遍布在大地上，集结在周天子的周围，就像车轮围绕着中心运转，就像辐条集中于车毂；诸侯聚合起来就去朝见天子，分散开来就是守卫疆土的臣子、朝廷的捍卫者。但是往下传到周夷王的时候，破坏了礼法，损害了尊严，天子只得亲自下堂去迎接朝见的诸侯。传到周宣王的时候，他虽然倚仗着复兴周王朝的功德，显示出南征北伐的威风，终究还是无力决定鲁君的继承人。这样日渐衰败下去，直到周幽王、周厉王，后来周平王把国都向东迁移到洛邑，把自己排列在诸侯同等地位上去了。从那以后，问周天子传国九鼎的轻重的事情出现了，用箭射伤天子肩膀的事情出现了，讨伐天子大臣凡伯、逼迫天子杀死大夫苌弘这样的事情也出现了，天下大乱，不再把天子看作天子。我认为周王朝丧失统治力量已经很久了，只不过还在公侯之上保存着一个空名罢了！这岂不是诸侯势力太强大而指挥不动，就像尾巴太大以至摇摆不动所造成的过失吗？于是周王朝的统治权分散到十二个诸侯国，后来又合并为七个强国，王朝的权力分散到陪臣掌政的国家，最后被很晚才封为诸侯的秦国灭掉。周朝败亡的原因，大概就在这里了。

秦朝统一了全国后，剖分诸侯国而设置郡县，废除诸侯而委派郡县长官。秦占据了天下的险要地势，建都于全国的上游，控制着全国，把局势掌握在手里，这是它做得对的地方。但没过几年便天下大乱，那是有原因的。它多次征发数以万计的百姓服役，使刑法越来越残酷，耗尽了财力。于是那些扛着锄木棍被责罚防守边境的人们，彼此递个眼色就联合起来，怒吼着汇合成群，奋起反秦。那时有造反的老百姓而没有反叛的官吏，老百姓在下怨恨秦王朝；官吏在上惧怕朝廷。全国四面八方互相配合，杀郡守、劫县令的事情在各地同时发生。这种错误在于激起了人民的怨恨，并不是郡县制的过失。

原文

汉有天下，矫秦之枉，徇周之制，剖海内而立宗子、封功臣。数年之间，奔命扶伤之不暇。困平城，病流矢，陵迟不救者三代[23]。后乃谋臣献画。而离削自守矣[24]。然而封建之始，郡国居半，时则有叛国而无叛郡。秦制之得，亦以明矣。继汉而帝者，虽百代可知也。

唐兴，制州邑，立守宰，此其所以为宜也。然犹桀猾时起，虐害方域者，失不在于州而在于兵。时则有叛将而无叛州，州县之设，固不可革也。

注释

㉓矫秦之枉，徇周之制：汉初曾部分恢复分封制，故有此说。矫，纠正。枉，偏差、错误。徇，从。立宗子：刘邦统一中国，曾分封自己的儿子、兄弟、侄子为王。宗子，正妻所生长子，此处指同一宗族的子弟。封功臣：刘邦曾封异姓功臣为王，如封韩信为楚王、英布为淮南王等。奔命扶伤：意谓忙于应付和挽救战乱造成的伤害。困平城：高祖七年（前200年），韩王信勾结匈奴作乱，刘邦率军攻讨，结果在平城（今山西省大同市东）被匈奴围困了七天。病流矢：高祖十一年（前196年），淮南王英布谋反，刘邦前往平叛，被飞箭射中，次年逝世。三代：指汉惠帝、汉文帝和汉景帝三代。三代常有诸侯对抗朝廷的事发生。

㉔谋臣献画：汉文帝时，贾谊曾建议把一个诸侯国分成若干小国，分封给最早受封者的子孙；汉景帝时，晁错曾献策削减吴、楚七国的封地；汉武帝时，主父偃曾上书让诸侯王把领地分封给自己的子弟。这些谋略都是为了削弱、分散诸侯王的权势。画，计策。离削：分散、削弱。

译文

汉朝统一了全国之后，纠正秦朝的错误，沿袭周朝的封建制，分割天下，分封自己的子弟和功臣为诸侯王。但没有几年，为了平息诸侯国的叛乱便闻命奔赴镇压，以至连救死扶伤都来不及，汉高祖刘邦被围困在平城，被飞箭射伤，如此衰落不振达三代之久。后来由于谋臣献策，才分散削弱诸侯王的势力并由朝廷命官管理诸侯国。但是汉朝开始恢复封建制的时候，诸侯国和郡县各占一半疆域，那时只有反叛的诸侯国而没有反叛的郡县，秦朝郡县制的正确性也已经明白清楚了。继汉朝而称帝的，就是再过一百代，郡县制比封建制优越，也是可以知道的。

唐朝建立以后，设置州县，任命州县的长官，这是它做得正确的地方。但还是有凶暴狡猾的人不时起来叛乱、侵州夺县的情况出现，过失不在于设置州县而在于藩镇拥有重兵，那时有反叛的藩镇将领而没有反叛的州县长官。郡县制的建立，确实是不能改变的。

原文

或者曰：“封建者，必私其土，子其人，适其俗，修其理，施化易也[25]。守宰者，苟其心，思迁其秩而已，何能理乎[26]？”余又非之。

周之事迹，断可见矣：列侯骄盈，黩货事戎。大凡乱国多，理国寡[27]；侯伯不得变其政，天子不得变其君。私土、子人者，百不有一；失在于制，不在于政，周事然也。

秦之事迹，亦断可见矣：有理人之制，而不委郡邑，是矣[28]。有理人之臣，而不使守宰，是矣。郡邑不得正其制，守宰不得行其理。酷刑苦役，而万人侧目。失在于政，不在于制，秦事然也。

汉兴，天子之政行于郡，不行于国；制其守宰，不制其侯王[29]。侯王虽乱，不可变也。国人虽病，不可除也。及夫大逆不道，然后掩捕而迁之、勒兵而夷之耳[30]。大逆未彰，奸利浚财，怙势作威，大刻于民者，无如之何[31]。及夫郡邑，可谓理且安矣。何以言之？且汉知孟舒于田叔，得魏尚于冯唐，闻黄霸之明审，睹汲黯之简靖，拜之可也。复其位可也，卧而委之以辑一方可也[32]。有罪得以黜，有能得以赏。朝拜而不道，夕斥之矣；夕受而不法，朝斥之矣。设使汉室尽城邑而侯王之。纵令其乱人，戚之而已。孟舒、魏尚之术，莫得而施，黄霸、汲黯之化，莫得而行；明谴而导之，拜受而退已违矣；下令而削之，缔交合从之谋，周于同列，则相顾裂眦，勃然而起[33]。幸而不起，则削其半。削其半，民犹瘁矣，曷若举而移之以全其人乎[34]？汉事然也。

今国家尽制郡邑，连置守宰，其不可变也固矣。善制兵，谨择守，则理平矣。

注释

㉕子其人：对待人民像对待子女一样。修其理：搞好政治。理，治，此处作名词用。政治。施化：实行教化。

㉖秩：官阶、品级。

㉗断：决然无疑。黩货：贪财。事戎：好战。理国：治理得好的国家。

㉘理人之制：治理人民的政策、法令。

㉙制：控制。

㉚大逆不道：指犯上作乱。掩捕：乘人不备，突然逮捕。勒兵：统率军队。夷：平定。

㉛奸利：非法取利。浚财：榨取财物。怙势：依仗权势。大刻：非常苛刻。

㉜汉知孟舒于田叔：《汉书·田叔传》言“孝文帝初立，召叔问曰：‘公知天下长者乎？’对曰：‘臣何足以知之？’上曰：‘公，长者，宜知之。’叔顿首曰：‘故云中守孟舒，长者也。’于是文帝复召孟舒为云中守。”得魏尚于冯唐：汉文帝时，魏尚为云中守，与匈奴战屡有战功。一次报功，所报杀敌人数多了六个，魏尚因此获罪。冯唐替他辩明功过，魏尚方复原职。黄霸：阳夏（今河南省太康县）人，汉宣帝时任颍川郡太守，为政宽和。深得人民拥护，后为京兆尹，官至丞相，封建成侯。汲黯：濮阳（今河南省濮阳县南）人，汉武帝时任东海郡太守。政绩很好，官至主爵都尉。卧而委之：汉武帝命汲黯为淮阳太守，汲黯因病不受印绶。武帝曰：“吾今召君矣，顾淮阳吏民不相得，吾徒得君重卧而治之。”辑：安抚，安定。

㉝缔交：结交。周：普遍。同列：指地位相同的诸侯国。勃然：盛怒的样子。

㉞瘁：困病，受苦。举而移之：指把诸侯王全部废除。全其人：指保全诸侯王本人及其子弟（不因乱致死）。

译文

有的人说:“封建制的世袭君长，一定会把他管辖的地区当作自己的土地尽心治理，把他管辖的老百姓当作自己的儿女悉心爱护，使那里的风俗变好，把那里的政治治理好，这样施行教化就比较容易。郡县制的州县地方官，抱着得过且过的心理，一心只想升官罢了，怎么能把地方治理好呢?”我认为这种说法也是不对的。

周朝的情况，毫无疑问地可以看清楚了：诸侯骄横，贪财好战，大致是政治混乱的国家多，治理得好的国家少。诸侯的霸主不能改变乱国的政治措施，天子无法撤换不称职的诸侯国的君主，真正爱惜土地、爱护人民的诸侯，一百个中间也没有一个。造成这种弊病的原因在于封建制，不在于政治方面。周朝的情况就是如此。

秦朝的情况，也完全可以看清楚了：朝廷有治理百姓的制度，而不让郡县专权，这是正确的；中央有管理政务的大臣，不让地方官自行其是，这也是正确的。但是郡县不能正确发挥郡县制的作用，郡守、县令不能很好地治理人民。残酷的刑罚、繁重的劳役，使万民怨恨。这种过失在于政治方面，不在于郡县制本身。秦朝的情况便是这样。

汉朝建立的时候，天子的政令只能在郡县推行，不能在诸侯国推行；天子只能控制郡县长官，不能控制诸侯王。诸侯王尽管胡作非为，天子也不能撤换他们；侯王国的百姓尽管深受祸害，朝廷却无法解除他们的痛苦。只是等到诸侯王叛乱造反，才把他们逮捕、流放或率兵讨伐，以至灭掉他们。当他们的罪恶尚未充分暴露的时候，尽管他们非法牟利搜刮钱财，依仗权势作威作福，给百姓造成严重的伤害，朝廷也不能对他们怎么样。至于郡县，可以说是政治清明、社会安定了。根据什么这样讲呢？汉文帝从田叔那里了解到孟舒，从冯唐那里了解到魏尚，汉宣帝听说黄霸执法明察审慎，汉武帝看到汲黯为政简约清静，那么就可以任命黄霸做官，可以恢复孟舒、魏尚原来的官职，甚至可以让汲黯躺着任职，委任他只凭威望去安抚一个地区。官吏犯了罪可以罢免，有才干可以奖赏。早上任命的官吏，如果发现他不行正道，晚上就可以撤了他；晚上接受任命的官吏，如果发现他违法乱纪，第二天早上就可以罢免他。假使汉王朝把城邑全部都分割给侯王，即使他们危害人民，也只好对它发愁罢了。孟舒、魏尚的治理方法不能施行，黄霸、汲黯的教化无法推行。如果公开谴责并劝导这些侯王，他们当面接受，但转过身去就违反了；如果下令削减他们的封地，互相串通、联合行动的阴谋就会遍及侯王各国之间，那么大家都怒眼圆睁，气势汹汹地反叛朝廷。万一他们不起来闹事，就削减他们的一半封地，即使削减一半，百姓还是受害了，何不把诸侯王完全废除掉来保全那里的人民呢？汉朝的情况就是这样。

今天国家完全实行郡县制，不断地任命郡县长官，这种情况是肯定不能改变了。只要好好地控制军队，慎重地选择地方官吏，那么政局就会安定了。

原文

或者又曰："夏、商、周、汉封建而延，秦郡邑而促㉟。"尤非所谓知理者也。

魏之承汉也，封爵犹建；晋之承魏也，因循不革；而二姓陵替，不闻延祚㊱。今矫而变之，垂二百祀，大业弥固，何系于诸侯哉㊲？

或者又以为："殷、周，圣王也，而不革其制，固不当复议也。"是大不然。

夫殷、周之不革者，是不得已也。盖以诸侯归殷者三千焉，资以黜夏，汤不得而废；归周者八百焉，资以胜殷，武王不得而易。徇之以为安，仍之以为俗，汤、武之所不得已也。夫不得已，非公之大者也，私其力于己也，私其卫于子孙也。秦之所以革之者，其为制，公之大者也；其情私也，私其一己之威也，私其尽臣畜于我也㊳。然而公天下之端自秦始。

夫天下之道，理安，斯得人者也㊴。使贤者居上，不肖者居下，而后可以理安。今夫封建者，继世而理㊵。继世而理者，上果贤乎？

下果不肖乎？则生人之理乱未可知也。将欲利其社稷，以一其人之视听，则又有世大夫世食禄邑，以尽其封略，圣贤生于其时，亦无以立于天下，封建者为之也㊶。岂圣人之制使至于是乎？吾固曰："非圣人之意也。势也。"

注释

㉟延：长久。促：短促。

㊱二姓：指曹氏、司马氏。陵替：衰落。祚：国统，皇位。魏传五代46年，西晋传四代52年。

㊲垂：将近。祀：年。大业：国家基业。何系：有何关系。

㊳臣畜：臣服顺从。

㊴理安：社会安定，国家治理得好。斯：那么，就。

㊵继世：代代相传。

㊶一其人之视听：统一人们的思想。视听，见闻，此处指思想、看法。世大夫，诸侯国内分封的世袭大夫。禄邑：大夫的封地。封略：封疆。

译文

有人又说："夏、商、周、汉四代实行封建制，他们统治的时间都很长久，而秦朝实行郡县制，统治的时间却很短。"这更是不懂得治理国家的人说的话。

魏继承汉朝，分封贵族的爵位仍然实行封建制；西晋继承魏，因袭旧制不加改变，但魏和晋都很快就衰亡了，没听说有国运长久的。现在唐朝纠正魏晋的过失改变了制度，享国已近二百年，国家基业更加巩固，这与分封诸侯又有什么关系呢？

有人又认为："治理商、周二代的是圣明的君王啊，他们都没有改变封建制，那么，本来就不应当再议论这件事了。”这种说法大大的不对。

商、周二代没有废除封建制，是不得已的。因为当时归附商朝的诸侯有三千个，商朝靠了他们的力量才灭掉了夏，所以商汤就不能废除他们；归附周朝的诸侯有八百个，周朝凭借他们的力量才战胜了商朝，所以周武王也不能废弃他们。沿用它来求得安定，因袭它来作为习俗，这就是商汤、周武王不得不这样做的原因。他们是不得已的，并不是什么大公无私的美德，而是有私心，是要使诸侯为自己出力，并保卫自己的子孙。秦朝用废除分封诸侯的办法来作为制度，是最大的公；它的动机是为私的，是皇帝想要巩固个人的权威，使天下的人都臣服于自己。但是废除分封，以天下为公，却是从秦朝开始的。

至于天下的常理，是治理得好、政局安定，才能得到人民的拥护。使贤明的人居上位，不肖的人居下位，然后才会清明安定。封建制的君长，是一代继承一代地统治下去的。这种世袭的统治者，居上位的果真贤明吗？居下位的真的不肖吗？这样，人民究竟是得到太平还是遭遇祸乱，就无法知道了。如果想要对国家有利而统一人民的思想，而同时又有世袭大夫世世代代统治他们的封地，占尽了诸侯国的全部国土，即使有圣人贤人生在那个时代，也会没有立足之地，这种后果就是封建制造成的。难道是圣人的制度使事情坏到这种地步吗？所以我说：“这不是圣人的本意，而是形势发展的结果。”

段太尉逸事状

段太尉（719—783年），名秀实，字成公，唐汧阳（今陕西省千阳县）人，曾官至泾州刺史兼泾原郑颍节度使。德宗建中四年（783年），泾原士兵在京哗变，德宗仓皇出奔，叛军遂拥戴原卢龙节度使朱泚为帝。当时，段成公正在朝中，大骂朱泚等人，因此遇害。后被追赠为太尉。

状是旧时详记死者世系、名字、爵里、行治、寿年的一种文体。逸事状专录人物逸事，是状的一种变体。

这是一篇叙事严谨、写人生动的传记文。作者选取段太尉一生中“勇服郭晞”“仁愧焦令谌”“节显治事堂”这三件逸事，多角度地表现了人物外柔内刚、勇毅见于平易的个性特征，刻画了一位封建时代正直官吏的形象。全文不着一句议论，只用冷静从容的写实手法，在客观的叙述中隐含着深沉的歌颂之情。

原文

太尉始为泾州刺史时[①]，汾阳王以副元帅居蒲[②]。王子晞为尚书[③]，领行营节度使，寓军邠州，纵士卒无赖。邠人偷嗜暴恶者，率以货窜名军伍中[④]；则肆志，吏不得问。日群行丐取于市[⑤]，不嗛[⑥]，辄奋击折人手足，椎釜、鬲、瓮、盎盈道上[⑦]，袒臂徐去，至撞杀孕妇人，邠宁节度使白孝德以王故[⑧]，戚不敢言[⑨]。

注释

①太尉：唐代最高武官官衔，指段太尉。泾州：在今甘肃泾川县北。刺史：州的长官。段太尉（719—783 年）：名秀实，字成公，汧阳（今陕西千阳县）人，唐代宗广德二年（764 年），任泾州刺史。唐德宗建中元年（780 年），召为司农卿。建中四年，朱泚谋反，占领长安，逼令段秀实任职。段秀实在议事时，用笏板击中朱泚头部，并骂他为狂贼，因而被害。德宗兴元元年（784 年），追赠太尉。

②汾阳王：郭子仪以平定安史之乱有功，唐肃宗至德二年（757 年）被封为司空、天下兵马副元帅。乾元元年（759 年），为兴平定国副元帅，进封汾阳郡王。唐代宗广德二年（764 年），为关内河东副元帅、河中节度使。

蒲：蒲州，在今山西永济市，唐代河东道河中府的府治。

③王子晞：郭晞，汾阳王郭子仪的三儿子。当时郭子仪入朝，郭晞兼任郭子仪的行营节度使，驻军邠州（今陕西彬县）。郭晞当时的官衔是御史中丞，不是尚书，死后追赠为兵部尚书，作者有误。

④窜名：把名字藏匿在军籍中，即混进军队中。

⑤丐取：白拿，勒索。

⑥嗛：满足。

⑦椎：敲击，砸破。釜：锅。鬲：三足锅。瓮：盛水、酒的陶器。盎：大腹敛口的瓦盆。

⑧白孝德：安西（今新疆库车县）人，当时任邠宁节度使，受郭子仪节制。

⑨戚：忧愁。

译文

太尉刚任泾州刺史时，汾阳王郭子仪以副元帅的身份住在蒲州。郭子仪第三子郭晞任尚书，代理郭子仪军营统领，驻军邠州，放纵其士卒横行不法。邠地懒惰、贪婪、凶残、邪恶之人，大都用财物行贿，把自己的名字混进军队里，就可以胡作非为，官吏都不敢去过问。他们天天成群结伙地在街市上强索财物，一不顺心，就用武力打断他人的手脚，用棍棒把各种瓦器砸得满街都是，然后裸露着臂膀扬长而去，甚至还撞死怀孕的妇女。邠宁节度使白孝德因为汾阳王的缘故，心中忧伤却不敢明说。

原文

太尉自州以状白府⑩，愿计事。至，则曰："天子以生人付公理，公见人被暴害，因恬然；且大乱，若何？"孝德曰："愿奉教。"太尉曰："某为泾州，甚适，少事。今不忍人无寇暴死，以乱天子边事。

公诚以都虞候命某者[11]，能为公已乱[12]，使公之人不得害。”孝德曰：“幸甚！”如太尉请[13]。

既署一月[13]，晞军士十七人入市取酒，又以刃刺酒翁，坏酿器，酒流沟中。太尉列卒取十七人，皆断头注槊上[15]，植市门外。晞一营大噪，尽甲[16]。孝德震恐，召太尉曰：“将奈何？”太尉曰：“无伤也，请辞于军[17]。”孝德使数十人从太尉，太尉尽辞去，解佩刀，选老躄者一人持马[18]，至晞门下，甲者出。太尉笑且入曰：“杀一老卒，何甲也？吾戴吾头来矣！”甲者愕。因谕曰：“尚书固负若属耶[19]？副元帅固负若属耶？奈何欲以乱败郭氏？为白尚书，出听我言。”

注释

⑩状：公函。白：报告。府：指邠宁节度使府。

⑪都虞候：军中执法官。

⑫已：制止。

⑬如：按照，允许。

⑭署：署理，即暂时代理官职。

⑮注：附着，附在……上面，这里是挂、插的意思。槊：长矛。

⑯甲：铠甲，作动词用，披上铠甲。

⑰辞：说辞，作动词用，解说。

⑱躄：瘸腿，跛脚。

⑲固：难道。若属：你们。若，你。

译文

太尉从泾州把有关情况禀告邠宁节度使衙门，希望能商议此事。到了节度使衙门就对白孝德说：“皇上把老百姓交给您治理，您看见老百姓被暴徒伤害，依然安闲自在。如果引起大乱，怎么办？”白孝德说：“愿听从您的指教。”段太尉说：“我担任泾州刺史，很空闲，事务不多，现在不忍心看到百姓没有外敌却惨遭杀害，来扰乱天子的边防。你假如真的任命我为都虞侯，我能替您制止暴乱，使您的百姓不再遭到伤害。”白孝德说：“太好了！”就答应了段太尉的要求。

段太尉代理都虞侯职务一个月后，郭晞部下 17 人进街市拿酒，又用兵器去刺卖酒老头，砸坏了酒器，酒流进沟中。太尉布置士兵逮捕了这 17 人，把他们的头都砍下来挂在长矛上，竖立在城门外。郭晞全营士兵大肆喧哗，全部披上铠甲。白孝德大为震惊恐慌，召见太尉说：“你打算怎么办？”太尉回答说：“不要紧，请让我到军营中去劝说。”白孝德派了几十个人跟随太尉，太尉把他们全部辞退了。他解下佩刀，挑选了一个又老又跛的士兵牵马，来到郭晞门下。全副武装的士兵涌了出来，段太尉边笑边走进营门，说：“杀一个老头，何必全副武装呢？我顶着我的头颅来啦！”士兵们大惊。段太尉乘机劝说道：“郭尚书难道亏待你们了吗？副元帅难道亏待你们了吗？为什么要以变乱来败坏郭家的名声？替我禀告郭尚书，请他出来听我解释。”

原文

晞出，见太尉。太尉曰：“副元帅勋塞天地，当务始终。今尚书恣卒为暴，暴且乱，乱天子边，欲谁归罪？罪且及副元帅。今邠人恶子弟以货窜名军籍中，杀害人，如是不止，几日不大乱？大乱由尚书出，人皆曰，尚书倚副元帅不戢士[20]，然则郭氏功名其与存者几何？”言未毕，晞再拜曰：“公幸教晞以道，恩甚大，愿奉军以从。”顾叱左右曰：“皆解甲，散还火伍中[21]，敢哗者死！”太尉曰：“吾未晡食[22]，请假设草具[23]。”既食，曰：“吾疾作，愿留宿门下。”命持马者去，旦日来[24]。遂卧军中。晞不解衣，戒候卒击柝卫太尉[25]。旦，俱至孝德所，谢不能，请改过。邠州由是无祸。

注释

⑳戢：管束，制止。

㉑火伍：队伍。唐朝兵制，十人为火，五人为伍。

㉒晡食：晚饭。晡，下午三时至五时。

㉓假设：代为准备。草具：简单粗糙的食品。

㉔旦日：次日早晨。

㉕柝：打更用的木梆子。

译文

郭晞出来见太尉，太尉说："副元帅功勋充满天地之间，应当力求全始全终。现在您放纵士兵为非作歹，这样将造成变乱，扰乱天子边地，应该归罪于谁？罪将连累到副元帅身上。现在邠州那些坏家伙用贿赂在军队名册上挂上个名字，杀害百姓，像这样再不制止，离大乱还有多久？大乱从您这儿发生，人们都会说您是倚仗了副元帅的势力，不管束部下。那么郭家的功名，将还能保存多少呢？"话没说完，郭晞一再拜谢说："有幸蒙您用大道理来教导我，恩惠很大，我愿意带领全军听从您的命令。"回头呵斥手下的士兵："都解下铠甲解散回到队伍中去，胆敢再喧哗的处死！"太尉说："我还没吃晚餐，请代为备办些粗劣的食物。"吃完后，又说："我的毛病又犯了，想留宿在您营中。"命令牵马的人回去，次日清早再来。于是就睡在营中。郭晞连衣服也不脱，命警卫敲打着梆子保卫段太尉。第二天一早，郭晞和段太尉一起来到白孝德那儿，道歉说自己实在无能，请求允许改正错误。邠州从此没有了祸乱。

原文

先是太尉在泾州为营田官。泾大将焦令谌取人田[26]，自占数十顷，给与农，曰:“且熟，归我半。”是岁大旱，野无草。农以告谌，谌曰:“我知入数而已，不知旱也。”督责益急。农且饥死，无以偿，即告太尉。

太尉判状辞甚巽[27]，使人求谕谌。谌盛怒，召农者曰:“我畏段某耶？何敢言我!”取判铺背上，以大杖击二十，垂死[28]，舆来庭中[29]。太尉大泣曰:“乃我困汝!”即自取水洗去血，裂裳衣疮[30]，手注善药[31]，旦夕自哺农者，然后食。取骑马卖，市谷代偿[32]，使勿知。淮西寓军帅尹少荣，刚直士也，入见谌，大骂曰:“汝诚人耶？泾州野如赭[33]，人且饥死，而必得谷，又用大杖击无罪者。段公，仁信大人也，而汝不知敬。今段公唯一马，贱卖市谷入汝，汝又取不耻。凡为人，傲天灾、犯大人、击无罪者，又取仁者谷，使主人出无马，汝将何以视天地？尚不愧奴隶耶?”谌虽暴抗，然闻言则大愧流汗，不能食，曰:“吾终不可以见段公!”一夕，自恨死。

注释

㉖焦令谌：人名，生平不详。

㉗巽：通“逊”，谦逊。

㉘垂：将要，临近。

㉙舆：车，作动词用，抬，举。

㉚衣：作动词用，包裹。

㉛注：敷，涂。

㉜市：买。

㉝赭：赤土。

译文

在此以前，太尉在泾州担任营田官。泾州大将焦令谌夺取民田，据为己有，多达几十顷，租给农夫耕种，说："谷子将成熟时，一半归我。"这年大旱，田野寸草不生，农民将灾情报告给焦令谌。焦令谌说："我只知道收入的数量，不知道旱不旱。"催逼更急，农民自己将要饿死，没有谷子偿还，只得去求告段太尉。

太尉写了判决书，语言很是谦和，派人劝告焦令谌，替农夫求情。焦令谌大怒，将农夫叫了去说："我难道怕段某吗？为什么竟敢议论我！"他把判决书铺在农民背上，用粗棍子重打 20 下，打得农民奄奄一息，并把农民扛到太尉府上。太尉大哭道："是我害苦了你！"马上自己动手取水洗去农民身上的血迹，撕下自己的衣服为他包扎伤口，亲自为他敷上良药，早晚都亲手喂农民吃饭，然后自己再吃饭。将自己的坐骑卖掉，买谷子代农夫偿还地租，不让那农夫知道。驻扎在邻州的淮西军主帅尹少荣是个刚直的人，来到焦令谌的住处，见到焦令谌大骂说："你真的算得上是人吗？泾州田野如同赤土，人都快饿死了，而你却一定要得到租谷，又用大杖打无罪的人。段公是仁慈而有信义道德的人，而你却不知道敬重。现在段公仅有的一匹马，被低价卖掉来买谷子送进你家，你又不知羞耻地收下了。总之，你的为人，是不顾天灾、冒犯长者、打击无罪者之辈，还取仁义之人的谷子，使段先生进出没有马骑，你将凭什么面对天地，还不愧对奴隶吗？"焦令谌虽然强横，但听了这番话后，却大为惭愧，汗流浃背，吃不下东西，说："我终究不能再见段公了。"一天傍晚，他恼恨而死。

原文

及太尉自泾州以司农征，戒其族：过岐[34]，朱泚幸致货币[35]，慎勿纳。及过[36]，泚固致大绫三百匹。太尉婿韦晤坚拒，不得命[37]。至

都，太尉怒曰："果不用吾言！"晤谢曰："处贱，无以拒也。"太尉曰："然终不以在吾第[38]。"以如司农治事堂，栖之梁木上。泚反，太尉终。吏以告泚，泚取视，其故封识具存[39]。

太尉逸事如右。

元和九年[40]月日，永州司马员外置同正员柳宗元谨上史馆[41]：今之称太尉大节者出入[42]，以为武人一时奋不虑死，以取名天下，不知太尉之所立如是。宗元尝出入岐、周、邠、斄间[43]，过真定[44]，北上马岭[45]，历亭障堡戍[46]，窃好问老校退卒，能言其事。太尉为人姁姁[47]，常低首拱手行步，言气卑弱，未尝以色待物[48]。人视之，儒者也。遇不可，必达其志，决非偶然者。会州刺史崔公来[49]，言信行直，备得太尉遗事，覆校无疑。或恐尚逸坠，未集太史氏[50]，敢以状私于执事[51]。

谨状。

注释

㉞岐：岐州，今陕西凤翔县。

㉟朱泚：与段秀实同时的大军阀，当时任凤翔尹。唐德宗建中四年（787年）十月，泾原节度使姚令言的军队在长安哗变，德宗逃往奉天（今陕西乾县），朱泚乘机自立为帝。后被唐将李晟击败，为部将所杀。

㊱及：介词，等到。

㊲命：命令，指示。这里是应允的意思。

㊳第：府第，住宅。

㊴识：同"志"，标记。

㊵元和九年：814年。元和，唐宪宗年号（806—826年）。

㊶永州司马：当时柳宗元的官职，州刺史的佐官。员外置：在定员以外设置的官，实为虚职。同正员：地位待遇同正员一样。

㊷出入：不外乎，说来说去。

㊸岐：岐州。周：指周朝的发祥地周原，在今陕西岐山南，凤翔县境内。斄，在今陕西武功县西。

㊹真定：今河北正定县。位置与文中所叙内容不符，疑有误。

㊺马岭：山名，在今甘肃庆阳市西北。

㊻亭障：边塞上的堡垒。堡戍：小城堡和岗楼等。

㊼姁姁：温和，谦恭。

㊽物：人。

㊾崔公：崔能，唐宪宗元和九年（814年）任永州刺史。

㊿太史：史官名。

51执事：官员手下的办事人员。这里是表示尊敬对方的一种说法，意为不敢直接送给对方，而由对方的办事人员转呈。当时韩愈任史官，这篇行状是送给韩愈的。

译文

到太尉自泾原节度使被征召为司农卿之时，告诫他的家属说："经过岐州时，朱泚可能赠送财物，切不要接受。"待到过岐州之时，朱泚坚决要赠送大绫三百匹。太尉女婿韦晤坚决拒绝，得不到同意。到了京都，太尉大发脾气说："竟然不听我的话！"韦晤谢罪说："我地位卑贱，无法拒绝呀。"太尉说："但终究不能把大绫放在我家里。"就把它送往司农的办公处，安放在屋梁上。朱泚谋反，段太尉遇害，官吏将这事报告了朱泚，朱泚取下一看，原来封存的标记还在。

以上就是太尉的逸事。

元和九年某月某日，永州司马员外置同正员柳宗元恭谨地献给史馆。现今称赞太尉大节的不外乎是认为武夫一时奋不顾身，没考虑到死，以此来扬名天下，不了解太尉的为人并不是这样。我曾来往于岐、周、邠、斄之间，经过真定，北上马岭，游历了亭筑、障设、堡垒和戍所等各种军事建筑，喜欢访问年老和退伍将士，他们都能介绍段太尉的事迹。太尉为人谦和，常常低着头、拱着手走路，说话的声息低微，从来不用坏脸色待人。别人看他，完全是一个儒者。遇到不能赞同的事，一定要达到自己的目的，他的事迹绝不是偶然的。适逢永州刺史崔公来，说话信实，行事正直，详细地获得了太尉的遗事，再次核对没有什么疑问。有的事实恐怕还有散失遗漏，未集中到史官手里，斗胆将这篇行状私下送交给您。郑重地写下这篇逸事状。

永州韦使君新堂记

韦使君为永州刺史，刺史为州郡的地方长官，使君是对这种官职的尊称。本文通过对韦使君和新堂的赞美，反映了作者的政治主张，即讴歌善政、褒扬进步的思想与行为。

原文

将为穹谷、嵁岩、渊池于郊邑之中，则必辇山石，沟涧壑，陵绝险阻，疲极人力，乃可以有为也[①]。然而求天作地生之状，咸无得焉。逸其人，因其地，全其天，昔之所难，今于是乎在。

永州实惟九疑之麓[②]。其始度土者，环山为城。有石焉，翳于奥草；有泉焉，伏于土涂。蛇虺之所蟠，狸鼠之所游[③]。茂树、恶木，嘉葩、毒卉，乱杂而争植，号为秽墟。

韦公之来，既逾月，理甚无事。望其地，且异之。始命芟其芜，行其涂，积之丘如，蠲之浏如。既焚既酾，奇势迭出。清浊辨质，美恶异位。视其植，则清秀敷舒；视其蓄，则溶漾纡余。怪石森然，周于四隅，或列或跪，或立或仆，窍穴逶邃，堆阜突怒。乃

作栋宇，以为观游。凡其物类，无不合形辅势，效伎于堂庑之下[4]。外之连山高原、林麓之崖，间厕隐显。迩延野绿，远混天碧。咸会于谯门之内[5]。

已乃延客入观，继以宴娱。或赞且贺曰："见公之作，知公之志。公之因土而得胜，岂不欲因俗以成化？公之择恶而取美，岂不欲除残而佑仁？公之蠲浊而流清，岂不欲废贪而立廉？公之居高以望远，岂不欲家抚而户晓？夫然，则是堂也，岂独草木、土石、水泉之适欤？山原、林麓之观欤？将使继公之理者，视其细知其大也。"

宗元请志诸石，措诸壁，编以为二千石楷法[6]。

注释

①辇：车，这里作动词用，用车载运的意思。沟：这里作动词用，开凿，疏通。

②九疑：九嶷山，在今湖南宁远县南。

③蟠：同“盘”。

④伎：同“技”，这里是特色、美的意思。

⑤谯门：古时建筑在门楼上用以瞭望的楼。

⑥二千石：汉代郡守的俸禄为二千石。这里指州刺史。

译文

如果要在城郊修造深谷、峭壁、深池，就必须用车子运送山上的石头，在山涧沟壑中挖出水道越过险阻，使老百姓疲惫不堪，才能建造成功。可是要追求天造地设的形状，那是全然不可能的。不使老百姓劳累、因地制宜、保全天然形态，过去是做不到的，今天却在这里出现了。

永州其实是九嶷山的山脚。最初测量地形的人，环绕山脚建造永州城。城中有石头，隐蔽在深草之中；有泉水，流于淤泥之上。那里毒蛇盘踞，野猫野鼠出没。茂盛的树木与低劣的树木，美丽的花朵与有毒的花卉，杂乱地生长在一起，被称为污秽之地。

韦公来到永州已一个多月了，政治清明无事。韦公望着那些地方，感到很惊奇。于是就命人割掉那里的野草，清理那里的淤泥，堆积得像山丘，地面被清理得干干净净。将杂草焚烧，将淤泥清除，奇妙的地势就接连出现了。清浊分辨开来，美丽的与丑陋的不再混在一起。看那些树木，清秀舒展；看那蓄水河道，碧波荡漾，曲折环绕。奇形怪状的石头森然布列，环抱四角，有的排成队列，有的跪在地上，有的站立，有的倒地，洞穴曲折幽深，小山突起耸立。于是修筑房屋，作为观赏游览的地方。所有的东西，无不与地形地势相配合，在大堂及四周的房下表演。城外的连绵群山、高大的山冈、林木茂密的山脚，夹杂在一起，或隐或现。近处延伸到绿色的原野，远处与蔚蓝的天空融为一体，它们都集中在城门之内。

造好后，韦公就邀请宾客来参观，接着又举行宴会娱乐。有人称赞并且祝贺道："看了您建造的园林，就知道您的志向。您因地制宜而造出胜景，难道不是想顺应民俗而推行教化吗？您剔除丑的东西而留下美的东西，难道不是想铲除残暴而保护仁义吗？您清除污泥浊水而让清水流淌，难道不是想废除贪污而树立廉洁的风气吗？您居住在高处，遥望远处，难道不是想挨家换户抚慰和开导百姓吗？如果这样，那么这座大堂，难道仅仅是草木、土石、泉水的好去处吗？难道仅仅是山林原野的好景观吗？它一定会让继韦公之后治理永州的人，看到小的方面从而了解大的方面啊！"

我请求将这些话刻在石碑上，安放在大堂的墙壁上，作为刺史的榜样。

始得西山宴游记

永州本是一个偏僻荒凉的地方。作者到永州之后，且能排除心中的愤懑、压抑，发现永州的美。游于山水之间，于是就用自己高超的笔触，把永州山水的美丽描述了出来，作八篇游记，永留后世。本文是《永州八记》的第一篇，作者寄情山水，写偶至西山的欣喜，写西山形势的高峻，写宴饮之乐，写人与自然的融合，表露自己傲世的情怀。

原文

自余为僇人[①]，居是州，恒惴栗[②]。其隙也[③]，则施施而行[④]，漫漫而游[⑤]，日与其徒上高山，入深林，穷回溪[⑥]。幽泉怪石，无远不到；到则披草而坐，倾壶而醉；醉则更相枕以卧，卧而梦，意有所极[⑦]，梦亦同趣[⑧]；觉而起，起而归。以为凡是州之山水有异态者，皆我有也，而未始知西山之怪特[⑨]。

今年九月二十八日，因坐法华西亭[⑩]，望西山，始指异之。遂命仆过湘江[⑪]，缘染溪[⑫]，斫榛莽[⑬]，焚茅茷[⑭]，穷山之高而止。攀援而登，箕踞而遨[⑮]，则凡数州之土壤，皆在衽席之下[⑯]。其高下之势，岈然洼然[⑰]，若垤若穴[⑱]；尺寸千里，攒蹙累积[⑲]，莫得遁隐[⑳]；萦青缭白，外与天际[㉑]，四望如一。然后知是山之特立，不与培塿为类[㉒]。悠悠乎与颢气俱[㉓]，而莫得其涯！洋洋乎与造物者游[㉔]，而不知其所穷！引觞满酌[㉕]，颓然就醉[㉖]，不知日之入。苍然暮色，自远而至，至无所见，而犹不欲归，心凝形释[㉗]，与万化冥合[㉘]。然后

知吾向之未始游㉙，游于是乎始。故为之文以志。

是岁，元和四年也㉚。

注释

①僇人：即遭刑辱的人，这里指受贬谪的人。僇，同“戮”，污辱。

②惴栗：战战兢兢，恐惧不安。

③隙：缝隙，引申为闲暇，空闲。

④施施：形容走路缓慢的样子。

⑤漫漫：随便，没有目的。

⑥穷：尽头，这里作动词用。

⑦极：至，到达。

⑧趣：同“趋”，向，往。

⑨未始：未曾，从未。

⑩法华西亭：法华寺在永州城东，柳宗元曾于寺内筑亭，名曰西亭。

⑪湘江：又名湘水，发源于广西兴安县，流入湖南洞庭湖。

⑫染溪：又名冉溪，在湖南零陵县西南，潇水的支流。

⑬斫：砍伐。榛莽：丛生的荆棘草木。

⑭茅茷：茅草。

⑮箕踞：叉开两腿坐在地上，含有傲视旁人或不拘礼节的意思。遨：游逛。这里是观赏的意思。

⑯衽：睡卧所用的席子。

⑰岈然：山谷空阔的样子。

⑱垤：蚂蚁做窝时所堆的小土堆，又称蚁封，文中泛指小土堆。

⑲攒：聚集。蹙：收缩。

⑳遁：逃脱，隐藏。

㉑际：联结，交结。

㉒培塿：小土堆，小土山。

㉓颢气：大自然之气。

㉔造物者：创造万物的神灵，指大自然。

㉕引觞：拿起酒杯。酌斟酒。

㉖颓然：昏昏沉沉，醉倒的样子。就：至于，到了，接近。

㉗凝：凝结，停止。释：消散。

㉘万化：万物，古人认为万物都是阴阳二气化合而成。冥合：暗合。

㉙向：从前，以往。

㉚元和四年：809 年。元和，唐宪宗年号（806—820 年）。

译文

自从我成了被贬受辱的人，居住在这个州里，经常惊恐不安。在那空闲的时候，就缓步地行走，漫无目的地游历，天天与我的同事、朋友上高山、入深林，走遍迂回曲折的溪流。凡是有幽泉怪石的地方，无论多远，没有不到的；一到就拨开茅草坐下，倒出壶里的酒来尽情喝醉；醉了就互相枕靠着睡觉，睡着了做起梦来，心中想到哪里，梦也做到那里；醒来后即起来，起来后即回家。以为凡是这个州的山水有奇异姿态的，都为我所拥有、欣赏了，但未曾知道西山的怪异独特。

今年九月廿八日，因为坐在法华西亭，远望西山，才开始指点着它并称道它的奇异。于是带着仆人渡过湘江，沿着染溪而行，砍伐丛生的草木，焚烧茂密的茅草，直至山的高处才停止。然后，我们攀援着登上山去，伸开两腿坐下，观赏风景，只见所有几州的土地，都在自己的坐垫下面。它们的高高下下的形势：山峰高耸、山谷凹陷，有的像小土堆，有的像洞穴；千里内外的景物近在眼前，种种景物聚集、缩拢在一块，没有能够逃离、隐藏在视线之外的；青山白水互相缠绕，视野之外的景物与高天相连，向四面眺望都是一样。然后知道这座山的卓然耸立，不与小丘同类。心神无穷无尽地与天地间的大气融合，没有谁知道它们的边界；无边无际，与大自然游玩，不知道它们的尽头。拿起酒杯来倒满酒，醉得身子倾倒，不知道太阳落山了。昏暗的晚色，从远处来临，来了就什么也看不见了，但还不想回家。心神凝住了，形体消散了，与万物暗暗地融合为一体。我这才认识到以前的游览不能算作游览，真正的游览从这一次才开始。所以为这次游览写了篇文章作为记述。

元和四年所作。

钴鉧潭西小丘记

本文是《永州八记》中的第三篇。作者以工巧生动的笔触描绘了钴鉧潭上小丘的美景，通过景色的描绘，抒发了自己身怀奇才异能却因横遭贬逐而不得施展的抑郁心情。

文中着重刻画峻嶒磊落的奇峰怪石，正是作者性格才能的自我写照。景色佳胜的小丘成为“唐氏之弃地”，虽贱价出售却连年无人问津，但最终还是有人赏识，正隐喻作者自己被唐王朝摈弃蛮荒，长期得不到有力者的同情援引的痛苦。

原文

得西山后八日，寻山口西北道二百步，又得钴鉧潭[①]。西二十五步，当湍而浚者为鱼梁[②]。梁之上有丘焉，生竹树。其石之突怒偃蹇，负土而出，争为奇状者，殆不可数：其嵚然相累而下者，若牛马之饮于溪；其冲然角列而上者，若熊罴之登于山。

丘之小不能一亩，可以笼而有之。问其主，曰：“唐氏之弃地，货而不售。”问其价，曰：“止四百。”余怜而售之。李深源、元克己时同游，皆大喜，出自意外。即更取器用，铲刈秽草，伐去恶木，

烈火而焚之[3]，嘉木立，美竹露，奇石显。由其中以望，则山之高，云之浮，溪之流，鸟兽之遨游，举熙熙然回巧献技，以效兹丘之下。枕席而卧，则清泠之状与目谋，瀯瀯之声与耳谋，悠然而虚者与神谋，渊然而静者与心谋。不匝旬而得异地者二，虽古好事之士，或未能至焉。

噫！以兹丘之胜，致之沣、镐、鄠、杜，则贵游之士争买者，日增千金而愈不可得[4]。今弃是州也，农夫渔父过而陋之，贾四百，连岁不能售，而我与深源、克己独喜得之，是其果有遭乎？书于石，所以贺兹丘之遭也。

注释

①西山：在今湖南零陵县西。

②鱼梁：垒石阻水的堰，中间留有缺口，放上捕鱼工具可捕鱼。

③李深源、元克己：柳宗元的朋友，生平不详。

④沣、镐、鄠、杜：都是地名，全在唐朝首都长安（陕西西安）附近，为当时豪门贵族居住的地方。

译文

找得西山后的第八天，循着山口向西北走两百步，又发现了钴鉧潭。离潭西二十五步，正当水深流急的地方是一道坝。坝顶上有一座小丘，上面长着竹子和树木。小丘上的石头拔地而起，曲折起伏、破土而出、争奇斗怪的，几乎多得数不清。那些岐嶒重叠相负而下的，好像牛马俯身在小溪里喝水；那些高耸突出、如兽角斜列往上冲的，好像熊罴在登山。

这小丘小得不足一亩，简直可以把它装在笼子里提走。我打听它的主人是谁，有人说：“这是唐家不要的地方，想出售而没人买。”问它的价钱，说：

"只要 400 文。"我很喜欢它，就买了下来。李深源、元克己这时和我一起游览，他们都非常高兴，以为是出乎意料的收获。我们就轮流拿起镰刀、锄头，铲去杂草，砍掉那些乱七八糟的树，点起一把大火把它们烧掉。好看的树木、竹子显露出来了，奇异的石头也呈现出来了。站在其中眺望，只见四面的高山、天上的浮云、潺潺的溪流、飞禽走兽的遨游，全都自然融洽地展露技巧，在这小丘之下表演。枕着石头席地而卧，清澈明净的溪水使我眼目舒适，潺潺的水声分外悦耳，那悠远寥廓、恬静幽深的境界使人心旷神怡。不满十天就得到两处风景胜地。即使古代爱好山水的人士，也许没有到过这地方哩。

唉！凭着这小丘优美的景色，如果把它放到京都附近的沣、镐、鄠、杜等地，那么，喜欢游览观赏的人士会争先恐后地来买它的，每天增加高价恐怕更加买不到。如今被抛弃在这荒僻的永州，连农民、渔夫走过也瞧不上眼，售价只有 400 文钱，一连几年也卖不出去。而我和深源、克己独独为了得到它而高兴，这大概是它真的走运吧！我把这篇文章写在石碑上，用来祝贺这小丘的好运气。

小石城山记

本文是《永州八记》中的最后一篇。文章的前半段描写小石城山的奇异景色，后半段借景抒情，以佳胜之地被埋没不彰比喻自己徒有经邦济世之才却横遭斥逐，蛰居蛮荒，英雄无用武之地。字里行间，隐隐含有对当时最高统治者昏聩不明的强烈讥刺。

原文

自西山道口径北，逾黄茅岭而下，有二道：其一西出，寻之无所得；其一少北而东[①]，不过四十丈，土断而川分[②]，有积石横当其垠[③]。其上为睥睨梁㮰之形[④]，其旁出堡坞[⑤]，有若门焉。窥之正黑，投以小石，洞然有水声[⑥]，其响之激越[⑦]，良久乃已。环之可上，望甚远。无土壤而生嘉树美箭，益奇而坚，其疏数偃仰[⑧]，类智者所施设也。

噫！吾疑造物者之有无久矣，及是愈以为诚有。又怪其不为之于中州[⑨]，而列是夷狄[⑩]，更千百年不得一售其伎[⑪]，是固劳而无用[⑫]，神者倘不宜如是[⑬]。则其果无乎？或曰："以慰夫贤而辱于此者。"或曰："其气之灵[⑭]，不为伟人，而独为是物，故楚之南少人而多石。"是二者余未信之。

注释

①少：稍、略。

②土断：山势突然断落，形成峭壁。

③垠：边、岸。

④睥睨：同"埤堄"，城上小墙。梁㮰：房屋的大梁。

⑤堡坞：像小城堡的石头。

⑥洞然：石子击水声。

⑦激越：声音响亮清脆。

⑧疏数偃仰：疏密起伏。

⑨中州：中原地区。

⑩夷狄：指偏远的永州。

⑪更千百年句：经历千百年而不能一献其优美景致而被人们所赏识、承认。

⑫固：真的。

⑬不宜如是：不应这样做，即徒劳的把小石城山安排在荒僻的永州。

⑭气之灵：地气的灵秀。

译文

从西山路口一直向北走，越过黄茅岭往下走，有两条路：一条向西，走过去寻找风景却毫无所得；另一条稍微偏北又折向东去，只走了 40 丈，路就被一条河流截断了，有一座石山横挡在这条路的尽头。石山顶部天然生成女墙和栋梁的形状，旁边又凸出一块好像堡垒，有一个洞像是门。从洞往里探望一片漆黑，丢一块小石子进去，“咚”的一下有水响声，那声音很洪亮，好久才消失。石山可以盘绕着登到山顶，站在上面望得很远。山上没有泥土却长着很好的树木和竹子，而且更显得形状奇特、质地坚硬，竹木分布疏密有致、高低参差，好像是人工特意布置的。

唉！我怀疑上帝的有无已很久了，到了这儿更以为上帝确实是有的。但又奇怪他不把这小石城山安放到人烟辐辏的中原地区去，却把它摆在这荒僻遥远的蛮夷之地，即使经过千百年也没有一次可以显示自己奇异景色的机会，这简直是白耗力气而毫无用处，神灵的上帝似乎不会这样做的。那么上帝果真没有的吧？有人说：“上帝之所以这样安排是用这佳胜景色来安慰那些被贬逐在此地的贤人的。”也有人说：“这地方山川钟灵之气不孕育伟人，而唯独凝聚成这奇山胜景，所以楚地的南部少出人才而多产奇峰怪石。”这两种说法，我都不信。

愚溪诗序

本篇是作者为其《八愚诗》（已佚）所作的一篇序文，说明了把溪、丘、泉、沟、池、堂、亭、岛八物一概以“愚”题名的缘由。柳宗元虽有才能，有报国之志，但因不满现实，不愿投机逢迎，最终遭到贬黜，因而是很“愚”的；溪水虽然景色秀美，但地处荒远，于世无用，同样也很“愚”。作者以“愚”自称，以“愚”称溪，在自嘲中反映了自己被统治者排挤、抱负不能施展的愤激之情。

原文

灌水之阳，有溪焉，东流入于潇水①。或曰：冉氏尝居也，故姓是溪为冉溪；或曰：“可以染也，名之以其能，故谓之染溪。”余以愚触罪，谪潇水上。爱是溪，入二三里，得其尤绝者家焉。古有愚公谷，今余家是溪，而名莫能定，土之居者，犹龂龂然，不可以不更也，故更之为愚溪②。

愚溪之上，买小丘，为愚丘。自愚丘东北行六十步，得泉焉，又买居之，为愚泉。愚泉凡六穴，皆出山下平地，盖上出也。合流屈曲而南，为愚沟。遂负土累石，塞其隘，为愚池。愚池之东，为愚堂，其南，为愚亭，池之中，为愚岛。嘉木异石错置，皆山水之奇者，以余故，咸以“愚”辱焉。

夫水，智者乐也③。今是溪独见辱于愚，何哉？盖其流甚下，不可以灌溉；又峻急，多坻石，大舟不可入也；幽邃浅狭，蛟龙不屑，不能兴云雨。无以利世，而适类于余，然则虽辱而愚之，

可也。

宁武子“邦无道则愚”，智而为愚者也[④]。颜子“终日不违如愚”，睿而为愚者也[⑤]。皆不得为真愚。今余遭有道而违于理，悖于事，故凡为愚者，莫我若也。夫然，则天下莫能争是溪，余得专而名焉。

溪虽莫利于世，而善鉴万类，清莹秀澈，锵鸣金石，能使愚者喜笑眷慕，乐而不能去也。余虽不合于俗，亦颇以文墨自慰，漱涤万物，牢笼百态，而无所避之。以愚辞歌愚溪，则茫然而不违，昏然而同归，超鸿蒙，混希夷，寂寥而莫我知也[⑥]。于是作《八愚诗》，记于溪石上。

注释

①灌水：湘江的支流，在今广西壮族自治区东北部。潇水：湘江的支流，在湖南零陵县入湘江。

②愚公谷：在今山东临淄县西。它是春秋时一位老人按照他的情况为一个山谷起的名字。事见汉刘向《说苑·政理》。

③夫水，智者乐也：见《论语·雍也》。

④宁武子：名俞，春秋时卫国的大夫。《论语·公冶长》说：“宁武子，邦有道则智，邦无道则愚。”

⑤颜子：颜回，字子渊，孔子弟子。事见《论语·为政》，孔子说：“吾与回言，终日不违如愚。退而省其私，亦足以发，回也不愚。”

⑥希夷：无形无声的虚空境界。语见《老子》。全句是“视之不见名曰夷，听之不闻名曰希。”

译文

灌水的北面有一条溪水，向东流入潇水。有人说:“过去有个姓冉的人在这里住过，所以这条溪水被称为冉溪。”也有人说:“这溪里的水可以用来染色，根据这种性能。所以称它为染溪。”我因为愚昧而犯了罪，被贬谪到潇水边。我喜爱这条溪水，沿着溪边往里走了二三里路，发现了一个景色绝佳的地方，就在这里安了家。古代有个愚公谷，现在我住在这条溪水旁，而溪水的名字没有定下来，当地的居民还在争论不休，不能不换个名称，所以替它改名叫愚溪。

我在愚溪上游，买了个小丘，称为愚丘。从愚丘往东北方向走六十步，发现一处泉水，又把它买了下来，称为愚泉。这愚泉有六个泉眼，都出自山下平地，泉水是往上涌出来的。六股泉水合流后，弯弯曲曲向南流去，我称它为愚沟。于是堆土砌石，堵住愚沟的狭窄部位，形成了一个愚池。愚池的东面是愚堂，它的南面是愚亭，愚池的中央是愚岛，岛上美好的树木和奇异的石头参差错落。这些都是山水中的奇景，因为我的缘故，都用“愚”字玷辱了它们。

水是聪明人喜欢的。现在这条溪水却被愚字玷辱，那是什么原因呢？因为它水道很低，不能用来灌溉；又险峻湍急，有许多小洲和石头，大船无法驶入。它幽深浅窄。蛟龙不愿住在里面，因为不能在浅水中腾云化雨，所以它对世人没有好处。而这些却正好与我相似，既然如此，即使是玷辱了它，用“愚”字称呼它，也是可以的。

宁武子“在国家混乱时就装愚”，那是聪明人故意装作愚昧；颜回“整天听孔子讲学，从来不提相反的见解，像个愚蠢的人”，那是智力很高而在表面上显得愚昧。他们都不是真正的愚笨。现在我身逢政治清明的时世，却违反常理，做了蠢事，所以凡是愚蠢的人，也没有一个像我这样愚蠢的了。这样，那天下就没有谁能和我争这条溪水，我就可以单独占有并给它取这个名字了。

这条溪水虽然没有给世人带来什么利益，但它能映照万物；又透明清澈，水声铿锵，像金石作响，能使愚笨的人笑逐颜开，眷恋爱慕，高兴得不愿离去。我虽然不合于世俗，也颇能用写文章来安慰自己；我描写的各种事物像用水洗涤过一样，鲜明生动，又能概括各种形态，无论什么形状都逃不过我的笔端。我用愚昧的诗歌唱愚溪，便觉得茫茫然与愚溪不相背离，昏昏然与愚溪找到了同样的归宿，超越天地人间，进入了虚寂静谧的境界，在寂静无声之中，忘却了自己。于是写了《八愚诗》，刻在溪旁的石头上。

憎王孙文

本文是寓言性质的文章，由前半段的序文和后半段的骚体诗组成。文章通过对猿和猢狲善恶不同的品德的描写，借此影射以王叔文为首的政治革新集团和以宦官、藩镇为主体的守旧顽固势力之间势不两立的矛盾斗争。作者满腔热情地赞颂了革新集团美好的品德行为，无情地鞭挞了顽固守旧势力排斥异己、祸国殃民的种种罪行。文末还对丑恶不分、助纣为虐的最高统治者提出义正辞严的责问，表现出一个失败的改革者难得的信心和勇气。

原文

猿、王孙居异山，德异性，不能相容。猿之德静以恒，类仁让孝慈[①]。居相爱，食相先，行有列，饮有序。不幸乖离，则其鸣哀。有难，则内其柔弱者。不践稼蔬。木实未熟，相与视之谨；既熟，啸呼群萃，然后食，衎衎焉[②]。山之小草木，必环而行遂其植。故猿之居山恒郁然。

王孙之德躁以嚣，勃诤号呶，唶唶彊彊，虽群不相善也。食相噬啮，行无列，饮无序。乖离而不思。有难，推其柔弱者以免。好

践稼蔬，所过狼藉披攘。木实未熟，辄龁咬投注。窃取人食，皆知自实其嗛。山之小草木，必凌挫折挽，使之瘁然后已。故王孙之居山恒蒿然。

以是猿群众则逐王孙，王孙群众亦齚猿[3]。猿弃去，终不与抗。然则物之甚可憎，莫王孙若也。余弃山间久，见其趣如是，作《憎王孙》云。

注释

①类：都，大抵。

②衎（kàn）衎：和气欢乐的样子。

③齚（zé）：咬。

译文

猿和猢狲群居在不同的山上，彼此德行不同，双方不能相容。猿的德行文静稳重，都能仁爱谦让、孝顺慈善。它们群居时互相爱护，吃东西互相推让，行走时排成行列，饮水时遵守秩序。如果有的不幸失散离群，它就发出哀伤的鸣叫。假如遇到灾难，就把弱小的幼猿保护起来。它们不践踏庄稼蔬菜。树上的果子还未成熟时，大家共同小心看护着；果子成熟之后，便呼叫同伴聚齐，这才一同进食，显得一派和气欢乐的样子。它们遇到山上的小草幼树，一定绕道行走，使其能顺利生长。所以猿群居住的山头，经常是草木茂盛，郁郁葱葱的。

那猢狲的德行暴躁而又吵闹，整天争吵嚎叫，喧闹不休，虽然群居却彼此不和。吃东西时互相撕咬，行走时争先恐后，饮水时乱成一团。有的离群走散了也不思念群体。遇到灾难时，便推出弱小的而使自己脱身。它们喜欢糟蹋庄稼蔬菜，所过之处一片狼藉。树上的果子还未成熟，就被他们乱咬坏了。偷了人们的食物，都只知塞满自己的腮帮子。遇到山上的小草幼树，一定要摧残攀折，直到毁坏干净才肯罢休。所以猢狲居住的山头经常是草木枯萎，一片荒凉。

因此猿群众多时就把猢狲赶跑，猢狲多的时候也咬猿。猿就索性离去，始终不同猢狲争斗。因而动物中再没有比猢狲更可恶的了。我被贬到山区很久了，看到猢狲这样的行为，就写了这篇《憎王孙文》。

原文

湘水之浟浟兮[4]，其上群山。胡兹郁而疲彼兮，善恶异居其间。恶者王孙兮善者猿，环行遂植兮止暴残。王孙兮甚可憎！噫，山之灵兮，胡不贼旃？

跳踉叫嚣兮，冲目宣龂[5]。外以败物兮，内以争群。排斗善类兮，哗骇披纷。盗取民食兮，私己不分。充嗛果腹兮，骄傲欢欣，嘉华美木兮硕而繁，群披竞啮兮枯株根。毁成败实兮更怒喧，居民怨苦兮号穹旻。王孙兮甚可憎！噫，山之灵兮，胡独不闻？

猿之仁兮，受逐不校。退优游兮，唯德是效。廉、来同兮圣囚，禹、稷合兮凶诛。群小遂兮君子违，大人聚兮孽无余。善与恶不同乡兮，否泰既兆其盈虚。伊细大之固然兮，乃祸福之攸趋[6]。王孙兮甚可憎！噫，山之灵兮，胡逸而居？

注释

④浟（yóu）浟：水流的样子。

⑤宣龂（yín）：露出牙根肉。

⑥攸：所。

译文

湘江江水长又长啊，两岸起伏尽是山。为什么这座山草木茂盛而那座山光秃荒凉啊，因为善类和恶类分别聚居在这两座山上。凶恶的是猢狲啊，善良的是猿，绕道而行让草木顺利生长啊制止暴残。猢狲啊太可憎！咳，山上的神灵啊，为什么不把它们斩尽杀完？

那猢狲乱跳狂叫啊，瞪眼露牙。对外毁坏东西啊，对内争夺打架。排挤打击善良的猿类啊，喧哗惊扰乱如麻。偷得百姓的食物啊，只肥自己不分给人家。塞满两颊填饱肚子啊，得意洋洋自高自大。好花美树啊粗大又茂盛，群猴争折竞咬啊变成死树枯根。毁坏了成果啊更加暴怒喧阗，百姓怨恨痛苦啊呼叫苍天。猢狲啊太可憎！咳，山上的神灵啊，为什么只有你听不见？

猿的仁慈正直啊，遭受驱逐也不计较；从容不迫地退避啊，只把美好的德行来仿效。飞廉和恶来勾结起来啊，圣人周文王就被囚禁；大禹与后稷携手合作啊，"四凶"就被铲除。小人一旦得势啊君子就会遭殃，有德行的人聚在一起啊坏人就会完蛋。善与恶不能共处啊，倒霉还是幸运得视双方力量的强弱而定。弱肉强食是事物的必然规律啊，弱得祸强得福大势所趋。猢狲啊太可憎！咳，山上的神灵呀，为什么你竟安逸地闲居？

贺进士王参元失火书

王参元，濮阳（在今河南省境内）人，鹿防节度使王栖曜之子，唐宪宗元和二年（公元807年）中进士。有一次，王家不幸遭遇火灾，财物悉被焚毁。柳宗元得知王参元家遇了火灾后，按理应该去信安慰，可他写信去道贺。文章开头妙笔惊人，由骇而疑，由疑而大喜，立意很奇特，但作者接着层层深入，说明“贺”的原因，说出了一番坏事变为好事的道理。信中对王参元期望殷切，劝他从政，快语惊人，使人破涕为笑。

原文

得杨八书，知足下遇火灾，家无馀储[1]。仆始闻而骇，中而疑，终乃大喜。盖将吊而更以贺也。道远言略，犹未能究知其状，若果荡焉泯焉而悉无有，乃吾所以尤贺者也！

足下勤奉养，乐朝夕，唯恬安无事是望也。今乃有焚炀赫烈之虞，以震骇左右，而脂膏滫瀡之具，或以不给，吾是以始而骇也[2]。

凡人之言皆曰：盈虚倚伏，去来之不可常。或将大有为也，乃始厄困震悸，于是有水火之孽，有群小之愠。劳苦变动，而后能光明。古之人皆然。斯道辽阔诞漫，虽圣人不能以是必信，是故中而疑也。

注释

①杨八：名敬之，排行第八。柳宗元的亲戚，王参元的朋友。

②滫瀡：古时调和食物的一种方法。这里泛指饭食。

译文

我收到了杨八的来信，知道您家遭到了火灾，家里没有剩下一点东西。我刚听到这消息时大吃一惊，其后又产生了怀疑，最后十分高兴。我本想去慰问您，现在却改变为祝贺了。由于路远而杨八的信中又说得简略，还不能详细地了解火灾的实情，如果您家中已经烧得一无所有，这才是我特别要祝贺您的原因。

您勤劳地奉养父母，终日过着快活的日子，只希望平平安安不出事故。现在竟然出现了烈火肆虐的灾难，使您受到了惊吓，甚至连普通饭食的用料也许都不能正常供应，我因此在开始听到这消息时才大吃一惊。

人们都这样说：盛衰祸福都是相互依存、相互转化的，它们的来去经常发生变化。有的人在大有作为之前。起初会遭到困苦惊骇，遇到水火之灾，受到小人的怨恨。经过劳苦磨炼，然后才能见到光明。古人都是这样的。这个道理博大精深难以掌握其中奥妙，连圣人也不能说它一定可信，我因此在后来又产生了怀疑。

原文

以足下读古人书，为文章，善小学，其为多能若是[3]，而进不能出群士之上，以取显贵者，盖无他焉。京城人多言足下家有积货，士之好廉名者，皆畏忌，不敢道足下之善，独自得之心，蓄之衔忍，而不能出诸口。以公道之难明，而世之多嫌也。一出口，则嗤嗤者以为得重赂。

仆自贞元十五年，见足下之文章，蓄之者盖六七年未尝言[4]。是仆私一身而负公道久矣，非特负足下也。及为御史、尚书郎，自以幸为天子近臣，得奋其舌，思以发明足下之郁塞，然时称道于行列，犹有顾视而窃笑者。仆良恨修己之不亮，素誉之不立，而为世嫌之所加。常与孟几道言而痛之[5]。

乃今幸为天火之所涤荡，凡众之疑虑，举为灰埃。黔其庐，赭者垣，以示其无有，而足下之才能，乃可显白而不污，其实出矣。是祝融、回禄之相吾子也[6]。则仆与几道十年之相知，不若兹火一夕之为足下誉也。宥而彰之，使夫蓄于心者，咸得开其喙[7]；发策决科者，授子而不栗[8]。虽欲如向之蓄缩受侮，其可得乎？于兹吾有望于子！是以终乃大喜也。

古者，列国有灾，同位者皆相吊；许不吊灾，君子恶之。今吾之所陈若是，有以异乎古，故将吊而更以贺也。

颜、曾之养，其为乐也大矣，又何阙焉⑨？

注释

③小学：文字学、音韵学、训诂学的总称。

④贞元：唐德宗的年号（785—804 年）。

⑤孟几道：孟简。唐平昌（山东德州东）人。进士，官至山南东道节度使。

⑥祝融、回禄：传说中的火神名。

⑦喙：鸟兽的嘴。这里借指人的嘴。

⑧策：策问，科举考试的方法之一。科：科举。决科：通过科举考试录取授予官职。

⑨颜、曾：颜回、曾参，均是孔子的学生。

译文

您读过古人的书，善写文章，精通小学，如此多才多艺，然而您进入官场后的地位不能超出一般士人之上，去博取显贵地位，这并没有别的原因。京城的人大多数都说您家里有积蓄，士人中珍惜廉洁名声的人都心存顾虑不敢称道您的才能，只是把话存在心里，强忍着不说出口。这是由于公正的道理难以说得清楚，世上的人又疑虑重重。称道的话一出口，那些好讥笑别人的人就会认为他受了您很多贿赂。我从贞元十五年，看了您的文章后，憋在心里六七年也不敢说出称赞的话。这是我存有私心杂念而违背了公道已经很久了，不只是对不起您啊。等我做了御史、尚书郎后，自认为有幸当上了皇帝的近臣，可以大胆说话了，便想阐明您那种忧郁的心情。可是当我有时在同事中间称赞您时，还有相视而暗笑的人。我深恨自己的修养还没被人理解，声誉还没树立，从而遭到世人疑忌。我常和孟几道提到这件事，感到痛心。

现在您家幸好被大火烧得干干净净，所有人们的疑虑，也都化为灰烬了。房屋被烧黑了，墙壁被烧红了。这可以显示出你什么都没有了，从而您的才能就可以显示出来而不致由于财产而受到玷污，您的才能就可以发挥出来了。这是祝融、回禄二位火神在帮助您啊！那么，我和孟几道十年来对您的了解，还不如这把大火在一夜之间给您带来的名声。

人们就会谅解和表彰您，使藏在内心的话，都可以开口说出来了；主管考试的官员，也可以授给您官职而不必害怕了。即便是您还想要像过去那样战战兢兢地怕受别人轻侮，还有可能吗？想到这里我才对您寄托了希望，因而最后才为您家失火感到十分高兴。

在古代，各国发生了火灾，同等地位的诸侯都要去慰问；许国没有派出使节去慰问，君子对此事感到憎恶。现在我所陈述的这些看法，和古代的社会环境有所不同，所以才把慰问改成了祝贺。

颜回、曾参奉养父母，那种天伦之乐是很大的，这样看来，您还会缺少什么呢？

箕子碑

箕子，名胥余，殷纣王的叔父，曾任太师之职，封于箕（今山西省太谷县东北）。他因劝谏纣王，被囚禁。周灭殷之后，武王将他释放。据传，他不愿仕周，逃亡到朝鲜，周武王就将朝鲜封给了他。

柳宗元因参加王叔文集团，实行政治革新而获罪，被贬谪到荒远的边郡为官，他的遭遇与古代贤者箕子的遭遇是有类似之处的。因此，这篇碑文是以他人之酒杯浇自己之郁闷的，是借赞美箕子来寄托自己的信念和抱负的。所以文章虽以议论为主，但行文中却蕴含着深厚的感情和无限的感慨。

原文

凡大人之道有三：一曰正蒙难；二曰法授圣；三曰化及民。殷有仁人曰箕子，实具兹道以立于世。故孔子述六经之旨，尤殷勤焉[1]。

当纣之时，大道悖乱，天威之动不能戒，圣人之言无所用。进死以并命，诚仁矣，无益吾祀，故不为。委身以存祀，诚仁矣，与亡吾国，故不忍[2]。具是二道，有行之者矣。是用保其明哲，与之俯仰，晦是谟范，辱于囚奴[3]。昏而无邪，隤而不息。故在《易》曰："箕子之明夷[4]。"正蒙难也。及天命既改，生人以正，乃出大法，用为圣师。周人得以序彝伦，而立大典[4]。故在《书》曰："以箕子归作《洪范》[6]。"法授圣也。及封朝鲜，推道训俗，惟德无陋，惟人无远，用广殷祀，俾夷为华[7]。化及民也。率是大道，蘩于厥躬，天地变化，我得其正。其大人欤！

于虖！当其周时未至，殷祀未殄，比干已死，微子已去[8]，向使纣恶未稔而自毙，武庚念乱以图存，国无其人，谁与兴理[9]？是固人事之或然者也。然则先生隐忍而为此，其有志于斯乎？

唐某年，作庙汲郡，岁时致祀[10]。嘉先生独列于《易》象，作是颂云。

注释

①六经：即《诗》《书》《礼》《乐》《易》《春秋》。

②与：通"预"，预先。

③谟：谋略。范：法则，原则。

④明夷：卦名。《易经·明夷》:“明入地中”，象征昏君在上，明臣在下，明臣虽不敢显露自己的明智，但能正其志，坚持正道。

⑤彝伦：指人与人之间伦理道德关系。

⑥《洪范》:《尚书》篇名。洪，大。范，法则。相传箕子曾向周武王陈述《洪范》，其实它是后人拟作。

⑦朝鲜：古地名。

⑧比干：纣王的叔父，相传因直言劝谏纣王，被剖心而死。微子：纣王的庶兄，因劝谏纣王不听而出走。后降周，被封于宋，保存了商宗族。

⑨武庚：纣王的儿子，殷亡后因叛乱被杀。

⑩汲郡：郡名，治所在今河南汲县西南。

译文

一般说来，伟大人物立身处世的原则有三个方面：一是受危难仍能保持正直的品德；二是将治理天下的法典传授给圣明的君主；三是使人民受到教化。殷朝有位贤人叫箕子，确实具备这三方面的德行而在世上立身行事，因此孔子在概述“六经”要旨的时候，对他特别重视。

在殷纣王那时候，大道背弃，政治混乱，天威显示不能加以制止，圣人的教诲毫不起作用。牺牲生命以便维护天命国运，确实是一种“仁”德，只是不利于家族的延续，因此箕子不去这样做；委身随顺以便保存自己宗庙的奉祀，确实也是一种“仁”德，只是参与灭亡自己的国家，故而他也不忍心去做。上述这两种办法，已经有这样做的人了。因此他便保持自己清醒的头脑，随顺适应这混乱的世道；隐藏自己的见解和主张，在囚犯、奴隶中受屈辱；貌似糊涂却不去做邪恶之事，形同柔弱而却自强不息。故而在《易》中说:“箕子能做到韬晦。”这就是蒙受危难而能保持正直的品德啊！等到天命更改了，人民得到了公正和安定，于是便献出治国的大法，因此成为圣君的老师，使周朝的人们能根据这些法则来调整伦理道德，创立典章制度。故而在《书经》中说:“因召回了箕子而写成了《洪范》。”这便是将治理天下的法则传授给圣明的君主啊！等到被封在朝鲜，推行道义来驯化民俗，使德行不再鄙陋，人民不再疏远，以便发展推延殷朝宗绪，使外夷变为华夏，这便是使人民受到教化啊！所有这些崇高的品德，都集中在他的身上，天地变化发展，自己能获得其中的正“道”，难道不是伟大的人吗？

啊！当那周朝的时运尚未到来，殷朝宗庙的香火还没灭绝，比干已经死掉，微子也已离去，假如纣正作恶还不算多而自己死去，武庚能为暴乱而忧虑并力图保存社稷，国中要是没有箕子这样的人，谁和武庚一起使国家复兴并加以治理呢？这也是人事发展的一种可能性啊。这样来看箕子能忍辱含屈到这种地步，莫非正是在这方面有所考虑吗？

唐朝的某一年，在汲郡修建了箕子的庙宇，逢年遇节便祭祀他。我敬慕先生被特别地列为《易经》中的卦象，便写了这篇颂。

蝜蝂传

柳宗元的寓言文大都结构短小而极富哲理意味。本文先以简洁的文字勾勒出蝜蝂的形象，接着发表议论，将讽刺矛头直指“日思高其位，大其禄”而智若小虫的贪得无厌者，用语精警，立意深刻，给人留下深长的思考和回味。

原文

蝜蝂者[①]，善负小虫也。行遇物，辄持取[②]，卬其首负之[③]。背愈重，虽困剧不止也[④]。其背甚涩[⑤]，物积因不散，卒踬仆不能起[⑥]。人或怜之，为去其负。苟能行[⑦]，又持取如故。又好上高，极其力不已，至坠地死。

今世之嗜取者[⑧]，遇货不避，以厚其室，不知为己累也，惟恐其不积。及其怠而踬也[⑨]，黜弃之[⑩]，迁徙之[⑪]，亦以病矣。苟能起，又不艾[⑫]。日思高其位，大其禄，而贪取滋甚[⑬]，以近于危坠，观前之死亡不知戒。虽其形魁然大者也[⑭]，其名，人也，而智则小虫也。亦足哀夫[⑮]！

注释

①蝜蝂：一种黑色小虫，背部有隆起的部分，背上东西自己放不下来。

②辄：就，总是。

③卬：仰头，抬头。

④困剧：困乏到极点。

⑤涩：不光滑。

⑥踬仆：跌倒。

⑦苟：如果，表示假设。

⑧嗜：喜欢，爱好。

⑨及：介词，等到。

⑩黜弃：罢免。

⑪迁徙：迁移。这里指流放到远方。

⑫艾：停止。

⑬滋：更加，越发。

⑭魁然：高大的样子。

⑮夫：语气词，表示感叹。

译文

蝜蝂是一种喜爱背东西的小虫。爬行时遇到东西，总是抓取过来，抬起头背着这些东西。东西越背越重，即使非常劳累也不停止。它的背很不光滑，因而东西堆上去不会散落，终于被压倒爬不起来。有的人可怜它，替它去掉背上的东西。可是蝜蝂如果能爬行，又把东西像原先一样抓取过来背上。这种小虫又喜欢往高处爬，用尽了它的力气也不肯停下来，以致跌倒摔死在地上。

现今世上那些贪得无厌的人，见到钱财就捞一把，用来填满他们的家产，不知道财货已成为自己的负担，还只怕财富积聚得不够。等到一旦因疏忽大意而垮下来的时候，有的被罢官，有的被贬往边远地区，也算吃了苦头了。如果一旦被起用，他们又不思悔改，天天想着提高自己的地位，加大自己的俸禄，而且变本加厉地谋取钱财，以至接近摔死的程度，看到以前由于极力求官贪财而自取灭亡的人也不知接受教训。虽然他们的外形看起来庞大，他们的名字是人，可是见识却和蝜蝂一样，也太可悲了！

梓人传

本文所说的梓人，和现在的建筑师、领班工头差不多。本文的主旨，是借建筑师指挥工人盖房子的道理，说明辅佐天子治理国家的宰相，要懂得治理国家的要领，会任用百官和坚持治国的法则。

这篇文章，虽题目叫《梓人传》，但真正说到梓人的地方很少，多半是作者自己的话，这是因为作者的用意，并不在为梓人立传。前面写梓人，句句暗伏为相的道理；后面写为相的道理，句句照应梓人。

原文

裴封叔之第，在光德里[①]。有梓人款其门，愿佣隙宇而处焉。所职寻引规矩绳墨，家不居砻斫之器[②]。问其能，曰："吾善度材。视栋宇之制，高深圆方短长之宜，吾指使而群工役焉。舍我，众莫能就一宇。故食于官府，吾受禄三倍；作于私家，吾收其直大半焉。"他日，入其室，其床缺足而不能理，曰："将求他工。"余甚笑之，谓其无能而贪禄嗜货者。

其后，京兆尹将饰官署，余往过焉[③]。委群材，会众工。或执斧斤，或执刀锯，皆环立向之；梓人左持引，右执杖，而中处焉。量栋宇之任，视木之能，举挥其杖曰："斧！"彼执斧者奔而右。顾而指曰："锯！"彼执锯者趋而左。俄而，斤者斫，刀者削，皆视其色，俟其言，莫敢自断者。其不胜任者，怒而退之，亦莫敢愠焉。画宫于堵，盈尺而曲尽其制，计其毫厘而构大厦，无进退焉[④]。既成，书于上栋曰："某年某月某日某建"。则其姓字也。凡执用之工不在列。余圜视大骇，然后知其术之工大矣。

注释

①裴封叔：作者的姊夫，唐德宗时的进士，做过长安县令。光德里：旧址在今西安市西南郊。

②寻引：古代八尺为"寻"，十丈为"引"。这里是泛指测量长度的工具。规矩：校正圆形的工具叫"规"，校正方形的工具叫"矩"。绳墨：木匠画线用的墨绳、墨斗。砻：磨刀石。斫：砍削用的工具。

③京兆尹：管理京都地方的长官。唐京兆尹府治所在今陕西西安市。

④进退：即出入。这里是相差的意思。

译文

裴封叔的住宅，在京城光德里。一天，有一个木匠敲门求见，想在裴家租一间空屋居住。他所从事职业的工具只有量尺寸的寻引、画方圆的规矩和弹墨线的墨斗等，家中不具备磨刀石和刀斧之类的用具。问他会干什么，他说："我擅长测算材料，根据房子的规模、高深、圆方、长短选用合适的木料，指挥工匠们干活。如果没有我，他们连一间房子也造不成。所以我到官府里干活，所得到的工资等于一般木匠的三倍；给私人干活，我拿的工价要占众人工资的一大半。"有一天，我走进他的卧室，见他的床少了一条腿，他却不会修理，他说："我打算请别的木匠来修。"我觉得非常好笑，认为他是一个没有什么本领而只知道贪财的人。

后来，京兆尹要修理官署，我去那里瞧瞧。见那儿已堆放着许多建筑材料，聚集了许多工匠。他们有的手握斧子，有的拿着刀锯，都围着那木匠等候使唤。那木匠左手拿着引绳，右手执一根木杖，站在中间。他测量好栋梁的长短大小，又看准木料是否合用，然后挥起木杖说："斧子！"那执斧的工匠立刻奔向右边；他转过头说："锯子！"那拿锯的立刻奔向左边。一会儿众工匠刀砍斧削地动起手来，一个个都看他的眼色，等他的号令行事，没有一个敢自作主张的。有些不能胜任的工匠，被他怒喝到一旁，也不敢恼恨抱怨。他又在墙上画了房子的图样，虽然只有一尺见方，却全面周详，根据图上缩小的尺寸比例而造出高楼大厦，竟完全合乎设计而不增减分毫。房子造成后，他在大梁上写上"某年某月某日某某造"，这某某就是他的姓名，而凡是执斧锯操作的工匠的名字却一个也不写上。我在房子周围审视一番以后不禁大吃一惊，这才知道这木匠的技艺确实非常高明。

原文

继而叹曰：彼将舍其手艺、专其心智，而能知体要者欤？吾闻劳心者役人，劳力者役于人，彼其劳心者欤？能者用而智者谋，彼其智者欤？是足为佐天子相天下法矣，物莫近乎此也。

彼为天下者，本于人。其执役者，为徒隶，为乡师、里胥⑤，其上为下士，又其上为中士，为上士，又其上为大夫，为卿，为公⑥。离而为六职，判而为百役。外薄四海，有方伯连率⑦。郡有守，邑有宰，皆有佐政。其下有胥吏，又其下皆有啬夫版尹，以就役焉。犹众工之各有执技以食力也⑧。彼佐天子相天下者，举而加焉，指而使焉，条其纲纪而盈缩焉，齐其法制而整顿焉。犹梓人之有规矩绳墨以定制也。

择天下之士，使称其职；居天下之人，使安其业。视都知野，视野知国，视国知天下，其远迩细大，可手据其图而究焉。犹梓人画宫于堵而绩于成也。能者进而由之，使无所德；不能者退而休之，亦莫敢愠。不炫能，不矜名，不亲小劳，不侵众官，日与天下之英才，讨论其大经。犹梓人之善运众工而不伐艺也⑨。夫然后相道得而万国理矣。

注释

⑤徒隶：原指犯人，这里是泛指各种劳动者。乡师：乡长。里胥：里长。

⑥下士、中士、上士：古代较低级的官职名。大夫、卿、公古代较高级的官职名。“六职”，即指以上六种官职。一说，六职为王公、士大夫、百工、商旅、农夫、妇工。

⑦方伯：殷周时一方诸侯中的领袖。连率：古代统帅十国的诸侯。率，同“帅”。

⑧胥吏：古代官府中办理文书的小吏。啬夫：古代乡官。版尹：古代管户籍的小吏。

⑨伐：自吹自夸。

译文

接着，我赞叹道："他应该是一个舍弃手艺，专用心智，而且又能知道工作要领的人吧！"我听说劳心的人指使人，劳力的人被人指使，他应该是劳心的人吧！有技能的人工作，有智能的人筹划，他应该是有智能的人吧！这件事可以做辅助天子治理天下的榜样，再也没有比这两件事更相似的了。

那些治理天下的人，完全靠别人。那些执行工作的人，是工役，是乡师、里胥；上面是下士，再上面是中士、上士，再上面是大夫、是卿、是公。分开来说，自下而上是六种官职，再细分为百官。从京城外面到四边边境，有方伯和连率。郡有太守，县有县令，都有佐理政事的人；下面有管文书的胥吏，再下面有管税收诉讼的啬夫、管户籍版图的版尹来办理各种事情，就好像许多工人，各有专长技术，凭能力吃饭似的。

那个辅佐天子治理天下的宰相，举用他们，给他们各种官职，指挥他们，叫他们去工作；把治理国家的大纲领整理出来，真正运用的时候，又加以伸缩；统一政府的法令制度，并且加以整顿。这就好像木匠有圆规、曲尺、墨线、墨斗来决定规格一样。

选择天下的人才，使他们的能力能和职务相称；安定天下的人，使他们都能安心工作；只看都城的情形，就知道民间的情形是怎样；只看民间的情形，就知道全国的情形是怎样；那些远近小大的事情，可以用手按着图表，研究得清清楚楚。这就好像木匠把房子的图样画在墙壁上，能够照着图样完成工作一样。有能力的人，荐举他，给他合适的工作，使他不感到这是私人的恩惠；没有能力的人，就辞退他，停止他的职务，也没有人敢抱怨；不显示自己的才能，不夸大自己的名声；小的事情不自己去做，不侵犯众官的职权，每天和天下的专家们讨论国家的常法，这就好像木匠善于运用工人们，而不夸耀自己的技艺。像这样，当宰相的算是得到方法，同时天下也就平治了。

原文

相道既得，万国既理，天下举首而望曰："吾相之功也。"后之人循迹而慕曰："彼相之才也。"士或谈殷周之理者，曰伊、傅、周、召，其百执事之勤劳，而不得纪焉[10]。犹梓人自名其功而执用者不列也。大哉，相乎！通是道者，所谓相而已矣。

其不知体要者反此。以恪勤为公，以簿书为尊，炫能矜名，亲小劳，侵众官，窃取六职百役之事，听听于府庭，而遗其大者远者焉。所谓不通是道者也。犹梓人而不知绳墨之曲直、规矩之方圆、寻引之短长，姑夺众工之斧斤刀锯以佐其艺，又不能备其工，以至败绩，用而无所成也。不亦谬欤？

或曰："彼主为室者，傥或发其私智，牵制梓人之虑，夺其世守，而道谋是用，虽不能成功，岂其罪邪？亦在任之而已。"

余曰："不然。夫绳墨诚陈，规矩诚设，高者不可抑而下也，狭者不可张而广也。由我则固，不由我则圮。彼将乐去固而就圮也，则卷其术，默其智，悠尔而去，不屈吾道，是诚良梓人耳。其或嗜其货利，忍而不能舍也；丧其制量，屈而不能守也。栋桡屋坏，则：'非我罪也。'可乎哉？可乎哉？"

余谓梓人之道类于相，故书而藏之。

梓人盖古之审曲面势者，今谓之都料匠[11]云。余所遇者，杨氏，潜其名。

注释

⑩伊：伊尹，商初的功臣。傅：傅说，帮助商王武丁中兴的功臣。周：周公，周成王时的摄政王。召：召公，与周公共同辅佐周成王。

⑪都料匠：大木匠。

译文

将做宰相的方法真正掌握好了，天下都已经平治了，天下的人就会抬着头仰望着他说："这是我们宰相的功劳啊！"后代的人照着他的行事去做，也羡慕地说："他有宰相的才能啊！"读书人有时谈到商、周两代的政绩，总是说："伊尹、傅说、周公、召公。"其余那许许多多官吏的功劳，都没有记载。这就好像木匠自己署名在他完成的建筑物上，可是那些实际参加工作的工人不列名一样。伟大啊宰相！能够懂得这个道理的，只有所谓宰相罢了。

那些不知道要领的和这种人相反：认为谨慎、勤劳是奉公守法，把簿记、文书看得很贵重，处心积虑显示自己的才能，夸大自己的名声，亲自去做小事情，侵犯百官的职权，窃取中央各部甚至各职工的事，在政府机关里争论不停，反而把那些重大、长远的计划遗漏了，这就是所谓不懂做宰相方法的人。这就好像做一个木匠，可是不懂得用墨线、墨斗来定曲直，用圆规、曲尺来定方圆，用长尺、短尺来定短长，姑且把工人的斧子、刀锯夺过来，来辅助自己的技艺，又不能把工作做得很完善，以致工作完全失败，没有一点成就，这不是很荒谬吗？

有人说："那个盖房子的主人，倘使发挥他个人的聪明，牵制木匠的计划，不用他世代相传悠久的经验，而采取些外行人的意见，纵然不能盖好房子，难道能说是木匠的过错吗？这也是在于信任他不信任他罢了！"

我说："不是这样！墨线、墨斗、圆规、曲尺现在实实在在陈设在面前，高的不可以硬把它压低，狭小的不可以硬把它扩大。照我的做法就坚固，不照我的做法就会倒坏。如果他情愿不要坚固而要将倒掉的，那么就只好收起自己的技术，保留自己的智能，高高兴兴地自己离开，不变更自己的主张，这样才是真正的好木匠呀！如果因为贪图财利，容忍着不能舍去，不顾盖房子的法则，迁就而不能坚持，等到栋梁弯曲了，屋子倒塌了，就说：'这不是我的罪过呀！'这可以吗？这可以吗？"

我说做木匠的道理和当宰相相似，所以记下来留着以后用。

木匠大概就是古时候所说的"审曲面势"的人，现在叫作"都料匠"。我所碰到的那一位，姓杨，名字叫潜。

童区寄传[1]

这是一个真实的故事：年仅十一二岁的小区寄被两个强盗劫持后，凭着自己的勇敢机智，终于杀了两个坏人，保全了自己。作者抓住人物的性格特征，从不同角度有层次、多侧面地进行刻画，把一个小英雄写得栩栩如生，呼之欲出。

原文

柳先生曰：赵人少恩，生男女，必货视之。自毁齿已上，父兄鬻卖，以觊其利。不足，则取他室，束缚钳梏之。至有须鬣者，力不胜，皆屈为僮。当道相贼杀以为俗。幸得壮大，则缚取幺弱者。汉官因以为己利，苟得僮，恣所为不问。以是越中户口滋耗。少得自脱，惟童区寄以十一岁胜，斯亦奇矣。桂部从事杜周士为余言之。

童寄者，郴州荛牧儿也[2]。行牧且荛，二豪贼劫持反接，布囊

其口，去逾四十里之墟所卖之[3]。寄伪儿啼，恐栗为儿恒状[4]。贼易之，对饮酒醉[5]。一人去为市，一人卧，植刃道上[6]。童微伺其睡，以缚背刃，力下上，得绝，因取刃杀之[7]。

逃未及远，市者还，得童大骇。将杀童，遽曰："为两郎僮，孰若为一郎僮耶[8]？彼不我恩也。郎诚见完与恩，无所不可[9]。"市者良久计曰："与其杀是僮，孰若卖之；与其卖而分，孰若吾得专焉[10]。幸而杀彼，甚善。"即藏其尸，持童抵主人所，愈束缚牢甚。夜半，童自转，以缚即炉火烧绝之，虽疮手勿惮，复取刃杀市者[11]。因大号，一墟皆惊。童曰：我区氏儿也，不当为僮。贼二人得我，我幸皆杀之矣，愿以闻于官。"

墟吏白州，州白大府，大府召视，儿幼愿耳[12]。刺史颜证奇之，留为小吏，不肯[13]。与衣裳，吏护还之乡。乡之行劫缚者，侧目莫敢过其门[14]。皆曰："是儿少秦武阳二岁，而讨杀二豪，岂可近耶[15]！"

注释

①童：童子。区寄，人名，姓区名寄。

②郴州：众本作"郴州"，《文苑英华》作"柳州"。作"柳州"是，作"郴州"非，理由见韩景云《柳集点勘》，或见章士钊《柳文指要》。荛牧儿：打柴放牛的孩子。

③劫持：绑架。反接：把双手在背后绑起来。囊：口袋，此处作动词用。"布囊其口"，指用布蒙住他的口。墟所：集市所在地。

④伪：假装。恒状：常态。

⑤易：轻视。

⑥植：插。刃：指刀。

⑦微伺：暗地观察等候。缚：指绑手的绳子。背刃：靠在刀口上。下上：指上下摩擦。绝：断。

⑧遽：急忙。郎：奴仆对主子的称呼。

⑨郎诚句：章士钊言“郎诚见完与恩”中，郎为我字之误。（《柳文指要》）见完：被保全。

⑩专：独自占有。

⑪疮：创口。“疮手”，伤手。惮：畏惧。

⑫墟吏：管理集市的官吏。白：下对上陈述情况。大府：指桂管观察使衙门。幼愿：年幼老实。

⑬颜证：颜杲卿之孙，贞元二十年（804年）任桂州刺史、桂管观察使。

⑭侧目：不敢正视，形容畏惧的样子。

⑮秦武阳：战国时燕国人。《战国策》上说他13岁时杀人，燕太子丹派他做荆轲的助手前往秦国刺杀秦王。讨：惩罚。“讨杀”，一作“计杀”。近：接近，此处作“触犯”解。

译文

柳先生说：“越人缺乏恩爱，把生下的儿女看作商品。七八岁以上的小孩，父兄就卖掉他们，以贪图钱财。如果不满足的，就盗取别人家的孩子，把他们捆绑起来束住手脚然后卖掉。甚至已经长了胡须的人，因为力气不如别人，也被绑架卖掉被迫做僮仆。在大路上互相残杀已经成为风俗。有幸能长成强壮高大的，就去绑架那些力小体弱的。汉族的官吏利用这种情况为自己牟利，只要能得到僮仆，就对这种行为听之任之，不加追究。因此闽粤一带的户口逐渐减少。很少有人能逃脱这种悲惨遭遇，只有区寄以一个十一岁的孩子战胜了绑架的强盗，这真是奇事。桂管经略观察使的助手杜周士向我讲了这件事。”

儿童区寄，是郴州地区打柴放牛的孩子。一天，他正一边放牛一边打柴，有两个蛮横的强盗把他绑架了，反背着手捆起来，用布蒙住他的嘴，离开本乡四十多里地，想到集市上把他卖掉。区寄装着小孩儿似的哭哭啼啼，害怕得发抖，做出一副孩子常有的胆小的样子。强盗并不把他放在心上，相对喝酒，喝醉了。其中一个强盗离开前去集市谈买卖孩子的生意，另一个躺下来，把刀插在路上。区寄暗暗观察看他睡着了，就把捆绑自己的绳子靠在刀刃上，用力地上下磨动，绳子断了，便拿起刀杀死了那个强盗。

区寄逃出去没多远，那个上集市谈买卖的强盗回来了，抓住区寄，非常惊恐，打算要杀掉他。区寄急忙说："做两个主人的奴仆，哪里比得上做一个主人的奴仆呢？他不好好待我，主子你果真能保全我的性命并好好待我，无论怎么样都可以。"强盗盘算了很久，心想："与其杀死这个奴仆，哪里比得上把他卖掉呢？与其卖掉他后两个人分钱，哪里比得上我一个人独吞呢？幸亏杀掉了他，好极了！"随即埋藏了那个强盗的尸体，带着区寄到集市中窝藏强盗的主人那里，越发把区寄捆绑得结实。到了半夜，区寄自己转过身来，把捆绑的绳子就着炉火烧断了，虽然烧伤了手也不怕；又拿过刀来杀掉了做买卖的强盗。然后大声呼喊，整个集市都惊动了。区寄说："我是姓区人家的孩子，不该做奴仆。两个强盗绑架了我，幸好我把他们都杀了，我愿把这件事报告官府。"

集镇的差吏把这件事报告了州官。州官又报告给府官。府官召见了区寄，不过是个幼稚老实的孩子。刺史颜证认为他很了不起，便留他做小吏，区寄不愿意。刺史于是送给他衣裳，派官吏护送他回到家乡。乡里干抢劫勾当的强盗，都斜着眼睛不敢正视区寄，没有哪一个敢经过他的家门，都说："这个孩子比秦武阳小两岁，却杀死了两个强盗，怎么可以靠近他呢？"

种树郭橐驼传

全文以记言为主，记言中穿插描写，借传立说，因事出论。文章先以种植的当与不当作对比，继以管理的善与不善作对比，最后以吏治与种树相映照，在反复比照中导出题旨，阐明事理。通过对郭橐驼种树之道的记叙，说明"顺木之天，以致其性"是"养树"的法则，并由此推论出"养人"的道理，指出为官治民不能"好烦其令"，指摘中唐吏治的扰民、伤民，反映出作者同情人民的思想和改革弊政的愿望。文中描写郭橐驼的体貌特征，寥寥几笔，形象而生动；记述郭橐驼的答话，庄谐杂出，语精而意丰。

原文

郭橐驼，不知始何名。病偻，隆然伏行，有类橐驼者，故乡人号之“驼”。驼闻之曰：“甚善，名我固当。”因舍其名，亦自谓“橐驼”云。

其乡曰丰乐乡，在长安西[1]。驼业种树，凡长安豪家富人为观游及卖果者，皆争迎取养。视驼所种树，或迁徙，无不活，且硕茂，早实以蕃[2]。他植者，虽窥伺效慕，莫能如也。有问之，对曰：“橐驼非能使木寿且孳也，能顺木之天，以致其性焉尔。凡植木之性，其本欲舒，其培欲平，其土欲故，其筑欲密。既然已，勿动勿虑，去不复顾。其莳也若子，其置也若弃，则其天者全，而其性得矣[3]。

注释

①长安：现在的陕西西安市。

②早实：早结果实。

③莳：栽植或移植。

译文

郭橐驼，不知道原先叫什么。由于得了佝偻病，后背高高隆起，俯伏着走路，好像骆驼的样子，所以乡里人称呼他“橐驼”。橐驼听到这个外号，说：“好得很，用它来称呼我确实很恰当。”于是舍弃他的原名，也自称“橐驼”了。

他的家乡是丰乐乡，在长安城的西郊。橐驼以种树为职业，凡是长安城的豪绅人家修建观赏游览的园林，以及卖水果的商人，都争相迎请雇用他。看橐驼所种植的树木，或者移栽的树木，没有不成活的，而且高大茂盛，果实结得又早又多。其他种树的人虽然偷偷地察看仿效，都不能赶上他。有人问他原因，他回答说："我郭橐驼并不能使树木活得长久而且生长得快，只不过能够顺应树木自然生长的规律，使它按照自己的习性成长罢了。一般说来，种植树木的习性要求是：树根要舒展，培土要均匀，移栽树木要保留根部的旧土，土要细密。这样做了以后，不要再去动它，也不要再为它担心，离开后就不必再去看顾它了。树木移栽的时候要像培育子女一样精心细致，栽好后置于一旁要像把它丢弃一样，那么树木的生长规律就可以不受破坏，而能按照它的本性自然生长了。

原文

故吾不害其长而已，非有能硕茂之也；不抑耗其实而已，非有能早而蕃之也。他植者则不然，根拳而土易，其培之也，若不过焉则不及。苟有能反是者，则又爱之太恩，忧之太勤，旦视而暮抚，已去而复顾。甚者爪其肤以验其生枯，摇其本以观其疏密，而木之性日以离矣。虽曰爱之，其实害之；虽曰忧之，其实仇之。故不我若也。吾又何能为哉？"

问者曰："以子之道，移之官理可乎？"驼曰："我知种树而已，官理，非吾业也。然吾居乡，见长人者，好烦其令，若甚怜焉，而卒以祸[④]。旦暮吏来而呼曰：'官命促尔耕，勖尔植，督尔获，早缫而绪，早织而缕，字而幼孩，遂而鸡豚[⑤]。'鸣鼓而聚之，击木而召之。吾小人辍飧饔以劳吏者，且不得暇，又何以蕃吾生而安吾性耶[⑥]？故病且怠。若是，则与吾业者，其亦有类乎？"

问者嘻曰："不亦善夫！吾问养树，得养人术。"传其事以为官戒也[⑦]。

注释

④长人者：指官吏。长，官长。人，民，百姓。

⑤尔：你们。字：养育。豚：小猪。

⑥辍：中止。飧：晚饭。饔：早饭。

⑦传：记载。

译文

所以我只是不妨害它生长罢了，并没有使它长得高大茂盛的特殊本领；我只是不抑制、减少它的结果罢了，并没有使它果实结得又早又多的特殊本领。其他种树的人却不是这样，树根卷曲不能伸展，又换了新土，培土不是多了就是少了。如果有与此相反的人，却又对树木爱得过于深厚，担心得过了头，早晨看看，晚上摸摸，已经离开了，还要回头看顾。更严重的，还用手指抓破树皮来检验树的死活，摇动树根来察看栽得是否紧实，这样，树木的本性就一天天丧失了。虽然说是爱护树，实际上却害了树；虽然说是忧虑树，实际上却是仇恨树。所以都不如我啊，我又有什么本领呢？

问的人说："把你种树的道理，转用到为官治民上，可以吗？"橐驼说："我只知道种树罢了，为官治民，不是我的职业啊。然而我住在乡里，看到那些官吏喜欢不断地发布各种命令，好像很爱惜百姓，但最后反造成了灾祸。每天早晚，差吏来到村中喊叫：'官长命令催促你们耕田，勉励你们播种，督促你们收割。早点缫好你们的丝，早点纺好你们的线。抚育好你们幼小的子女，喂养大你们的鸡、猪。'一会儿击鼓让人们聚集在一起，一会儿敲木梆把大家召来。我们小百姓顾不上吃晚饭、早饭来应酬、慰劳差吏，尚且都没有空暇，又靠什么来使我们人口兴旺，生活安定呢？所以都非常困苦而且疲乏。像这样，那与我们行业的人大概也有相似之处吧？"

问的人颇有感慨地说道："这不是说得很好吗？我问养树，却得到了养民的办法。"我记下这件事，把它作为官吏的借鉴。

欧阳修

欧阳修（1007—1072 年），北宋政治家、文学家，唐宋古文八大家之一。字永叔，号醉翁，晚年又号六一居士。庐陵（今江西吉安）人。四岁丧父，家境贫寒，母亲以荻杆画地教他识字。宋仁宗天圣八年（1030 年）中进士，先后在中央和地方任职，历任知制诰、翰林学士、参知政事、刑部尚书、兵部尚书等。但多次被贬，又多次起用。神宗熙宁四年（1071 年），以太子少师的身份辞职，归于颍州（今安徽阜阳）。次年卒，谥文忠。

欧阳修是北宋诗文革新运动的领袖。他继承了中唐古文运动的传统，并吸收了北宋初期诗文革新的成果，把诗文革新运动推向了高潮。他一方面强调道对文的决定作用，又不轻视文，把文章与“百事”联系，反映现实。这种理论散见于《答吴充秀才书》《送徐吴党南归序》《与张秀才第二书》等中。他还用自己诗、赋、文各方面的艺术创作，为诗文革新提供了良好的范例。苏轼评论他的作品说:“论大道似韩愈，论事似李贽，记事似司马迁，诗赋似李白。”（《宋史·欧阳修传》）欧阳修一生写了 500 余篇散文，成果斐然。他的政论文充分发挥了儒家思想中注重国计民生的优秀成分，为政治斗争服务，如《与高司谏书》《朋党论》《〈五代史·伶官传〉序》等。他状物写景及叙事的散文摇曳生姿，从容委婉。《释秘演诗集序》《醉翁亭记》《泷冈阡表》等是这方面的佳作。欧阳修的赋也极具特色。他的《秋声赋》，采取散文句法，把秋夜写得生动可感，且变唐以来赋的“律体”为“散体”，在赋的发展上，有重要意义。欧阳修又是个博通古今的大学者。他与宋祁（998—1063 年）一起重编《唐书》，还自著《五代史》，后人称之《新唐书》和《新五代史》。欧阳修继承韩愈“文从字顺”的传统，但避免了韩愈尚奇好异的作风，散文内容充实，纡徐流畅；叙事简括有法，议论纡徐有致；章法曲折变化而又严密，语句轻快圆融而不滞涩。这种平实的散文风格在当时起了示范作用。

欧阳修的诗成就不若散文，但也不同凡响。在流传下来的八百多首诗中，

多数是官场应酬、亲友赠答之类。但一些作品反映了人民痛苦生活，揭露了社会黑暗，如《食糟民》《边户》等。此外，如《明妃曲和王介甫》、《再和明妃曲》，斥责统治者的昏庸误国，对妇女的不幸表示同情。他还有一些诗，以清丽俊美之笔，或咏物写景，或述怀言志，如《画眉鸟》《戏答元珍》《晚泊岳阳》等，都给人平实亲切之感。欧阳修的诗也是学习韩愈的，也写过一些奇崛险怪的诗，如《凌溪大石》等。但他主要学习韩愈诗歌散文化、议论化的特点，以清新自然、平易流畅纠险涩雕琢之弊，对扫除西昆派的浮艳文风，有良好作用。不过，一些诗散文化、议论化倾向较明显，意境略差。

欧阳修也是北宋著名词家之一。欧词收在《六一词》和《醉翁琴趣外编》中的有二百多首，大部分描写爱情。与他在散文和诗中表现出庄重的儒者面目不同，他的词情意缠绵，风流深婉，如［踏莎行］上阕最后两句“离愁渐远渐无穷，迢迢不断如春水”，缠绵清丽，真挚动人。欧词中还有直抒个人抱负的作品，多作于后期。他题咏杭州西湖的十首《采桑子》，表现了襟怀豪逸的洒脱情怀和自我宽慰的情绪。《圣无忧》“世路风波险”等也不全是悲观的呻吟。欧阳修的一些词，向清疏峻洁的方向发展，一洗晚唐、五代的绮靡习气和富贵氛围。这说明作者已开始突破词的传统题材和表现手法，与诗文革新运动遥相呼应，对苏轼豪放派词人和秦观等婉约派词家均有一定影响。冯煦说他“疏隽开子瞻，深婉开少游”（《宋六十一家词选例言》），概括了欧阳修在宋词发展中的地位。

欧阳修在诗歌理论上也颇有成就。他在《梅圣俞诗集序》中提出了“诗穷而后工”的论点，揭示了生活和创作的密切关系，在文艺理论上有较普遍

的意义。他的《六一诗话》，以随笔漫谈的形式论诗，开诗话、词话之先河。

欧阳修的著述，今存《欧阳文忠公全集》《欧阳文忠公集》。

与高司谏书

《与高司谏书》既是一封批评信，又是说理文。信中正面批评揭露谏官高若讷文过饰非、颠倒是非、“不复知人间有羞耻事”，反复论述高的行为动机和后果，论证高不是好谏官，揭露他卑劣的品质。当天高司谏拿着这封信去找吕夷简，经过一番谋划，第二天就向仁宗皇帝告发欧阳修侮辱谩骂大臣。为此，欧阳修被贬至夷陵，而他那种不畏权势、直言不讳的刚毅品格，成为千古美谈，深得后人钦佩。

原文

修顿首再拜白司谏足下：某年十七时，家随州[①]，见天圣二年进士及第榜[②]，始识足下姓名。是时予年少，未与人接[③]，又居远方，但闻今宋舍人兄弟与叶道卿、郑天休数人者[④]，以文学大有名，号称得人[⑤]。而足下厕其间[⑥]，独无卓卓可道说者[⑦]，予固疑足下不知何如人也。

其后更十一年[⑧]，予再至京师。足下已为御史里行[⑨]，然犹未暇一识足下之面，但时时于予友尹师鲁问足下之贤否[⑩]。而师鲁说足下正直有学问，君子人也。予犹疑之。夫正直者，不可屈曲；有学问者，必能辨是非。以不可屈之节，有能辨是非之明，又为言事之官，而俯仰默默[⑪]，无异众人，是果贤者邪？此不得使予之不疑也。

自足下为谏官来，始得相识。侃然正色，论前世事，历历可听，褒贬是非，无一谬说。噫！持此辩以示人，孰不爱之？虽予亦疑足下真君子也。

是予自闻足下之名及相识，凡十有四年，而三疑之。今者，推其实迹而较之⑫，然后决知足下非君子也⑬。

注释

①家随州：欧阳修四岁丧父，母亲带他去随州（今湖北隋县）投靠叔父欧阳晔，遂定居于此。

②天圣二年：宋仁宗年号，公元1024年。

③接：交往。

④宋舍人兄弟：指宋庠、宋祁兄弟，均为北宋文学家。舍人，官名。

⑤得人：在进士考试中被录取的优秀人才。

⑥其问：置身其中。

⑦卓卓：突出的样子。

⑧更：经历。

⑨御史里行：唐初时期官职名称。

⑩师鲁：即尹洙，字师鲁，河南府（今河南洛阳）人。以提倡古文著称。

⑪俯仰默默：跟从别人，没有主见。

⑫推：推敲。实迹：实际行为。

⑬决：确切，断然。

译文

欧阳修顿首再拜，禀告司谏足下：我 17 岁时，家住随州，看到天圣二年进士及第的布告，才知道了您的姓名。当时我年纪轻，尚未与别人结交，又住在僻远的地方，只听说布告上的宋舍人兄弟，以及叶道卿、郑天休等人，因文学著称于世，因此这次进士考试号称得到了人才。而您置身其中，单单没有突出的可以称道的地方，我因而怀疑您是怎样一个人。

以后过了 11 年，我第二次到京师，您已担任了御史里行，可还是没有机会与您见一次面，只是常常向我的朋友尹师鲁打听您的贤与不贤。师鲁说您“正直有学问，是一位君子”。我还有些怀疑。所谓正直，就是不可弯曲；所谓有学问，就一定能明辨是非。凭借着不可弯曲的气节，有能辨是非的明智，又担任谏官的职务，却随波逐流默默无言。与一般人没有任何区别，这果真是贤者吗？这不能不使我怀疑啊！自从您担任了谏官以后，我们才认识了。您一脸正气，纵论前代之事，思路清晰，十分吸引人；褒扬正义，贬斥奸邪，没有一点谬论。啊，具有这样的辩才并向人显示，谁会不爱戴您呢？虽然是我，也私下认为您大概是个真君子吧？这是我自从听说您的姓名直到与您认识，14 年中却有三次怀疑的情况。如今推究您的实际行为再来仔细分析，然后断然肯定您不是个君子！

原文

前日范希文贬官后[14]，与足下相见于安道家[15]，足下诋诮希文为人。予始闻之，疑是戏言；及见师鲁，亦说足下深非希文所为，然后其疑遂决[16]。希文平生刚正，好学通古今，其立朝有本末[17]，天下所共知，今又以言事触宰相得罪[18]，足下既不能为辨其非辜[19]，又畏有识者之责己，遂随而诋之，以为当黜[20]，是可怪也。夫人之性，刚果懦软，禀之于天[21]，不可勉强，虽圣人亦不以不能责人之必能。

今足下家有老母，身惜官位，惧饥寒而顾利禄，不敢一忤宰相以近刑祸，此乃庸人之常情，不过作一不才谏官尔。虽朝廷君子，亦将闵足下之不能，而不责以必能也。今乃不然，反昂然自得，了无愧畏，便毁其贤以为当黜，庶乎饰己不言之过㉒。夫力所不敢为，乃愚者之不逮㉓；以智文其过㉔，此君子之贼也。

注释

⑭范希文：范仲淹，字希文，吴县（江苏苏州）人，北宋著名文学家、政治家。

⑮安道：余靖，字安道，韶州曲江（今广东韶关）人。

⑯疑遂决：疑问于是被解决了。

⑰本末：在朝做官行事有始终如一的原则。

⑱宰相：指宰相吕夷简。

⑲非辜：无罪。

⑳黜：贬斥。

㉑禀：承受。

㉒饰己不言之过：掩饰自己的过错。

㉓不逮：不及，比不上。

㉔智文：巧妙地掩饰。

译文

前几天范希文贬官以后，我和您在安道家中会面，您极力诋毁、讥笑希文的为人。我开始听到这些话，还怀疑您是讲着玩的。等到碰见师鲁，他也说您极力否定希文的所作所为，然后我就不再怀疑了。希文平生刚正、好学、博古通今，他立身朝廷始终如一，这是天下都知道的；如今又因为正直敢言触怒了宰相得到罪责，您既不能为他辩明无罪，又害怕有识之士会责备自己，于是就跟着别人来诋毁他，认为他应当受到贬斥，这真是太可怪了！说起人的性格，刚正果敢、怯懦软弱的性格都受之于天，不可勉强改变。虽然是圣人，也不会用办不到的事情去要求别人一定办到。如今您家中有老母，自身又爱惜官位，害怕忍饥受冻，顾念利益俸禄，因而不敢稍有违反宰相以致受刑遭祸。这也是平庸之辈的常情，只不过是做了一个不称职的谏官罢了。即使是朝廷中的君子，也将怜悯你的无能，而不会用必须办到来要求您的。如今却不是这样，您反而昂然得意，没有一丝一毫的羞愧畏惧，随意诋毁希文的贤能，认为他应当遭受贬斥，希望以此掩盖自己不据理力争的过错。应该说，有能力而不敢去做，那只是愚笨之人做不到罢了，而用小聪明来掩饰自己的过错，那就成了君子的敌人了。

原文

且希文果不贤邪？自三四年来，从大理寺丞至前行员外郎[25]，作待制日[26]，日备顾问，今班行中无与比者[27]；是天子骤用不贤之人[28]？夫使天子待不贤以为贤，是聪明有所未尽。足下身为司谏，乃耳目之官[29]。当其骤用时，何不一为天子辨其不贤，反默默无一语，待其自败，然后随而非之？若果贤邪，则今日天子与宰相以忤意逐贤人[30]，足下不得不言。是则足下以希文为贤，亦不免责；以为不贤，亦不免责。大抵罪在默默尔。

昔汉杀萧望之与王章，计其当时之议，必不肯明言杀贤者也，必以石显、王凤为忠臣，望之与章为不贤而被罪也[31]。今足下视石显、王凤果忠邪？望之与章果不贤邪？当时亦有谏臣，必不肯自言畏祸而不谏，亦必曰当诛而不足谏也。今足下视之，果当诛邪？是直可欺当时之人，而不可欺后世也。今足下又欲欺今人，而不惧后世之不可欺邪？况今之人未可欺也！

注释

㉕大理寺丞：司法官。

㉖待制：宋朝于各殿阁皆设待制之官，备皇帝顾问之用。

㉗班行：指同僚。

㉘骤用：破格快速提升。

㉙耳目之官：指御史、谏官等，担任监察、弹劾、进谏等职，犹如人的耳目。

㉚忤意：违背自己的心意。

㉛望之：萧望之，字长倩，东海兰陵（今山东苍山西南）人。汉宣帝时任太子太傅，后受宣帝遗诏辅佐幼主（元帝）。被宦官弘恭、石显诬陷，废为庶人。服毒自杀。章：王章，字仲卿，钜平（今山东宁阳）人。汉成帝时为京兆尹。因论帝舅大将军王凤专权，被诬死于狱中。

译文

况且希文难道真的不是贤才吗？三四年以来，从大理寺丞做到前行员外郎，他在做待制的时候，每天充当皇帝的顾问，如今同僚中没有能与他相比的人。这难道是天子仓促起用不贤之人吗？假使天子把不贤之人当作贤人，那是聪明之中的疏忽。您身为司谏之官，是天子的耳目，当希文仓促间被起用之时，为什么不马上向天子辩明他的不贤，反而默默地不讲一句话；等到他自己失败了，然后跟着别人说他的不是。如果希文真是贤人，那么如今天子和宰相因为他违背自己的心意而斥逐贤人，您就不得不出来讲话。如此说来，那么您认为希文贤，也不免遭受责备；认为希文不贤，也不免遭受责备。大概您的过错就在于默默无言罢了。

从前汉王朝杀害萧望之和王章，估计当时朝廷中的议论，必然不肯明确地说是杀了贤者。相反必然把石显、王凤说成是忠臣，而萧望之和王章作为不贤之人而遭受罪罚。如今您真把石显、王凤看作是忠臣吗？萧望之与王章真的不贤吗？当时也有谏官，他们必定不肯承认是害怕灾祸而不向天子进言，也必定会说萧望之、王章应该被杀而不值得提出意见的。如今您看，他们真的该杀吗？那只可欺骗当时的人们，而不可欺骗后代的。如今您又想欺骗现在的人们，就不怕后代人的不可欺骗吗？何况现在的人也未必就能欺骗啊。

原文

伏以今皇帝即位以来[32]，进用谏臣，容纳言论，如曹修古、刘越，虽殁犹被褒称[33]。今希文与孔道辅，皆自谏诤擢用[34]。足下幸生此时，遇纳谏之圣主如此，犹不敢一言，何也？前日又闻御史台榜朝堂，戒百官不得越职言事，是可言者惟谏臣尔。若足下又遂不言，是天下无得言者也。足下在其位而不言，便当去之，无妨他人之堪其任者也。

昨日安道贬官，师鲁待罪[35]，足下犹能以面目见士大夫，出入朝中，称谏官，是足下不复知人间有羞耻事尔！所可惜者，圣朝有事，谏官不言，而使他人言之。书在史册，他日为朝廷羞者，足下也。《春秋》之法，责贤者备[36]。今某区区犹望足下之能一言者[37]，不忍便绝足下，而不以贤者责也。若犹以谓希文不贤而当逐，则予今所言如此，乃是朋邪之人尔[38]。愿足下直携此书于朝，使正予罪而诛之，使天下皆释然知希文之当逐，亦谏臣之一效也[39]。

前日足下在安道家，召予往论希文之事，时坐有他客，不能尽所怀，故辄布区区[40]，伏惟幸察。不宣[41]。修再拜。

注释

㉜皇帝：指宋仁宗。

㉝曹修古：字述之，建州建安（今福建建瓯）人。刘越：字子长，大名（今属河北）人。曾上疏请章献太后还政。仁宗亲政时，二人已死，思其忠直，追赠曹为右谏议大夫，刘为右司谏。

㉞今希文与孔道辅句：现在的范仲淹和孔道辅都因敢向皇帝进谏被提升重用。

㉟安道贬官，师鲁待罪：范仲淹贬官后，安道（余靖）和师鲁上言谏阻遭贬。

㊱责贤者备：孔子作《春秋》的义法，对于贤者求其全备。

㊲区区：诚恳的意思。

㊳朋邪：与坏人勾结。这是反语。

㊴亦谏臣之一效也：这也算作你做谏官的一件功劳。这是讽语。

㊵故辄布区区：特地说出我的浅见。区区，自谦之词。

㊶不宣：旧时书信末尾的套语，指言不尽意。

译文

我恭敬地以为，当今皇帝即位以来，进用谏官，采纳意见，如曹修古、刘越虽然已经去世，还被人们称扬。如今希文与孔道辅都由于敢于进谏而被提拔任用。您幸运地生于此时，碰到如此能听取意见的圣主，尚且不敢说一句话，为什么呢？前几天又听说御史台在朝廷中贴出布告，告诫百官不可超越本职谈论政事，这样，能够提意见的只有谏官了。假如您又不说话，那么天下就没有可以说话的人了。您在谏官那个位置上却不说话，就应该离职，不要妨碍胜任谏官之职的人。

昨天安道遭到贬谪，师鲁也等候着降罪，您还能够有脸面去见士大夫们，出入朝廷号称谏官，那是您不再知道人间还有羞耻事了。可惜的是，圣朝有事情，谏官不说而让别人去说，这种事情记载在史书上，以后使朝廷蒙受到羞辱的，是您啊！按照《春秋》的法则，对贤者要求详尽周全。如今我还一心一意地希望您能够向天子进一言，不忍心与您决绝，而不拿贤者来要求您。倘若您还认为希文不贤而应当斥逐。那么我今天如此为他说话，那是朋党邪恶的小人了。希望您直接带着这封信到朝廷上去，让天子判定我的罪过而杀了我，使得天下都真正了解希文应当被斥逐，这也是谏官的一大作用啊。

前几天您在安道家中，把我叫去议论希文的事情。当时有其他客人在，我不能畅所欲言。因此就写了此信，说出自己的浅见，恭敬地希望您明察。不多言了，欧阳修再拜。

朋党论

这是一篇奏章，作于宋仁宗庆历三年（1043年）。当时，夏竦、吕夷简因欧阳修等弹劾而先后罢相，范仲淹、韩琦、富弼执政，史称“庆历新政”。夏竦等攻击范仲淹等为“朋党”，亦牵涉欧阳修。欧阳修当时正在谏院任职，所以上此奏章。

原文

臣闻朋党之说，自古有之，惟幸人君辨其君子小人而已[1]。大凡君子与君子，以同道为朋；小人与小人，以同利为朋。此自然之理也。

然臣谓小人无朋，惟君子则有之。其故何哉？小人所好者，禄

利也；所贪者，货财也。当其同利之时，暂相党引以为朋者，伪也。及其见利而争先，或利尽而交疏，则反相贼害。虽其兄弟亲戚，不能相保。故臣谓小人无朋，其暂为朋者，伪也。君子则不然。所守者道义，所行者忠信，所惜者名节。以之修身，则同道而相益；以之事国，则同心而共济。终始如一，此君子之朋也。故为人君者，但当退小人之伪朋，用君子之真朋，则天下治矣。

注释

①臣闻二句：先秦典籍《韩非子·孤愤》等，就有关于朋党的记述，故称“自古有之”。

译文

臣听说关于“朋党”的说法是自古就有的，只希望吾君能辨识他们是君子还是小人罢了。一般说来，君子与君子因志趣一致结为朋党，而小人则因利益相同结为朋党，这是很自然的规律。

然而臣又认为：小人没有朋党，只有君子才有。这是什么缘故呢？因为小人所喜的是利禄，所贪的是货财，当他们利益相同的时候，暂时互相勾结成为朋党，那是虚假的；等到他们见到利益而争先恐后，或者利益已尽而交情淡漠之时，就会反过来互相残害，即使是兄弟亲戚，也不会互相保护。所以说小人并无朋党，他们暂时结为朋党，是虚假的。君子就不是这样，他们所依据的是道义，所奉行的是忠信，所爱惜的是名誉和节操。用它们来修养品德，则彼此目标相同又能够互相取长补短；用它们来效力国家，则能够和衷共济，始终如一，这就是君子的朋党。所以做君王的，应该废退小人结成的虚伪的朋党，而任用君子结成的真正的朋党，只有这样，才能天下大治。

原文

尧之时，小人共工、驩兜等四人为一朋，君子八元、八恺十六人为一朋②。舜佐尧，退四凶小人之朋，而进元，恺君子之朋，尧之天下大治。及舜自为天子，而皋、夔、稷、契等二十二人，并列于朝，更相称美，更相推让，凡二十二人为一朋。

而舜皆用之，天下亦大治③。

《书》曰："纣有臣亿万，惟亿万心；周有臣三千，惟一心④。"纣之时，亿万人各异心，可谓不为朋矣，然纣以亡国。周武王之臣三千人为一大朋，而周用以兴。

后汉献帝时，尽取天下名士囚禁之，目为党人⑤。及黄巾贼起，汉室大乱，后方悔悟，尽解党人而释之，然已无救矣⑥。

唐之晚年，渐起朋党之论。及昭宗时，尽杀朝之名士，或投之黄河，曰："此辈清流，可投浊流⑦。"而唐遂亡矣。

注释

②四人：指共工、兜、鲧、三苗，即下文所说的"四凶"。八元：传说是高辛氏（帝喾）的八个有德才的臣子伯奋、仲堪、叔献、季仲、伯虎、仲熊、叔豹、季狸。八恺：传说是高阳氏（颛顼）的八个有德才的臣子苍舒、隤敳、梼戭、大临、龙降、庭坚、仲容、叔达。

③皋（皋陶）、夔（后夔）、稷（后稷）、契：相传是尧、舜时管刑法、音乐、农事、文教的贤臣。

④《书》曰一句：引自《尚书·周书·泰誓》。

⑤汉献帝：名刘协。东汉最后一个皇帝。

⑥黄巾：即黄巾军，汉末以黄巾裹头为标志的农民起义军。

⑦唐昭宗：名李晔，889 年至 904 年在位。

译文

唐尧的时候，小人共工、驩兜等四人结为一个朋党，君子则有八元和八恺共 16 人为一朋党。舜辅佐尧，废退四凶小人结成的朋党，进用八元、八恺君子结成的朋党，尧的天下得以大治。等到舜自己做了天子，皋陶、夔、稷、契等 22 人同时列位于朝廷。他们互相推举，互相谦让，一共 22 人结为一个朋党。但是虞舜全都进用他们，天下也因此大治。

《尚书》上说："商纣有亿万臣，是亿万条心；周有三千臣，却是一条心。"纣的时候，亿万人心各不相同，可说是不成为朋党了，然而纣却因此而亡国。周武王的臣子三千人结成一个大朋党，但周却因此而振兴。

东汉献帝时候，把天下所有名士都看成党人而予以囚禁，直到黄巾军起义，汉室大乱，然后才悔悟，解除了党锢释放了他们，可是已经无可挽救了。

唐朝的末期，逐渐生出朋党的议论，到了昭宗时，把朝廷中的名士都杀害了，有的竟被投入黄河，说什么"这些人自命为清流，可以投他们到浊流里去让他们变成浊流。"然而唐朝也即随之灭亡了。

原文

夫前世之主，能使人人异心不为朋，莫如纣；能禁绝善人为朋，莫如汉献帝；能诛戮清流之朋，莫如唐昭宗之世。然皆乱亡其国。更相称美推让而不自疑，莫如舜之二十二臣。舜亦不疑而皆用之。然而后世不诮舜为二十二人朋党所欺，而称舜为聪明之圣者，以能辨君子与小人也。周武之世，举其国之臣三千人共为一朋，自古为朋之多且大，莫如周，然周用此以兴者，善人虽多而不厌也。

嗟呼！治乱兴亡之迹，为人君者，可以鉴矣。

译文

前代的君主，能使人人异心不结为朋党的，谁也不及商纣王；能禁止、断绝好人结为朋党的，莫过于汉献帝；能诛杀清流朋党的，莫过于唐昭宗。然而都因此致乱而使他们亡国。而彼此称道赞美、推举谦让而自信不疑的，莫过于舜的22臣，舜也并不怀疑他们且都予以任用。但是后世并不讥笑虞舜被22人的朋党所蒙骗，却赞美虞舜是聪明的圣主，原因就在于他能区别君子和小人。周武王时代，全国臣子三千人结成一个朋党，自古以来结为朋党的，从人数之多与规模之大都莫过于周，可是周却因此而振兴，原因就在于善良之士虽多却不感到满足。

唉！这些治乱兴亡事迹，为君主的可以作为借鉴了。

纵囚论

《纵囚论》是欧阳修翻案文章中的名篇，旨在对唐太宗纵囚史事提出自己的独特看法。既是翻案，文章势必有破有立。文中驳斥了唐太宗纵囚之论，并且预言纵囚将会导致皇帝和犯人互相欺骗来成全各人的好名声，因此认为圣主治国应以合乎人情为根本出发点，不应标新立异来自称高明，不应违背人情去求得好听的名声。全篇剖事析理、缜密周到、透辟深刻，其逐层论辩，极能令人信服，是一篇发挥雄辩之才的力作。

原文

信义行于君子，而刑戮施于小人。刑入于死者，乃罪大恶极，此又小人之尤甚者也。宁以义死，不苟幸生，而视死如归，此又君子之尤难者也。

方唐太宗之六年，录大辟囚三百余人，纵使还家，约其自归以就死[①]；是以君子之难能，期小人之尤者以必能也。其囚及期，而卒自归无后者。是君子之所难，而小人之所易也。此岂近于人情哉？

或曰：罪大恶极，诚小人矣；及施恩德以临之，可使变而为君子。盖恩德入人之深，而移人之速，有如是者矣。

曰：太宗之为此，所以求此名也。然安知夫纵之去也，不意其必来以冀免，所以纵之乎？又安知夫被纵而去也，不意其自归而必获免，所以复来乎？夫意其必来而纵之，是上贼下之情也[②]；意其必免而复来，是下贼上之心也。吾见上下交相贼以成此名也，乌有所谓施恩德与夫知信义者哉？不然，太宗施德于天下，于兹六年矣，不能使小人不为极恶大罪。而一日之恩，能使视死如归，而存信义。此又不通之论也。

然则何为而可？曰：纵而来归，杀之无赦。而又纵之，而又来，则可知为恩德之致尔。然此必无之事也。若夫纵而来归而赦之，可偶一为之尔。若屡为之，则杀人者皆不死。是可为天下之常法乎？不可为常者，其圣人之法乎？是以尧、舜、三王之治，必本于人情，不立异以为高，不逆情以干誉。

注释

①唐太宗：李世民。626年至649年在位。六年：贞观六年（632年）。贞观是唐太宗的年号。

②贼：偷窃，这里引申为窥测。

译文

信义在君子间通行，刑罚却是对付小人的。被判处死刑的人，是罪大恶极，这种人又是小人中最坏的。宁愿为坚持道义而死，不苟且侥幸活着，把死看得很平常，这种人又是君子中最难得的。

在唐太宗贞观六年，查取被判处死刑的犯人三百多人，释放他们回家，与他们约定按期自动回到狱中受死。这是君子都难以做到的事，却去期待小人中最坏的人一定做到。那些犯人到时果然都自动回到狱中来，没有一个超过期限的。这真是君子难以做到的事，小人却容易做到。这难道近乎人之常情吗？

有人说："罪大恶极，的确是小人了。等到施用恩德去对付他们，就可以使他们变为君子。恩德深入人心，迅速改变人的品行，才有像这样的事出现。"

我说："唐太宗之所以做这事，正是为了求得恩德深入人心的好名声。怎知放他们回去，不是估计到他们一定会回到狱中来希望皇帝赦免他们的死罪，所以才放他们的呢？又怎知他们被释放回家，不是估计到他们自动回到狱中来一定能得到皇帝的赦免，所以再回来的呢？如果是估计到他们一定会回来才释放他们回家，那就是皇帝骗取民心。如果是估计到皇帝一定会赦免他们的死罪才自动回来，那就是犯人骗取皇帝的信任。我从这件事中，只看到皇帝和犯人互相欺骗来成全各人的好名声，哪里有什么皇帝施给犯人恩德与犯人懂得信义的事情呢？如果不是这样，太宗在天下施行恩德，到这次释放犯人的时候已经六年了，不能使小人不去犯极大的罪恶；而一天的恩德，却能使犯人不怕死、懂信用、讲义气，这又是讲不通的道理。”

“那么，怎样做才可行呢？”我说：“放了又回来的，照样杀头不予免罪，再放他们回去，他们又回来，这才可以知道是皇帝的恩德使得他们这样做的。但是，这是一定不会有的事。放他们回去，又让他们回来，再赦免他们的死罪，只可偶尔做做，如果经常这样做，那么杀人的都可以不死，这可以成为国家的常法吗？不能成为常法的，能称得上是圣人的法典吗？所以尧、舜、夏禹、商汤、周文、周武治理天下，一定以合乎人情为根本出发点，不标新立异来自称高明，不违背人情去求得好听的名声。”

《五代史·宦者传》论

这是《新五代史·宦者传》评论中的一部分。宦官、外戚专权是我国历史上常有的现象。封建王朝的最高统治者骄奢淫逸，又要防止大臣们的野心，往往会依赖一批无耻毒辣而又善于逢迎的小人。为了加强自己的独裁统治，帝王们又往往重用宦官和外戚，其结果必然导致腐败和灭亡，历史上把这种现象称为“宦官之祸”。本文分析了这种现象产生的原因和特点，并详细描述了宦官怎样通过小善、小信而逐步把持政权的过程，从而警告帝王们要引以为戒，防微杜渐。文中以“宦官之祸”和“女祸”相对比，更增强了文章的说服力。

原文

自古宦者乱人之国，其源深于女祸。女，色而已；宦者之害，非一端也。

盖其用事也近而习，其为心也专而忍。能以小善中人之意，小信固人之心，使人主必信而亲之。待其已信，然后惧以祸福而把持之。虽有忠臣、硕士列于朝廷，而人主以为去己疏远，不若起居饮食、前后左右之亲为可恃也。故前后左右者日益亲，则忠臣、硕士日益疏，而人主之势日益孤。势孤，则惧祸之心日益切，而把持者日益牢。安危出其喜怒，祸患伏于帷闼，则向之所谓可恃者，乃所以为患也。

患已深而觉之，欲与疏远之臣，图左右之亲近，缓之则养祸而益深，急之则挟人主以为质。虽有圣智，不能与谋。谋之而不可为，为之而不可成，至其甚，则俱伤而两败。故其大者亡国，其次亡身，而使奸豪得借以为资而起，至抉其种类，尽杀以快天下之心而后已。此前史所载宦者之祸。常如此者，非一世也。

夫为人主者，非欲养祸于内，而疏忠臣、硕士于外，盖其渐积而势使之然也。夫女色之惑，不幸而不悟，则祸斯及矣。使其一悟，捽而去之可也。宦者之为祸，虽欲悔悟，而势有不得而去也。唐昭宗之事是已[①]。故曰“深于女祸”者，谓此也，可不戒哉？

注释

①唐昭宗：李晔，本僖宗之弟，被宦官杨复恭等拥立为帝，是为昭宗，宦官权势更大，昭宗谋尽诛宦官，反被宦官刘季述等幽禁，宰相崔胤得神策军指挥使孙德昭之助，杀刘季述迎昭宗复位，后来朱全忠领兵入京，尽诛宦官，复弑昭宗，唐朝灭亡。

译文

自古以来，宦官扰乱国家，它的本源比女色造成的祸患还要深远。女人，不过使人君沉溺于美色罢了；宦官的害处却不仅仅在一个方面。

因为他们在人君身边办事，又亲近又熟悉；他们的心思，又专一又隐忍；能够用小善去迎合人君的心意，用小信去稳住人君的感情，使得做人君的，一定信任他们，并且亲近他们。等到人君已经信任他们了，然后用祸与福进行威吓来控制人君。即使朝廷里有忠臣贤士，可是人君却认为他们离自己疏远，不如侍奉起居饮食、跟随在前前后后的宦官可靠。所以，身边的宦官一天天更加亲近，忠臣贤士就一天天更加疏远，于是人君的地位也一天天更加孤立。人君势力孤单了，害怕祸患的思想就一天天更加严重，于是控制人君的宦官的地位，一天天更加稳固。国家的安危由他们的喜怒来决定，人君的祸患就隐藏在宫廷之中。那么先前认为可靠的人，现在却成了发生祸患的原因。

祸患已经很深了才觉察，想要跟疏远的臣子谋划除掉常在身边的宦官，过于迟缓，就会滋养祸患，使它更加严重；过于急切，就会使宦官挟持人君，作为人质。这时即使有大圣大智的人，也无法给人君出谋划策，即使谋划了也不能去做，做了也不能成功。到了事态十分严重的时候，就会两败俱伤。所以祸患大的，就要亡国，次一点的就要丧身，而且能使奸雄借助这个口实来起事，直到搜捕宦官的同党，并全部杀掉，使天下人心大快，然后才算了结。以前史书上记载的宦官祸患，常常是这样的，不是一代了。

那些做人君的，并不是想在宫廷里面滋养祸患，把忠臣贤士疏远在外面，这是逐渐积累造成的，而且在形势上逼使他这样做。对于女色的迷惑，不幸而又不能醒悟，那么祸患就会临头；如果人君一旦醒悟，揪着头发丢弃她就行了。对于宦官的祸患，虽然想悔悟，可是却没有能够除掉他的形势。唐昭宗的事情就是这样的。所以说这比女色造成的祸患还要深远，就是这个缘故，怎么能够不警惕呢？

《五代史·伶官传》序

本文是为《五代史·伶官传》所作的序言。伶人，古代音乐工作者和演员的称号。《五代史·伶官传》是《新五代史》中的一篇合传，记的是景修、史彦琼、郭门高等人的事迹。本文通过对后唐庄宗得天下、失天下的典型事例，阐述了国家盛衰主要在于“人事”的道理。

原文

呜呼！盛衰之理，虽曰天命，岂非人事哉！原庄宗之所以得天下，与其所以失之者，可以知之矣[1]。

世言晋王之将终也[2]，以三矢赐庄宗，而告之曰：“梁，吾仇也[3]；燕王，吾所立[4]，契丹，与吾约为兄弟[5]，而皆背晋以归梁。此三者，吾遗恨也。与尔三矢，尔其无忘乃父之志！”庄宗受而藏之于庙。其后用兵，则遣从事以一少牢告庙，请其矢，盛以锦囊，负而前驱，及凯旋而纳之。

注释

①庄宗：李存勖消灭后梁，建立后唐，自为皇帝，是为庄宗。

②晋王：指庄宗之父李克用，本沙陀部族首领，助唐镇压黄巢起义有功，封为晋王。

③梁：梁太祖朱全忠，曾在上源驿宴请李克用，阴谋放火将李烧死，未成，结怨。

④燕王：刘仁恭得李克用之助，崛起于燕，后叛归梁。

⑤契丹：辽太祖耶律阿保机，曾与李克用约为兄弟，共同攻梁。

译文

啊！盛衰变化的规律，虽说是天命决定的，难道说不是人事造成的吗！推究庄宗之所以取得天下，与他之所以失去天下的原因，就可以明白了。

世人传说晋王临死时，把三支箭赐给庄宗，并告诉他说："梁国是我的仇敌，燕王是我推立的，契丹与我约为兄弟，可是后来都背叛我去投靠了梁。这三件事是我的遗恨。交给你三支箭，你不要忘记你父亲报仇的志向。"庄宗接受了箭，收藏在祖庙。以后庄宗出兵打仗，便派手下的随从官员，用猪羊去祭告祖先，从宗庙里恭敬地取出箭来，装在漂亮的丝织口袋里，使人背着在军前开路，等打了胜仗回来，仍旧把箭收进宗庙。

原文

方其系燕父子以组[⑥]，函梁君臣之首[⑦]，入于太庙，还矢先王，而告以成功。

其意气之盛，可谓壮哉！及仇雠已灭，天下已定，一夫夜呼，

乱者四应，仓皇东出，未及见贼而士卒离散，君臣相顾，不知所归，至于誓天断发，泣下沾襟，何其衰也⑧！岂得之难而失之易欤？抑本其成败之迹，而皆自于人欤？

《书》曰：“满招损，谦得益。”忧劳可以兴国，逸豫可以亡身，自然之理也。故方其盛也，举天下之豪杰，莫能与之争；及其衰也，数十伶人困之，而身死国灭，为天下笑⑨。夫祸患常积于忽微，而智勇多困于所溺，岂独伶人也哉？作《伶官传》。

注释

⑥系燕父子以组：乾化元年（911 年），刘仁恭之子刘守光自称大燕皇帝，李存勖攻燕，至三年灭之，燕王父子被擒。

⑦函梁君臣之首：龙德三年（923 年），李存勖攻梁，梁末帝朱友贞被其部将皇甫麟杀死，麟亦自杀，梁亡。

⑧一夫夜呼……泣下沾襟：同光四年（926 年），一介武夫皇甫晖，拥兵作乱，攻入邺都（河南安阳），庄宗派李嗣源平乱，李嗣源到邺都后亦叛，引兵攻洛阳，庄宗仓皇东出，逃往汴州（河南开封），诸军离散，狼狈不堪，仅亲信百余人拔刀断发，表示誓死效忠，君臣相对哭泣。

⑨数十伶人困之，而身死国灭：庄宗灭梁后，纵情声色，宠信伶人。同光四年（926 年）伶人郭从谦作乱，庄宗中流矢死。

译文

当他用绳子绑住燕王父子，用小木匣装着梁国君臣的头，走进祖庙，把箭交还到晋王的灵座前，告诉他生前报仇的志向已经完成时，他那神情气概，是多么威风！

等到仇敌已经消灭，天下已经安定，一人在夜里发难，作乱的人四面响应，他慌慌张张出兵东进，还没见到乱贼，部下的兵士就纷纷逃散，君臣们你看着我、我看着你，不知到哪里去好；到了割下头发来对天发誓，抱头痛哭，眼泪沾湿衣襟的可怜地步，怎么那样的衰败差劲呢！难道是因为取得天下难，而失去天下容易吗？还是他成功失败的原因，都是由于人事呢？

《尚书》上说："自满会招来损害，谦虚能得到益处。"忧劳可以使国家兴盛，安乐可以使自身灭亡，这是自然的道理。因此，当他兴盛时，普天下的豪杰，没有谁能和他相争；到他衰败时，数十个乐官就把他困住，最后国灭身死，被天下人耻笑。祸患常常是由一点一滴极小的错误积累而酿成的，纵使是聪明有才能和英勇果敢的人，也多半沉溺于某种爱好之中，受其迷惑而结果陷于困穷，难道只是因为溺爱伶人才有这种坏结果吗？于是作《伶官传》。

《梅圣俞诗集》序

梅尧臣（1002—1060年），字圣俞，北宋初年著名诗人，是欧阳修志同道合的好友，一生穷困潦倒。他死后，欧阳修将他的诗编为《梅圣俞诗集》，并写下了这篇序文。在序文中，欧阳修赞赏了梅尧臣的才能，并首次提出"诗穷而后工"的看法。欧阳修援引梅尧臣坎坷的一生，从中得出这样的结论：不是作诗使人穷困，而是历尽穷困的人才能写出好诗，这是十分精辟的见解，使人读后对一代才子的不幸遭遇感慨万千。

原文

予闻世谓诗人少达而多穷，夫岂然哉？盖世所传诗者，多出于古穷人之辞也。凡士之蕴其所有，而不得施于世者，多喜自放于山巅水涯之外，见虫鱼草木、风云鸟兽之状类，往往探其奇怪。内有忧思感愤之郁积，其兴于怨刺，以道羁臣寡妇之所叹，而写人情之难言。盖愈穷则愈工。然则非诗之能穷人，殆穷者而后工也。

予友梅圣俞，少以荫补为吏，累举进士，辄抑于有司，困于州县，凡十余年。年今五十，犹从辟书，为人之佐。郁其所蓄，不得奋见于事业。其家宛陵，幼习于诗。自为童子，出语已惊其长老。既长，学乎六经仁义之说[①]。其为文章，简古纯粹，不求苟说于世。世之人徒知其诗而已。然时无贤愚，语诗者必求之圣俞。圣俞亦自以其不得志者，乐于诗而发之。故其平生所作，于诗尤多。世既知之矣，而未有荐于上者。昔王文康公尝见而叹曰："二百年无此作矣[②]！"虽知之深，亦不果荐也。若使其幸得用于朝廷，作为雅、颂，以歌咏大宋之功德，荐之清庙，而追商周鲁颂之作者，岂不伟欤？奈何使其老不得志而为穷者之诗，乃徒发于虫鱼物类、羁愁感叹之言？世徒喜其工，不知其穷之久而将老也，可不惜哉！

圣俞诗既多，不自收拾。其妻之兄子谢景初[③]，惧其多而易失也，取其自洛阳至于吴兴以来所作，次为十卷。予尝嗜圣俞诗，而患不能尽得之。遽喜谢氏之能类次也，辄序而藏之。

其后十五年，圣俞以疾卒于京师。余既哭而铭之，因索于其家，得其遗稿千余篇，并旧所藏，掇其尤者，六百七十七篇，为一十五卷。呜呼！吾于圣俞诗，论之详矣，故不复云。

注释

①六经：指儒家经典著作《诗》《书》《易》《礼》《乐》和《春秋》六种。

②王文康公：王曙（963—1034年），字晦叔。河南人，仁宗时累官至枢密使、同中书门下平章事，卒谥文康。

③谢景初：（1020—1084年）字师厚，富阳人。庆历进士，博学能文，尤长于诗。

译文

我听到世人常说：诗人仕途畅达的少，困厄的多。难道真是这样吗？大概是由于世上所流传的诗歌，多出于古代困厄之士的笔下吧。大凡身有才智而又不能充分施展于世的士人，大都喜爱到山头、水边去放浪形骸，看见虫鱼草木、风云鸟兽等事物，往往探究它们的奇特怪异之处，内心郁积着忧愁、感慨、愤激，这些情感化为诗兴，即寄托在怨恨讽刺之中，道出了逐臣寡妇的慨叹，写出了人所难于言传的感受来。大概越困厄就越能写得工巧。如此说来，并非写诗使人困厄，应该是困厄后才能写出好诗来。

我的朋友梅圣俞，年轻时由于荫袭补为下级官吏，屡次被推荐去考进士，总是遭到主考部门的压制，在地方上困厄了十多年。年已50了，还要靠别人下聘书，去当人家的办事员。郁积着自己的才能智慧，不能在事业上充分地表现出来。他家乡在宛陵，幼年时就学习诗歌，从他还是个孩童时起，写出诗句来就已使得父老长辈惊异了。等到长大，学习了六经仁义的学问，他写出的文章简古纯正，不希求苟且取悦于世人，因此在世人只知道他会写诗罢了。然而当时人不论贤愚，谈论诗歌必然会向圣俞请教。圣俞也把自己不得志的地方，喜欢通过诗歌来发泄，因此在他平时所写的东西中，诗歌就特别多。社会上已经知道他了，却没有人向朝廷推荐他。从前王文康公曾看到他的诗作，慨叹地说："二百年没有这样的作品了！"虽然对他了解很深，可还是没有加以推荐。假使他有幸得到朝廷的任用，写出如《诗经》中雅、颂那样的作品，来歌颂大宋的功业恩德，献给宗庙，使他类似于商颂、周颂、鲁颂等作者，难道不是很壮伟的吗？可惜他到老也不得志，只能写困厄者的诗歌，白白地在虫鱼之类上抒发穷苦愁闷的感叹。社会上只喜爱他诗歌的工巧，却不知道他困厄已久将要老死了，这难道不值得叹息吗？

圣俞的诗很多，他自己却不收拾整理。他的内侄谢景初担心它太多容易散失，选取他从洛阳到吴兴这段时间的作品，编为 10 卷。我曾经酷爱圣俞的诗作，担心不能全部得到它，十分高兴谢氏能为它分类编排，就为之作序并保存起来。

从那以后过了 15 年，圣俞因病在京师去世，我已痛哭着为他写好了墓志铭，便向他家索求，得到他的遗稿一千多篇，连同先前所保存的，选取其中特别好的共 677 篇，分为十五卷。啊，我对圣俞的诗歌已经评论得很多了，所以不再重复。

《释秘演诗集》序

释，原指佛教，这里指佛教徒，即僧人，俗称和尚。释秘演，即和尚秘演。本文不落诗序的俗套，而重点写秘演的为人，为了突出秘演，作者还以石曼卿作陪衬。秘演和尚和石曼卿都是作者的朋友，秘演出家，是因为不愿意与当时的社会同流合污；石曼卿隐匿酒肆，也是因为愤世嫉俗，但他们都是胸怀奇才伟志的奇男子，他们都以自己的诗歌抒发胸中的块垒，倾吐胸中的波涛。作者以人写诗，令人无限神往。

原文

予少以进士游京师，因得尽交当世之贤豪[1]。然犹以谓国家臣一四海，休兵革，养息天下以无事者四十年，而智谋雄伟非常之士，无所用其能者，往往伏而不出，山林屠贩，必有老死而世莫见者，欲从而求之不可得。其后得吾亡友石曼卿[2]。

曼卿为人，廓然有大志。时人不能用其材，曼卿亦不屈以求合。无所放其意，则往往从布衣野老，酣嬉淋漓，颠倒而不厌。予疑所谓伏而不见者，庶几狎而得之，故尝喜从曼卿游，欲因以阴求天下奇士。

浮屠秘演者，与曼卿交最久，亦能遗外世俗，以气节相高[3]。二人欢然无所间。曼卿隐于酒，秘演隐于浮屠，皆奇男子也。然喜为歌诗以自娱。当其极饮大醉，歌吟笑呼，以适天下之乐，何其壮也！一时贤士皆愿从其游，予亦时至其室。十年之间，秘演北渡河，东之济、郓，无所合，困而归[4]。曼卿已死，秘演亦老病。嗟夫！二人者，予乃见其盛衰，则余亦将老矣。

夫曼卿诗辞清绝，尤称秘演之作，以为雅健，有诗人之意。秘演状貌雄杰，其胸中浩然，既习于佛，无所用，独其诗可行于世，而懒不自惜。已老，胠其橐，尚得三四百篇，皆可喜者。

曼卿死，秘演漠然无所向。闻东南多山水，其巅崖崛嵂，江涛汹涌，甚可壮也，遂欲往游焉。足以知其老而志在也。于其将行，为叙其诗[5]。因道其盛时，以悲其衰。

庆历二年十二月二十八日，庐陵欧阳修序。

注释

①京师：国都。这里指北宋京城汴梁（河南开封）。

②石曼卿：名延年，北宋宋城（河南商丘南）人，当时的有名诗人。

③浮屠：指佛，是梵文佛陀的音译。这里指和尚。

④河：黄河。济：济州。治所在巨野（山东巨野南）。郓：郓州，治所在郓城（山东东平）。

⑤叙：通“序”，这里是作序。

译文

我年轻时因考进士寄居京城，因而有机会广交当时的贤者豪杰。不过我还认为：国家臣服统一了四方，停止了战争，休养生息以至天下太平了40年，那些无处发挥才能的智谋雄伟不寻常之人，就往往蛰伏不出，隐居山林，屠宰贩运，必定有老死其间而不被世人发现的，想要跟从访求他们，与之结交而不可得。后来认识了我那亡友石曼卿。

曼卿为人，胸怀开阔而有大志，今人不能用他的才能，曼卿也不肯委屈自己迁就别人。没有施展志向的地方，就往往跟布衣村民饮酒嬉戏，闹得痛快癫狂也不满足。因此我怀疑所谓蛰伏而不被发现的人，或许会在与亲朋的玩乐中得到。所以常常喜欢跟从曼卿游玩，想借此暗中访求天下奇士。

和尚秘演和曼卿交往最久，也能够将自己遗弃在世俗之外，以高尚气节相互勉励提高。两个人相处融合毫无嫌隙。曼卿在酒中隐身，秘演则在佛教中隐身，所以都是奇男子。然而又都喜欢作诗自我娱乐。当他们狂饮大醉之时，又唱又吟，又笑又叫，以共享天下的乐趣，这是多么豪迈啊！当时的贤士，都愿意跟从他们交游，我也常常去他们家。十年间，秘演北渡黄河，东到济州、郓州，没有遇上知己朋友，困顿而归。这时曼卿已经死了，秘演也是又老又病。唉！这两个人，我竟看到了他们从壮年而至衰老，那么我自己也将衰老了吧！

曼卿的诗清妙绝伦，可他更称道秘演的作品，认为典雅劲健，真有诗人的意趣。秘演相貌雄伟杰出，他的胸中又存有浩然正气。然而已经学了佛，也就没有可用之处了，只有他的诗歌能够流传于世。可是他自己又懒散而不爱惜，已经老了，打开他的箱子，还能得到三四百首，都是值得玩味的好作品。

曼卿死后，秘演寂寞无处可去。听说东南地区多山水美景，那儿高峰悬崖峭拔险峻，长江波涛汹涌，很是壮观，便想到那儿去游玩，这就足以了解他人虽老了可是志气尚在。在他临行之时，我为他的诗集写了序言，借此称道他的壮年并为他的衰老而悲哀。

庆历二年十二月二十八日，庐陵欧阳修作序。

送杨寘序

北宋琴家经常与文人合作进行创作。著名文人如范仲淹、欧阳修、苏轼、叶梦得、王安石等，都和琴人有交往。文人写词，琴人谱曲，创作了《醉翁吟》《胡笳十八拍》等作品。

这种词曲结合的形式，在当时特别盛行。欧阳修在送别友人杨寘的宴会上，特地请他的琴师孙道滋“进琴以为别”，自己则写了一篇《送杨寘序》，讲述了弹琴可以养生的道理。

原文

予尝有幽忧之疾，退而闲居，不能治也。既而学琴于友人孙道滋[①]，受宫声数引，久而乐之，不知其疾之在体也。

夫琴之为技小矣。及其至也，大者为宫，细者为羽。操弦骤作，忽然变之。急者凄然以促，缓者舒然以和。如崩崖裂石，高山出泉，而风雨夜至也。如怨夫寡妇之叹息，雌雄雍雍之相鸣也。其忧深思远，则舜与文王、孔子之遗音也[②]。悲愁感愤，则伯奇孤子、屈原忠臣之所叹也[③]。喜怒哀乐，动人必深。而纯古淡泊，与夫尧舜三代之言语、孔子之文章、《易》之忧患、《诗》之怨刺无以异。其能听之以耳，应之以手。取其和者，道其堙郁，写其幽思，则感人之际，亦有至者焉。

予友杨君，好学有文，累以进士举，不得志。及从荫调，为尉于剑浦[④]。区区在东南数千里外，是其心固有不平者。且少又多疾，而南方少医药，风俗饮食异宜。以多疾之体，有不平之心，居异宜之俗，其能郁郁以久乎？然欲平其心以养其疾，于琴亦将有得焉。故予作琴说以赠其行，且邀道滋酌酒，进琴以为别。

注释

①孙道滋：作者友人，善琴，生平不详。

②舜：又称虞舜，传说中的古代贤君，曾作五弦琴，歌南风。文王：周文王姬昌，被殷纣王拘禁，作琴曲《拘幽操》。孔子：孔丘，字仲尼，春秋时思想家，曾向师襄学琴，作曲《龟山操》。

③伯奇：周宣王大臣尹吉甫之子，母死，遭后母谗言被逐，弹琴作《履霜操》自尽。屈原：名平，战国时楚人，被谗逐，作《离骚》，投汨罗江死。

④剑浦：在今福建南平市。

译文

我曾经得了忧劳的病症，退下来闲居，总是治不好。后来跟友人孙道滋学弹琴，学了五声和几支乐曲，久而久之，乐在其中，已经忘记了还有疾病在自己身上。

弹琴是一种小技艺，等到学到很高深的地步，大的是宫声，小的是羽声。按着琴弦急速弹奏，声调便随着情感的变化而变化：声音急促的，显得很凄惨；声音和缓的，显得很舒畅。有时好像山崩石裂，泉水从高山上涌下来，又好像狂风暴雨在夜晚降临；有时像怨愁的男子、独居的寡妇发出的叹息声，又好像和睦的雌鸟、雄鸟互相唱和。它那深沉的忧虑和悠远的思绪，则是舜帝、周文王和孔子的遗音；它所表现的悲惨、愁闷、感慨、愤激，则是孤儿伯奇、忠臣屈原发出的叹息。喜怒哀乐的情感，一定能很深刻地感动人。而纯正古雅、朴实淡泊，与尧、舜、禹三代的语言，孔子的文章，《易经》所表现的忧患，《诗经》所包含的怨恨讽刺，没有什么区别。它能够凭耳朵听出来，能够随手弹出来，如果选取那和谐的音调，排遣忧郁，散发幽思，往往感动人心，极为深切。

我的朋友杨君，喜欢研究学问，写得一手好文章，屡次参加进士考试，都不得意。后来靠祖上的官勋庇荫，才在剑浦做了一个小县尉，这是在东南数千里外一个小地方，所以他的内心愤愤不平。他从小就体弱多病，而南方又缺医少药，风俗饮食与中原有很大差异。他以多病的身体，愤愤不平的内心，居住在风俗饮食相异的地方，怎能忧郁地长久支持下去呢？然而要平静他的心思，疗养他的疾病，那么弹琴也能够收到一定的成效。因此我写了这篇说琴的文章来给他送行，并且邀请孙道滋来喝酒，弹一曲琴，当作临别的纪念。

送徐无党南归序[1]

徐无党，今浙江永康市人，曾经跟着欧阳修学习古文，并为《新五代史》作过注释。后来徐无党参加礼部考试，名列前茅。他的文章也日益进步，由此出了名。在他春风得意时，欧阳修想让他冷静一下，多加思考。所以在徐无党南归时，写了这篇文章，同时也告诫勉励自己。

文章围绕“修之于身”“施之于事”“见之于言”，即“立德、立事、立言”这三者的关系进行阐述。作者明确指出，圣贤之所以不朽，是因为首先做到了“修之于身”，认为“立德”才能“立事”“立言”，对当时有些学者只埋头于著文“立言”，而不注重修身，发出由衷的告诫。

原文

草木鸟兽之为物，众人之为人，其为生虽异，而为死则同，一归于腐坏、澌尽、泯灭而已[2]。而众人之中，有圣贤者，固亦生且死于其间，而独异于草木鸟兽众人者，虽死而不朽，逾远而弥存也。其所以为圣贤者，修之于身，施之于事，见之于言，是三者所以能不朽而存也[3]。

修于身者，无所不获；施于事者，有得有不得焉；其见于言者，则又有能有不能也。施于事矣，不见于言可也。自《诗》《书》《史记》所传，其人岂必皆能言之士哉？修于身矣，而不施于事，不见于言，亦可也。孔子弟子有能政事者矣，有能言语者矣[4]，若颜回者，在陋巷，曲肱饥卧而已[5]，其群居则默然终日如愚人。然自当时群弟子皆推尊之，以为不敢望而及，而后世更百千岁亦未有

能及之者。其不朽而存者，固不待施于事，况于言乎？

予读班固《艺文志》、唐四库书目，见其所列，自三代、秦、汉以来，著书之士，多者至百余篇，少者犹三四十篇；其人不可胜数，而散亡磨灭，百不一二存焉。予窃悲其人，文章丽矣，言语工矣，无异草木荣华之飘风，鸟兽好音之过耳也。方其用心与力之劳，亦何异众人之汲汲营营⑥？而忽焉以死者，虽有迟有速，而卒与三者同归于泯灭⑦。夫言之不可恃也盖如此。今之学者，莫不慕古圣贤之不朽，而勤一世以尽心于文字间者，皆可悲也。

东阳徐生⑧，少从予学为文章，稍稍见称于人。既去，而与群士试于礼部，得高第⑨，由是知名。其文辞日进，如水涌而山出。予欲摧其盛气而勉其思也⑩，故于其归，告以是言。然予固亦喜为文辞者，亦因以自警焉。

注释

①徐无党：婺州永康（今浙江永康）人。曾从欧阳修学古文，并为其所撰《新五代史》作注。

②一：全部。澌尽：消失净尽。澌，消解、融化。

③见：同“现”。

④孔子一句：孔子将其弟子分为四类：德行、言语、政事、文学四类。

⑤曲肱：弯曲胳膊当作枕头。

⑥汲汲营营：不停地追求、经营，多贬义。

⑦三者：草木、鸟兽、众人。

⑧东阳：宋永康县属婺州东阳郡。

⑨高第：名列前茅。徐以南省第一人登进士第。

⑩勉其思也：勉励徐努力思考立德、立功、立言这三不朽的关系。

译文

草木、鸟兽作为植物、动物，众人作为人，他们活着的情形虽然不一样，而死的情形是一样的，都会形体腐烂、精神尽灭，归于消亡。可是在众人中间，有圣人、贤人，他们本来也同万物一样有生有死，惟独和草木、鸟兽及一般人不同的是，他们人虽然死了，名声却不会磨灭，时间过得越是久远越能显出他们的存在。他们之所以能成为圣人、贤人，是因为修身立德、做事立功和著书立言这三件事使他们能不朽而永远存在。

要加强自己的道德修养，没有什么办不到的；要做创立功业的事，就会有的人能成功，有的人不能成功；要著书立说，就会有的人有能力做到，有的人没有能力做到。做出了一番事业，不著书立说也是可以的。从《诗经》《尚书》《史记》中记载的一些人物来看，难道他们都是一些善于著书立说的人吗？能修身立德，而没有建功立业，没有著书立说，也是可以的。孔子的学生，有的善于从事政治活动，有的擅长言语。像颜回，不过在狭小的巷子里安于饥饿、枕着胳膊躺在那里罢了，他和众人在一起时整天不吭一声、像个愚蠢的人。然而即使在当时，孔子的学生都推崇他、尊重他，认为不可能赶得上他，而后世经过千百年也没有人能赶得上他的。他能不朽而永存，本来就不是靠建立了功业，何况是著书立说呢？

我读班固的《艺文志》和唐代的《四库书目》，从上面的记载来看，自夏、商、周、秦、汉以来，著书的作者，多的写过一百多篇文章，少的仍然有三四十篇，著书的人数多得数不清，而他们的著作大都散佚磨灭，如今留下来的还不到百分之一二。我暗自为这些人悲伤，他们的文章写得够华美了，言词用得够精巧了，结果却归于消失，和草木的花朵卷

进风中、鸟兽好听的鸣叫声从耳旁飘过没有两样。当那些作家用心用力、辛勤劳动时。又与一般人心情急切地营求不已有什么不同呢？而在很快就要死去这点上，虽说有的慢一些，有的快一些，可最后还是同草木、鸟兽、众人一同归于消亡。著书立说不可依靠，大概就像这样。如今一些有学问的人，没有谁不羡慕古代圣人、贤人的不朽，而一辈子竭尽心力从事文章的写作，这都是很可悲的事。

东阳徐生，青年时期就跟着我学写文章，后来逐渐得到人们的称赞。离开我后，他和一些读书人在礼部参加考试，得到上等名次，因此出了名。他的文章日益进步，如同水流奔涌和山峦拔地而出一样。我想摧折他的盛气而劝勉他多加思考，所以在他南归时把这些话讲给他听。而我本来也是一个喜欢写文章的人，因此也用这些话来告诫自己。

醉翁亭记

欧阳修早年曾协助范仲淹革新政治，触动了保守派大官僚们的利益，遭到嫉恨，被贬滁州。他仕途坎坷、有志难伸，于是寄情于山水，与民同乐。这篇文章就是他任滁州太守时写的。他虽被贬谪，却不消沉，他把滁州治理得政治清明，人民生活安乐。他自号“醉翁”，文中多次提到“醉”字，其实“醉”是表象,“乐”是实质。他的志趣，不只是在山水之间，更是在一州人民，他是因百姓的生活安乐而乐。他始终是清醒而自豪的。

原文

环滁皆山也。其西南诸峰，林壑尤美。望之蔚然而深秀者，琅琊也①。山行六七里，渐闻水声潺潺，而泻出于两峰之间者，酿泉也。峰回路转，有亭翼然临于泉上者，醉翁亭也。作亭者谁？山之僧智仙也。名之者谁？太守自谓也。太守与客来饮于此，饮少辄醉，而年又最高，故自号曰醉翁也②。醉翁之意不在酒，在乎山水之间也。山水之乐，得之心而寓之酒也。

注释

①琅琊：山名，在今安徽滁县西南十里，相传东晋琅琊王司马睿曾避难于此，故名。

②醉翁：欧阳修别号，其《题滁州醉翁亭》诗说："四十未老，醉翁偶题篇，醉万物，岂复记吾年。"在《赠沈遵》中又说"我年四十犹强力，自号醉翁聊戏客。"反映了他遭贬来到滁州后的愤懑心情。

译文

环绕滁州城的都是山。它西南面的各个山峰、树林沟谷尤其秀美，远远望去，树木茂盛幽深清秀的，便是琅琊山了。在山路上步行六七里，渐渐听到潺潺的流水声，从两座山峰之间倾泻而出的，便是酿泉了。绕过山峰，沿着山路拐弯，有一个亭子四角翘起像鸟儿张开翅膀一样，靠近在泉水边上，这便是醉翁亭了。建亭的是谁呢？是山上的僧人智仙。给亭子起名的是谁呢？是太守用自己的号"醉翁"来给亭子命名的。太守和客人来到这里饮酒，略饮一些就醉，而年龄又最高，所以自己起个别号叫“醉翁”。醉翁的情趣不在酒上，而在于山水之间。观赏山水的乐趣，体会在心里而寄托在酒中。

原文

若夫日出而林霏开，云归而岩穴暝，晦明变化者，山间之朝暮也。野芳发而幽香，佳木秀而繁阴，风霜高洁，水落而石出者，山间之四时也。朝而往，暮而归，四时之景不同，而乐亦无穷也。

至于负者歌于途，行者休于树，前者呼，后者应，伛偻提携，往来而不绝者，滁人游也。临溪而渔，溪深而鱼肥；酿泉为酒，泉香而酒洌；山肴野蔌，杂然而前陈者，太守宴也。宴酣之乐，非丝非竹，射者中，弈者胜，觥筹交错，起坐而喧哗者，众宾欢也。苍颜白发，颓乎其中者，太守醉也。

已而夕阳在山，人影散乱，太守归而宾客从也。树林阴翳，鸣声上下，游人去而禽鸟乐也。然而禽鸟知山林之乐，而不知人之乐；人知从太守游而乐，而不知太守之乐其乐也。醉能同其乐，醒能述以文者，太守也。太守谓谁？庐陵欧阳修也③。

注释

③庐陵：郡名，东汉置，宋改名吉州（江西吉水）。欧阳修为吉州永丰（江西吉安）人，其先代为庐陵大族，故自称如此。

译文

要说那早晨日出的时候，林间的雾气散开；黄昏烟云聚拢回来，山谷就昏暗了。这阴晴明暗的变化，便是山间的朝朝暮暮了。野花盛开，幽香四溢；林木挺秀，布满浓荫；天高气爽，霜色洁白；溪水低落，石块露出，这就是山间四季变化的景色了。早晨往游，至晚而归，四季的景象都不同，游山玩水的乐趣也无穷无尽。

至于背物挑担的人们在路上唱歌，赶路的人们在树下歇凉，前面的呼喊、后面的应答、扶老携幼、来往不断的，那便是滁州的人来游山了。到溪水边去捕鱼，溪水深、鱼儿肥；挑泉水来酿酒，泉水香、酒色清；山中的野味野菜，交错地摆在面前，这便是太守的宴席了。宴饮沉醉的乐趣，并非歌吹弹唱所带来的；投壶的中了目标，围棋的赢了对手，酒筹酒杯交错堆放，饮者或站立或坐下，大声说笑喊叫，这便是客人的欢乐了。脸色苍老、头发雪白，困倦地倾倒在他们之间的，是醉了的太守。

不久，夕阳挂在山边，人影纷纷散乱，宾客们随太守一同归去。树木茂密成荫，飞鸟上下鸣叫，那便是游人离去后鸟儿在欢唱啊！然而禽鸟只知生活在山林的欢乐，而不知道人的欢乐；人们只知道跟随太守游山的欢乐，却不知道太守在享受着自己的乐趣。醉了能和大家一样快乐，醒了能用文章描述这种快乐的人，那就是太守了。太守是谁？是庐陵人欧阳修。

丰乐亭记

这是一篇记游文字，其主题却是歌颂北宋初期推行的休养生息政策。文章在记叙中插入议论，回顾战争年代，对照当前的和平景象，从而要求人们记住“幸生无事之时”，激发起感恩报德的思想，最后归结到亭子命名的原因。

原文

修既治滁之明年，夏，始饮滁水而甘。问诸滁人，得于州南百步之远。其上则丰山，耸然而特立①；下则幽谷，窈然而深藏；中有清泉，滃然而仰出。俯仰左右，顾而乐之。于是，疏泉凿石，辟地以为亭，而与滁人往游其间。

滁于五代干戈之际，用武之地也。昔太祖皇帝，尝以周师破李景兵十五万于清流山下，生擒其将皇甫晖、姚凤于滁东门之外，遂以平滁②。修尝考其山川，按其图记，升高以望清流之关，欲求晖、凤就擒之所。而故老皆无在也，盖天下之平久矣。

自唐失其政，海内分裂，豪杰并起而争，所在为敌国者，何可胜数？及宋受天命，圣人出而四海一。向之凭恃险阻，刬削消磨。百年之间，漠然徒见山高而水清。欲问其事，而遗老尽矣。今滁介江淮之间，舟车商贾、四方宾客之所不至。民生不见外事，而安于畎亩衣食，以乐生送死。而孰知上之功德，休养生息，涵煦于百年

之深也！

修之来此，乐其地僻而事简，又爱其俗之安闲。既得斯泉于山谷之间，乃日与滁人仰而望山，俯而听泉。掇幽芳而荫乔木，风霜冰雪，刻露清秀，四时之景，无不可爱。又幸其民乐其岁物之丰成，而喜与予游也。因为本其山川，道其风俗之美，使民知所以安此丰年之乐者，幸生无事之时也。

夫宣上恩德，以与民共乐，刺史之事也。遂书以名其亭焉。

庆历丙戌六月日，右正言、知制诰、知滁州军州事欧阳修记。

注释

①丰山：在今滁县城西。

②太祖皇帝：指宋朝开国皇帝赵匡胤，本是周世宗的部将，曾奉命率周师攻南唐，唐中主李景命其将皇甫晖、姚凤守滁州。两军在滁县城西南的清流山下交战，唐兵败，周遂平滁。

译文

我治理滁州以后的第二年春天，才喝到滁州的泉水，觉得甘甜。向滁州人讯问泉水的所在地，得知它的源头在滁州城南百步之远的地方。它的上面是丰山，高耸地矗立着；下面是深谷，幽暗地潜藏着；中间有一股清泉，水势汹涌，向上涌出。我上下左右都观看过，很爱这里的风景。于是在这里，我叫人疏通泉水，凿开石头，拓出空地，造了一座亭子，就同滁州人在那里游玩。

滁州在五代混战的时候，是各国互相争夺的地区。过去，太祖皇帝曾经率领后周兵在清流山下击溃李景的 15 万军队，在滁州东门的外面活捉了他的大将皇甫晖、姚凤，就此平定了滁州。我曾经考察过滁州地区的山水，查核过滁州地区的图籍，登上高山来眺望清流关，想寻找皇甫晖、姚凤被捉的地方。可是，当时的人都已经不在，因为天下太平的时间太长了。

自从唐朝败坏了它的政局，全国四分五裂，英雄们全都起来争夺天下，到处成为敌国的，哪能数得清呢？到了大宋朝接受天命，圣人一出现，全国就统一了。以前的靠险要的割据都被削平消灭，在一百年之间，静静地只看到山高水清；要想问问那时的情形，可是留下来的老年人已经死光了。如今，滁州处在长江、淮河之间，是乘船坐车的商人和四面八方的旅游者不到的地方，百姓活着不知道外面的事情，安心于耕田种地和穿衣吃饭，欢乐地度过一生，死后被人送进坟墓。有谁晓得这是皇帝的功德，让百姓休养生息，滋润化育到一百年的长久呢！

我来到这里，喜欢这地方僻静，而且政事简单，又喜爱它的风俗安宁闲适。在山谷之间找到这泉水以后，就经常同滁州人在这里抬头望丰山，低头听泉声；春天采摘幽香的山花，大旱天托庇在乔木下乘凉，到了秋冬两季，经过风霜冰雪，山水更加清楚地显露出明净秀美，四季的景色没有不可爱的。又庆幸这里的百姓喜欢那年景的丰收，高兴同我一起游玩，因此我根据这里的山水，称道这里的风俗的美好，使百姓知道能够安享这丰收年景的欢乐的原因，是幸运地生活在太平无事的时代啊。

宣传皇上的恩德来和百姓共同欢乐，这是州官的事情。因此，我写下这篇文章，来给这座亭子命名。

太历丙戌六月日，右正言、知制诰、知滁州军州事欧阳修作。

苏　轼

苏轼（1037—1101 年），字子瞻，号东坡居士，眉山（今四川省眉山市）人。他是欧阳修以后的文坛领袖，多才多艺，诗、词、文、书、画都是一代大师，著述十分丰富。他凭借自己天才般的文学创造力，在诗、词、散文、小品文等诸多领域全面突破：在诗歌方面，他“以文为诗”，将散文的笔触和深妙的哲理议论融合在诗歌里；在词体方面，他“以诗为词”，将词的题材从艳情的藩篱中引向更广阔的天地，凡可入诗的题材皆可入词；在散文方面，他的历史人物论文独辟蹊径，见解新奇，他的游记散文大气磅礴，空灵幽远，自然融入对历史、对宇宙、对人生的深刻感悟；尤其是他的随笔小品文，以小见大，探幽发微，留下了许多珠玑之作。苏轼全面涉猎文学的多个领域，并达到各领域大师级水平，他的文学造诣代表了北宋文学的最高成就。

苏轼出生在一个富有教养的家庭，父亲苏洵是著名的散文家，母亲程氏是有文化、明大义的女子。少年苏轼在父母的培育下，勤奋好学，博通经史。他成长在一个表面承平而内里各种社会矛盾渐趋尖锐的时代。这个时代一方面号称“百年无事”，经济、文化都有相当的发展；另一方面又是既有辽、夏入侵的外患，又有豪强兼并、人民困苦不堪的内忧。社会危机四伏，积贫积弱的形势日益严重，改革的呼声，在士大夫层中渐次高涨。苏轼在这样的家庭与社会气氛熏陶下，受儒家经时济世思想的影响，早年即立下用世之志，以身许国，并主张针对现实中的种种弊端进行改革。他 21 岁随父入京参加进士考试，得主考官欧阳修的赏识，与弟苏辙同科及第。那时他的父亲见苏洵也深受重视，父子三人，一时名噪京师，苏轼

中进士后，25岁辞父、弟再至汴京。授他河南主簿，不赴。26岁参与制科考试，中了第三等，授大理评事，签判凤翔府，从此踏上仕途。苏轼在凤翔三年还京，任差判登闻鼓院，又授直史馆。因父苏洵病故，回乡奔丧。34岁再到汴京，任判官告院。这时王安石正推行新法，苏虽也有志于改变北宋积贫积弱状况，但在变法思想上与王安石存在分歧。他不主张遽变，反对“求之过急”，于是接连上书神宗，反对王安石变法方案，于是引起王安石一派的排挤。苏轼为了远身祸，求为外任，先后出任杭州通判，密州、徐州、湖州知州。苏轼出京做地方官，勤政爱民，尽心职守。八九年的时间，他虽然辗转迁徙，但每到一地都兴修水利，赈济灾民，减免租税，体察民间疾苦。而对于新法实行中的一些流弊，也“不敢默视”。后因“托事以讽”写了一些与新法有关的诗文，被言官何正臣、舒亶、李定晦等人弹劾，在湖州任上被突然逮捕送交御史台论罪。从元丰二年七月被押，到十一月释放，苏轼在狱中备受诟辱，几置死地，幸得多方营救，才得贬出。这就是有名的“乌台诗案”，苏轼的生活、思想与创作也从此开始了巨大的转折。苏轼出狱后，被贬为黄州团练副使，但不得签押公事，近于流放。他因经济困难，申请城东坡地，躬耕求食并自号东坡居士。黄州五年，苏轼思想转变很大。一方面他没有放弃儒家经世济民思想，继续关心国家政局，因壮志难酬而苦闷；另一方面他闭门思过，消极彷徨，又时时向佛老思想寻求解脱。但这几年却是苏轼创作上的丰收时期，雄伟的江山，淳厚的民风，温暖的友情，不能忘怀现实的壮心，促使他写出了许多著名的诗文，或雄健豪放，或清旷淡远，成为他一生创作的高峰。元丰八年，神宗病故，哲宗即位，高太后听政，政局发生变化，朝廷起用旧党人物司马光、吕公著等人，全面废除王安石新法，史称“元祐更化”。苏轼即被起用为起居舍人、中书舍人、翰林学士知制诰。但苏轼对待新法，又主张“参用所长”（《辩试馆职 策问札子》），反对执政大臣们的全盘否定新法。这种注重现实利害的精神和耿直态度，又和司马光等旧党人物产生分歧。司马光病死，苏轼为旧党官僚所嫉恨，又要求外放，于是在元祐四年三月又出知杭州。苏轼15年后再次至杭，“江山故国，所至如归，父老遗民，与臣相问”（《杭州谢表》）。他勤政爱民，开浚西湖，赈济灾民，兴建医坊，为百姓做了许多好事。至元祐六年二月，以翰林学士承旨召还京都。入朝后本拟有所建树，不料又为旧党贾易等诬陷，心情郁闷不愿留在京城，于是又上书请求外放，不久便被派知颍州，后又改知扬州、定州。苏轼从黄州被召还，第一次在朝期间，主持过学士院考试和进士贡举。他为国家振兴积极荐举擢拔后进，于是有黄庭坚、秦观、张耒、晁补之、陈师道等才士云集京都，一时文坛兴盛。苏轼俨然成为文坛盟主，为北宋后期文学的发展，开创出一个新的局面。元佑八年，高太后病死，哲宗执政，又恢复神宗新政，苏轼成为党争的牺牲品被挤出朝廷，贬至惠州，后被流放到海南岛。当时海南地处天涯海角，境况极其荒凉，生活极端艰苦，但苏轼不戚戚于个人忧患，积极为当地土族人民做好事，奖励农业生产，传播文化知识，破除陋习，培养人才，一直孜孜不倦工作到最后赦还。远贬惠、儋时期，条件最为艰苦，但苏轼思想旷达，随遇而安，并没被困难压倒，反而出现了创作丰收。这时期他写了大量的和陶诗与书札散文，诗风恬淡、超拔，精深华妙，成为苏轼一生创作的最后锦绣。元符三年，徽宗继位，苏轼获赦北还，海南父老"执手涕泣"（《遁斋闲览》）。苏轼一生积极入世，是封建时代仁政爱民的清廉官吏。但苏轼早年也接受过道家思想的影响，喜欢《庄子》。入仕后，由于政治上不断受挫折，佛、道思想影响加深，并成为他寻求解脱政治苦闷的工具。他通判杭州时，经常出入佛寺，拜访名僧。黄州五年，他的佛老思想更加急剧发展。但是直到远贬惠、儋时期，他仍然有用世之心。以儒为主，融合佛老，进退行藏，无施不可，这就是苏轼一生的思想状态。这种思想境界表现在文学著作上，既有对现实的批判，又有人生如梦的感喟，也有潇洒自适的抒情。苏轼作品内容的复杂性，正是他复杂思想的表现。

范增论

范增是项羽最重要的谋士，项羽尊他为亚父，在楚汉战争中，范增为项羽立下了汗马功劳。公元前204年，项羽听从范增意见，将刘邦围困在荥阳。刘邦十分忧虑，便采用陈平的计策：当项羽的使者到来时，刘邦派人以最好的酒肉招待。但见到使者时，却假装惊讶，说以为是亚父的使者，不料却是项王的使者，又换上坏的酒食。使者回去报告项羽，项羽果然对范增产生疑心，便逐渐削减范增的权力。这就是陈平的反间计，最后迫使范增离开项羽。

本文就是对这一史实所作的评论，作者认为，项羽要除范增的想法在此之前就已经存在了。所谓“物必先腐也，而后虫生之；人必先疑也，而后谗入之”。假使项羽对范增深信不疑，陈平的反间计也是难以成功的。所以，作为智者的范增，应该及早觉察到项羽的疑心，“明去就之分”，而范增依然想依靠项羽来成就功名，这就不智了。

文章立意不落俗套，立论出奇，令人耳目一新。

原文

汉用陈平计[①]，间疏楚君臣[②]。项羽疑范增与汉有私[③]，稍夺其权。增大怒曰:“天下事大定矣，君王自为之，愿赐骸骨，归卒伍。”归未至彭城[④]，疽发病死。苏子曰：“增之去，善矣。不去，羽必杀增。独恨其不早耳。”然则当以何事去？增劝羽杀沛公[⑤]，羽不听，终以此失天下，当于是去耶？曰：否。增之欲杀沛公，人臣之分也；羽之不杀，犹有君人之度也。增曷为以此去哉？《易》曰:“知

几其神乎[6]！”《诗》曰：“相彼雨雪，先集维霰[7]。”增之去，当于羽杀卿子冠军时也[8]。陈涉之得民也[9]，以项燕、扶苏[10]。项氏之兴也，以立楚怀王孙心[11]；而诸侯叛之也，以弑义帝[12]。且义帝之立，增为谋主矣。义帝之存亡，岂独为楚之盛衰，亦增之所与同祸福也。未有义帝亡，而增独能久存者也。羽之杀卿子冠军也，是弑义帝之兆也。其弑义帝，则疑增之本也。岂必待陈平哉？物必先腐也，而后虫生之；人必先疑也，而后谗入之。陈平虽智，安能间无疑之主哉？

注释

①陈平（？—前178年）：汉初阳武（河南阳原东南）人，刘邦谋士，建议用反间计使项羽除范增。

②楚：指项羽的西楚政权。

③项羽（前232—前202年）：秦末下相（江苏宿迁西南）人，在农民起义的影响下起兵，秦亡，自称西楚霸王，后被刘邦打败，在乌江自刎。

④彭城：西楚政权的首都，在今江苏徐州。

⑤沛公：即刘邦，沛（江苏沛县）人，秦末农民起义中起兵，自称沛公，后打败项羽，建立汉朝。

⑥《易》：指《易经》，为古代占卜书，孔子删订，为儒家经典著作之一。本句见其《系辞》。

⑦《诗》：指《诗经》，孔子删订，为儒家经典著作之一。本句见其《小雅·頍弁》。

⑧卿子冠军：即宋义，楚怀王的上将军，位在他将之上，故称冠军，奉命救赵，畏缩不前，次将项羽杀之。

⑨陈涉：即陈胜（？—前208年），秦末农民起义领袖，前209年率戍卒九百人在大泽乡（安徽宿县东南）起义，为争取民心，曾利用项燕、扶苏的名义，各地民众纷纷响应，众至数万，进军陈县（河南淮阳），建立张楚政

权，后被秦军优势兵力打败，退至下城父（安徽涡阳东南）被叛徒杀害。

⑩项燕：战国末年楚国名将。公元前224年，秦始皇派王翦攻楚，项燕在蕲（安徽宿县东南）进行英勇抵抗后，兵败自杀，楚亡。扶苏：秦始皇长子，因劝阻焚书坑儒，被派往上郡监军。始皇死，被赵高矫诏杀害。二人死于无辜，时人哀之。

⑪项氏之兴：公元前208年，项燕的儿子项梁在秦末农民起义的浪潮中起兵，范增劝项梁拥立楚怀王的后代，以争取民心。怀王之孙熊心被尊为王，仍称怀王，项氏果大得民心，实力迅速发展，居群雄首位。

⑫诸侯叛之：项梁在攻秦时战死，项羽继领其众。秦亡，项羽自称西楚霸王，尊楚怀王为义帝，实夺其权，让他迁都长沙，又暗中派人追杀。项羽此举大丧民心。

译文

刘邦采用了陈平的计策，离间楚国君臣。项羽怀疑范增和汉国私下勾结，渐渐疏远并剥夺了他的权力。范增大怒，说：“天下大事已经大致确定了，君王自己处理吧，希望能让我告老还乡。”回乡时，还没到彭城，就因背上痈疽发作而死。苏子说：“范增离去是好事，若不离去，项羽一定会杀他。只遗憾他没有早早离开而已。”既如此，那么范增应当在什么时候离开呢？当初范增劝项羽杀沛公，项羽不听，终因此而失去天下，应当在此时离去吗？回答说：“不。范增想要杀死沛公，是做臣子的职责。项羽不杀刘邦，还显得有君王的度量。范增怎能在此时离去呢？《易经》说：‘知道选择恰当时机，那不是很神明吗？’《诗经》说：‘观察那气象，若要下雪，水气必定先聚集成霰。’范增离去，应当在项羽杀卿子冠军的时候。”陈涉能够得民心，因为打出了楚将项燕和公子扶苏的旗帜。项氏的兴盛，因为拥立了楚怀王的孙子熊心；而诸侯背叛他，也是因为他谋杀了义帝。况且拥立义帝，范增实为主谋。绝没有义帝被杀，而单单范增能够长久得生的道理。项羽杀卿子冠军，就是谋杀义帝的先兆；他杀义帝，就是怀疑范增的根本。难道还要等到陈平出反间之计吗？物品必定先腐烂了，然后才能生蛆虫；人必定先有了怀疑之心，然后谗言才得以听入。陈平虽说智慧过人，又怎么能够离间没有疑心的君主呢？

原文

吾尝论义帝，天下之贤主也。独遣沛公入关，不遣项羽；识卿子冠军于稠人之中，而擢以为上将。不贤而能如是乎？羽既矫杀卿子冠军，义帝必不能堪。非羽弑帝，则帝杀羽，不待智者而后知也。增始劝项梁立义帝，诸侯以此服从。中道而弑之，非增之意也。夫岂独非其意，将必力争而不听也。不用其言，而杀其所立，羽之疑增，必自是始矣。

方羽杀卿子冠军，增与羽比肩而事义帝⑬，君臣之分未定也。为增计者，力能诛羽则诛之，不能则去之。岂不毅然大丈夫也哉！增年已七十，合则留，不合则去。不以此时明去就之分，而欲依羽以成功名，陋矣！虽然，增，高帝之所畏也。增不去，项羽不亡。呜呼！增亦人杰也哉！

注释

⑬比肩：地位相当。

译文

我曾经评论义帝，称他是天下的贤君。仅仅是派遣沛公入关而不派遣项羽，在稠人广众之中识别卿子冠军，并且提拔他做上将军这两件事，若不是贤明之君能做到这些吗？项羽既然假托君王之命杀死了卿子冠军，义帝必然不能容忍。因此，不是项羽谋杀义帝，就是义帝杀了项羽，这用不着智者指点就可知道了。范增当初劝项梁拥立义帝，诸侯因此而服从；中途谋杀义帝，必不是范增的主意。其实这不但不是他的主意，而且他必然极力反对却没有被接受。不采用他的忠告而杀死他所拥立之人，项羽怀疑范增，一定是从这时就开始了。

在项羽杀卿子冠军之时，项羽和范增并肩侍奉义帝，还没有确定君臣之身份，如果替范增考虑，有能力诛杀项羽就杀了他，不能杀他就离开他，岂不是毅然决然的男子汉吗？范增已经70岁，意见相合就留下来，意见不合就离开他，不在这个时候弄清去与留的分寸，却想依靠项羽而成就功名，浅陋啊！虽然如此，范增还是被汉高祖所畏惧。范增不离去，项羽就不会灭亡。唉，范增也是人中豪杰呀！

贾谊论

洛阳才子贾谊，是西汉文帝时代的政治家和文学家，后来横遭贬斥。贾谊被埋没实在可惜，所以历来人们都同情贾谊，对汉文帝多有指责。可是苏轼的《贾谊论》并没有把贾谊之死完全算到皇帝的账上，而是在惋惜之余，从人才自身的内在原因来分析贾谊悲剧的必然。苏轼认为贾谊的主要问题是“不能自用其才”。为什么他不能很好地使用自己的才能呢？原因无他，在于贾谊“志大而量小，才有余而识不足也”。另一个问题是贾谊“不善处穷”。应该说，贾谊被贬官之后，还是可以有所作为的，可他一味地沉溺于悲观伤感、怨天尤人，受不了一点挫伤打击，缺乏大丈夫能屈能伸的气概，心胸器量未免过于狭窄。

原文

非才之难，所以自用者实难。惜乎！贾生，王者之佐，而不能自用其才也。

夫君子之所取者远，则必有所待；所就者大，则必有所忍。古之贤人，皆负可致之才，而卒不能行其万一者，未必皆其时君之罪，或者其自取也。

愚观贾生之论，如其所言，虽三代何以远过？得君如汉文①，犹且以不用死，然则是天下无尧舜②，终不可有所为耶？仲尼圣人，历试于天下，苟非大无道之国，皆欲勉强扶持，庶几一日得行其道③。将之荆，先之以冉有，申之以子夏④。君子之欲得其君，如此其勤也。孟子去齐，三宿而后出昼，犹曰："王其庶几召我⑤。"君子之不忍弃其君，如此其厚也。公孙丑问曰："夫子何为不豫⑥？"孟子曰："方今天下，舍我其谁哉？而吾何为不豫？"君子之爱其身，如此其至也。夫如此而不用，然后知天下之果不足与有为，而可以无憾矣。若贾生者，非汉文之不能用生，生之不能用汉文也。

注释

①汉文（前179—前157年在位）：采取了一些进步措施，与民休息，无为而治，稳定政局，促进了社会经济发展，为封建时代的明君。

②尧舜：唐尧、虞舜，为传说时代著名的首领。

③仲尼：孔丘的字，儒家学说的创始人，周游列国，欲行其道。

④荆：即楚国，原建国于荆山，故称荆楚。冉有：即冉求，字子有。子夏：卜商的字。二人皆孔子的学生。

⑤孟子：即孟轲（约前372—前289年），战国时邹人，孔子学派的继承

者。亦周游各国，欲行其道。齐：指齐国，在今山东北部。昼：齐国边境的一个小地名。

⑥公孙丑：孟子的学生。据今本《孟子·公孙丑下》，这句话是另一个学生充虞问的。

译文

一个人要有才能并不难，怎样去用好自己的才能却实在是难。可惜啊！贾谊是皇帝的辅佐大臣，却不能主动地发挥自己的才华。

君子所取的目标很远大，就必然有所等待；所成就的事业伟大，就必然有所忍耐。古代的贤人都有可以获得成功的才能。可是有的人最终不能施用自己才能的万分之一，这未必都是当时君主的过错，有的是自己造成的。

我看贾谊的言论，假如像他说的那样，即使是夏、商、周三代的太平盛世也远远超不过。遇到的君主，像汉文帝那样贤明的，尚且没等到任用就忧郁地去世了。然而如果天下没有尧舜，才能就永远得不到施用了吗？仲尼，是一位圣人，游历天下，试图推行他的主张。如果不是非常混乱昏庸的国家，他都要勉强扶持，希望有一天能够推行他的主张。他即将离去时，先派冉有去说明自己的主张，再让子夏去加以重申。君子想要得到君主的赏识，用心是如此良苦。孟子离开齐国时，等了三天三夜才离开，还说："齐王也许还会召见我。"君子不忍心离开他的国君，感情是那样深厚。公孙丑问道："先生为什么不高兴呢？"孟子说："现在的社会，除了我还有谁能够治理好呢？我为什么要不高兴呢？"君子珍爱自己的才华，想得如此周到。像孔子、孟子这些君子做到这种地步还没有被任用，然后才知道天下真的是没有提供施展才华的地方，那也就没什么遗憾了。贾谊这样的人，并不是汉文帝不重用他们，而是他们自己不能辅佐汉文帝。

原文

夫绛侯亲握天子玺而授之文帝，灌婴连兵数十万，以决刘、吕之雄雌，又皆高帝之旧将⑦。此其君臣相得之分，岂特父子骨肉手足哉？贾生，洛阳之少年，欲使其一朝之间，尽弃其旧而谋其新，亦已难矣。为贾生者，上得其君，下得其大臣，如绛、灌之属，优游浸渍而深交之，使天子不疑，大臣不忌，然后举天下而惟吾之所欲为，不过十年，可以得志。安有立谈之间，而遽为人“痛哭”哉？观其过湘，为赋以吊屈原，萦纡郁闷，趯然有远举之志⑧。其后以自伤哭泣，至于夭绝，是亦不善处穷者也。夫谋之一不见用，安知终不复用也？不知默默以待其变，而自残至此。呜呼！贾生志大而量小，才有余而识不足也。

古之人，有高世之才，必有遗俗之累。是故非聪明睿智不惑之主，则不能全其用。古今称苻坚得王猛于草茅之中⑨，一朝尽斥去其旧臣，而与之谋。彼其匹夫略有天下之半，其以此哉！

愚深悲生之志，故备论之。亦使人君得如贾生之臣，则知其有狷介之操，一不见用，则忧伤病沮，不能复振。而为贾生者，亦谨其所发哉！

注释

⑦绛侯：周勃。灌婴：颍阴侯。皆随汉高祖刘邦起兵的旧将，为汉初元老重臣。惠帝时，诸吕持吕后之势乱政。吕后死，周勃、灌婴和陈平等共诛诸吕，迎立文帝。

⑧过湘：贾谊被贬长沙，过湘水，作《吊屈原赋》，有“风缥缥其高远兮，夫固自引而远去”句，意欲高飞退隐。

⑨苻坚：十六国时前秦皇帝（338—385年在位）。王猛（325—375年）：字景略，隐居华山，应苻坚之召出山当谋士。

译文

绛侯亲自握住天子的印玺，把它交给文帝；灌婴曾联合几十万军队，决定了刘、吕两家的胜负，他们又都是汉高祖的旧将。这些国君大臣们相互得益的关系，难道仅仅是父子兄弟之间的手足情分吗？贾谊是洛阳的一个少年，想使朝廷在一个早上的时间里废弃全部的旧政、谋划改用新政，也已经是很难的了！作为贾谊这类的人，要想在上面得到国君的信任，在下面得到大臣的拥护，就得像绛侯、灌婴这类的人，要从容不迫、慢慢渗入，然后与他们结成深交，使得天子不会怀疑你，大臣不会妒忌你。这样以后才能让天下完全按你自己的意思去治理，不超过十年，就可以完成你的志愿。哪里有站着说一两句话的工夫，就急于对人痛哭流涕的道理呢？我看他路过湘水时，作了一篇赋来凭吊屈原，文中流露出悲伤、忧郁、愤懑的感情，心情激动有远走他乡、退隐田园的志向。从此以后终日为自己的遭遇感伤、流泪不已，以致中年夭折，可见他不善于处在不利的环境中。他的谋略一时没被采用，又怎么知道终生不再被采用呢？不懂得默默地等待时机的改变，却摧残自己到了这个地步！唉！贾谊的志向远大，可是气量狭小；才能还有剩余，可是见识不足啊！

古代的人拥有出众的才能，必然会因为脱离世俗而招来各种麻烦。所以，不是聪明、睿智、不起疑心的君主，就不能施用他的全部才能。过去与现在都称颂苻坚在民间得到了王猛，一个早上就把全部旧臣逐退不用，而与他一起谋划国家大计，那个匹夫能够占有大半的天下，原因就在这里吧！

我很可惜贾谊的才能没有施用，所以详细地评议这件事。想使国君知道得到像贾谊那样的大臣，就应当了解他有孤高自傲的节操，一旦不被任用就会忧伤哀叹，不能再振作起来！同时，作为贾谊这类的人，也应该谨慎地对待自己的所作所为啊！

晁错论

晁错，西汉政治家、政论家，景帝时的御史大夫，他重视农业，抑制商业，主张削夺诸侯权力和封地，以巩固中央政权，得到景帝采纳。吴、楚等七国诸侯以诛杀晁错为名发动叛乱，景帝惊慌失措，不想晁错还要景帝亲征，自己留守，晁错的政敌袁盎等就乘机向景帝进谗言，说只有杀掉晁错，吴、楚七国才会罢兵。景帝就下令将晁错斩于东市，“以谢天下”。苏轼这篇文章所论述的也就是晁错这一件事。应该说，苏轼对晁错的削藩措施是赞成的，虽然嫌其太骤；对于晁错的被杀，也是深为惋惜的。但苏轼认为晁错被杀的原因，袁盎等的谗言还不是根本，而是“自祸”。大难当前，晁错不能“捐其身”，替天下人做抵挡大难的先锋，却让皇上亲自带兵，自己留在后方，皇上本来就难于忍受，加上很多人反对晁错的意见，这样，谗言便在这中间发生作用了。于是，晁错也就只有死路一条了。

苏轼最后的结论是，“欲求非常之功，则无务为自全之计”，实在是有胆有识的见解。

原文

天下之患，最不可为者，名为治平无事，而其实有不测之忧。坐观其变而不为之所，则恐至于不可救。起而强为之，则天下狃于治平之安，而不吾信。惟仁人君子、豪杰之士，为能出身为天下犯大难，以求成大功。此固非勉强期月之间，而苟以求名者之所能也。天下治平，无故而发大难之端。吾发之，吾能收之，然后有辞于天下，事至而循循焉欲去之，使他人任其责，则天下之祸，必集

于我。

昔者晁错尽忠为汉，谋弱山东之诸侯①，山东诸侯并起，以诛错为名。而天子不之察，以错为之说。天下悲错之以忠而受祸，而不知错之有以取之也。

注释

①山东：秦汉时称崤山或华山以东地区为山东。山东诸侯指吴王刘濞、楚王刘戊、赵王刘遂、胶西王刘卬、济南王刘辟光、菑川王刘贤、胶东王刘雄等七个诸侯王。

译文

这天下最难处理的事情，就是表面看上去太平无事，而实际上却隐藏着危机。不去管它，任由其发展，那么一旦发展到让大家察觉的时候，形势已经积重难返，难以处置了；如果挺身而出，去治理这些隐患的话，一旦治理成功，天下仍然是平安无事，又有谁会相信你（所说的曾经存在的危机）呢？只有那些仁人志士、君子豪杰，才能挺身而出，为天下去治理这些事情，以求获得大的功绩；这原本就不是在短时间内随便地追求名气的人能够做到的事情。天下太平无事，无缘无故制造大的事端；我既然惹出了这些事情，我也能将其置于自己的控制之下并且予以解决，能够给天下一个合适的交代。如果自己惹出了事端，而且事端来临，自己却要逃脱，把责任推脱给别人，那么对这天下祸事的指责，必然是集中于我一个人的了。

过去晁错对汉廷竭尽忠心，谋划削弱诸侯的势力，诸侯们反抗，用诛杀晁错的名义起兵造反；然而天子不能明辨是非，将晁错处死以求问题的解决。天下人都对晁错因为忠心却受到这样的杀身之祸感到痛心，并不知道他有自取其咎的地方。

原文

古之立大事者，不惟有超世之才，亦必有坚忍不拔之志。昔禹之治水，凿龙门，决大河，而放之海[②]。方其功之未成也，盖亦有溃冒冲突可畏之患。惟能前知其当然，事至不惧，而徐为之图，是以得至于成功。夫以七国之强，而骤削之，其为变岂足怪哉？错不于此时捐其身，为天下当大难之冲，而制吴、楚之命，乃为自全之计，欲使天子自将而己居守。且夫发七国之难者谁乎？己欲求其名，安所逃其患？以自将之至危，与居守之至安，己为难首，择其至安，而遗天子以其至危，此忠臣义士所以愤怨而不平者也。当此之时，虽无袁盎，错亦不免于祸[③]。何者？己欲居守，而使人主自将。以情而言，天子固已难之矣，而重违其议，是以袁盎之说，得行于其间。使吴楚反，错以身任其危，日夜焠砺，东向而待之，使不至于累其君，则天子将恃之以为无恐。虽有百盎，可得而间哉？

嗟夫！世之君子，欲求非常之功，则无务为自全之计。使错自将而讨吴楚，未必无功。惟其欲自固其身，而天子不悦，奸臣得以乘其隙。错之所以自全者，乃其所以自祸欤！

注释

②禹：为夏朝开国君主。曾奉虞舜之命治水。龙门：山名，在今山西河津县西北，黄河流经此处，两岸峭壁对峙，形如阙门，相传为禹所开，故又名禹门。

③袁盎：（？—前148年）本为游侠，历任齐相、吴相，素与晁错不合，景帝信任晁错，以盎受吴王财物，废为庶人。吴楚七国发动叛乱，晁错说他与吴王同谋，欲治其罪，他先发制人，通过贵戚窦婴诬告晁错，称其逼反七

国，请诛晁错以谢天下，七国自可退兵。景帝误信，命晁错穿朝服到东市受斩。

译文

古代做大事情的人，不只是有旷世的才能，同时也要具备坚忍不拔的意志。过去大禹治水，将大河的水疏导到大海之中。在他这件事情没有做成的时候，大概也有一些未知的危险；只是他能在行动之前深思熟虑，将整个事情的来龙去脉弄清楚，在做事的时候不慌张、不恐惧，按部就班、循序渐进地处理它，所以才获得最后的成功。当时以七个诸侯国强大的实力，你突然去削弱他们，他们不造反才怪呢！晁错这个时候不奋不顾身，替天下承担起应付这次危机的责任，去抵抗吴楚联军，却想着保全自己，让皇帝去御驾亲征而自己留下来据守京城。当初惹出七国叛乱的人是谁？自己想博得安定天下的名声，怎么能够推脱相应的责任，在出事的时候逃避危险？带兵外出打仗是最危险的事情，留下来看家是最安全的事情。你自己惹出来的乱子，却为自己作了最安全的选择，把最危险的事情推给皇帝去做，这就是广大忠臣义士最感到愤慨和不能容忍的原因。到了这个时候，就算没有袁盎出来要求处死晁错，晁错也是在劫难逃了。为什么这样说呢？自己想着做安全的工作，把危险的事情派给自己的主人去做。就情理来说，天子已经对这种情况不能容忍了。所以袁盎一旦跳出来说要杀晁错，立马就得到批准执行。假使吴楚两国造反，晁错一个人将责任全部挑起，日夜操劳，想办法去处理这件事情，不让皇帝去为之担忧操心，那么皇帝就会因此而感到无所畏惧、无所忧虑，就算有一百个袁盎跳出来说要杀晁错，皇帝也不会那样做的。

哎呀！这世间的君子们啊，你要想立下别人达不到的功绩，就不要考虑什么明哲保身的伎俩。假使晁错要求被任命为将军去讨伐吴楚联军，未必就没有功劳，只是他想着去保全自己的身家，搞得皇帝很不爽，奸佞的臣子得以乘虚而入。晁错用来自我保全的措施，也就是为他招来祸患的原因啊！

留侯论

留侯，即张良，字子房，刘邦的重要谋士，素以善忍能谋而著称。然而，青年时代的张良却有过一次不理智的冒险行为，那就是结交刺客前往刺杀秦始皇。结果，刺杀未遂，自己却险些丧了命。后来，黄石老人教给张良“忍小忿而就大谋”的道理，并送给张良一部《太公兵法》。这位老人就是黄石公，据说张良就是因这一部书而成为一个足智多谋的人的。

向来人们都认为，黄石公是鬼神，苏轼却坚持己见，认为黄石公是隐居的智者，是为试探张良并辅助张良而来的。要不，张良何以能养成“卒然临之而不惊，无故加之而不怒”这样的气量和胆略呢？也就是说，张良是遇到贵人了，他的“贵人”就是黄石公。

原文

古之所谓豪杰之士者，必有过人之节，人情有所不能忍者。匹夫见辱，拔剑而起，挺身而斗，此不足为勇也。天下有大勇者，卒然临之而不惊，无故加之而不怒，此其所挟持者甚大，而其志甚远也。

夫子房受书于圯上之老人也，其事甚怪[①]。然亦安知其非秦之世，有隐君子者，出而试之？观其所以微见其意者，皆圣贤相与警戒之义。世人不察，以为鬼物，亦已过矣！且其意不在书。当韩之亡，秦之方盛也，以刀锯鼎镬待天下之士。其平居无事夷灭者，不可胜数。虽有贲、育，无所获施[②]。夫持法太急者，其锋不可犯，而其势未可乘。子房不忍忿忿之心，以匹夫之力，而逞于一击之

间。当此之时，子房之不死者，其间不能容发，盖亦危矣！千金之子，不死于盗贼。何哉？其身可爱，而盗贼之不足以死也。子房以盖世之才，不为伊尹、太公之谋③，而特出于荆轲、聂政之计④，以侥幸于不死。此圯上老人所为深惜者也。是故倨傲鲜腆而深折之。彼其能有所忍也，然后可以就大事。故曰："孺子可教也。"

注释

①子房受书：张良在下邳（江苏邳州市东）时，在桥上散步，遇一老人故意将鞋落到桥下，命他拾起，替自己穿在脚上，经过反复考验，见他能忍耐，认为孺子可教，遂授予兵书。相传即《黄石公兵法》。良终以此成大业。

②贲、育：孟贲、夏育，皆战国时著名勇士。

③伊尹：商初大臣，助商汤灭夏，建立商朝。太公：即姜太公吕尚，为周文王和武王的大臣，助周灭殷，建立周朝。

④荆轲：战国时刺客，为燕太子丹刺秦王，不中，被杀。聂政：战国时韩人，为严仲子刺韩相韩傀，事成后自杀。

译文

古代所谓的豪杰，一定有超过常人的气度节操。一般人在情绪上都有不能忍受的事。一个人受了侮辱，拔出了剑跳起来，冲向前和人决斗，这不能算是勇敢。天下有大勇的人突然遇到变故，一点也不惊慌；无故凌辱他，也不发怒，这就是他的抱负很大，他的志向很高啊！

张良从圯上老人的手里接受了《太公兵法》，此事很奇怪。然而，又怎么能断定这位老人不是秦朝隐居的有识之士出来考验张良的呢？观察老人用以含蓄地表达自己意见的，都是圣人贤士相互间劝诫的道理。世人未加细察，以为他是鬼怪，这就不对了。而且，老人的用意并不在那本兵书上。当韩国灭亡，秦朝正强盛的时候，用刀锯、油锅这些酷刑对付天下企图反抗的人。平时住在家里，无罪而被杀身灭族的，多得无法计算。虽然有孟贲、夏育那样的勇士，在这种统治下也没有办法再施展本领。执法十分严峻的人，他的锋芒是不能触犯的，而且情势上也没有可利用的时机。张良忍不住愤怒的情绪，凭他个人的力量，在一次狙击时逞能冒险。在这个时候，张良侥幸没死，但与死亡之间差不到容纳一根头发的空隙，真是危险到了极点。富贵家子弟，绝不轻易死在盗贼手里，为什么呢？因为他的身体宝贵，死在盗贼之手不值得。张良有超过世人的杰出才干，他不去规划伊尹、周公那样安邦定国的谋略，却想出了荆轲、聂政那样行刺的下策，完全因为侥幸才得以不死，这正是桥上那位老人为他深感痛惜的！所以，老人故意用傲慢无礼的行为重重地刺激他，让他能有忍耐之心，然后才可以去完成伟大的事业，所以说："这小伙子是值得一教的。"

原文

楚庄王伐郑，郑伯肉袒牵羊以迎。庄王曰："其主能下人，必能信用其民矣⑤。"遂舍之。勾践之困于会稽，而归臣妾于吴者，三年而不倦⑥。且夫有报人之志，而不能下人者，是匹夫之刚也。夫老人者，以为子房才有余而忧其度量之不足，故深折其少年刚锐之气，使之忍小忿而就大谋。何则？非有平生之素，卒然相遇于草野之间，而命以仆妾之役，油然而不怪者，此固秦皇之所不能惊，而项籍之所不能怒也⑦。

观夫高祖之所以胜，而项籍之所以败者，在能忍与不能忍之间而已矣。项籍唯不能忍，是以百战百胜，而轻用其锋。高祖忍之，养其全锋而待其敝，此子房教之也。当淮阴破齐而欲自王，高祖发怒，见于辞色⑧。由是观之，犹有刚强不能忍之气，非子房，其谁全之？

太史公疑子房以为魁梧奇伟，而其状貌乃如妇人女子，不称其志气⑨。呜呼！此其所以为子房欤！

注释

⑤楚庄王：春秋时五霸之一。公元前597年，率兵伐郑，郑国的君主襄公卑辞谢罪，避免了一场战争。

⑥勾践：春秋末年越国君主。公元前494年被吴王夫差打败，被俘，质于吴国，受尽屈辱，三年后回国，卧薪尝胆，发愤图强，终于灭吴。

⑦项籍：字羽，秦末起兵，称西楚霸王。后被汉王刘邦打败，乌江自刎。

⑧高祖：即汉高祖刘邦，派淮阴侯韩信平齐（山东），韩信成功后派人给刘邦送信，要求封王，刘邦大怒，张良用脚暗示其息怒，附耳轻语，刘邦省悟，封韩信为齐王，避免了韩的叛变。

⑨太史公：司马迁自称。在《留侯世家》中说了关于张良的这段话。

译文

楚庄王攻打郑国，郑襄公袒露着身体、牵了羊去迎接。楚庄王说："郑国的国君能低声下气地对待我们，必定能取得人民的信任。"于是就放弃了攻伐郑国的计划而离去了。勾践被围困在会稽山上，于是向吴国投降，做吴国的臣属，三年都没有出现厌倦的情绪。有报仇的志向，却不能谦卑待人，这是普通人的刚强。那老人认为张良才能有余，却忧虑他度量不足，所以深深地挫了他少年刚强好胜的锐气，使他能忍受小愤恨来成就远大的谋略。为什么这么说呢？桥上老人与张良素不相识，突然在郊野间相遇，就命令他做仆人奴隶的事，他却自然地做了，而毫不感到怪异。这种修养当然就是秦始皇的威势不能使他惊恐，项籍的强横也不能使他动怒的原因啊！

汉高祖刘邦所以取胜、而项羽所以失败的原因，就在于能够忍耐或不能忍耐。项羽正因为不能忍耐，所以虽然百战百胜却轻易出兵。高祖能忍耐，保养他的全部精锐的实力，来等待项羽的疲劳衰弱，这是张良教他的啊！当韩信打败齐国想自立为齐王时，高祖很愤怒，从言语中和脸色上显露出来，由这件事看来，他还有刚强不能忍耐的脾气，要不是张良，谁能成全他呢？

司马迁揣测张良，认为他一定长得高大奇伟，谁知道他的状貌却像妇人女子，和他的志气并不相称！啊！外柔内刚，能屈能伸，这就是造成子房杰出成就的原因吧！

刑赏忠厚之至论

这是嘉祐二年（1057年）作者应礼部试的试卷。主考官欧阳修以为它脱尽五代宋初以来的浮靡艰涩之风，十分赏识，曾说：“读轼书不觉汗出，快哉！老夫当避此人，放出一头地”。

文章以忠厚立论，援引古仁者施行刑赏以忠厚为本的范例，阐发了儒家的仁政思想。文章说理透彻，结构严谨，文辞简练而平易晓畅，很有“韩柳”遗风。

这篇文章虽然是考卷，却并非应付考试，也没有刻意推测考官喜欢什么，而是把自己想说的当场说来，可以看出作者有极高的修养，思考的问题也相当深刻。《刑赏忠厚之至论》也是论法的精神，把“法”的两个方面，宽容与界限，“仁可过，义不可过”说得那么清楚，且不过是区区六百字。

原文

尧、舜、禹、汤、文、武、成、康之际[①]，何其爱民之深，忧民之切，而待天下以君子长者之道也！有一善，从而赏之，又从而咏歌嗟叹之，所以乐其始而勉其终。有一不善，从而罚之，又从而哀矜惩创之，所以弃其旧而开其新。故其吁俞之声，欢休惨戚，见

于虞、夏、商、周之书[2]。成、康既没，穆王立而周道始衰[3]。然犹命其臣吕侯，而告之以祥刑[4]。其言忧而不伤，威而不怒，慈爱而能断，恻然有哀怜无辜之心，故孔子犹有取焉。

《传》曰[5]："赏疑从与，所以广恩也；罚疑从去，所以慎刑也。"当尧之时，皋陶为士。将杀人，皋陶曰杀之三。尧曰宥之三[6]。故天下畏皋陶执法之坚，而乐尧用刑之宽。四岳曰："鲧可用。"尧曰："不可，鲧方命圮族。"既而曰："试之。"[7]何尧之不听皋陶之杀人，而从四岳之用鲧也？然则圣人之意，盖亦可见矣。

《书》曰[8]："罪疑惟轻，功疑惟重。与其杀无辜，宁失不经[9]。"呜呼！尽之矣。

注释

①唐尧、虞舜为传说中原始社会末期部落联盟的首领，夏禹、商汤、周文王、周武王为三代开国的君主，周成王、周康王亦为盛世。后皆被认为是古代的贤君。

②虞、夏、商、周之书：指《书经》中的《虞书》《夏书》《商书》和《周书》。

③穆王：康王之孙，昭王之子，为周朝第五代天子。

④吕侯：周穆王时大臣，曾制《吕刑》，用刑较轻。

⑤《传》：即《孔安国传》。苏轼引文意义虽同，字句稍误。

⑥宥之三：《礼记·王制》："王三宥，然后制刑。"《芥隐笔记·杀之三宥之三》："苏轼中进士，谒见主考官欧阳修，修问此二句出处，轼曰：何必出处，想当然耳。"

⑦四岳：尧时四方部落的首领，也有人认为是当时掌管祭祀和历法的官员。

⑧《书》：指《书经》。

⑨罪疑惟轻四句：语出《书经·大诰》。

译文

唐尧、虞舜、商汤、周文王、武王、成王、康王的时候，他们爱护百姓多么深厚，忧虑百姓多么急切，而且是用君子长者的姿态来对待天下的百姓啊！百姓做了一件好事，随即奖赏他，紧接着又用歌咏对他进行赞扬，为的是用这种方法来表彰他的开端，并勉励他坚持到底。百姓做了不好的事情，随即惩罚他，紧接着又怜悯警戒他，为的是使他摒弃旧日恶习而开创新的人生。因此他们那些感叹赞许的声音，喜悦悲伤的感想，都记载到了《虞书》《夏书》《商书》和《周书》的书中了。成王、康王死后，穆王即位，周朝的王道开始衰败了，然而还能命令他的大臣吕侯整理出《吕刑》，并告诫他用刑要谨慎。穆王的话忧郁而不伤感，威严而不恼怒，慈爱而又果断，悲痛而又有哀怜无辜者的心情，所以孔子认为他还是有可取之处。

《传》说："当是否应给予奖赏还存在疑问时，宁可给予奖赏。"这是为了广布恩德。"当是否应进行惩罚还存在疑问时，宁可免于惩罚。"这是为了审慎用刑。在唐尧时，皋陶担任刑官。将要处死一个人时，皋陶说应该杀，前后说了三次。尧说可以宽恕他，前后也说了三次。所以天下的人都畏惧皋陶执法的严格，而喜欢唐尧用刑的宽大。四岳说："鲧可以任用。"尧说："不行，鲧违抗命令，残害同类。"后来又说："试一试吧。"为什么唐尧不同意皋陶去处死犯人，而同意四岳的意见任用鲧呢？以此而言，圣人的用意也可以看出来了。《书经》说："罪行有疑问时要从轻处理，功勋有疑问时要从重奖赏。与其杀掉无罪的人，宁可承担违法的责任。"唉！这话说得太透彻了！

原文

可以赏，可以无赏，赏之过乎仁；可以罚，可以无罚，罚之过乎义。过乎仁，不失为君子；过乎义，则流而入于忍人。故仁可过也，义不可过也。

古者，赏不以爵禄，刑不以刀锯。赏之以爵禄，是赏之道行于爵禄之所加，而不行于爵禄之所不加也。刑以刀锯，是刑之威施于刀锯之所及，而不施于刀锯之所不及也。先王知天下之善不胜赏，而爵禄不足以劝也；知天下之恶不胜刑，而刀锯不足以裁也。是故疑则举而归之于仁，以君子长者之道待天下，使天下相率而归于君子长者之道。故曰忠厚之至也。

《诗》曰[10]："君子如祉，乱庶遄已；君子如怒，乱庶遄沮[11]。"夫君子之已乱，岂有异术哉？时其喜怒，而无失乎仁而已矣。《春秋》之义[12]，立法贵严，而责人贵宽。因其褒贬之义以制赏罚，亦忠厚之至也。

注释

⑩《诗》：指《诗经》。

⑪君子如祉四句：语出《诗经·小雅·巧言》。

⑫《春秋》：鲁国编年史，经孔子删订，为儒家经典著作之一。

译文

在可以奖赏，也可以不奖赏的情况下，奖赏了就显得过于仁慈；在可以惩罚，也可以不惩罚的情况下，惩罚了就显得过于循理。过于仁慈，还不失为一个君子；过于循理，就会变成一个残忍的人。所以说，仁慈可以逾越，而法理不能超过。

古代的奖赏不一定用爵位和俸禄，刑罚不一定用刀、锯之类的刑具。以爵位和俸禄为奖赏，其作用只能局限于获得爵位和俸禄的本人身上，而无法推广到没有获得爵位和俸禄的人。以刀、锯为刑罚，其威力只能局限于刀、锯所触及的本人身上，而不能影响到刀、锯没有触及的人。先王知道天下的好事赏不胜赏，而爵位、俸禄不足以起到倡导的作用；知道天下的恶事罚不胜罚，而刀、锯也不足以起到制裁的作用。因此在赏罚问题上存有疑问的情况时，便用君子长者的忠厚之道来对待天下的人，使天下的人都争先恐后地回归于君子长者的忠厚之道，因此可以说是忠厚到顶点了。

《诗经》说:“君子如果给福于贤者，祸乱将会停息了；君子如果怒恼坏人，祸乱定会终止了。”君子制止祸乱，哪有特别的方法？不过是在不失时机地表现喜欢或恼怒，而不丢掉仁慈之心罢了。《春秋》的大义是，建立法制时以严为贵，责罚人时以宽为责。根据《春秋》的褒贬大义来制定赏罚的准则，也可以说是忠厚到顶点了。

日喻

此文作于元丰元年（1078 年），当时苏轼任徐州知州。文章旨在说明求知不可像“眇者猜日”，脱离实际，自以为是。而应像南方弄潮儿“日与水居”那样，从学习和实践中求得真知。文章譬喻生动，说理深入浅出。这篇文章所阐述的道理，是有苏轼亲身体验在内的。

原文

生而眇者不识日[①]，问之有目者。或告之曰:“日之状如铜盘。”扣盘而得其声。他日闻钟，以为日也。或告之曰:“日之光如烛。”扪烛而得其形。他日揣籥[②]，以为日也。日之与钟、籥亦远矣，而眇者不知其异，以其未尝见而求之人也。道之难见也甚于日，而人之未达也，无以异于眇。达者告之，虽有巧譬善导，亦无以过于盘

与烛也。自盘而之钟，自烛而之籥，转而相之，岂有既乎？故世之言道者，或即其所见而名之，或莫之见而意之，皆求道之过也。

然则道卒不可求欤？苏子曰："道可致而不可求。"何谓致？孙武曰："善战者致人，不致于人。"子夏曰："百工居肆以成其事，君子学以致其道。"莫之求而自至，斯以为致也欤！南方多没人[3]，日与水居也。七岁而能涉，十岁而能浮，十五而能没矣。夫没者，岂苟然哉？必将有得于水之道者。日与水居，则十五而得其道。生不识水，则虽壮，见舟而畏之。故北方之勇者，问于没人，而求其所以没矣，以其言试之河，未有不溺者也。故凡不学而务求道，皆北方之学没者也。

昔者以声律取士，士杂学而不志于道；今也以经术取士，士求道而不务学。渤海吴君彦律，有志于学者也，方求举于礼部，作《日喻》以告之。

注释

①眇：瞎一只眼，这里泛指双目失明。

②揣籥：摸着一支笛状的乐器。

③没人：潜水的人。

译文

一个天生失明的人不认识太阳，向有眼睛的人问太阳是什么样子。有的人告诉他说："太阳的样子像铜盘。"敲铜盘就听到了它的声音。有一天他听到了钟声，把发出声音的钟当作太阳。有的人告诉他说："太阳的光像蜡烛。"用手摸蜡烛就晓得了它的形状。有一天，他摸着一支形状像蜡烛的乐器籥，把它当作太阳。太阳和敲的钟、吹奏的籥差别也太远了，但是天生双眼失明的人却不知道它们之间有很大的差别，因为他不曾亲眼看见而是向他人求得太阳的知识啊。抽象的“道”难认识的情况比太阳难认识的情况严重，而人们不通晓道的情况比生来就不认识太阳的瞎子没有什么不同。通晓的人告诉他，即使有巧妙的比喻和很好的启发诱导，也无法使这些比喻或教法比用铜盘和用蜡烛来说明太阳的比喻或教法更好。从用铜盘比喻太阳而到把铜钟当作太阳，从把铜钟当作太阳而到把乐器籥当作太阳，像这样辗转连续地推导它，难道还有个完吗？所以世上大谈“道”的人，有的就他自己的理解来阐明它，有的没有理解它却主观猜度它，这都是研求道的弊病。

既然如此，那么这个“道”最终不可能求得吗？苏先生说：“道能够通过自己的虚心学习，循序渐进使其自然来到，但不能不学而强求它。”什么叫作“致”？孙武说：“会作战的将军能招致敌人，而不被敌人所招致处于被动的境地。”子夏说：“各行各业的手艺人坐在店铺作坊里，来完成他们制造和出售产品的业务；有才德的人刻苦学习，来使那道自然到来。”不是强求它而是使它自己到来，这就是“致”啊！南方有很多能潜水的人，天天同水在一起生活，七岁就能蹚水过河，10 岁就能浮在水面游泳，15 岁就能潜入水里了。潜水的人能长时间地潜入水里，哪能是马虎草率而能这样的呢？一定是对水的活动规律有所领悟才能做到。天天与水生活在一起，那么 15 岁就能掌握它的规律。生来不识水性，那么即使到了壮年，见到船还是害怕它。所以北方的勇士，向南方的潜水的人询问来求得他们能潜入水里的技术，按照他们说的技术到河里试验它，没有不淹死的。所以，凡是不老老实实地刻苦学习而专力强求道的，都是像北方那些学潜水的人。

从前以讲究声律的诗赋择取人才，所以读书人研究儒家、墨家还兼及名家、法家而不是立志于求儒家之道；现在以经学择取人才，所以读书人只知道强求义理，而不是专心踏踏实实地学。渤海人吴彦律，是有志对经学作实实在在地学习的人，正要到京城接受由礼部主管的进士考试，我写《日喻》来勉励他。

答谢民师书[1]

元符三年（1100年）五月，苏轼由儋州内调，九月过广州。谢民师以诗文求教，二人相处甚洽。本文是作者离广州后写给谢民师的第二封信。信中表达了自己的文学见解，特别阐发了艺术传达的规律、条件和方法，他主张以平和的言辞抒情达意，“行于所当行，止于所不可不止”，就会“文理自然”，批评了扬雄“好为艰深之辞”、只在雕篆上下功夫的做法。这些见解都是十分精当的。

原文

近奉违，亟辱问讯，具审起居佳胜，感慰深矣[2]。某受性刚简，学迂材下，坐废累年，不敢复齿缙绅[3]。自还海北，见平生亲旧，惘然如隔世人，况与左右无一日之雅，而敢求交乎[4]？数赐见临，倾盖如故，幸甚过望，不可言也[5]。

所示书教及诗赋杂文，观之熟矣[6]。大略如行云流水，初无定质，但常行于所当行，常止于所不可不止，文理自然，姿态横生[7]。孔子曰：“言之不文，行而不远[8]。”又曰：“辞，达而已矣[9]。”夫言止于达意，即疑若不文，是大不然。求物之妙，如系风捕影，能使是物了然于心者，盖千万人而不一遇也，而况能使了然于口与手者乎[10]！是之谓辞达。辞至于能达，则文不可胜用矣[11]。

注释

①谢民师：名举廉，新淦（今江西省新干县）人。元丰八年（1085）中进士第，工诗，有《蓝溪集》。元符三年（1100）五月，苏轼从儋州（今海南省儋州市）内调，九月路过广州，谢民师时为广州推官，曾携所著诗文拜见苏轼，得到苏轼的赞赏。宋曾敏行《独醒杂志》卷一称谢民师“博学工词章，远近从之者尝数百人”。还说“东坡自岭南归，民师袖书及旧作往谒，东坡览之，大见称赏。谓民师曰：‘子之文，正如上等紫磨黄金，须还子十七贯五百。’遂留语终日。民师著述极多，今其族摘坡语名曰《上金集》者，盖其一也。”

②奉：敬词。违：离开。“奉违”，指别离。苏轼十一月初五六离开广州，大约过了七八天即到清远峡，故称“近奉违”。亟：屡次。问讯：来信问候。具：完全。审：了解，知道。起居：指作息饮食等日常生活。佳胜：美好。

③受性：生性，禀赋。刚简：刚直简慢，言为人憨直，不谙世故，懒于应酬。迂：迂阔，迂腐，不合时宜。坐：因此。废：指受到贬谪。齿：同列。缙绅：士大夫，也指有地位的人。

④海北：渡海北还。苏轼于元符三年六月由海南岛渡海北归至海康（今广东省雷州市）。惘然：惆怅失意的样子。隔世：不同世。左右：对人的尊称。雅：平素。“无一日之雅”，言往日没有交往。《汉书·谷永传》：“永斗筲之材，质薄学朽，无一日之雅。左右之介。”颜师古注：“雅，素也；介，绍也，言非宿素之交，又无绍介而进也。”

⑤盖：车篷。“倾盖如故”，谓初次见面交谈，就像老友一样。《史记·邹阳传》：“谚曰：‘白头如新，倾盖如故。’”司马贞《索引》引《家语》曰：“孔子遇程子于途，倾盖而语。”又引《志林》曰：“倾盖者，道行相遇，骈车对语，两盖相切，小欹之义，故云倾盖也。”

⑥书教：指来信。都是对人来信的尊称。一说书指写给上司的文书，教指政府出的文告。

⑦初无：从来没有，并没有。质：形体。“定质”，固定的格式、形态。

文理：文章的条理。横生：意外地发生，富于变化。以流水、行云喻文，早于苏轼的有田锡，他曾说过“援毫之际，属思之时，以情合于性，以性合于道。……随其运用而得性，任其方圆而寓理，亦犹微风动水，了无定文；太虚浮云，莫有常态，则文章之有生气也，不亦宜哉！”（《贻宋小著书》）文中论谢民师诗文特点，还可参看苏轼《文说》中的话。《文说》云：“吾文如万斛泉源，不择地而出，在平地滔滔汩汩，虽一日千里无难。及其与山石曲折、随物赋形而不可知也。所可知者，常行于所当行，常止于不可不止，如是而已矣。其他虽吾亦不能知也。”

⑧文：文采。孔子的话，出自《左传·襄公二十五年》：“仲尼曰：‘志有之：言以足志，文以足言。不言，谁知其志。言之无文，行而不远。”

⑨达：表达清楚。孔子的话，出自《论语·卫灵公》。苏轼《答王庠书》亦云：“辞至于达，足矣。不可以有加矣。”

⑩系风捕影：比喻事情难以做到。《汉书·郊祀志下》：“听其言洋洋满耳，若将可遇，求之荡荡，如系风捕景，终不可得。”了然：彻底明白。“了然于口与手”，指用口用手把事理明白透彻地说出来、写出来。作者《净因院画记》：“世之人或能曲尽其形，而至于其理，非常人逸才不能辨。”

⑪不可胜用：用不尽，指能写出各种用途的文章。

译文

最近我们两个人分别之后，您多次来信问候，知道您日常起居安好，十分欣慰。我禀性刚直单纯，学问迂阔，才质驽钝，因事连年被谪，不敢再自居于士大夫行列。自从回到海北，见到旧日亲友，也已经漠然如同隔代之人，何况与您平素没有交往，还敢与您订交吗？您数次屈尊光临，言谈之间一见如故，使我万分欣幸，意想不到，无法用言辞来形容。

您给我看的书启、诗赋、杂文，我已读了多遍。大作犹如行云流水，原本无一定的形式，飘荡流动，当行则行、当止则止，文理毫不做作，千姿百态、舒卷自如。孔子说：“说话不讲究文采，流传就不会广远。”又说：“言辞只求能表达意思就行了。”言辞仅要求能达意，好像是不讲究文采，这是很不对的。要把握住事物的微妙处，真像捕风捉影那样难。心中能把事物彻底弄清楚的，大概在千万人中也找不到一个，而何况是要用口说和手写把事物表达清楚呢？表达清楚的，这就叫“辞达”。言辞要做到能够达意，那么文采就运用不尽了。

原文

扬雄好为艰深之辞，以文浅易之说，若正言之，则人人知之矣⑫。此正所谓“雕虫篆刻”者，其《太玄》、《法言》皆是类也⑬。而独悔于赋，何哉？终身雕篆而独变其音节，便谓之“经”，可乎⑭？屈原作《离骚经》，盖《风》《雅》之再变者，虽与日月争光可也，可以其似赋而谓之“雕虫”乎⑮？使贾谊见孔子，升堂有馀矣，而乃以赋鄙之，至与司马相如同科⑯。雄之陋如此比者甚众⑰。可与知者道，难与俗人言也，因论文偶及之耳⑱。欧阳文忠公言：“文章如精金美玉，市有定价，非人所能以口舌定贵贱也⑲。”纷纷多言，岂能有益于左右，愧悚不已！

所须惠力“法雨堂”两字，轼本不善作大字，强作终不佳；又舟中局迫难写，未能如教⑳。然轼方过临江，当往游焉㉑。或僧有所欲记录，当为作数句留院中，慰左右念亲之意㉒。今日至峡山寺，少留即去㉓。愈远，惟万万以时自爱㉔。

注释

⑫文：文饰，掩饰。正言：正面说出，直接说出。

⑬雕虫篆刻：雕绘虫书，篆写刻符。虫书、刻符为秦时八种字体中的两种，纤巧难工，是西汉时学童必须学习的。扬雄《法言·吾子》：“或问：‘吾子少而好赋？’曰：‘然。童子雕虫篆刻。’俄而曰：‘壮夫不为也。’”《太玄》

《法言》：是扬雄仿照《易》《论语》写的两部著作。《汉书·扬雄传》扬雄"欲求文章成名于后世，以为经莫大于《易》，故作《太玄》；传莫大于《论语》，故作《法言》。"

⑭变其音节：指扬雄写《太玄》《法言》仍未脱模拟雕琢之习，不过把赋的句式改成了散文句式。后来朱熹讲《太玄》《法言》"盖亦《长杨》《校猎》之流而粗变其音节"（《唐宋文醇》卷三十九引李光地语）即从苏说。"经"：扬雄把《太玄》《法言》自比为经。

⑮《离骚经》：西汉人刘向编《楚辞》，尊称屈原的《离骚》为《离骚经》。《风》《雅》之再变者：《诗经》中的《国风》《小雅》《大雅》部分有些表达忧怨感情的诗篇，汉朝学者称之为"变风""变雅"。《离骚》写"离忧"，故前人说兼有《风》《雅》精神。《史记·屈原、贾生列传》："屈平之作《离骚》，盖自怨生也。《国风》好色而不淫，《小雅》怨诽而不乱，若《离骚》者，可谓兼之矣。"似赋：《离骚》为诗体，言其"似赋"是就其句式的严整、声韵的和谐而言。《汉书·艺文志》就把《离骚》称为赋，苏轼亦沿用其说。

⑯贾谊：西汉文帝时的政论家，因上书论政，触犯上层统治集团的利益，出为长沙王太傅。渡湘水，贾谊作《吊屈原赋》，借凭吊屈原而抒己愤。谪居长沙时，又作《鹏鸟赋》，赋中虽言"纵躯委命"，但也表现出他对现实的某些不满。他的赋在形式上趋向散体化。升堂：登堂。孔子用升堂、入室来形容做学问的几个阶段。堂是正厅，室为内室。先入门，再升堂，最后入室。《论语·先进》："由也升堂矣，未入于室也。"科：品类。扬雄《法言·吾子》："如孔氏之门用赋也，则贾谊升堂、相如入室矣。如其不用何！"苏轼批评扬雄的话指此而言。

⑰陋：见识浅薄。比：类，种。

⑱知：同"智"。司马迁《报任安书》："然此可为智者道，难为俗人言也。"

⑲欧阳文忠公言：《欧阳文忠公集》中无此言，唯《苏氏文集序》赞苏舜钦文说过"斯文，金玉也，弃掷埋没粪土，不能销蚀，其见遗于一时，必有收而宝之于后世者"一类的话。苏轼本人常用金玉说明文章价值，其《答毛滂书》："文章如金玉，各有定价，先后进相汲引，因其言以信于世，则有之

矣。至其品目高下，盖付之众口，决非一夫所能抑扬。”又《答刘沔都曹书》：“以此知文章如金玉珠贝，未易鄙弃也。”

⑳须：同“需”，求。惠力：寺名，一作“慧力寺”，位于今江西省清江县南，建于南唐。苏轼曾为惠力寺书《金刚经》碑，此碑清代尚存一半。不善作大字：此为苏轼谦语。他是北宋书法大家。法雨堂：惠力寺中殿堂名。两字：指“法雨”二字。谢民师家在新淦和清江县毗邻，可能他曾在寺中为其父母祈福，故替寺向苏轼求字。局迫：窄小紧迫。教：命。

㉑临江：临江军（军为宋代行政区名。有两种情况，一与州、府同级，隶属于路；一与县同级，隶属于州、府。临江军隶属江南路。），治所在今清江县。

㉒念亲：思念父母。

㉓峡山寺：即广庆寺，古代名刹之一，位于今广东省清远县内的清远峡。作者访寺等，写有《峡山寺》诗。少：同“稍”。

㉔愈远：相互距离越来越远。自爱：自己保重。

译文

扬雄喜欢用艰深的辞藻来文饰浅显易懂的意思，假如直接说出来，就人人都能明白了。这种写作方法正是扬雄自己所批评的“雕虫篆刻”那一套。他的《太玄》《法言》都属于这一类。而他偏偏只对作赋追悔，这是为什么呢？终身经营雕虫小技，而写作《太玄》《法言》时仅仅变有韵之文为无韵之文，便称之为经，这可以吗？屈原作的《离骚》，是《风》《雅》传统的再发展，即使与日月争辉也不逊色。难道我们可以因为它像赋而称之为雕虫小技吗？如果贾谊赶上了做孔子的学生，那么他的学行已经足以“入室”了。而扬雄却因他作过辞赋而贬低他，以至与司马相如等同。像这样浅陋的见解，在扬雄身上是很多的。这些话可以同明白人说，不能同一般人讲，我因为议论文章，所以偶然谈到。欧阳修先生说：“文章像精金美玉，市上本有定价，不是凭谁的一句话就能论定价格的贵贱。”我啰里啰嗦地讲了一大堆，对您未必有什么好处吧，真是惭愧惶恐不已。

您索要惠力寺“法雨堂”的题字，我本来不善于书写大字，勉强写来终究不好，又加上船上地方狭窄，难以书写，所以未能遵命写好。但是我将路过临江，理当前去游览。或者寺僧要我写一点什么，我会写上几句留在寺院内，以安慰您的乡土之思。今天到达峡山寺，稍作逗留后就离开。相距越来越远，希望您千万随时珍重。

上梅直讲书

苏轼于宋仁宗嘉祐二年（1057年）应试时，欧阳修做主考官，梅尧臣做参评官，他们对苏轼的试文《刑赏忠厚之至论》颇为赞赏，录取为第二名。苏轼及第后非常感激，于是给梅尧臣写了这封信。信中对欧、梅极为推崇，同时又自比于圣门之徒，暗示自己有很大的抱负。文章辞采飞扬，气度恢宏，意境深邃，颇有纵横之气。

梅直讲，即梅尧臣，北宋著名诗人，官至国子监直讲。

原文

轼每读《诗》至《鸱鸮》，读《书》至《君奭》，常窃悲周公之不遇[①]。及观《史》，见孔子厄于陈、蔡之间而弦歌之声不绝，颜渊、仲由之徒，相与问答[②]。夫子曰:“‘匪兕匪虎，率彼旷野’。吾道非耶？吾何为于此？”颜渊曰:“夫子之道至大，故天下莫能容。虽然，不容何病？不容然后见君子。”夫子油然而笑曰:“回！使尔多财，吾为尔宰。”夫天下虽不能容，而其徒自足以相乐如此，乃今知周公之富贵，有不如夫子之贫贱。夫以召公之贤，以管、蔡之

亲，而不知其心，则周公谁与乐其富贵③？而夫子之所与共贫贱者，皆天下之贤才，则亦足以乐乎此矣。

注释

①周公：周公旦，辅助武王灭殷，建立周朝。武王死，成王即位，年幼，周公与召公共辅之。流言周公将篡位，周公作《鸱鸮》（本诗现存《诗经·豳风》）献成王以明心志。又作《君奭》（本文现存《书经》）向召公表白自己，希望释去怀疑，共辅成王。

②孔子厄于陈、蔡：据《史记·孔子世家》记载：孔子久留陈蔡之间，不得用，楚王派人来请，陈蔡大夫恐不利于己，发兵困孔子于郊外，久不得行，绝粮，孔子仍坚持讲学，弦歌之声不绝。师生对答，说了许多安于贫贱的话。

③不知其心：指周公辅成王，管叔和蔡叔散布流言，说周公"将不利于孺子"。召公竟然也对周公产生了误会。

译文

我每次读《诗经》读到《鸱鸮》，读《书》读到《君奭》时，常常私下悲叹周公不为人们所了解。等到阅读史书时，看到孔子被困在陈国、蔡国之间时仍然弦歌之声不断，还和颜渊、仲由等弟子相互问答。孔子说："'我既非犀牛，又不是老虎，却奔跑在旷野荒郊里。'我提出的主张不对吗？我为什么会落到这个地步？"颜渊说："老师的主张太伟大了，所以普天之下才不能容纳。即使这样，不能被容纳又有什么害处？不能被容纳才能显示出您是真正的君子。"孔子听后轻松地笑着说："颜回！如果你有了很多财产的话，我就当你的管家。"虽然天下不能容纳孔子，但他们师徒却感到知足而如此地说说笑笑。现在我才明白周公虽然富贵，也有不如孔子贫贱的地方。像召公那样的贤明，管叔、蔡叔那样的近亲，还不能了解周公的内心，那么周公还能和谁共享富贵之乐呢？和孔子在一起共度贫贱的，都是天下的贤才，那么仅凭这一点也就足以感到快乐的了。

原文

轼七八岁时，始知读书。闻今天下有欧阳公者[④]，其为人如古孟轲、韩愈之徒[⑤]；而又有梅公者[⑥]，从之游而与之上下其议论。其后益壮，始能读其文词，想见其为人，意其飘然脱去世俗之乐而自乐其乐也。方学为对偶声律之文，求升斗之禄，自度无以进见于诸公之间。来京师逾年，未尝窥其门。今年春，天下之士群至于礼部，执事与欧阳公实亲试之。轼不自意，获在第二。既而闻之，执事爱其文，以为有孟轲之风。而欧阳公亦以其能不为世俗之文也而取。是以在此。非左右为之先容，非亲旧为之请属，而向之十余年间，闻其名而不得见者，一朝为知己。退而思之，人不可以苟富贵，亦不可以徒贫贱。有大贤焉而为其徒，则亦足恃矣。苟其侥一时之幸，从车骑数十人，使闾巷小民聚观而赞叹之，亦何以易此乐也！传曰[⑦]："不怨天，不尤人[⑧]。"盖优哉游哉，可以卒岁[⑨]。执事名满天下，而位不过五品，其容色温然而不怒，其文章宽厚敦朴而无怨言。此必有所乐乎斯道也，轼愿与闻焉。

注释

④欧阳公：指欧阳修。

⑤孟轲（前372—前289年）：战国时思想家。韩愈（768—824年）：唐代著名文学家。

⑥梅公：指梅尧臣。

⑦传：泛指经书和解释经书的书。

⑧不怨天，不尤人：本句出自《论语·宪问》。

⑨优哉游哉，可以卒岁：本句出自《左传·襄公二十一年》引《诗》语。

译文

我在七八岁时，才知道读书。听说当今天下有一位欧阳公，他的为人就像古代的孟轲、韩愈一样；同时还有一位梅公，随欧阳公交游，并且和欧阳公在一起议论上下古今。后来年岁渐渐大了，开始能阅读先生们写的文章，想象出先生们的为人，我想先生们一定是作风潇洒，摆脱了世俗公认的乐趣而自得其乐。当时我正在学习写作讲求对仗声律的文章，想通过科举以谋取一官半职，自己估计没有资格去进见诸公。到京城一年多来，也不敢到二公的门前拜望。今年春天，全国的士子都汇集到礼部，您和欧阳公亲自主持考试。我万万没有想到，竟获得了第二名。后来听人说，您喜欢我的文章，认为具有孟轲的文风。而欧阳公也认为我能不写世俗习见的文章，同意录取我。因此在录取这件事上，既没有您左右的人为我事先奔走，也没有亲朋故旧为我嘱托人情，然而过去十多年间我只闻其名而不见其面的人，竟一下成了我的知己。我回来以后想想，一个人不能苟且从事以图富贵，也不能白白地贫贱一生。有大贤之人在世而又有幸成为他的弟子，也就可以有所依托了。如果倚仗一时的侥幸而显贵，身后簇拥着数十个乘车骑马的随从人员，引来街巷小民围观、赞叹，又怎么能够代替这种快乐呢！《传》说："不抱怨天，不责怪人。"也许就是"悠悠自得之心，可以安度岁月"的意思吧。您的名声传遍全国，而官位不过五品。可是您的表情温和而无恼怒之意，写出的文章宽厚淳朴而无怨言。这一定有乐于此道的原因吧，我希望听一听您的见解。

喜雨亭记

苏轼于嘉祐六年（1061年）任凤翔府签书判官，第二年修建此亭，恰逢喜降春雨，于是命名为“喜雨亭”。文章从该亭命名的缘由写起，记述建亭经过，表达人们久旱逢雨时的喜悦心情，反映了作者儒家重农、重民的仁政思想。文章句法灵活，笔调活泼，在风趣的对话中轻松含蓄地发表见解，给人以举重若轻的感觉。

原文

亭以雨名，志喜也。古者有喜，则以名物，示不忘也。周公得禾，以名其书①；汉武得鼎，以名其年②；叔孙胜敌，以名其子③：其喜之大小不齐，其示不忘一也。

予至扶风之明年④，始治官舍。为亭于堂之北，而凿池其南。引流种树，以为休息之所。是岁之春，雨麦于岐山之阳，其占为有年⑤。既而弥月不雨，民方以为忧。越三月，乙卯乃雨，甲子又雨，民以为未足；丁卯大雨，三日乃止⑥。官吏相与庆于庭，商贾相与歌于市，农夫相与忭于野。忧者以喜，病者以愈，而吾亭适成。

注释

①周公得禾：周公，即周成王的叔父姬旦，西周初著名政治家。相传，成王的弟弟唐叔得到一株生长特殊的嘉禾，两苗合生一穗，认为是一种祥瑞，把它献给成王，成王又把它送给正在东土的周公，周公写了一篇文章，名叫《嘉禾》纪念此事。本文现已失传，《尚书》仅存篇名。

②汉武得鼎：汉武帝在元狩七年（前116年）夏六月，得宝鼎于汾水上，遂改年号，以该年为元鼎元年。

③叔孙胜敌：春秋时，鲁文公十一年（前616）冬，北狄犯鲁，文公命叔孙得臣击之，获其首领侨如，得臣因名其子为侨如。

④扶风：古郡名，宋为凤翔府，治所在今陕西凤翔。苏轼在仁宗嘉祐六年（1061年）任凤翔府签书判官。称凤翔为扶风，为习用旧称。

⑤雨麦：像下雨一样落下麦子。

⑥丁卯：我国古代以干支纪时。嘉祐七年（1062年）三月初一为戊申，则乙卯为初八，甲子为十七日，丁卯为二十日。

译文

亭子用“雨”来命名，是为了记录一件喜事。古代有了喜事，就用它来给事物命名，表示永志不忘。周公得到了奇异的禾穗，就用它为自己的文章命名；汉武帝获得了宝鼎，就用它作为年号的名称；叔孙得臣战胜了狄人，就用敌方国君的名字来给儿子命名：他们喜事的大小并不一样，但他们表示不忘则是一致的。

我到扶风的第二年，开始修建官舍。在厅堂的北面建了一座亭子，又在它的南面开凿了一个池塘，引来水流，栽种树木，将亭子作为休息的地方。这年的春天，在岐山的南面天上落下来许多麦子，那占卜的卦辞说是个丰收年。后来整整有一个月没有下雨，百姓正为此担忧。过了三月份，乙卯那天才下雨，甲子那天又下了雨，百姓都认为下得还不够；到了丁卯那天下起大雨来，下了三天才停止。官员们一起在官厅庆贺，商贩们一起在集市上歌唱，农民们一起在田野里欢乐。忧愁的人因此而喜悦，生病的人因此而痊愈，而我的亭子刚巧在这时落成了。

原文

于是举酒于亭上，以属客而告之，曰："五日不雨可乎？"曰："五日不雨则无麦"。"十日不雨可乎？"曰："十日不雨则无禾"。"无麦无禾，岁且荐饥，狱讼繁兴而盗贼滋炽。则吾与二三子，虽欲优游以乐于此亭，其可得耶？今天不遗斯民，始旱而赐之以雨，使吾与二三子得相与优游而乐于此亭者，皆雨之赐也。其又可忘耶？"

既以名亭，又从而歌之，曰："使天而雨珠，寒者不得以为襦；使天而雨玉，饥者不得以为粟。一雨三日，伊谁之力？民曰太守，太守不有，归之天子。天子曰不然，归之造物。造物不自以为功，归之太空。太空冥冥，不可得而名，吾以名吾亭。"

译文

于是我在亭子上举办酒宴，来劝客人饮酒并对他们说："如果再过五天还不下雨行不行？"客人回答："再过五天不下雨，麦子就收不成了。""如果再过十天还不下雨行不行？"回答说："再过十天不下雨，就收不到谷子了。""不收麦子不收谷，年成就要接连闹饥荒，官司案件就会多起来，盗贼就会更加厉害。那么，我和你们诸位，虽然想在这亭子上悠闲自在地欢乐，难道能办到吗？如今老天爷不抛弃这些百姓，刚刚天旱就赐给他们这场雨。使我和你们大家能一起悠闲自在地在这座亭子上快活的，都是雨的恩赐啊！难道又可以忘记吗?”

用雨给亭子取了名字之后，我又接着歌唱它，唱道:“假使老天落下珍珠，挨冻的不能用它做衣服；假使老天落下美玉，挨饿的不能拿它当米粟。一下子下了三天雨，什么人出力大如许?百姓都说是太守，太守不占为己有，把它归功于天子。天子却说非如此，把它归功造物主。造物主自己不居功，把它归功于太空。太空高远而幽冥，没法为它颂功名，我用雨来名我亭!”

超然台记

苏轼调任密州知州第二年，修复了一座残破的楼台，其弟苏辙为之起名“超然”。苏轼便写了这篇《超然台记》，以表明超然物外、无往而不乐的思想。这实际是政治失意后精神苦闷的自我排遣。苏轼因不同意王安石变法中某些措施而自请外调，仕途坎坷不平，思想上产生了归向老庄的倾向。所谓超然之乐，实际含有政治失意的辛酸。既不能摆脱官场，又要寻求超然之乐，正是内心世界矛盾的体现。唯有这种矛盾更使文章委婉多姿，意味深长。

原文

凡物皆有可观。苟有可观，皆有可乐，非必怪奇伟丽者也。餔糟啜醨，皆可以醉；果蔬草木，皆可以饱。推此类也，吾安往而不乐?

夫所为求福而辞祸者，以福可喜而祸可悲也。人之所欲无穷，而物之可以足吾欲者有尽。美恶之辨战于中，而去取之择交乎前，则可乐者常少，而可悲者常多。是谓求祸而辞福。夫求祸而辞福，

岂人之情也哉？物有以盖之矣！彼游于物之内，而不游于物之外。物非有大小也，自其内而观之，未有不高且大者也。彼挟其高大以临我，则我常眩乱反复，如隙中之观斗，又焉知胜负之所在？是以美恶横生，而忧乐出焉，可不大哀乎！

译文

凡是事物都有值得观赏的地方。只要有值得观赏的地方，就都有令人高兴的作用，并非一定要奇形怪状、雄伟秀丽的东西。吃酒糟、饮薄酒，可以令你醉倒；野果、蔬菜、花草、树木都可以充饥。依此类推，我们到哪里会不快乐呀？

人们之所以要祈求幸福而远离祸害，是因为幸福是可喜的，祸害是可悲的。但是人的欲望是无穷无尽的，可满足我们欲望的东西是有限的。如果分辨美恶的意识总在内心斗争，丢弃与选取意念的交错在眼前，那么，可以快乐的东西往往会很少，而令人可悲的东西往往会很多。这就叫求来了祸害而远离了幸福。求来祸害而远离幸福，这难道是人之常情吗？那是因为物质利益蒙蔽了他啊！那些人在有利可图的东西内游荡，而不在物质利益之外活动。事物并非有的大有的小。从它的内部观看，没有不高大的。那些东西依仗高大的身躯耸立在我面前，使我眼花缭乱、是非难辨。如果在缝隙中观看角斗，又怎能知道胜负在哪一方呢？于是美好与邪恶的观念交错产生，忧愁与欢乐的心情相互出现。这可不是最大的悲哀么？

原文

余自钱塘移守胶西①，释舟楫之安，而服车马之劳；去雕墙之美，而蔽采椽之居；背湖山之观，而行桑麻之野。始至之日，岁比不登，盗贼满野，狱讼充斥，而斋厨索然，日食杞菊，人固疑余之

不乐也。处之期年，而貌加丰，发之白者，日以反黑。余既乐其风俗之淳，而其吏民亦安予之拙也。于是治其园圃，洁其庭宇，伐安丘、高密之木②，以修补破败，为苟全之计。而园之北，因城以为台者旧矣，稍葺而新之。

时相与登览，放意肆志焉。南望马耳、常山③，出没隐见，若近若远，庶几有隐君子乎？而其东则卢山，秦人卢敖之所从遁也④。西望穆陵，隐然如城郭，师尚父、齐威公之遗烈，犹有存者⑤。北俯潍水，慨然太息，思淮阴之功，而吊其不终⑥。台高而安，深而明，夏凉而冬温。雨雪之朝，风月之夕，余未尝不在，客未尝不从。撷园蔬，取池鱼，酿秫酒，瀹脱粟而食之，曰："乐哉！游乎！"

方是时，余弟子由，适在济南⑦，闻而赋之，且名其台曰"超然"。以见余之无所往而不乐者，盖游于物之外也。

注释

①自钱塘移守胶西：苏轼原知杭州（治所在钱塘），于神宗熙宁三年（1070年）调任知密州（治所在山东诸城），因地处胶河以西，故称胶西。

②安丘、商密：二县，都属当时密州管辖。今属山东省。

③马耳：山名，在山东诸城西南五十里，峰形如马耳。常山：在山东诸城县南二十里。相传，秦汉间多高尚之士来此隐居。

④卢山：（俗本每多误作庐山）在山东诸城东南四十里。秦始皇命博士卢敖入东海，寻找仙人羡门子高，卢敖遁入卢山隐居，相传山有卢敖洞。

⑤穆陵：在山东临朐东南大岘山上，山谷峻狭，为"齐南天险"。师尚父：即吕望，又称姜子牙，佐周武王灭殷，封于齐。齐威公：即齐桓公，春秋时齐国国君，为五霸之首。

⑥潍水：在诸城县北的安丘境内。秦末，韩信击齐，楚派龙且救齐，两军夹潍水而阵，韩信用沙袋壅潍水上游，带兵渡河，与龙且接战，伪装战败

退走，龙且追击，韩信决沙袋，河水猛涨，龙且被杀。韩信先被封为齐王，后有人告其谋反，降为淮阴侯。终被吕后骗入宫中，处斩。

⑦子由：苏辙，字子由，苏轼之弟，熙宁三年（1070）授齐州掌书记。齐州治所在济南（今属山东）。

译文

我从杭州调移到密州任知州，放弃了乘船的舒适快乐，而承受坐车骑马的劳累；放弃华美漂亮的住宅，而蔽身在粗木造的屋舍里；远离杭州湖光山色的美景，来到桑麻丛生的荒野。刚到之时，连年收成不好，盗贼到处都有，案件也多不胜数；而厨房里空荡无物，每天都以野菜充饥，人们一定都怀疑我会不快乐。可我在这里住了一年后，面腴体丰，头发白的地方，也一天天变黑了。我既喜欢这里风俗的淳朴，这里的官吏百姓也习惯了我的愚拙无能。于是，在这里修整花园菜圃，打扫干净庭院屋宇，砍伐安丘、高密县的树木，用来修补破败的房屋，以便勉强度日。在园子的北面，靠着城墙筑起的高台已经很旧了，稍加整修，让它焕然一新。

我不时和大家一起登台观览，在那儿尽情游玩。从台上向南望去，马耳、常山时隐时现，有时似乎很近，有时又似乎很远，或许有隐士住在那里吧？台的东面就是卢山，秦人卢敖就是在那里隐遁的。向西望去是穆陵关，隐隐约约像一道城墙，姜太公、齐桓公的英雄业绩，尚有留存。向北俯视潍水，不禁慨叹万分，想起了淮阴侯韩信的赫赫战功，又哀叹他不得善终。这台虽然高，但却非常安稳；这台上居室幽深，却又明亮，夏凉冬暖。雨落雪飞的早晨，风清月明的夜晚，我没有不在那里的，朋友们也没有不在这里跟随着我的。我们采摘园子里的蔬菜，钓取池塘里的游鱼，酿米酒，煮糙米，大家一面吃一面赞叹："多么快活的游乐啊！"

这个时候，我的弟弟子由恰好在济南做官，听说了这件事，写了一篇赋。并且给这个台子取名"超然"，以说明我之所以到哪儿都快乐的原因，大概就是在于我的心能超乎事物之外吧！

放鹤亭记

本文作于苏轼知徐州时，主要描写与山人游宴之乐，并通过引古证今，歌颂隐逸者的乐趣，寄寓自己政治失意时向往清远闲放的情怀。文章写景精约，却特征突出；叙事简明，却清晰有致；引用典故能切中当今；用活泼的对答歌咏方式抒情达意，显得轻松自由，读来饶有兴味。

宋代隐者张师厚，字天骥，隐居徐州云龙山，自号云龙山人。曾于东山建亭，因自驯二鹤出入山中经过此亭，故名“放鹤亭”。

原文

熙宁十年秋[①]，彭城大水[②]，云龙山人张君之草堂[③]，水及其半扉。明年春，水落，迁于故居之东，东山之麓。升高而望，得异境焉，作亭于其上。彭城之山，冈岭四合，隐然如大环，独缺其西一面，而山人之亭，适当其缺。春夏之交，草木际天，秋冬雪月，千里一色。风雨晦明之间，俯仰百变。山人有二鹤，甚驯而善飞。旦则望西山之缺而放焉，纵其所如，或立于陂田，或翔于云表，暮则傃东山而归，故名之曰“放鹤亭”。

郡守苏轼[④]，时从宾佐僚吏，往见山人，饮酒于斯亭而乐之。挹山人而告之曰：“子知隐居之乐乎？虽南面之君，未可与易也。《易》曰：‘鸣鹤在阴，其子和之[⑤]。’《诗》曰：‘鹤鸣于九皋，声闻于天[⑥]。’盖其为物清远闲放，超然于尘埃之外，故《易》《诗》人以比贤人君子。隐德之士，狎而玩之，宜若有益而无损者，然卫懿公好鹤则亡其国[⑦]。周公作《酒诰》[⑧]，卫武公作《抑戒》[⑨]，以为荒

惑败乱，无若酒者；而刘伶、阮籍之徒，以此全其真而名后世[10]。嗟夫！南面之君，虽清远闲放如鹤者，犹不得好，好之则亡其国。而山林遁世之士，虽荒惑败乱如酒者，犹不能为害，而况于鹤乎？由此观之，其为乐未可以同日而语也。”

山人欣然而笑曰：“有是哉？”乃作放鹤招鹤之歌曰：“鹤飞去兮，西山之缺，高翔而下览兮，择所适。翻然敛翼，宛将集兮，忽何所见，矫然而复击。独终日于涧谷之间兮，啄苍苔而履白石。鹤归来兮，东山之阴。其下有人兮，黄冠草履，葛衣而鼓琴。躬耕而食兮，其余以汝饱。归来归来兮，西山不可以久留。”

注释

①熙宁：宋神宗年号，熙宁十年即公元1077年。

②彭城：北宋时徐州的治所在彭城县，即今江苏徐州市。

③云龙山：在徐州市云龙区，因山出云气，蜿蜒如龙而得名。宋时张天骥隐居于此，号云龙山人。苏轼知徐州时，与其交往甚密。

④郡守苏轼：苏轼在熙宁十年（1077年）四月到任徐州太守，七月河决，洪水围徐州，轼组织军民筑堤救城，十月河复故道。

⑤鸣鹤二句：引自《易经·中孚》。

⑥鹤鸣二句：引自《诗经·雅·鹤鸣》。

⑦卫懿公好鹤：据《左传·闵公二年》：卫懿公喜欢鹤，让鹤坐大夫的车子，北狄入侵，国人皆曰：“鹤实有禄位，让鹤去打仗吧，我们何必去呢！”懿公战死，卫国遂亡。

⑧周公作《酒诰》：殷纣王酗酒，妹邦地方受其影响，好酒成为风气。殷亡，武王将此地封给康叔，周公作《酒诰》告诫他。

⑨卫武公作《抑戒》春秋时，卫武公作《抑戒》以自儆。《抑》现存《诗经·大雅》，其中有两句说：“颠覆厥德，荒湛于酒。”

⑩刘伶：字伯伦，曾为建威参军。阮籍：字嗣宗，曾为步兵校尉。他们都是西晋“竹林七贤”中人，因对当时政治不满，又恐遭受迫害，常以纵酒沉醉作掩饰，保全性命。

译文

熙宁十年的秋天，彭城涨大水，云龙山人张君的草堂，大水淹没到门的一半。第二年春天，水退了，他便搬到旧居的东面，东山的脚下，他登上高处而望，得到了一块奇异的地方，就在那上面筑了个亭子。彭城的山，山冈、山岭四面围合，隐隐约约地像个大圆圈；只有它的西面缺一块，而山人的亭子，正好对着空缺处。春夏之交，草木茂盛，与天相接；秋冬季节，皎洁的月光、皑皑白雪，又使千里大地呈现出一样的颜色。刮风下雨，或明或暗的时候，只要一举首一低头，各种景色就有百样变化。云龙山人有两只白鹤，非常驯服，而且善于飞翔。早晨云龙山人便望着西山的空缺把它们放出去，听任它们飞到什么地方，它们有时候在池塘或稻田里站立，有时候在白云之外飞翔，傍晚便朝东山飞回来。因此，给亭子取名为“放鹤亭”。

太守苏轼，时常带着宾客和部下，去会见云龙山人，在这个亭子里喝酒并以此为乐。他斟了酒给云龙山人，并且告诉他说：“你知道隐居的乐趣吗？即使是统一国家的君主，也不可能换到这种乐趣呢！《易经》上说：‘鹤在幽深的地方鸣叫，子鹤跟它相应和。’《诗经》上说：‘鹤在沼泽的深处鸣叫，它的声音能够传到天上。’鹤这种动物，清静闲散，远离尘世，所以《易经》《诗经》的作者都把它比作人世间的贤人君子。道德高尚的隐士，亲近它，玩赏它，应当是有益无害的了，然而卫懿公因喜爱鹤却亡了国。周公作《酒诰》来训诫康叔治理百姓，卫武公作《抑戒》来警戒自己，他们认为使人迷乱衰败的东西，没有比酒更厉害的了；而刘伶、阮籍这帮人，凭借这保全他们的真性，并闻名后世。唉！做君主的，即使像鹤一样清静闲散的东西尚且不能喜爱，如果喜爱这类东西就会亡国；而那些隐居山林、逃避世俗的人，即使喜爱像酒一样使人迷乱衰败的东西，也不会有什么损害，何况喜爱鹤呢？由此看来，做君主的乐趣和做隐士的乐趣是不可以相提并论的。”

云龙山人高兴地笑着说:“真有这样的事么?”于是作了《放鹤》《招鹤》歌:鹤飞出去了啊，从西山的缺口，高高地飞着向下观望啊，选择适合自己的地方。一下子收敛了羽翼，好像要停下来啊，忽然间看到了什么，又高高地飞上天空。独自整天在山涧峡谷中，啄食青苔，踩着白石头。鹤飞回来了啊，在东山的北面。那下面有个人啊，头戴黄色的帽子，脚穿草鞋，穿着葛布缝制的衣服，拨动着琴弦。自己耕种自己吃啊，剩下的让你吃个够。回来啊！回来啊！西山不可以长久地停留。

石钟山记

石钟山在今江西省湖口县鄱阳湖东岸。这是一篇别开生面的游记文，它不注重山川形胜的描写，而注重辩难与议论，其所阐发的道理又是通过游历行程的记录来说明，这需要处理好记游、辩难和议论三者关系。作者巧妙地把记游作为辩难的根据，而议论则是对辩难的生发和引申，不仅讲清了知与实践的关系、知与见识的关系、知与言的关系，而且把石钟山的壮丽风光描绘得生动传神。这种于形象描绘中融入理性分析的高超技巧，是他人难以企及的。

原文

《水经》云：彭蠡之口，有石钟山焉[①]。郦元以为下临深潭，微风鼓浪，水石相搏，声如洪钟[②]。是说也，人常疑之。今以钟磬置水中，虽大风浪不能鸣也，而况石乎？至唐李渤，始访其遗踪，得双石于潭上，扣而聆之，南声函胡，北音清越，桴止响腾，余韵徐歇[③]。自以为得之矣。然是说也，余尤疑之。石之铿然有声者，所在皆是也，而此独以钟名，何哉？

元丰七年六月丁丑，余自齐安舟行适临汝[④]。而长子迈将赴饶之德兴尉，送之至湖口，因得观所谓石钟者[⑤]。寺僧使小童持斧，于乱石间择其一二扣之，硿硿焉，余固笑则不信也。至其夜月明，独与迈乘小舟，至绝壁下。大石侧立千尺，如猛兽奇鬼，森然欲搏人。而山上栖鹘，闻人声亦惊起，磔磔云霄间。又有若老人咳且笑于山谷中者，或曰此鹳鹤也。余方心动欲还，而大声发于水上，噌吰如钟鼓不绝。舟人大恐。徐而察之，则山下皆石穴罅，不知其浅深，微波入焉，涵澹澎湃而为此也。

舟回至两山间，将入港口，有大石当中流，可坐百人，空中而多窍，与风水相吞吐，有窾坎镗鞳之声，与向之噌吰者相应，如乐作焉。因笑谓迈曰："汝识之乎？噌吰者，周景王之无射也[⑥]，窾坎镗鞳者，魏庄子之歌钟也[⑦]。古之人不余欺也！"

事不目见耳闻，而臆断其有无，可乎？郦元之所见闻，殆与余同，而言之不详；士大夫终不肯以小舟夜泊绝壁之下，故莫能知；而渔工水师，虽知而不能言。此世所以不传也。而陋者乃以斧斤考击而求之，自以为得其实。余是以记之，盖叹郦元之简，而笑李渤之陋也。

注释

①《水经》：我国古代专记江河水道的地理书，相传为汉代桑钦或晋代郭璞所著。据清代学者考证，作者约为三国时人，其详已不可知。彭蠡：湖名，即今鄱阳湖。

②郦元：即郦道元（？—527 年），北魏范阳，今河北涿县人，字善长，曾任御史中尉、关右大使，博览群书，遍游各地，著有《水经注》四十卷，注文二十倍于原书，为我国古代地理学名著之一。

③李渤：字浚之，唐代洛阳人，宪宗元和年间任江州（江西九江）刺史，通过寻访，作《辨石钟山记》，认为石钟山是因“奇石”而得名。

④余自齐安舟行适临汝：苏轼于元丰三年（1080 年）贬官黄州（湖北黄冈）团练使，至七年（1084 年）奉神宗手札移汝州（河南临汝）。遂从齐安（即黄州）沿江而下，于元丰七年（1084 年）六月丁丑（初九日），经过湖口。

⑤迈：苏轼长子名迈，字伯达，这时将去饶州（江西鄱阳）担任德兴（当时属饶州，今属江西省）县尉。

⑥周景王：东周时天子（前 544—前 520 年在位），曾铸钟名“无射”。

⑦魏庄子：春秋时晋国大夫，名绛，因有功，晋悼公赐给他歌钟（编钟）一套（计十六件）。

译文

《水经》说：彭蠡湖的湖口，有一石钟山。郦道元认为这座山的下面是个深潭，微风轻轻地鼓起波浪，水和石头互相撞击，发出的声音像洪钟一样。对这个说法，人们常常有些怀疑。现在把钟磬放在水中，虽有大风大浪也不能使它鸣响，更何况石头呢？到了唐朝，李渤担任江州刺史，才寻访它的遗踪，在那深潭上面找到了两块礁石，敲着一听，南边那块声音低沉含糊，北边那块声音清越高昂，停止敲击，响声还在回荡，余音很久才慢慢消失掉。他自以为找到山名石钟的原因了。然而，对这个说法，我仍然有些怀疑。敲击它能够发出铿铿响声的石头，到处都有啊，为什么偏偏这里用“钟”来命名，是什么道理呢？

元丰七年六月初九，我从齐安坐船到临汝去；同时，我的大儿子苏迈将到饶州担任德兴县尉，送他到达湖口，因而得以看到所谓的石钟。庙里的和尚叫一个小童拿着斧头，在乱石间选择一两个敲敲，硿硿地响，我只是笑笑，不肯相信。到这天夜里，月光明亮，我单和迈儿乘一小船来到峭壁之下。旁边的大石直立千尺，好像凶猛的野兽和奇异的鬼怪，阴森森地想把我们抓去。山上栖息着的苍鹘，听见人声也吃惊地飞起，磔磔地叫着直上云霄。又有一种东西，如同老人从山谷中发出来的边咳边笑的声音，有人说这就是鹳鹤。我正有些害怕，想要回去，忽然从水上发出一种很大的声音，噌噌吰吰，像撞钟击鼓一般连续不断。船夫也非常害怕。我慢慢地仔细观察，原来山下都是石头的洞穴和裂缝，不知道它们的深浅，微小的波浪冲进去，在里面澎湃激荡，便发出了这种声音啊。

小船回到上钟山和下钟山之间，将要进入港口的地方，有一块大石挡在中流，上面可坐一百来人，中间却是空的，还有许多小孔，吞吐着风和水，发出窾坎镗鞳的声音。与前面那种噌噌吰吰的声音相互应和，好像在演奏乐曲。我笑着对迈儿说：“你认识到了吗？那噌噌吰吰响的，像是周景王的无射钟；那窾坎镗鞳响的，像是魏庄子的编钟。古人把这山叫作石钟山，并没有欺骗我们啊！”

事物不经过耳闻目睹，便凭自己的想象，推断它的有无，可以吗？郦道元所看见的听到的，大概与我相同，但说得不详细。一般士大夫又始终不肯乘小船在夜里来到这峭壁之下探寻究竟，所以没有人能知道事实的真相。船夫和水兵们，虽然知道，但又说不出道理。这就是石钟山命名的来历在世上一直不能流传的缘故啊！而那些见识浅陋的人，却拿着斧头、锤子到处敲击去寻求，还自以为探明了事情的真相呢！我因此把这次经过记了下来，既是叹息郦道元记载的简略，也是讥笑李渤见识的浅陋。

灵璧张氏园亭记

元丰二年（1079年）二月，苏轼由徐州移知湖州，经江淮间，多追感旧游，记事赋诗，本文即作于此时。借对张氏园亭的艳美，表达了对仕与不仕的看法，文末流露出个人的生活理想。文章看似平淡无奇却意蕴深厚。

灵璧，即今安徽灵璧县。张氏园，为宋仁宗时殿中丞张次立的庄园。

原文

道京师而东，水浮浊流，陆走黄尘，陂田苍莽，行者倦厌。凡八百里，始得灵璧张氏之园于汴之阳。其外修竹森然以高，乔木蓊然以深。其中因汴之余浸，以为陂池，取山之怪石，以为岩阜。蒲苇莲芡，有江湖之思。椅桐桧柏，有山林之气。奇花美草，有京洛之态。华堂厦屋，有吴蜀之巧。其深可以隐，其富可以养。果蔬可以饱邻里，鱼鳖笋菇可以馈四方之宾客。余自彭城移守吴兴，由宋登舟，三宿而至其下。肩舆叩门，见张氏之子硕。硕求余文以记之。

维张氏世有显人，自其伯父殿中君，与其先人通判府君，始家灵璧，而为此园，作兰皋之亭以养其亲。其后出仕于朝，名闻一时，推其余力，日增治之，于今五十余年矣。其木皆十围，岸谷隐然。凡园之百物，无一不可人意者，信其用力之多且久也。

古之君子，不必仕，不必不仕。必仕则忘其身，必不仕则忘其君。譬之饮食，适于饥饱而已。然士罕能蹈其义、赴其节。处者安

于故而难出，出者狃于利而忘返[1]。于是有违亲绝俗之讥，怀禄苟安之弊。今张氏之先君，所以为其子孙之计虑者远且周，是故筑室艺园于汴、泗之间，舟车冠盖之冲，凡朝夕之奉，燕游之乐，不求而足。使其子孙开门而出仕，则跬步市朝之上，闭门而归隐，则俯仰山林之下。于以养生治性，行义求志，无适而不可。故其子孙仕者皆有循吏良能之称，处者皆有节士廉退之行。盖其先君子之泽也。

余为彭城二年，乐其土风。将去不忍，而彭城之父老亦莫余厌也，将买田于泗水之上而老焉。南望灵璧，鸡犬之声相闻，幅巾杖屦，岁时往来于张氏之园，以与其子孙游，将必有日矣。

元丰二年三月二十七日记。

注释

①狃：困扰，牵绊。

译文

离开京师向东行，河水里卷着污泥，道路上飞起黄尘，高坡田野苍莽暗淡，使行路的人感到疲倦。走了八百里，才来到汴水之北的灵璧张氏家的园林。从外面就可以看到茂密的修竹，粗大荫郁的乔木，园中借汴水的支流，建成池塘；又凿取山上的怪石，堆成假山。园中的蒲草芦苇莲花菱角，让人联想起江湖的秀美；青桐翠柏，让人感觉到山林的清爽；奇花异草，让人回忆起京、洛的繁华；高堂大厦，有吴蜀之地建筑的精巧。园中深广可以隐居，出产丰饶可以养家。瓜果蔬菜可以馈赠邻里，鱼、鳖、竹笋、蘑菇可以招待来自远方的宾客。我从徐州改知湖州，由应天府乘船，三天后到达张氏园林。

我坐着小轿来到他家门前，见到了张氏的儿子张硕。张硕请我写一篇文章为记。

张家世世代代都有显达的人，从他伯父殿中君和他父亲通判府君那一代，开始在灵璧县定居，建造了这个园子，在池边修建了一座亭台奉养双亲。后来他们到朝中做官，在当时很有名望。用剩余的资财，不断地增修扩建，到现在五十多年了。园子里的树木都已长成十围之粗，浓荫遮蔽了河岸。园中的各种景物，没有一样不令人赏心悦目，我相信他们一定是花了许多力气和时间。

古代的君子，不是非要做官，也不必一定不做官。非要做官就容易忘掉自我，一定不做官就容易忘掉国君。就像饮食一样，自己感到适意就行了。然而士子很难做到合于古人所说的君臣节义。居于乡野的人安于现状不愿外出做官，外出做官的人为利益所牵制而不愿退处。于是他们就有了违拗亲情自命高洁或贪图功名利禄苟且偷安的弊病，因而受到人们的讥讽。如今张氏的先人，为子孙后代考虑得长远而周到，所以把建筑居室、种植园林的地址选择在汴水、泗水之间，此地是舟船车马官员来往的要冲。一般衣食之需，饮宴游览之乐，不必刻意追求就能满足。让他们的子孙迈出家门出去做官，朝堂不过几步之遥；闭上院门回家隐居，就可以坐卧于山林之内。对于怡养性情，推行仁义保持节操，无一不非常适合。因此他们的子孙凡出仕的人都获得了驯良的名声，凡在家不仕的人都保持了高洁的德行。这都是他们先人的余荫。

我在徐州做了两年知州，很喜欢那里的风土人情，不忍心离去，而徐州的父老也并不厌弃我，我打算在泗水边上置地颐养天年。往南可以望见灵璧，鸡犬之声相闻，戴着头巾拄着竹杖，时时往来于张氏之园，与他们的子孙交游，我相信这一天已为时不远了。

元丰二年三月二十七日记。

记承天寺夜游

承天寺在湖北黄冈市南。本文篇幅虽小，却写景抒怀功力独到。在解衣欲睡之际，忽月色入户，睡意全无，于是欣然起行。良辰美景，缺少同乐之人，这才到承天寺找张怀民。一切都像信步由之，信笔书之，无意为文，却文笔自然。文中十八字写景，可谓少矣，然那空明如积水的月色，如藻荇交横的竹柏之影，都描绘得那么生动感人，如有神助。

原文

元丰六年十月十二日夜①，解衣欲睡，月色入户，欣然起行。念无与为乐者，遂至承天寺寻张怀民②。怀民亦未寝，相与步于中庭③。

庭下如积水空明，水中藻、荇交横④，盖竹柏影也。何夜无月，何处无竹柏？但少闲人如吾两人者耳⑤。

注释

①元丰六年：1065 年。元丰，宋神宗赵顼年号。元丰二年，苏轼被贬为黄州（今湖北黄冈市）团练副使，至此已四年。

②承天寺：故址在今湖北黄冈市南。张怀民：又名张梦得，清河（今河

北清河县）人。元丰六年，张怀民被贬黄州，初到时寓居承天寺。

③中庭：即庭中，院子里，与下文“庭下”义同。

④藻：水藻。荇：荇菜。藻、荇，均为水生植物，根生水底，枝叶浮于水面。

⑤闲人：苏轼与张怀民均为贬官，只有虚衔而无实权，故自称“闲人”。

译文

元丰六年十月十二日，晚上，解开衣服想睡觉时，月光从窗口射进来，我愉快地起来行走。想到没有可与自己一起游乐的人，于是到承天寺，找张怀民。张怀民也没有睡觉，我们在庭院中散步。

庭院中的月光宛如一泓积水那样清澈透明，水中藻、荇纵横交叉，都是绿竹和翠柏的影子。哪夜没有月光，哪里没有绿竹和翠柏，但缺少像我两个这样的闲人。

前赤壁赋

黄冈赤壁名赤鼻矶，当地传说为三国时吴魏交战的赤壁（实际不是，那个赤壁在湖北嘉鱼县东北），苏轼假托其传说为真，以神来之笔，描绘了赤壁秋夜清幽旷渺的优美景色及夜月泛舟的飘逸兴致。然后以主客问答的方式，发表对宇宙人生的见解，特别是通过对明月与江水变与不变的议论，表现了开朗的胸襟和达观的生活态度。然而作者这种超逸情怀，却是政治失意后，借助于老庄思想，对自己精神苦闷的一种慰藉和排遣；在超逸的背后，奔腾着抑郁和悲伤的暗流。这大概正是这篇文章底蕴丰厚、意味深长、使人百读不厌的原因之一。文章语言骈散结合，清新优美，韵味隽永。融写景、抒情、议论于一炉，精巧典雅却不失自然与天真，堪称千古绝唱。

作《赤壁赋》三个月后，苏轼再游赤壁作《后赤壁赋》，于是此文冠以“前”字。

原文

壬戌之秋[1]，七月既望，苏子与客泛舟游于赤壁之下。清风徐来，水波不兴。举酒属客，诵《明月》之诗，歌《窈窕》之章[2]。少焉，月出于东山之上，徘徊于斗牛之间。白露横江，水光接天。纵一苇之所如，凌万顷之茫然。浩浩乎如冯虚御风，而不知其所止；飘飘乎如遗世独立，羽化而登仙。

于是饮酒乐甚，扣舷而歌之。歌曰：“桂棹兮兰桨，击空明兮溯流光。渺渺兮予怀，望美人兮天一方。”客有吹洞箫者，倚歌而和之。其声呜呜然，如怨如慕，如泣如诉，余音袅袅，不绝如缕。舞幽壑之潜蛟，泣孤舟之嫠妇。

注释

①壬戌：古代历法以干支纪年，宋神宗时的壬戌年为元丰五年，即公元1082年。

②《明月》之诗：指曹操《短歌行》，因其中有“明明如月”“月明星稀”等句。《窈窕》之章：指《诗经·关雎》，因其中有“窈窕淑女，君子好逑”等句。或说实指《诗经·月出》篇，因其有“舒窈纠兮”句；窈纠即窈窕。

译文

壬戌年的秋天，七月十六，我和客人荡着船儿，在赤壁的下面游览。清凉的风缓缓吹来，水面上不起波浪。我端起酒杯劝客人们喝酒，朗诵《月出》诗，吟唱《窈窕》一章。一会儿，月亮从东边山上升起，徘徊在斗宿、牛宿之间。白蒙蒙的雾气笼罩江面，水光一片，与天相连。任凭小船儿自由漂流，浮动在那茫茫无边的江面上。江面是那么浩瀚啊，船儿像凌空乘风而行，不知道将要飞向何方；我们轻快地飘起啊，像脱离尘世，无牵无挂，飞升到仙境的神仙。

这时候，喝着酒儿，心里十分快乐，便敲着船舷唱起歌来。唱道："桂木做的棹啊兰木做的桨，拍击着澄明的水波啊，在月光浮动的江面逆流而上。我的情思啊悠远茫茫，瞻望心中的美人啊，在天边遥远的地方。"客人中有位吹洞箫的，随着歌声伴奏。那箫声呜呜地响，像怨恨，像思慕，像抽泣，像倾诉；吹完后，余音悠长，像细长的丝线延绵不断，能使深渊里潜藏的蛟龙起舞，使孤独小船上的寡妇悲泣。

原文

苏子愀然，正襟危坐而问客曰："何为其然也？"客曰："'月明星稀，乌鹊南飞'，此非曹孟德之诗乎[③]？西望夏口，东望武昌，山川相缪，郁乎苍苍，此非孟德之困于周郎者乎[④]？方其破荆州，下江陵，顺流而东也[⑤]，舳舻千里，旌旗蔽空，酾酒临江，横槊赋诗，固一世之雄也，而今安在哉？况吾与子渔樵于江渚之上，侣鱼虾而友麋鹿，驾一叶之扁舟，举匏樽以相属，寄蜉蝣于天地，渺沧海之一粟。哀吾生之须臾，羡长江之无穷。挟飞仙以遨游，抱明月而长终。知不可乎骤得，托遗响于悲风。"

注释

③“月明星稀，乌鹊南飞”：为曹孟德（操）的《短歌行》中的名句。

④夏口：汉水入长江处，古称夏口，又称汉口。武昌：今湖北鄂州市。三国时，孙权曾迁都于此。周郎：孙权的将领，任中郎将时年仅24岁，人称周郎。

⑤破荆州，下江陵：建安十三年（208年），曹操率大军南攻荆州（治所在今湖北襄阳），刘琮投降，又打败刘备，进军江陵（今属湖北）。

译文

我顿时脸色改变，整理好衣服，端正地坐着，问客人说：“为什么箫声这样悲凉呢？”客人回答说：“‘月光明亮星星稀少，一只只乌鸦向南飞翔’，这不是曹孟德的诗句吗？向西望是夏口，向东望是武昌，这儿山水环绕，草木茂盛苍翠，不就是曹操被周瑜打败的地方吗？当他占取荆州，攻下江陵，顺江东下的时候，战船连接千里，旌旗遮蔽天空，临江饮酒，横握着长矛吟诗，本是一时的豪杰，如今在哪里呢？何况我和您在江中小洲上捕鱼打柴，和鱼虾做伴侣，与麋鹿交朋友，驾着一片叶子似的小船，拿着简陋的酒杯互相劝酒。就像蜉蝣一样，将短暂的生命寄托在天地之间，渺小得像大海里的一粒米。哀叹我们生命的短促，羡慕长江的无穷无尽。希望拉着神仙飞升遨游，和明月一起永世长存。知道这种愿望是不能突然实现的，只好把这种无可奈何的心情寄托于曲调之中，在悲凉的秋风中吹奏出来。”

原文

苏子曰："客亦知夫水与月乎？逝者如斯，而未尝往也；盈虚者如彼[6]，而卒莫消长也。盖将自其变者而观之，则天地曾不能以一瞬；自其不变者而观之，则物与我皆无尽也，而又何羡乎？且夫天地之间，物各有主。苟非吾之所有，虽一毫而莫取。惟江上之清风，与山间之明月，耳得之而为声，目遇之而成色，取之无禁，用之不竭，是造物者之无尽藏也[7]，而吾与子之所共适。"

客喜而笑，洗盏更酌。肴核既尽，杯盘狼藉。相与枕藉乎舟中，不知东方之既白。

注释

⑥盈虚：月亮的圆缺。

⑦无尽藏：佛家语，即无穷无尽的宝藏。

译文

我对客人说："您了解那江水和月亮吗？江水总是像这样不断地流去，但始终没有消失。月亮时圆时缺，但它终于没有消耗和增长。可见，要是从那变化的方面去看它，那么天地间的万事万物，连一眨眼的时间都不曾保持过原状；从那不变的方面去看它，那么事物和我们本身都没有穷尽，还羡慕什么呢？再说，天地之间，事物都各自有其主宰，如果不是我所拥有的东西，即使是一丝一毫也不能取用。只有江上的清风和山间的明月，耳朵听到它就成为声音，眼睛看到它就成为颜色；取用它们没有人禁止，享用它也没有竭尽，这是大自然的无穷宝藏，是我和你可以共同享受的。”

客人高兴地笑了，于是洗了酒杯，重新斟酒再喝。菜肴和果品都吃完了，空杯、空盘杂乱地放着。大家互相枕靠着睡在船上，不知不觉东方已经露出白色的曙光。

后赤壁赋

这篇文章描绘了“山高月小，水落石出”的冬夜江岸及其寥落幽峭的气氛，写出了独自登高引起的悲戚心情。最后以白鹤道士的虚幻梦境作结，于空灵奇幻中寄托超尘绝俗之想。笔调迷离惝恍，引人遐思。文章精于体物，写景极佳；深于寄托，寓意旷远。

原文

是岁十月之望[1]，步自雪堂[2]，将归于临皋[3]。二客从予，过黄泥之坂[4]。霜露既降，木叶尽脱。人影在地，仰见明月。顾而乐之，行歌相答。已而叹曰：“有客无酒，有酒无肴。月白风清，如此良夜何？”客曰：“今者薄暮，举网得鱼，巨口细鳞，状如松江之鲈[5]，顾安所得酒乎？”归而谋诸妇，妇曰：“我有斗酒，藏之久矣，以待子不时之需。”

于是携酒与鱼，复游于赤壁之下。江流有声，断岸千尺，山高月小，水落石出。

曾日月之几何，而江山不可复识矣！予乃摄衣而上，履巉岩，披蒙茸，踞虎豹，登虬龙，攀栖鹘之危巢[6]，俯冯夷之幽宫[7]。盖二

客不能从焉。划然长啸，草木震动，山鸣谷应，风起水涌。予亦悄然而悲，肃然而恐，凛乎其不可留也。反而登舟，放乎中流，听其所止而休焉。

时夜将半，四顾寂寥。适有孤鹤，横江东来。翅如车轮，玄裳缟衣，戛然长鸣，掠予舟而西也。

须臾客去，予亦就睡。梦一道士，羽衣蹁跹，过临皋之下，揖予而言曰:“赤壁之游乐乎?”问其姓名，俯而不答。“呜呼噫嘻！我知之矣。畴昔之夜，飞鸣而过我者，非子也耶?”道士顾笑，予亦惊寤。开户视之，不见其处。

注释

①苏轼初游赤壁在元丰五年（1082 年）七月，作《前赤壁赋》。本文（《后赤壁赋》）首称“是岁”，亦当是元丰五年。

②雪堂：苏轼贬官黄州时所建的住宅，在今湖北黄冈市东，雪堂在大雪中建成，四壁皆绘雪景，因以名雪堂。

③临皋：在今湖北黄冈市南，长江边上。苏轼初到黄州时寓居的地方。

④黄泥坂：今黄冈市东面的山坡名，又称东坡，苏轼在此建雪堂，自号东坡居士。

⑤松江之鲈：松江，在今苏州东南，首受太湖水，流经上海入海。所产鲈鱼，以四鳃著名，肉质如雪，味异他处。曹操宴客，曾以缺少鲈鱼为憾。晋时张翰借口思食鲈鱼归隐。

⑥栖鹘：据《东坡志林·赤壁洞穴》：“断崖壁立，江水深碧，二鹘巢其上。”

⑦冯夷：据《史记·西门豹传》注“河伯，华阴潼乡人，姓冯氏，名夷，浴于河中而溺死，遂为河伯也。”

译文

这一年的十月十五晚上，我从雪堂步行出发，准备回到临皋。有两位客人跟着我一道去，走过黄泥坡。这时，霜露已经降下，树叶完全脱落了，看见人影映在地上，抬头一望，看到皎洁的月亮，我们互相望望，很欢喜这景色，便一边走一边唱，互相应和。过了一会儿，我叹惜地说："有客人却没有酒，有酒却没有菜。月色皎洁，清风吹拂，这样美好的夜晚，我们怎么度过呢？"一位客人说："今天傍晚，我撒网捕到了鱼，大嘴巴，细鳞片，形状好像吴淞江的鲈鱼。不过，到哪里去弄到酒呢？"我回家和妻子商量，妻子说："我有一斗酒，保藏了很久，为了应付您突然的需要。"

就这样，我们携带着酒和鱼，再次到赤壁的下面游览。长江的水流得哗哗响；陡峭的江岸有百丈高；山，高高的；月，小小的；水位低了，原来在水里的石头也露出来了。

才过了多久呀，以前风景竟再也认不出来了。我就撩起衣襟上岸，踏着险峻的山岩，拨开纷乱的野草；蹲在虎豹形状的怪石上，又不时拉住形如虬龙的树枝，攀上猛禽做窝的悬崖，下望水神冯夷的深宫。那两位客人竟不能跟上来，我张口发出长长的啸声，草木似乎都被这种尖锐的声音震动了，山谷也发出共鸣、回声，风也起来，江水也汹涌了。在这种情境中，我也默默地感到悲愁，感到紧张，简直有些恐惧，觉得这里再也不能停留了。回到船上，把船划到江心，任凭它漂流到哪里就在哪里停泊。

这时快到半夜，望望四周，觉得冷清寂寞得很。正好有一只鹤，横穿江面从东边飞来，翅膀像车轮一样大小，尾部的黑羽如同黑裙子，身上的白羽如同洁白的衣衫，它拉长声音鸣叫着，擦过我们的船向西飞去。

过了一会儿，客人离开了，我也回家睡觉，梦见一个道士，穿着羽毛做的衣服轻快地走着，走到临皋下面，向我拱手行礼，说："赤壁这次旅游很痛快吧？"我问他的姓名，他低着头不回答。"哎呀！我知道了。昨天晚上，一边叫一边飞过我船上的，不是你吗？"道士回头笑了起来，我也忽然惊醒。开门一看，却看不到他在什么地方。

文与可画筼筜谷偃竹记[1]

这是篇出色的画论和悼文。作者总结了亡友文与可的绘画理论和技法，认为画竹必须“先得成竹于胸中”，对竹子的形态特点和生长规律要有深入的观察体味，并且经过长期的创作实践，掌握了熟练的绘画技巧，才能顺利地进入艺术构思，迅速捕捉并表现出竹子的天然神韵，达到心手相应，一挥而就的高妙境界。文中把创作灵感忽然而至的情形，比作“如兔起鹘落，少纵则逝”，是深有艺术体验的见解。作者同时用几件日常琐事，赞扬了文与可不慕名利、不喜应酬的高洁情操和爽直风趣的性格，与一些附庸风雅的士大夫形成对照；又通过书诗应答，睹物伤情等生活情节，表现了他们“亲厚无间”的友谊和对亡友的沉痛悼念。

文章前半部议论画理，流露出对与可的敬佩之情；后半部叙述他们的情谊，仍紧扣画理推究，谈笑风生，幽默轻松；末段突然点出与可之死，情调骤变，畴昔戏笑之言竟成如今之失声痛哭，言简情深，倍加伤感。全文叙事与抒情、议论与谈笑熔于一炉，信笔挥洒，舒卷自如，其势如行云流水，曲折生动。

原文

竹之始生，一寸之萌耳，而节叶具焉[2]。自蜩腹蛇蚹，以至于剑拔十寻者，生而有之也[3]。今画者乃节节而为之，叶叶而累之，岂复有竹乎[4]？故画竹必先得成竹于胸中，执笔熟视，乃见其所欲画者，急起从之，振笔直遂，以追其所见，如兔起鹘落，少纵则逝

矣[5]。与可之教予如此。予不能然也，而心识其所以然[6]。夫既心识其所以然，而不能然者，内外不一，心手不相应，不学之过也。故凡有见于中，而操之不熟者，平居自视了然，而临事忽焉丧之，岂独竹乎？子由为《墨竹赋》以遗与可曰[7]："庖丁，解牛者也，而养生者取之[8]；轮扁，斫轮者也，而读书者与之[9]。今夫夫子之托于斯竹也，而予以为有道者，则非邪[10]？"子由未尝画也，故得其意而已。若予者，岂独得其意，并得其法。

与可画竹，初不自贵重。四方之人，持缣素而请者，足相蹑于其门[11]。与可厌之，投诸地而骂曰："吾将以为袜材[12]！"士大夫传之，以为口实。及与可自洋州还，而余为徐州[13]。与可以书遗余曰："近语士大夫，'吾墨竹一派，近在彭城，可往求之[14]。'袜材当萃于子矣。"书尾复写一诗，其略曰："拟将一段鹅溪绢，扫取寒梢万尺长[15]。"予谓与可："竹长万尺，当用绢二百五十匹[16]，知公倦于笔砚，愿得此绢而已！"与可无以答，则曰："吾言妄矣！世岂有万尺竹哉？"余因而实之，答其诗曰："世间亦有千寻竹，月落庭空影许长[17]。"与可笑曰："苏子辩则辩矣，然二百五十匹绢，吾将买田而归老焉[18]！"因以所画筼筜谷偃竹遗予曰[19]："此竹数尺耳，而有万尺之势[20]。"筼筜谷在洋州，与可尝令予作《洋州三十咏》，《筼筜谷》其一也[21]。予诗云："汉川修竹贱如蓬，斤斧何曾赦箨龙[22]？料得清贫馋太守，渭滨千亩在胸中[23]。"与可是日与其妻游谷中，烧笋晚食，发函得诗，失笑喷饭满案。

元丰二年正月二十日，与可没于陈州[24]。是岁七月七日，予在湖州曝书画，见此竹，废卷而哭失声[25]。

昔曹孟德《祭桥公文》，有"车过""腹痛"之语，而予亦载与可畴昔戏笑之言者，以见与可于予亲厚无间如此也[26]。

注释

①文与可（1018—1079年）：名同，字与可，自号笑笑先生、锦江道人，梓潼（今四川省梓潼县）人，一说梓州永泰人。官司封员外郎，出任洋州（今陕西省洋县）、湖州（今浙江省吴兴县）知州。文同长苏轼十八岁，是他的从表兄，又是他的好友。苏轼说："文与可有四绝，诗一、楚词二、草书三、画四。"（《文与可墨竹并序》）文同善画山水石竹，尤工竹。是"文湖州竹派"的开创者。《图画见闻志》卷三称其"善画墨竹，富萧洒之姿，逼檩栾之秀，疑风可动，不笋而成者也。复爱于素屏高壁，状枯槎老卉，风旨简重，识者所多。"著作有《丹渊集》。筼筜谷：位于洋州西北五里，其地多筼筜竹。文同《贫篓谷》言其"池通一谷波溶溶，竹夹两岸烟濛濛！"左思《吴都赋》："其竹则筼筜。"李善注引《异物志》曰："筼筜生水边，长数丈，围一尺五六寸。一节相去六七尺，或相去一丈，庐陵界有之。"偃竹：斜立风中、状若倒伏的竹子。"筼筜谷偃竹"是文同画的一幅墨竹。

②萌：植物的芽。"一寸之萌"，指小竹笋。节：指竹节。

③蜩腹蛇蚹：形容竹笋出土后的形状。笋小时竹节纹路甚密，形如蝉腹上的横纹、蛇腹上的横鳞。剑拔：形容竹子长得快。竹子生长时，先是竹笋上窜，达到一定高度时，方分枝长叶。寻：八尺为一寻。

④累：堆叠。米芾《画史》称"予瞻作墨竹，从地一直起至顶。余问何不逐节分？曰：'竹生时何尝逐节生？'运思清拔，出于文同与可，自谓与文拈一瓣香。"苏轼反对追求形似，但不是不要画出形象，诚如王若虚所说：东坡"论妙在形似之外，而非遗其形似。不窘于题，而要不失其题，如是而已耳。"（《滹南诗话》卷中）

⑤成竹于胸中：指胸中先要有完整的竹子形象（包括竹的神韵）。这里强调的是画竹前，画家对竹要观察它、了解它，"能使是物了然于心"（《答谢民师书》）。熟视：久看。振笔：挥笔。遂：完成。兔起鹘落：兔子刚一出现，鹘鸟就从空中冲下来抓住它。这里形容运笔神速。作者写吴道子绘画也说"当其下手风雨快，笔所未到气已吞"。在论诗时，作者也很重视及时捕捉住

创作天机的重要性，所谓“作诗火急追亡逋，清景一失后难摹”（《腊日游孤山访惠勤、惠思二僧》）。少：稍微。逝：消失。

⑥然：如此。识：懂得。

⑦子由：即苏辙。

⑧庖丁：《庄子·养生主》篇所说的善于解牛的人物。养生者：讲求养生之道的人，此指文惠君。

⑨轮扁：《庄子·天道》篇所说的擅长治轮的人物。读书者：指齐醒公。与：赞许。

⑩今夫：《墨竹赋》中作“况夫”，且“况夫”前有“万物一理也，其所从为之者异尔”数字。

⑪缣素：白色细绢，供书画用。蹑：踩。“足相蹑”，形容人一个接一个地来。

⑫以为袜材：认为是做袜子的材料。这句写文同画竹，不可强求。苏轼亦是如此。

⑬洋州：文同于熙宁八年（1075 年）为洋州知州，熙宁十年回京，苏轼是年四月任徐州知州。

⑭彭城：即徐州。苏轼亦擅墨竹，为“文湖州竹派”重要画家。曾自称“派出湖州”，而又自有特点。其《憩寂图》云“东坡虽是湖州派，竹石风流各一时。”

⑮鹅溪：位于今四川省盐亭县西北。鹅溪产的绢很著名，唐时作为贡品，宋人视为名贵书画材料。扫取：用笔画成，挥洒成。扫：抹。寒梢：指竹，因竹子耐寒，故称寒梢。

⑯二百五十匹：古以 40 尺为一疋，故言“竹长万尺，当用绢 250 匹。”匹，同“疋”。

⑰实：坐实。落实。许：这样。文中两句诗是作者七绝《文与可有诗见寄，云“拟将一段鹅黄绢，扫取寒梢万尺长”，次韵答之》中的尾联。首联是：“爱鹅溪白茧光，扫残鸡距紫毫。”

⑱辩：巧言善辩，会说话。归老：归田养老。

⑲遗予：苏轼致文与可书说：“蒙寄惠偃竹，真可为古今之冠。”

⑳万尺之势：这句是说画上只数尺长，却具有高达万尺的气势。文同的

话说明画竹要有高度的概括性，通过有限的形象反映出无限的神韵来。

㉑洋州三十吟：文同筑亭园丁谷，并作《守居园池杂题》三十首描写谷内景物。苏轼在密州作《和文与可洋州园池三十首》，《赞筜谷》是第二十四首。

㉒汉川：汉水，洋州州治位于汉水北侧。蓬：草名。箨龙：竹笋的别称。箨，笋壳。

㉓渭滨：渭水边。《史记·货殖列传》云："渭川千亩竹，……此其人皆与千户侯等"。诗言"千亩在胸中"，不仅是戏谓对方吃下了千亩竹，而且与前文"得成竹于胸中"相呼应，说千亩竹都成了文同绘画的素材，装进他胸中了。

㉔陈州：治所在今河南省淮阳县。元丰二年正月，文同病逝于陈州宛丘驿。

㉕湖州：文同卸湖州知州任在元丰元年十月，继任者即为苏轼。曝：晒。废：废置、放下。失声：悲极气咽，泣不成声。

㉖桥公：即桥玄。桥玄字公祖，睢阳（今河南省商丘市）人。曾为太尉。拜中散大夫。《后汉书·桥玄传》记载，曹操祭祀故人桥玄，祭文中曾引桥玄往日戏笑语，云"殂逝之后，路有经由，不以斗酒支鸡过相沃爵，车过三步，腹痛无怪！"畴昔：从前。无间：没有隔阂。作者《书文与可墨竹并序》："与可尝云，'世无知我者，惟子瞻一见识吾妙处。'"

译文

竹子开始生出时，只是一寸高的萌芽而已，但节、叶都具备了。从蝉破壳而出、蛇长出鳞一样的状态，直至像剑拔出鞘一样长到八丈高，都是一生长就有的。如今画竹的人都是一节节地画它，一叶叶地堆积它，这样哪里还会有完整的、活生生的竹子呢？所以画竹必定要心里先有完整的竹子形象，拿起笔来仔细看去，就看到了他所想画的竹子，急速起身跟住它，动手作画，一气呵成，以追上他所见到的，如兔子跃起奔跑、隼俯冲下搏，稍一放松就消失了。与可告诉我的是如此。我不能做到这样，但心里明白这样做的道理。

既然心里明白这样做的道理，但不能做到这样，是由于内外不一，心与手不相适应，没有学习的过错。所以凡是在心中有了构思，但是做起来不熟练的，平常自己认为很清楚，可事到临头忽然又忘记了，这种现象难道仅仅是画竹有吗？子由写了篇《墨竹赋》，把它送给与可，说："丁厨子，是杀牛的，但讲求养生的人从他的行动中悟出了道理；轮扁，是造车轮的，但读书的人赞成他讲的道理。如今您寄托意蕴在这幅竹画上，我认为您是深知道理的人，难道不是吗？"子由没有作过画，所以只得到了他的意蕴。像我这样的人，哪里仅仅是得到他的意蕴，并且也得到了他的方法。

与可画竹，起初自己并不看重。四方的人们，带着白绢来请他作画的，在他的门口脚与脚互相碰踩。与可讨厌他们，把白绢丢在地上骂道："我将把这些白绢当作做袜子的材料！"文人们传道着他的话，作为话柄。等与可从当洋州太守回来，我正任徐州太守。与可把信寄给我说，"近来告诉文人们说：'我们画墨竹这一流派的人，已传到近在徐州的苏轼，你们可去求他画。'做袜子的材料会聚集到您那里去了。"信末又写了一首诗，它的大概意思说："打算用一段鹅溪绢，画出寒竹万尺长。"我对与可说："竹子长万尺，必须用绢二百五十匹。知道您是懒得动笔，希望得到这些绢罢了。"与可无话可答，就说："我的话错了，世上哪有万尺长的竹子呢？"我就证实它，回答他的诗说："世上也有八千尺长的竹，月光洒落空庭照出竹影这么长。"与可笑起来说："苏先生真会说呀！但二百五十匹绢，我将用它们买些田回家养老啊。"即把所画的筼筜谷倾斜的竹子送给我，说："这竹子只有几尺高，但有万尺的气势。"筼筜谷在洋州，与可还令我作《洋州三十咏》，《筼筜谷》是其中之一。我的诗说："汉水的高竹贱如蓬草，斧头哪曾放过竹子？估计太守清贫贪馋，把渭水边上千亩竹林都吃进了肚里。"与可当天与他的妻子在筼筜谷游玩，晚上煮笋吃，打开信得到了这首诗，忍不住笑起来，喷饭满桌。

元丰二年正月二十日，与可在陈州去世了。这年七月七日，我在湖州晒书画，看到这幅《筼筜谷偃竹》，放下画卷痛哭失声。

从前曹孟德祭桥玄文，有不祭祀坟墓、车过腹痛的话头；我的文章也记载了与可以往跟我戏笑的话，以见与可跟我这样亲密无间啊。

黠鼠赋[1]

这是一篇寓言式的咏物小品，风趣幽默，相传是苏轼十一二岁时的作品。本文选取一桩生活小事，借一只狡猾的老鼠利用人的疏忽而逃脱的故事，说明了一个道理：最有智慧的人类，尽管可以“役万物而君之”，却难免被狡猾的老鼠所欺骗，原因全在做事时是否精神专一。专一则事成，疏忽则事败。文章故事生动，寓意深刻，发人深省。

原文

苏子夜坐，有鼠方啮[2]。拊床[3]而止之，既止复作。使童子烛之[4]，有橐[5]中空。嘐嘐聱聱[6]，声在橐中。曰：“嘻，此鼠之见闭而不得去者也。”发而视之，寂无所有。举烛而索[7]，中有死鼠。童子惊曰：“是方啮也，而遽死耶？向为何声，岂其鬼耶？”覆而出之，堕地乃走[8]。虽有敏者，莫措其手。

苏子叹曰：“异哉，是鼠之黠也。闭于橐中，橐坚而不可穴也。故不啮而啮，以声致人；不死而死，以形求脱[9]也。吾闻有生，莫智于人。扰龙、伐蛟，登龟、狩麟[10]。役万物而君之，卒见使于一鼠[11]。堕此虫之计中，惊脱兔于处女。乌在其为智也[12]？”坐而假寐，私念其故。若有告余者曰：“汝惟多学而识之，望道而未见也。不一于汝，而二于物，故一鼠之啮而为之变也。人能碎千金之璧，不能无失声于破釜；能搏猛虎，不能无变色于蜂虿[13]。此不一之患也。言出于汝，而忘之耶？”余俛[14]而笑，仰而觉。使童子执笔，记余之作。

注释

①此文选自《苏轼文集》卷一赋。

②啮：咬。

③拊床：拍床。

④烛：用蜡烛照照。

⑤橐：箱子一类器具。

⑥嘐嘐聱聱：象声词，形容老鼠咬的声音。

⑦索：巡视。

⑧此两句是说将橐倒扣，老鼠掉下来便跑了。

⑨此两句是说老鼠不死装死，以死鼠的形状跑掉了。

⑩扰龙：驯龙。伐蛟：擒杀蛟。蛟：龙的一种。登龟：利用龟甲占卜。狩麟：猎取麒麟。

⑪这两句说，人们可以役使万物而做它们的主宰，却被这只老鼠骗了。

⑫乌：怎么。

⑮虿：蝎子一类的毒虫。

⑭俛：同“俯”，低首。

译文

苏子在夜里坐着，有只老鼠在咬东西。苏子拍击床板，声音就停止了，停止了又响起一次。（苏子）命令童子拿蜡烛照床下，有一个空的箱型器具，老鼠咬东西的声音从里面发出。童子说：“啊，这只老鼠被关住就不能离开了。”童子打开箱子来看里面，空空的一无所有。童子举起蜡烛来搜索，箱子中有一只死老鼠，童子惊讶地说：“老鼠刚才是在叫的，怎么会突然死了呢？之前是什么声音，难道是鬼吗？”童子把箱子翻过来倒出老鼠，老鼠一落地就逃走了，就是再敏捷的人也措手不及。

苏子叹了口气说："怪了，这是老鼠的狡猾！老鼠被关在箱子里，箱子是坚硬的、老鼠不能够钻透的。所以老鼠是在不能够咬的时候咬箱子，用声音招人来；在没有死的时候装死，凭借装死的外表求得逃脱。我听说生物中没有比人更有智慧的了。人能驯化神龙、捉住蛟龙，能用龟壳占卜、狩猎麒麟，役使世界上所有的东西然后主宰它们，却突然被一只老鼠利用。陷入这只老鼠的计谋中，吃惊于老鼠从极静到极动的变化中，人的智慧在哪里呢？"（我）坐下来，闭眼打盹，自己在心里想这件事的原因。好像有人对我说："你只是多学而记住一点知识，但还是离'道'很远。你自己心里不专心，又受了外界事物的干扰、左右，所以一只老鼠发出叫声就能招引你受它支配，帮它改变困境。人能够在打破价值千金的璧玉时不动声色，而在打破一口锅时失声尖叫；人能够战胜猛虎，可见到蜂、蝎时不免变色，这是不专一的结果。这是你早说过的话，忘记了吗？"我俯下身子笑了，仰起身子又醒悟了。我于是命令童子拿着笔，记下了我的文章。

三槐堂铭

三槐堂是北宋初年王祐家的厅堂，因堂前种有三棵槐树而得名。苏轼此文的主旨在于歌颂王祐的功业与品格。文章叙事议理，委婉多姿而又清丽顺畅。

原文

天可必乎？贤者不必贵，仁者不必寿。天不可必乎？仁者必有后。二者将安取衷哉？

吾闻之申包胥曰："人定者胜天，天定亦能胜人[①]。"世之论天

者，皆不待其定而求之，故以天为茫茫。善者以怠，恶者以肆。盗跖之寿[②]，孔、颜之厄[③]，此皆天之未定者也。松柏生于山林，其始也，困于蓬蒿，厄于牛羊；而其终也，贯四时，阅千岁而不改者，其天定也。善恶之报，至于子孙，则其定也久矣。吾以所见所闻考之，而其可必也审矣。

国之将兴，必有世德之臣，厚施而不食其报，然后其子孙能与守文太平之主共天下之福。故兵部侍郎晋国王公[④]，显于汉、周之际[⑤]，历事太祖、太宗[⑥]，文武忠孝，天下望以为相，而公卒以直道不容于时。盖尝手植三槐于庭，曰："吾子孙必有为三公者[⑦]。"已而其子魏国文正公[⑧]，相真宗皇帝于景德、祥符之间[⑨]，朝廷清明，天下无事之时，享其福禄荣名者十有八年。今夫寓物于人，明日而取之，有得有否。而晋公修德于身，责报于天，取必于数十年之后，如持左券，交手相付。吾是以知天之果可必也。

注释

①申包胥曰：据《史记·伍子胥列传》：伍子胥为报杀父之仇，帮助吴国灭掉楚国。楚国大夫申包胥决心恢复楚国，派人去对伍子胥说："吾闻之，人众者胜天，天定亦能破人。"苏轼引用这话时稍有变动。

②盗跖之寿：《庄子·盗跖》记有柳下惠之弟盗跖与孔子的对话。据考证，柳下惠为鲁僖公时人，早于孔子出生约八十余年，盗跖当属高寿。另据《史记·伯夷传》注，跖为黄帝时之大盗。《汉书》注，又为秦时大盗。虽然根据皆来自寓言，但其寿命，则肯定更高。

③孔、颜之厄：据《史记·孔子世家》记载，孔子与其徒颜回等人被困于陈、蔡之间，绝粮，仍弦歌之声不绝。

④王公：王祐（924—987年），字景叔，莘县（今属山东）人，官至兵部侍郎，追封晋国公。

⑤显于汉、周之际：王祐在五代的后汉初年名闻京师，被邺帅杜重威任为观察支使。在后周时，又担任魏县、南乐县令。

⑥历事太祖、太宗：王祐在宋太祖时，历知潞洲、大名、襄州、潭州，太宗时，移知河中府、开封府。

⑦手植三槐：宋太祖因符颜卿镇守大名，治理不好，命王祐代之，让他观察符的动静。王祐以全家百口，保符无罪。他在院中手植三槐，曾说“我的子孙必会有做三公的”。世人说王祐积有阴德。

⑧魏国文正公：王旦（957—1017年），王祐次子，字子明，太平兴国五年（958年）进士及第，真宗时拜相，封魏国公，死后谥文正。

⑨景德：真宗年号（1004—1007年）。祥符：真宗年号（1008—1016年）。

译文

上天一定会表现他的意志吗？但是贤能的人不一定富贵，仁爱的人不一定长寿。难道上天不一定会表现他的意志吗？但是仁爱的人一定有好的后代。这两种情况哪一种是正确的说法呢？

我听说申包胥曾经说过：“人的意志可以胜过天，天的意志也能胜过人为的努力。”世上议论天道的人，都不等天的意志完全表现出来就去责备它，因此认为天是茫茫无知的。善良的人因此而倦怠，邪恶的人因此而放肆。盗跖可以长寿，孔子、颜回却遭受困厄，这都是天还没有表现出它的意志来的缘故。松柏生长在山林中，开始时，被蓬蒿围困，被牛羊践踏，但最终还是四季常青，经千年而不凋零，这就是天的意志。对人的善恶报应，有的要到子孙后代才表现出来，天的意志可以说是由来久远的。我根据所见所闻事实考察，天必然是要表示它的意志的，这是明白无疑的。

国家将要兴盛，必然会有世代积德的大臣，做了大量的善事而没有得到好的报应，但此后他的子孙却能够与守成这太平盛世的君主共同享受天下之福。已故兵部侍郎晋国公王祐，名声显赫于后汉、后周期间，先后在太祖、太宗两朝任职，能文能武，忠孝品德高尚，天下人都希望他能出任宰相，但是最终由于他性情率直而不为当世所容。他曾经在庭院种了三棵槐树，说："我的子孙将来一定有做三公的。"后来他的儿子魏国文正公果然在宋真宗景德、祥符年间当了宰相。那时正值朝廷政治清明，天下无事，享受了荣华富贵十八年。今天把东西存在别人家中，明日去取，有可能取到，也有可能取不到。而晋公自身修养德行，希望能得到上天的回报。几十年后他得到了上天的回报，就像手持契约，亲手交割一样。我因此知道确实可以认为天必然要表示它的意志的。

原文

吾不及见魏公，而见其子懿敏公⑩，以直谏事仁宗皇帝⑪，出入侍从将帅三十余年，位不满其德。天将复兴王氏也欤？何其子孙之多贤也！世有以晋公比李栖筠者，其雄才直气，真不相上下⑫。而栖筠之子吉甫，其孙德裕，功名富贵，略与王氏等⑬；而忠恕仁厚，不及魏公父子。由此观之，王氏之福，盖未艾也。

懿敏公之子巩⑭，与吾游，好德而文，以世其家，吾是以录之。铭曰：呜呼休哉！魏公之业，与槐俱萌。封植之勤，必世乃志。既相真宗，四方砥平，归视其家，槐荫满庭。吾侪小人，朝不及夕，相时射利，皇恤厥德。庶几侥幸，不种而获。不有君子，其何能国？王城之东，晋公所庐，郁郁三槐，惟德之符。呜呼休哉！

注释

⑩懿敏公：王素（1007—1075年），王旦子，字仲仪，赐进士出身，累官至工部尚书，死后谥懿敏。

⑪直谏：王素曾知谏院，遇事敢言。曾请省无名之费，谏仁宗祷雨不诚，谏纳女等。

⑫李栖筠：唐代赵州（河北赵县）人，进士出身，官给事中，浙西观察使，代宗欲任他为相，被元载阻止。

⑬李吉甫：栖筠子，字弘宪，宪宗时任宰相，平藩镇之乱，裁冗官冗员，唐室中兴。李德裕：吉甫子，字文饶，武宗时任宰相，历行改革，陷于党争，贬死崖州。

⑭巩：王素子，字定国，号清虚先生，善诗，与苏轼游，后任宗正丞。有《甲申杂记》《闻见近录》等诗文集行世。

译文

我没有赶上看到魏国公，而见到了他的儿子懿敏公。他常常对仁宗皇帝直言进谏，出外带兵、入内侍从三十多年，这种爵位还不足以和他的德行相称。是上天要使王氏重新兴盛吗？为什么他的子孙有这么多贤能之士呢？世人有将晋国公与李栖筠相比，他们杰出的才能、正直的气质确实不相上下。李栖筠之子李吉甫，孙李德裕，享有的功名富贵和王氏差不多，但在忠恕仁厚方面，则赶不上魏公父子。从这看来，王氏的福分还没有完结哟。

懿敏公的儿子王巩和我有交往，他崇尚道德而又善写文章，以继承他的家风，我因此把他记了下来。铭文是：啊，多么美好，魏公的家业，和槐树一起萌生。辛勤地培植，必定经过一代才能成长。辅佐真宗，天下安宁。回到家中一看，槐树掩映庭院。普通的人，早晨不考虑晚上，只要时机有利，就会追求名利，哪里还有时间进行道德修养。只希望有侥幸的运气，不种植就能收获。如果没有那些君子，国家就不成其为国家了。京城的东面，是晋国公居住的地方，郁郁葱葱的三棵槐树，正象征着王家的道德。啊，多么美好！

潮州韩文公庙碑

唐宪宗时，韩愈因谏迎佛骨被贬潮州（今广东潮安）。宋哲宗元祐七年（1092年），潮州人重修韩愈庙，苏轼写了这篇碑文。对韩愈的人格、思想、精神及其在文化上所起的作用都给予了高度评价。语言音调铿锵，句式错落有致，气势一泻千里而缓急得当，使文章显得气派恢宏而又生动灵活，堪称神来之笔。

原文

匹夫而为百世师，一言而为天下法，是皆有以参天地之化，关盛衰之运。其生也有自来，其逝也有所为。故申、吕自岳降[①]，傅说为列星[②]，古今所传，不可诬也。

孟子曰："我善养吾浩然之气[③]。"是气也，寓于寻常之中，而塞乎天地之间。卒然遇之，则王公失其贵，晋、楚失其富[④]，良、平失其智[⑤]，贲、育失其勇[⑥]，仪、秦失其辨[⑦]。是孰使之然哉？其必有不依形而立，不恃力而行，不待生而存，不随死而亡者矣。故在天为星辰，在地为河岳，幽则为鬼神，而明则复为人。此理之常，无足怪者。

注释

①申：申伯，周宣王时功臣。吕：吕侯，辅周穆王有功。《诗经·大雅·崧高》："维岳降神，生甫及申。"

②傅说：商王武丁时的大臣，治国有方，奄有天下，得天道，死后升天，比于列星。

③孟子：名轲，战国时思想家。有《孟子》一书传世。"养浩然之气"见《公孙丑上》。

④晋、楚：为春秋时两个富强的国家，晋文公和楚庄王曾分别为春秋五霸之一。

⑤良、平：张良和陈平。都是刘邦的重要谋士，对汉朝的建立起了重要的作用。

⑥贲、育：孟贲和夏育，都是古代著名的勇士。据说孟贲"水行不避蛟龙，陆行不避兕虎"。夏育能"力拔牛尾""叱骇三军"。

⑦仪、秦：张仪和苏秦，都是战国时著名的纵横家，他们善于辞辩。

译文

一个普通人却成为千百代的榜样，一句话却成为天下人效法的准则，这是因为他们的品格可以与天地化育万物相提并论，也关系到国家气运的盛衰。他们的降生是有来历的，他们的逝世也是有所作为的。所以，申伯、吕侯由高山之神降生，傅说死后成为天上的列星，从古到今的传说，是不可否认的。

孟子说："我善于修养我盛大正直的气。"这种气，寄托在平常事物中，又充满于天地之间。突然遇上它，那么，王公贵族就会失去他们的尊贵，晋国、楚国就会失去它们的富有，张良、陈平就会失去他们的智慧，孟贲、夏育就会失去他们的勇力，张仪、苏秦就会失去他们的辩才。是什么东西使它这样的呢？那一定有一种不依附形体而成立，不依靠外力而行动，不等待出生就存在，不随着死亡就消逝的东西了。所以在天上就成为星宿，在地下就化为河川山岳；在阴间就成为鬼神，在阳世便又成为人。这个道理十分平常，不值得奇怪的。

原文

自东汉以来，道丧文弊，异端并起，历唐贞观、开元之盛⑧，辅以房、杜、姚、宋而不能救⑨。独韩文公起布衣，谈笑而麾之，天下靡然从公，复归于正，盖三百年于此矣。文起八代之衰，而道济天下之溺⑩，忠犯人主之怒⑪，而勇夺三军之帅⑫。此岂非参天地，关盛衰，浩然而独存者乎？

盖尝论天人之辨，以谓人无所不至，惟天不容伪。智可以欺王公，不可以欺豚鱼；力可以得天下，不可以得匹夫匹妇之心。故公之精诚，能开衡山之云，而不能回宪宗之惑⑬；能驯鳄鱼之暴⑭，而不能弭皇甫镈、李逢吉之谤⑮；能信于南海之民，庙食百世⑯，而不能使其身一日安于朝廷之上。盖公之所能者天也，其所不能者人也。

注释

⑧贞观、开元之盛：唐太宗的贞观年间（627—649 年）、唐玄宗的开元年间（731—741 年），政治经济状况较好，被认为是“盛世”。

⑨房、杜：房玄龄和杜如晦，是唐太宗时的宰相。姚、宋：姚崇和宋璟，是唐玄宗时的宰相。对“贞观之治”和“开元之治”起了重要作用。

⑩八代：东汉、魏、晋、宋、齐、梁、陈、隋八个朝代，流行骈体文，文风绮丽，华而不实。

⑪忠犯人主之怒：唐宪宗信佛，迎佛骨入宫，韩愈上《谏迎佛骨表》，有

“事佛渐谨，年代尤促”等句，宪宗大怒，欲加死罪，经朝臣挽救，贬潮州。

⑫勇夺三军之帅：唐穆宗时，镇州兵变，杀节度使田弘正，另立王廷凑，韩愈奉旨前往抚慰，王陈兵接待，加以威胁，韩愈毫不畏惧，劝王归顺朝廷，不应从逆造反，王感悟以礼送韩回朝。

⑬衡山：在湖南衡山县西，为五岳之一。韩愈有《谒衡岳庙遂宿岳寺题门楼》诗“我来正值秋雨节，阴气晦昧无清风。潜心默祷若有应，岂非正直能感通。须臾静扫众峰出，仰见突兀撑晴空。”

⑭驯鳄鱼之暴：韩愈有《祭鳄鱼文》，为到潮州后不久所作，历数鳄鱼之罪，表明了自己为民除害的决心。

⑮弭皇甫镈、李逢吉之谤：韩愈贬潮州后，宪宗有悔意，宰相皇甫镈说他狂疏，阻其回朝。另一宰相李逢吉则在韩愈和李绅之间制造矛盾，使他们两败俱伤。

⑯南海：即潮州，当地民众怀念韩愈，立庙祭祀。

译文

自从东汉以来，儒道沦丧，文风败坏，佛、道等邪说一齐出现。经历了唐代贞观、开元的兴盛时期，依靠房玄龄、杜如晦、姚崇、宋璟等名臣辅佐，还不能挽救。只有韩文公从普通人里崛起，在谈笑风生中指挥古文运动，天下人纷纷倾倒追随他，使思想和文风又回到正路上来，到现在已经有三百年左右了。他的文章使八代以来的衰败文风得到振兴，他对儒道的宣扬，使天下人在沉溺中得到拯救，他的忠诚曾触犯了皇帝的恼怒，他的勇气能折服三军的主帅。这难道不是与天地化育万物相并列，关系到国家盛衰，浩大而独立存在的正气吗？

我曾谈论过天道和人事的区别：认为人没有什么事不能做出来，只是天不容许人作伪。人的智谋可以欺骗王公，却不能欺骗小猪和鱼；人的力量可以取得天下，却不能取得民心。所以韩公的专心诚意，能够驱散衡山的阴云，却不能够挽回宪宗信佛的执迷不悟；能够驯服鳄鱼的凶暴，却不能够制止皇甫镈、李逢吉的诽谤；能够在潮州老百姓中取得信任，百代都享受庙堂祭祀，却不能使自身在朝廷上有一天的平安。原来，韩公能够遵从的，是天道；他不能屈从的，是人事。

原文

始潮人未知学，公命进士赵德为之师[17]。自是潮之士，皆笃于文行，延及齐民，至于今，号称易治。信乎孔子之言，“君子学道则爱人，小人学道则易使”也[18]。

潮人之事公也，饮食必祭，水旱疾疫，凡有求必祷焉。而庙在刺史公堂之后，民以出入为艰。前太守欲请诸朝作新庙，不果。元祐[19]五年，朝散郎王君涤来守是邦，凡所以养士治民者，一以公为师。民既悦服，则出令曰：“愿新公庙者，听！”民欢趋之，卜地于州城之南七里，期年而庙成。

或曰：“公去国万里，而谪于潮，不能一岁而归。没而有知，其不眷恋于潮也，审矣。”轼曰：“不然！公之神在天下者，如水之在地中，无所往而不在也。而潮人独信之深，思之至，焄蒿凄怆，若或见之。譬如凿井得泉，而曰水专在是，岂理也哉？”

元丰七年[20]，诏封公昌黎伯，故榜曰：“昌黎伯韩文公之庙。”潮人请书其事于石，因作诗以遗之，使歌以祀公。其辞曰：公昔骑龙白云乡[21]，手抉云汉分天章，天孙为织云锦裳[22]。飘然乘风来帝旁，下与浊世扫秕糠。西游咸池略扶桑[23]，草木衣被昭回光。追逐李、杜参翱翔[24]，汗流籍湜走且僵[25]，灭没倒影不能望，作书诋佛讥君王，要观南海窥衡湘，历舜九嶷吊英皇[26]。祝融先驱海若藏[27]，约束蛟鳄如驱羊。钧天无人帝悲伤，讴吟下招遣巫阳[28]。犦牲鸡卜羞我觞，於粲荔丹与蕉黄。公不少留我涕滂，翩然被发下大荒。

注释

⑰命进士赵德为之师：韩愈有《潮州请置乡校牒》，称赞赵德“沉雅专静，颇通经，有文章，能知先王之道，论说且排异端，而宗孔氏，可以为师，”因而推荐他“专勾当州学，以督生徒。”

⑱君子学道二句：引自《论语·阳货》。

⑲元祐：宋哲宗年号（1086—1094 年）。王涤：字长源，莱州人，从学于韩愈，知潮州时，曾造新的韩愈庙。

⑳元丰：宋神宗年号（1078—1085 年）。

㉑白云乡：《庄子·天地篇》:“乘彼白云，至于帝乡。”视为仙乡。

㉒天孙：指织女，她是天帝之孙女。

㉓咸池：《离骚》:“饮余马于咸池。”王逸注：“曰浴处也。”扶桑：日所出之处。

㉔李、杜：李白与杜甫。

㉕籍：张籍，韩愈的好朋友。湜：皇甫湜，韩愈的学生。两人都是中唐时期的文学家。

㉖九嶷：九嶷山，在湖南宁远县南，相传舜葬于此山。英、皇：女英和娥皇，为尧之女，后为舜妻，舜死，二女溺于湘江。

㉗祝融：南海神。海若：北海神。

㉘巫阳：古巫师名。

译文

从前，潮州人不知道学习儒道，韩公指定进士赵德做他们的老师。从此潮州的读书人，都专心于学问的研究和品行的修养，并影响到普通百姓。直到现在，潮州被称为容易治理的地方。确实不错啊，孔子曾说过这样的话：“有地位的人学了道理，就会爱护人民；地位低的人学了道理，就容易治理。”

潮州人敬奉韩公，吃喝的时候必定要祭祀他，水灾旱荒、疾病瘟疫，凡是有求助于神灵的事，必定到祠庙里去祈祷。可是祠庙在州官衙门大堂的后面，百姓以为进出不方便。前任州官想申请朝廷建造新的祠庙，没有成功。元祐五年，朝散郎王涤先生来担任这个州的知州，凡是用来培养士子，治理百姓的措施，完全以韩公为榜样。老百姓心悦诚服以后，便下命令说:“愿意重新修建韩公祠庙的人，就来听从命令。”老百姓高高兴兴地赶来参加这项工程。在州城南面七里选了一块好地方，一年后新庙就建成了。

有人说:“韩公远离京城约万里，而被贬到潮州，不到一年便回去了，他死后有知的话，是不会深切怀念潮州的，这是明摆着的。”我说:“不是这样的，韩公的神灵在人间，好比水在地上，没有什么地方不存在。而且潮州人信仰得特别深厚，思念得十分恳切，每当祭祀时，香雾缭绕，不由涌起悲伤凄怆的感觉，就像见到了他。好比挖一口井得到了水，就说水只在这个地方，难道有这个道理吗?”

元丰七年，皇帝下诏书封韩公为昌黎伯，所以祠庙的匾额上题为“昌黎伯韩文公之庙”。潮州人请我书写他的事迹刻在石碑上，因此作首诗送给他们，让他们歌唱着祭祀韩公。歌词说：您从前骑龙遨游在白云乡，双手拨动银河，挑开天上的云彩，织女替您织成云锦衣裳。您轻快地乘着风来到皇帝的身旁，下降到人间，为混乱的俗世扫除异端。您在西边游览了咸池，巡视了扶桑，草木都披上了您的恩泽，承受着您的光辉普照。您追随李白、杜甫，与他们一起比翼翱翔，使张籍、皇甫湜奔跑流汗，两腿都跑僵硬了，也不能仰望到您那能使倒影消失的耀眼光辉。您上书痛斥佛教，讽谏君王，被邀请到潮州来观看，中途又游览了衡山和湘水，经过了埋葬帝舜的九嶷山，凭吊了娥皇和女英。到了潮州，祝融为您在前面开路，海若躲藏起来了，您管束蛟龙、鳄鱼，好像驱赶羊群一样。天上缺少人才，天帝感到悲伤，派巫阳唱着歌到下界招您的英魂上天。用牦牛做祭品，用鸡骨来占卜，敬献上我们的美酒；还有殷红的荔枝，金黄的香蕉。您不肯稍作停留，使我们泪如雨下，只得送您的英灵，披着头发，轻快地返回仙乡。

乞校正陆贽奏议进御札子

陆贽（754—805年），字敬舆，唐德宗时召为翰林学士，诏书多由贽拟，时号“内相”。他所作奏议共数十篇，大多切中时弊，为后世所重。宋哲宗元祐八年（1093年），苏轼于被贬的黄州任所被召还，任翰林学士、礼部尚书。当时朝政日非，弊端颇多，苏轼便与同僚吕希哲等上书，建议哲宗校正陆贽的奏议，并以之作为治国之“龟鉴”。本文感情充沛，说理透彻，具有较强的说服力。札子，又作劄子，宋代官员上殿奏事，非表非状者称为札子。

原文

臣等猥以空疏，备员讲读。圣明天纵，学问日新。臣等才有限而道无穷，心欲言而口不逮，以此自愧，莫知所为。

窃谓人臣之纳忠，譬如医者之用药，药虽进于医手，方多传于古人。若已经效于世间，不必皆从于己出。

伏见唐宰相陆贽，才本王佐，学为帝师。论深切于事情，言不离于道德。智如子房而文则过①，辩如贾谊而术不疏②。上以格君心之非，下以通天下之志。但其不幸，仕不遇时。德宗以苛刻为能，而贽谏之以忠厚③；德宗以猜疑为术，而贽劝之以推诚；德宗好用兵，而贽以消兵为先；德宗好聚财，而贽以散财为急。至于用人听言之法，治边驭将之方，罪己以收人心，改过以应天道，去小人以除民患，惜名器以待有功，如此之流，未易悉数。可谓进苦口之药石，针害身之膏肓。使德宗尽用其言，则贞观可得而复④。

注释

①子房：张良，字子房，为汉高祖刘邦主要谋士。

②贾谊：西汉初年年轻有为的政论家，曾献《治安策》，但未获重用，抑郁而死。

③德宗：780—805 年在位。

④贞观：唐太宗年号（627—649 年）。

译文

臣等才疏学浅，充任侍讲学士和侍读学士之职。陛下天资聪明，学问日益长进。臣等才学有限而圣人之道却是无穷无尽，心里要想说的话又不能正确表达出来，因此自感惭愧，以至不知道怎样才好。

我们私下认为臣子向皇帝敬献忠君之言，譬如医生用药一样，药虽然是由医生之手献上，但药方大多是从古人那里传下来的。如果这些药方在世间已取得了疗效，那就不一定都由医生自己拟定出来。

臣等觉得唐代宰相陆贽，以才学而论可以辅佐帝王，以学问而论可以作为帝王的老师。他在议论问题时深刻地切合事理，言谈话语中从不偏离道德规范。智谋如同张良而文采却超过了他，答辩之术如同贾谊而策略却不虚空。对上能够纠正君主想法上的错误，对下能够沟通天下百姓的心意。但是他生平不幸，出仕为官却没有遇到好的时机。德宗对人以苛刻为能事，而陆贽却用忠厚之道来规劝他；德宗把善于猜忌作为权术，而陆贽却用推心置腹、以诚待人来规劝他；德宗喜欢穷兵黩武，而陆贽却认为消除战争为当务之急；德宗喜欢搜刮钱财，而陆贽却认为散财于民为迫切之事。至于任用人才、听取意见的做法，安定边疆、驾驭将帅的策略，承认自己的错误以争取民心，改正过失以顺应天道，斥退奸佞消除民患，珍惜封赏以等待有功之人，如此的奏议很多，不易全部列举。可以说他是在进献苦口的良药，治疗危害身体的顽症。假如德宗全部采纳了他的意见，那么贞观之治就可能再次出现。

原文

臣等每退自西阁，即私相告言，以陛下圣明，必喜贽议论。但使圣贤之相契，即如臣主之同时。昔冯唐论颇、牧之贤，则汉文为之太息⑤；魏相条晁、董之对，则孝宣以致中兴⑥。若陛下能自得师，则莫若近取诸贽。

夫六经三史、诸子百家，非无可观，皆足为治。但圣言幽远，末学支离，譬如山海之崇深，难以一二而推择。如贽之论，开卷了然。聚古今之精英，实治乱之龟鉴。

臣等欲取其奏议，稍加校正，缮写进呈。愿陛下置之坐隅，如见贽面；反复熟读，如与贽言。必能发圣性之高明，成治功于岁月。

臣等不胜区区之意，取进止。

注释

⑤冯唐：西汉安陵（陕西咸阳东北）人，文帝时任中郎署长，向文帝讲述战国时赵国名将廉颇与李牧的故事，文帝听后以得不到如二人者为将而叹息。

⑥魏相：西汉定陶（今属山东）人，举贤良，历任州县官，宣帝时官至宰相，经常引用西汉前期著名政治家董仲舒、晁错、贾谊等人的言论，整顿吏治，使西汉后期的政局，有所好转，史称“宣帝中兴”。

译文

臣等每次从西阁退出来，便私下互相谈论，认为像陛下这样圣明的君主，一定会喜欢陆贽的议论。只要像您这样的圣君能和像陆贽那样的贤相的意见相合，那么就好比是君臣同处于一个时代。从前冯唐谈论廉颇、李牧的贤能时，汉文帝因而为之叹息；魏相列举了晁错、董仲舒的治国之策，汉宣帝采用后使汉室得以中兴。如果陛下能自己找到一个老师的话，没有谁能比得上近在唐代的陆贽了。

像六经三史、诸子百家，并非没有可观之处，都足以用来治国。但是圣人的言论精微奥妙，诸子百家的观点支离破碎，这就好像山和海那样崇高深邃，难以从中选择一二来推广运用。像陆贽的议论，开卷之后就能令人一目了然。它集中了古往今来的治国的精华，实在是可以作为国家治乱的借鉴。

臣等打算找出他的奏议，稍加校正，誊写清楚后敬献陛下。希望陛下把它放在座位旁边，如同和陆贽见面一样；反反复复进行熟读，好像和陆贽交谈一样。这样就一定能够启迪陛下高明的天性，在短期内获得天下大治的功业。

臣等表达不尽一片诚心，请陛下裁断是否可行。

方山子传

苏轼任凤翔签判时曾与陈慥交游。其时陈任侠好酒，豪气满怀。十九年后苏轼贬官黄州团练副使，途中与陈慥相遇，他却变成了隐士。苏轼感于人世变迁而为他作传，谓其弃富贵而隐居于深山幽谷为“有自得”。文章刻画人物笔墨精约而生动传神。寥寥数笔便把方山子青年时的豪气与隐者之风描绘得栩栩如生。所以李刚已说:“此篇跌宕有奇气。”凤翔知府陈希亮之子陈慥(字季常),号方山子。

原文

方山子[①],光、黄间隐人也[②]。少时慕朱家、郭解为人,闾里之侠皆宗之[③]。稍壮,折节读书,欲以此驰骋当世,然终不遇。晚乃遁于光、黄间,曰岐亭[④]。庵居蔬食,不与世相闻;弃车马,毁冠服,徒步往来,山中人莫识也。见其所著帽,方耸而高,曰:“此岂古方山冠之遗像乎[⑤]?”因谓之方山子。

余谪居于黄,过岐亭,适见焉[⑥]。曰:“呜呼!此吾故人陈慥季常也,何为而在此?”方山子亦矍然,问余所以至此者。余告之故。俯而不答,仰而笑,呼余宿其家。环堵萧然,而妻子奴婢,皆有自得之意。

余既耸然异之。独念方山子少时,使酒好剑,用财如粪土。前十有九年,余在岐山[⑦],见方山子从两骑,挟二矢,游西山。鹊起于前,使骑逐而射之,不获。方山子怒马独出,一发得之。因与余马上论用兵及古今成败,自谓一时豪士。今几日耳,精悍之色,犹见于眉间,而岂山中之人哉?

然方山子世有勋阀,当得官[⑧],使从事于其间,今已显闻。而其家在洛阳[⑨],园宅壮丽,与公侯等;河北有田[⑩],岁得帛千匹,亦足以富乐。皆弃不取,独来穷山中,此岂无得而然哉?

余闻光、黄间多异人,往往佯狂垢污,不可得而见。方山子倘见之欤?

注释

①方山子：姓陈名慥，字季常。为太常少卿陈希亮之子。

②光：光州，治所在今河南潢川县。黄：黄州，治所在今湖北黄冈市。

③朱家：西汉时游侠，鲁（山东曲阜）人，喜为人解救急难。郭解：亦西汉游侠，轵（河南济源）人，以德报怨，救人性命而不居功。

④岐亭：宋时镇名，在今湖北麻城西南。

⑤方山冠：汉代乐师所戴的帽子，前高后低，以五色绉纱制作，唐宋时之隐士常喜戴之。

⑥苏轼《岐亭五首引》："元丰三年（1081 年）正月，余始谪黄州，至岐亭北二十五里，山上有白马青盖来迎者，则余故人陈慥季常也。凡余在黄四年，三往见季常，季常七来见余，盖相从百余日也。七年（1085 年）四月，余量移汝州，季常独送至九江。"

⑦岐山：在陕西岐山县。宋属凤翔府。苏轼在嘉祐七年（1062 年）任凤翔府判官。当时陈慥的父亲陈希亮任知府。从那时到苏轼谪黄州为 19 年。

⑧世有勋阀：陈慥的父亲陈希亮（字公弼），官至太常少卿，卒赠工部侍郎。苏轼在《陈公弼传》中说："当荫补子弟，辄先其族人，卒不及其子慥。"

⑨洛阳：北宋时的西京。陈希亮任太常少卿时，分管西京的工作，故在洛阳有住宅。

⑩河北：指黄河的北岸。不是今天的河北省。

译文

方山子，是光州、黄州之间的一位隐士。他年轻的时候，很仰慕汉朝侠客朱家、郭解的为人，所以乡里间的一般侠士，他也都表示推崇。年纪稍大，才改变了志向而去读书，想要凭借学问来施展抱负，报效当代，却始终没有受到赏识。年纪大了，才在光州、黄州之间一个叫作岐亭的地方隐居起来。

住的是小茅屋，吃的是蔬菜，不与世人相往来。放弃车马，毁坏冠帽华服，徒步行走往来山中，没有人认得他。只见他所戴的帽子方方地高耸而起，便说："这不是古代方山冠的形制吗？"于是称他为"方山子"。

我被贬谪，居住在黄州，经过岐亭，恰好遇到他。说道："哎呀！这是我的老朋友陈慥陈季常啊！为什么会在这里呢？"方山子也很惊讶地询问我之所以到这里的理由。我告诉他原因，他听完低头不回答，接着仰天大笑，并叫我到他家住宿。他家四壁萧条，空无一物，但是连妻子、儿女、奴婢都显出心安意满的神色。

我对此感到十分惊异。我回想起方山子年轻的时候，曾是个嗜酒弄剑、挥金如土的游侠之士。19 年前，我在岐下，见到方山子带着两名骑马随从，身藏两支箭，在西山游猎。只见前方一鹊飞起，他便叫随从追赶并射击那只鹊，未能射中。方山子拉紧缰绳，独自跃马向前，一箭射中飞鹊。他就在马上与我谈论起用兵之道及古今成败之事，自认为是一代豪杰。至今又过了多少日子了，但是一股英气勃勃的神色，依然在眉宇间显现，这怎么会是一位隐居山中的人呢？

方山子出身于世代功勋之家，理应有官做。假如他能置身官场，到现在已得高官荣名了。他原在洛阳有家，园林宅舍雄伟富丽，可与公侯之家相比。在黄河以北还有田地，每年可得上千匹的丝帛收入，这些也足以使生活富裕安乐了。然而他都抛开了，偏要来到穷僻的山沟里，这难道不是因为他独有会心之处才会如此的吗？

我听说光州、黄州一带，有很多奇特有才的人，他们往往假装疯狂、衣衫破旧，让人家无从认识他们，方山子或许见过这样的人吧？

苏洵

苏洵（1009—1066年），北宋散文家。与其子苏轼、苏辙合称“三苏”，均被列入“唐宋八大家”。字明允，号老泉。眉州眉山（今属四川）人。据说27岁才发愤读书，经过十多年的闭门苦读，学业大进。仁宗嘉祐元年（1056年），他带领苏轼、苏辙到汴京，谒翰林学士欧阳修。欧阳修很赞赏他的《权书》《衡论》《几策》等文章，认为可与贾谊、刘向相媲美，于是向朝廷推荐。一时公卿士大夫争相传诵，文名因而大盛。嘉祐三年，仁宗召他到舍人院参加考试，他推托有病，不肯应诏。嘉祐五年，任为秘书省校书郎。后与陈州项城（今属河南）县令姚辟同修礼书《太常因革礼》。书成不久，即去世，追赠光禄寺丞。

苏洵是有政治抱负的人。他说他作文的主要目的是“言当世之要”，是为了“施之于今”。在《衡论》和《上皇帝书》等重要议论文中，他提出了一整套政治革新的主张。他认为，要治理好国家，必须“审势”“定所尚”。他主张“尚威”，加强吏治，破苟且之心和怠惰之气，激发天下人的进取心，使宋王朝振兴。由于苏洵比较了解社会实际，又善于总结历史的经验教训，以古为鉴，因此，他的政论文中尽管不免有迂阔偏颇之论，但不少观点还是切中时弊的。

曾巩说苏洵“颇喜言兵”。苏洵的《权书》10篇、《几策》中的《审敌》篇、《衡论》中的《御将》和《兵制》篇，还有《上韩枢密书》《制敌》和《上皇帝书》，都论述了军事问题。

在著名的《六国论》中，他认为六国破灭，弊在贿秦。实际上是借古讽今，指责宋王朝的屈辱政策。《审敌》更进一步揭露这种贿敌政策的实质是残民。《兵制》提出了改革兵制、恢复武举、信用才将等主张。《权书》系统地研究战略战术问题。在《项籍》中，他指出项籍不能乘胜直捣咸阳的战略错误。他还强调避实击虚、以强攻弱、善用奇兵和疑兵、打速决战、突击取胜等战略战术原则。

苏洵的抒情散文不多，但也不乏优秀的篇章。在《送石昌言使北引》中，他希望出使契丹的友人石昌言不畏强暴，藐视敌人，写得有气势。《张益州画像记》记叙张方平治理益州的事迹，塑造了一个宽政爱民的封建官吏形象。《木假山记》借物抒怀，赞美一种巍然自立、刚直不阿的精神。

苏洵的散文论点鲜明，论据有力，语言锋利，纵横恣肆，具有雄辩的说服力。欧阳修称赞他"博辩宏伟","纵横上下，出入驰骤，必造于深微而后止"（《故霸州文安县主簿苏君墓志铭》）；曾巩也评论他的文章"指事析理，引物托喻""烦能不乱，肆能不流"（《苏明允哀词》），这些说法都是比较中肯的。艺术风格以雄奇为主，而又富于变化。一部分文章又以曲折多变、纡徐宛转见长。苏洵在《上韩枢密书》中也自评其文兼得"诗人之优柔，骚人之清深，孟、韩之温淳，迁、固之雄刚，孙、吴之简切"。他的文章语言古朴简劲、凝练隽永；但有时又能铺陈排比，尤善作形象生动的妙喻，如《仲兄文甫说》，以风水相激比喻自然成文的一段描写，即是一例。

苏洵论文，见解亦多精辟。他反对浮艳怪涩的时文，提倡学习古文；强调文章要"得乎吾心"，写"胸中之言"；主张文章应"有为而作""言必中当世之过"。他还探讨了不同文体的共同要求和不同写法。他特别善于从比较中品评各家散文的风格和艺术特色，例如《上欧阳内翰第一书》对孟子、韩愈和欧阳修文章的评论就很精当。

苏洵作诗不多，擅写五言，质朴苍劲。宋人叶梦得评其诗"精深有味，语不徒发，正类其文"（《石林诗话》）。其《欧阳永叔白兔》《忆山送人》《颜书》《答二任》《送吴待制中复知潭州二首》等都不失为佳作，但总的成就远逊于散文。

苏洵著作，宋代以多种版本流行，原本大都散佚，今存者有北宋刊《类编增广老苏先生大全文集》残卷。通行本有《四部丛刊》影宋钞本、《嘉祐集》15 卷。

六国论[①]

苏洵生活在11世纪前半期。当时，北宋王朝由于中央集权以及有关政策而引起的积贫积弱的局面已经形成，尖锐的阶级矛盾和民族矛盾日益严重和表面化。不少具有开明进步思想的官僚士大夫纷纷要求改革，论六国之文极多，独苏洵文别出新意，能与现实相结合，在论述六国破灭、弊在赂秦的同时，针对北宋当时社会实际，向执政者提出了“为国者无使为积威之所劫”的铮铮忠言。苏洵带着儿子苏轼、苏辙从家乡四川赶到当时的都城汴京（现在河南省开封市），并且通过名重一时的欧阳修，在1058年把他二十来篇著作献给了宋仁宗，陈述他对于当前内政外交问题的意见。本文就是其中的一篇。这篇文章的中心内容，是评论六国破灭的原因，提出对敌斗争应该注意的问题，借以批评北宋朝廷屈辱求和的外交路线，发表自己对当时政治的见解，借题发挥，以古喻今。

苏洵的文章，深受《战国策》的影响，结构严密，精于布局。这篇文章，起笔就提出全篇的中心论点：六国破灭，弊在赂秦。接着从“赂秦”与“未尝赂秦”两个方面说开去，谈到“赂秦”者的可悲下场，与“未尝赂秦”所以覆灭的原因。最后指出六国中有的国家之所以“赂秦”，是由于惧怕秦国的缘故；同时警告北宋王朝千万不要再蹈六国覆辙。文章论古讽今，脉络清晰，结构完整，充满了论辩的力量。

原文

六国破灭，非兵不利。战不善，弊在赂秦[2]；赂秦而力亏，破灭之道也。或曰：六国互丧[3]，率赂秦耶？曰：不赂者以赂者丧。盖失强援，不能独完[4]。故曰：弊在赂秦也。

秦以攻取之外，小则获邑，大则得城。较秦之所得，与战胜而得者，其实百倍；诸侯之所亡，与战败而亡者，其实亦百倍。则秦之所大欲，诸侯之所大患，固不在战矣。

思厥先祖父，暴霜露[5]，斩荆棘，以有尺寸之地。子孙视之不甚惜，举以予人，如弃草芥。今日割五城，明日割十城，然后得一夕安寝；起视四境，而秦兵又至矣。然则，诸侯之地有限，暴秦之欲无厌，奉之弥繁，侵之愈急，故不战而强弱胜负已判矣。至于颠覆，理固宜然。古人云："以地事秦，犹抱薪救火，薪不尽，火不灭。"[6]此言得之。

齐人未尝赂秦，终继五国迁灭[7]，何哉？与嬴而不助五国也[8]。五国既丧，齐亦不免矣。燕赵之君，始有远略，能守其土，义不赂秦，是故燕虽小国而后亡，斯用兵之效也。至丹以荆卿为计，始速祸焉[9]。赵尝五战于秦，二败而三胜。后秦击赵者再，李牧连却之[10]。洎牧以谗诛[11]，邯郸为郡[12]，惜其用武而不终也。且燕赵处秦革灭殆尽之际，可谓智力孤危，战败而亡，诚不得已。向使三国各爱其地[13]，齐人勿附于秦，刺客不行，良将犹在，则胜负之数，存亡之理，当与秦相较，或未易量。

呜呼！以赂秦之地，封天下之谋臣；以事秦之心，礼天下之奇才，并力西向[14]，则吾恐秦人食之不得下咽也。悲夫！有如此之势，而为秦人积威之所劫[15]，日削月割，以趋于亡。为国者无使为积威之所劫哉！

夫六国与秦皆诸侯，其势弱于秦，而犹有可以不赂而胜之之势；苟以天下之大⑯，下而从六国破亡之故事⑰，是又在六国下矣。

注释

①六国：指齐、楚、燕、韩、赵、魏六国。

②赂秦：贿赂秦国。

③互丧：相继灭亡。

④独完：独自保全。

⑤厥：其，指六国之国君。先祖父：这里指六国的开国之君。

⑥“古人云”五句：《史记·魏世家》载苏代谓魏安釐王曰：“且夫以地事秦，譬犹抱薪救火，薪不尽，火不灭。”

⑦迁灭：灭亡。古时一个国家破灭后，其传国重器都会被迁走，故称为“迁灭”。

⑧与嬴：帮助秦国。与：帮助。嬴：这里指秦国，因秦王姓嬴，故以“嬴”指代秦国。

⑨“至丹”二句：秦始皇二十年（前227年），燕太子丹派遣荆轲刺杀秦始皇，未能成功，反而激起秦始皇的大怒，发兵伐燕，次年攻下燕都。燕王喜逃往辽东，杀太子丹以平息秦愤，公元前222年，燕为秦所灭。事见《史记·燕世家》及《史记·刺客列传》。

⑩李牧：赵国名将，封武安君。

⑪“洎牧”句：《史记·廉颇蔺相如列传》载：“赵王迁七年，秦使王翦攻赵，赵使李牧、司马尚御之。秦多与赵王宠臣郭开金，为反间，言李牧、司马尚欲反，赵王乃使赵葱及齐将颜聚代李牧，李牧不受命，赵使人微捕得李牧，斩之，废司马尚。后三月，王翦因急击赵，大破，杀赵葱，虏赵王迁及其将颜聚，遂灭赵。”

⑫邯郸为郡：邯郸变成秦国一个郡。邯郸：故址在今河北省邯郸市西南，当时是赵国国都。

⑬三国：指楚、韩、魏三个与秦接壤的国家。

⑭并力西向：（六国）齐心协力向西（抗击秦国）。

⑮劫：胁迫。

⑯天下之大：这里暗指北宋朝的疆域。

⑰下：降格。故事：旧事。

译文

六国的灭亡，并不是因为他们的武器不够锋利、战斗打得不好，弊病在于用土地贿赂秦国。用土地贿赂秦国亏损了自己的力量，这就是灭亡的原因。有人会问："六国接连灭亡，都是因为贿赂秦国吗？"回答说："不贿赂秦国的国家因为贿赂秦国的国家而灭亡。原因是不贿赂秦国的国家失掉了强有力的外援，不能单独地保全。所以说：'弊病在于贿赂秦国'。"

秦国在用战争夺取土地以外还受到诸侯的贿赂，小则获得乡镇，大则获得城市。秦国受贿赂所得的土地比战胜所得到的土地，实际多到百倍。六国诸侯贿赂秦国所丧失的土地，比战败所丧失的土地，实际也要多到百倍，那么秦国最大的欲望，六国诸侯最大的祸患，当然不在于战争。

他们的祖辈父辈，冒着寒霜雨露，披荆斩棘，才有了很少的一点土地。子孙对那些土地却不很爱惜，全把他送给别人，就像抛弃不值钱的小草一样。今天割去五座城，明天割去十座城，这才能睡一夜安稳觉。可是第二天起床向外一看，秦国的军队又来了。既然这样，诸侯的土地有限，强横的秦国的贪心永远没有满足。诸侯送给秦国的土地越多，秦国对诸侯的侵略也越急。所以用不着战争，谁强谁弱，谁胜谁负就已经分得清清楚楚了。六国最终全部覆亡，是理所当然的事。古人说："用土地侍奉秦国，就好像抱柴救火，柴不烧完，火就不会灭。"这话说对了。

齐国并没有贿赂秦国，可是也随着五国灭亡了，为什么呢？（是因为齐国）跟秦国交好而不帮助其他五国。五国已经灭亡了，齐国也就没法避免了。燕国和赵国的国君，起初有长远的打算，能够守住他的国土，坚持正义，不贿赂秦国。所以燕虽然是个小国，却最后灭亡，这就是用兵抗秦的效果。等到后来燕太子丹用派遣荆轲刺杀秦王作对付秦国的计策，这才招致了（灭亡的）祸患。赵国曾经对秦国五次作战。打了两次败仗，三次胜仗。后来秦国两次攻打赵国。（赵国大将）李牧接连打退秦国的进攻。等到李牧因受诬陷而被杀死，（赵国都城）邯郸变成（秦国的一个）郡，可惜赵国用武力抗秦而没能坚持到底。而且燕、赵两国正处在秦国把其他国家快要消灭干净的时候，可以说（他们的）智谋和力量都很单薄，战败了而亡国，确实是不得已的事。假使韩、魏、楚三国都爱护他们的国土，齐国不依附秦国，（燕国的）刺客不去（刺秦王），（赵国的）良将李牧还活着，那么胜败的命运，存亡的道理，假若与秦国相比较，也许还不容易判断（出高低来）呢。

唉！用贿赂秦国的土地来封给天下的谋臣，用侍奉秦国的心来礼遇天下的奇才，齐心合力地向西（对付秦国），那么，恐怕秦国人吃饭都咽不下的。真可悲叹啊！有这样的有利形势，却被秦国积久的威势所胁迫，天天割地，月月割地，以至于走向灭亡。治理国家的人不要被积威所胁迫啊！

六国和秦国都是诸侯之国。六国的势力虽然比秦国弱，可是还有可以用不赂秦的手段战胜秦国的形势。假如我们凭仗着这样大的国家，而重蹈六国灭亡的老路，这就是又在六国之下了！

管仲论

本文强调“荐贤”对国家长治久安的重要作用，批评管仲临死不能推荐贤人代替自己，因而给小人以可乘之机，留下齐国内乱的祸根。在高度专权的封建社会，一个有影响的政治家的去世往往影响政局的稳定，作者提出“荐贤自代”的主张是有见地的。

原文

管仲相威公[1]，霸诸侯，攘戎狄，终其身齐国富强，诸侯不敢叛。管仲死，竖刁、易牙、开方用[2]，威公薨于乱，五公子争立，其祸蔓延，讫简公，齐无宁岁[3]。

夫功之成，非成于成之日，盖必有所由起；祸之作，不作于作之日，亦必有所由兆。故齐之治也，吾不曰管仲，而曰鲍叔[4]；及其乱也，吾不曰竖刁、易牙、开方，而曰管仲。何则？竖刁、易牙、开方三子，彼固乱人国者，顾其用之者，威公也。夫有舜而后知放四凶[5]，有仲尼而后知去少正卯[6]。彼威公何人也？顾其使威公得用三子者，管仲也。

注释

①威公：齐桓公，前685年至前645年在位，为春秋时五霸中的第一位霸主。

②竖刁、易牙、开方：三人皆桓公宠信的近臣，竖刁为了进入内宫便自己阉割，易牙为了取得信任曾杀子做羹献给桓公，开方本魏国公子，抛弃父母到齐国求官。这些都违背了人之常情。

③五公子争立：齐桓公生前立公子昭（即后来的孝公）为继承人，死后其他五个公子（武孟、元、潘、商人、雍）也来争位，齐国大乱。继齐桓公之后的是孝公（即公子昭）、昭公（公子潘）、懿公（公子商人）、惠公（公子元）、顷公、灵公、庄公、景公、悼公，然后是简公（前484-前480年），上距桓公之死，已经一百六十多年了。

④鲍叔：即鲍叔牙，少时与管仲相友，在公子小白与公子纠的争权斗争中，他佐小白，管仲佐纠，小白胜利做了国君，是为齐桓公，任他为卿，他

辞谢，荐举管仲，齐国大治。

⑤四凶：传说舜为部落联盟首领时，四个凶人（共工、三苗、驩兜、鲧）作乱，被舜放逐。

⑥仲尼去少正卯：春秋时，孔子（字仲尼）为鲁司寇，因少正卯以五恶（心达而险、行辟而坚、言伪而辩、记丑而博、顺非而泽）乱政，诛之。

译文

管仲辅佐齐桓公称霸诸侯，攘斥少数民族的进攻。一直到他死去，齐国国富民强，诸侯都不敢背叛。管仲死后，竖刁、易牙、开方得到重用。齐桓公死在内乱中，五个公子争夺王位。这些灾祸一直蔓延到齐简公的时候，齐国没有一个安宁的年份。

功业的完成，并不是在成功的那一天成就的，那一定有它发生的起因。灾祸的产生，并不是产生在发生的日子，也一定有它发生的预兆。那么齐国的太平强盛，我不说是由管仲造成的，而说是鲍叔牙；等到齐国祸乱四起的时候，我不说是由竖刁、易牙、开方这三个人造成的，而说是管仲。为什么这样说呢？竖刁、易牙、开方三个人，他们本来是扰乱国家的人，看看起用他们的人，那是齐桓公啊！有了舜，然后才知道要流放四个大恶人。有了仲尼，然后才知道要除去少正卯。那齐桓公，到底是什么样的人呢？看看使齐桓公任用三人的人，却是管仲啊！

原文

仲之疾也，公问之相。当是时也，吾意以仲且举天下之贤者以对，而其言乃不过曰“竖刁、易牙、开方三子，非人情，不可近”而已。

呜呼！仲以为威公果能不用三子矣乎？仲与威公处几年矣，亦知威公之为人矣乎？威公声不绝乎耳，色不绝乎目，而非三子者，

则无以遂其欲。彼其初之所以不用者，徒以有仲焉耳。一日无仲，则三子者，可以弹冠而相庆矣。仲以为将死之言，可以絷威公之手足耶？夫齐国不患有三子，而患无仲。有仲，则三子者，三匹夫耳。不然，天下岂少三子之徒哉？虽威公幸而听耶，诛此三人，而其余者，仲能悉数而去之耶？呜呼！仲可谓不知本者矣。因威公之问，举天下之贤者以自代，则仲虽死，而齐国未为无仲也。夫何患三子者，不言可也。

译文

管仲生病的时候，齐桓公问他谁可以担任相的职务。那个时候我以为管仲在回答时，将会推举天下的贤人。可是他的话不过是说“竖刁、易牙、开方三个人，不具有人的性情，不可亲近”罢了。

唉！管仲以为齐桓公真的不会起用这三个人么？管仲与桓公相处了几年，也应该了解齐桓公的为人啊！齐桓公的耳朵离不开音乐，眼睛离不开女色，不是这三个人侍奉，就无法满足他的欲望。当初他之所以没有起用他们，那是因为管仲还在。一旦没了管仲，那么这三个人，就可以弹冠相庆了。管仲以为他临死时的话就可以捆住齐桓公的手脚么？齐国不担心有这三个人，而担心没有管仲。有了管仲，那么这三个人不过是三个匹夫。不然，难道天下会缺少像这三个人一样的人么？即使齐桓公有幸听从管仲的话，诛杀这三个人，可是余下的像他们这样的人，管仲能够把他们全部除去么？唉！管仲可以说是不知道抓住问题根本的人！趁着齐桓公的询问，荐举天下的贤人来代替自己，那么即使管仲死了，齐国未必缺少像管仲一样的人。何必担心这三个人呢？管仲不提他们也是可以的。

原文

五伯莫盛于威、文[⑦]。文公之才不过威公，其臣又皆不及仲。灵公之虐，不如孝公之宽厚[⑧]。文公死，诸侯不敢叛晋。晋袭文公之余威，犹得为诸侯之盟主百余年。何者？其君虽不肖，而尚有老成人焉。威公之薨也，一败涂地，无惑也，彼独恃一管仲，而仲则死矣。夫天下未尝无贤者，盖有有臣而无君者矣。威公在焉，而曰天下不复有管仲者，吾不信也。仲之书，有记其将死，论鲍叔、宾胥无之为人[⑨]，且各疏其短。是其心以为是数子者，皆不足以托国。而又逆知其将死，则其书诞谩不足信也。吾观史鳝，以不能进蘧伯玉而退弥子瑕，故有身后之谏[⑩]。萧何且死，举曹参以自代[⑪]。大臣之用心，固宜如此也。夫国以一人兴，以一人亡。贤者不悲其身之死，而忧其国之衰。故必复有贤者，而后可以死。彼管仲者，何以死哉？

注释

⑦五伯：五霸。春秋时期，齐桓公、晋文公、宋襄公、楚庄王、秦穆公五人先后称霸。以齐桓公、晋文公为最盛。

⑧灵公：指晋灵公，晋文公之子。孝公：指齐孝公，齐桓公之子。

⑨宾胥无：齐国大夫，桓公时贤臣。

⑩史鳝：春秋时卫国大夫，卫灵公不用蘧伯玉而任弥子瑕，史鳝数谏不从，病将卒，命其子以尸谏，灵公悟，从之。

⑪萧何：汉高祖和惠帝时的宰相，虽与曹参不和，但临终时仍推参为相，称“死无恨矣！”参继相后全遵何制，史称“萧规曹随”。

译文

春秋五霸没有哪个超过齐桓公，他们的大臣也都比不上管仲。晋灵公暴虐残酷，不如齐孝公宽厚。晋文公死后，诸侯都不敢背叛晋国。晋国承袭晋文公的余威，得以继任诸侯的盟主。这种情形长达一百多年。为什么会这样呢？他们的国君虽然不贤明，但还有年老持重的大臣在。齐桓公死后，齐国一败涂地。这是没什么疑问的。齐国单独依靠一个管仲，而管仲已经死了。天下未尝没有贤明的人，大概是有有才能的大臣，而没有贤明的国君吧？齐桓公在世的时候，说天下不再有像管仲那样的贤人，我是不信的。管仲所写的书里，有记载他临死时议论鲍叔牙、宾胥无的为人，并且说出他们各自的短处，那是他认为这几个人都不能把国家托付给他们，可是又预料他自己将要死了。那么他的书是荒诞不经的，是不能令人信服的。我看到史鳝因为不能进用蘧伯玉、斥退弥子瑕，所以有死后的尸谏。萧何将死的时候，荐举曹参代替自己。大臣们的用心，本来就应该这样。国家重用某一个人而兴盛起来，重用某一个人而国破家亡。贤明的人不会悲叹他的死，而会担忧国家的衰亡。因此，一定要有贤明的人接替他，他才可以瞑目。那个管仲，怎么就这样死了呢？

辨奸论

这篇文章有人认为是别人假托苏洵之名而写的，并不是苏洵的真作，理由是，苏洵在王安石实行变法之前三年便死了。然而，这篇文章所写的王安石，是未得志时的王安石，假若从时间上论，也还是说得过去的，况且文章的笔调、论述的口吻，都确似出自苏洵的手笔。

本文认定王安石是“大奸”，但事实上，王安石也不是什么大奸，只是他的固执让坏人有了可乘之机。同时，也是因为他的变法触犯当时封建大官僚、大地主集团的利益罢了。连王安石最大的反对者司马光临死前都说：“请尽量加封王安石的谥号吧，他是一个好人。”

原文

事有必至，理有固然。惟天下之静者，乃能见微而知著。月晕而风，础润而雨，人人知之。人事之推移，理势之相因，其疏阔而难知，变化而不可测者，孰与天地阴阳之事，而贤者有不知[1]。其故何也？好恶乱其中，而利害夺其外也！

昔者，山巨源见王衍，曰：“误天下苍生者，必此人也[2]！”郭汾阳见卢杞，曰：“此人得志，吾子孙无遗类矣[3]！”自今而言之，其理固有可见者。以吾观之，王衍之为人，容貌言语，固有以欺世而盗名者。然不忮，不求，与物浮沉。使晋无惠帝，仅得中主，虽衍百千，何从而乱天下乎？卢杞之奸，固足以败国。然而不学无文，容貌不足以动人，言语不足以眩世，非德宗之鄙暗，亦何从而用之？由是言之，二公之料二子，亦容有未必然也！

注释

①贤者：有人认为是指欧阳修和文彦博。据说欧阳修见到王安石的文章后，曾“为之延誉，擢进士上第”。文彦博为相，曾“荐安石恬退，乞不次进用”。

②山巨源：名涛，晋初人，曾任吏部尚书，当时选用官员，他都亲作评论。对王衍评价不高。晋惠帝时，王衍任宰相，终日清谈，不理国家大事。

③郭汾阳：郭子仪，中唐时屡官太尉、中书令，封汾阳王。卢杞：唐德宗时任宰相，陷害忠良，大肆搜乱，后被贬职。

译文

事情有它必定要达到的地步，道理有它本该如此的规律。只有天下那些心境静穆的人，才能够从微小的迹象中预知日后显著的结果。月亮四周出现光环，预示天要刮风；柱石回潮湿润，表示天要下雨：这是人人都知道的。至于世间人事的变化、情理形势的因果关系，它们抽象渺茫而难以理解，千变万化而不可预测，又怎么能与天地阴阳的变化相比呢？而即使贤能的人对此也有不知道的，这是什么原因呢？就因为爱好和憎恶扰乱了他心中的主见，而利害得失又左右着他的行动啊！

从前山巨源见到王衍，说："日后给天下百姓带来灾难的，一定是这个人！"汾阳王郭子仪见到卢杞，说："此人一旦得志，我的子孙就要被杀光了！"从今天来说，其中的道理固然可以预见一些。依我看来，王衍的为人，不论是容貌还是谈吐，固然有利于欺世盗名的条件，然而他不妒忌、不贪污，追随大流。假如晋朝不是惠帝当政，只要有一个中等才能的君主，即使有成百上千个王衍，又怎么能扰乱天下呢？像卢杞那样的奸臣，固然足以使国家败亡，然而此人不学无术，容貌不足以打动别人、言谈不足以影响社会，如果不是唐德宗的鄙陋昏庸，又怎能受到重用呢？从这一点来说，山巨源和郭子仪对王衍和卢杞的预料，也或许有不完全正确的地方。

原文

今有人[④]，口诵孔、老之言[⑤]，身履夷、齐之行[⑥]，收召好名之士、不得志之人，相与造作言语，私立名字，以为颜渊、孟轲复出[⑦]，而阴贼险狠，与人异趣。是王衍、卢杞合而为一人也，其祸岂可胜言哉？夫面垢不忘洗，衣垢不忘浣，此人之至情也。今也不

然，衣臣虏之衣，食犬彘之食，囚首丧面，而谈《诗》《书》，此岂其情也哉？凡事之不近人情者，鲜不为大奸慝，竖刁、易牙、开方是也[8]。以盖世之名，而济其未形之患。虽有愿治之主，好贤之相，犹将举而用之。则其为天下患，必然而无疑者，非特二子之比也。

孙子曰：“善用兵者，无赫赫之功[9]。”使斯人而不用也，则吾言为过，而斯人有不遇之叹，孰知祸之至于此哉？不然，天下将被其祸，而吾获知言之名，悲夫！

注释

④今有人：暗指王安石。

⑤孔：孔子，名丘，字仲尼。老：老子，姓李，名耳，字聃。皆春秋时著名思想家。

⑥夷、齐：伯夷和叔齐，为孤竹国君二子，互相让国，不肯继位，逃往周地，周武王伐纣，二人叩马而谏，不听，隐居首阳山，商亡，耻食周粟，上山采薇，有人指出薇生周地，遂不食而死。

⑦颜渊：名回，孔子得意门生。不迁怒，不二过，后世称为复圣。孟轲：战国时儒家代表，光大孔子学说，后世尊为亚圣。

⑧不近人情：春秋时齐桓公宠臣竖刁自阉，易牙烹子，开方弃亲，皆不近人情。

⑨孙子：名武，春秋时齐人，以兵法求见吴王，受命为将，破楚。著有《孙子兵法》十三篇，其《形篇》曰：“善战者之胜也，无智名，无勇功。”曹操注：“敌兵形未成，胜之，无赫赫之功也。”

译文

现在有人嘴里吟诵着孔子和老子的话，身体力行伯夷、叔齐的清高行为，收罗了一批追求名声的读书人和郁郁不得志的人，相互勾结、制造舆论，私下里互相标榜，自以为是颜回、孟子再世，但实际上阴险凶狠，与一般的人志趣不同。这真是把王衍、卢杞集合于一身了，他酿成的灾祸难道能够说得完吗？脸上脏了不忘洗脸，衣服脏了不忘洗衣，这是人之常情。现在却不是这样，他穿着罪犯的衣服，吃猪狗般的食物，头发像囚犯，面孔像家里死了人，却大谈《诗》《书》，这难道合乎情理吗？凡是做事不近人情的，很少有不是大奸大恶的，竖刁、易牙、开方就是这种人。这个人借助最崇高的名声，来掩盖还没有暴露的祸患，虽然有愿意治理好国家的皇帝和敬重贤才的宰相，还是会推举、任用这个人的。这样，他是天下的祸患就必定无疑了，而绝非仅仅王衍、卢杞等人可比。

孙子说："善于用兵的人，没有显赫的功勋。"假如这个人没有被重用，那么我的话说错了，而这个人就会发出不遇明主的慨叹，谁又能够知道灾祸会达到这种地步呢？不然的话，天下将蒙受他的祸害，而我也将获得有远见的名声，那可就太可悲了！

仲兄文甫说

本文用"风水相遭"来说明作家的道及文的修养（水）和外界的机遇（风）"不期而相遇"，才能产生"天下之至文"。

原文

洵读《易》至《涣》之六四曰:“涣其群，元吉。”曰:“嗟夫，群者，圣人所欲涣以混一天下者也。盖余仲兄名涣，而字公群，则是以圣人之所欲解散涤荡者以自命也①，而可乎?”他日以告，兄曰:“子可无为我易之?”洵曰:“唯。”既而曰:“请以文甫易之，如何?”且兄尝见夫水之与风乎?油然而行，渊然而留，祇洄汪洋，满而上浮者，是水也，而风实起之。蓬蓬然而发乎太空，不终日而行乎四方，荡乎其无形，飘乎其远来，既往而不知其迹之所存者，是风也，而水实形之。今夫风水之相遭乎大泽之陂也，纡余委蛇，蜿蜒沦涟，安而相推，怒而相凌，舒而如云，蹙而如鳞，疾而如驰，徐而如缅，揖让旋辟，相顾而不前，其繁如縠，其乱如雾，纷纭郁扰，百里若一。汩乎顺流，至乎沧海之滨，滂薄汹涌，号怒相轧，交横绸缪，放乎空虚，掉乎无垠，横流逆折，舫旋倾侧，宛转胶戾，回者如轮，萦者如带，直者如燧，奔者如焰，跳者如鹭，跃者如鲤，殊状异态，而风水之极观备矣！故曰:“风行水上涣。”此亦天下之至文也。然而此二物者岂有求乎文哉?无意乎相求，不期而相遭。而文生焉。是其为文也，非水之文也，非风之文也。二物者非能为文，而不能不为文也。物之相使而文出于其间也，故曰：此天下之至文也。今夫玉非不温然美矣，而不得以为文；刻镂组绣，非不文矣，而不可以论乎自然。故夫天下之无营而文生之者，唯水与风而已。

昔者君子之处于世，不求有功，不得已而功成，则天下以为贤；不求有言，不得已而言出，则天下以为口实。呜呼，此不可与他人道之，唯吾兄可也。

注释

①涤荡：消除。

译文

我读《周易》看到《涣》的六四卦，卦辞说："涣其群，元吉。"我说："唉！这里的'群'，是圣人想要分散的，以便统一天下的群体。"我的二哥名叫涣，表字公群。那他就是以圣人所要解散、消除的各种东西自许了，可以这样做吗？有一天，我把这些告诉二哥。二哥说："你可不可以替我改改表字？"我说好。过了一会儿又说："请用文甫来代替原来的表字，可以吗？"二哥曾见到那水跟风相互作用吗？自然而然地流着，停下来就显得很深很深，风平浪静，一片汪洋，涨得满满、浮动前行的，这是水啊！实际上是风激起它。呼呼风声来自太空，不到一天就已走遍四方，摇摇荡荡没有形状，飘飘然从远方走来。已经走了，但是找不到它留下的遗迹，这是风啊！可是水能显现它。如今风和水在一个大湖里相遇，水浪曲曲折折，波纹蜿蜒弯曲，平静时就相互推动，发怒时就相互冲撞，舒缓时就像云朵，收缩时就像鱼鳞，快速波动时就像马在奔驰，缓慢时就像在远处，彼此以礼相让、旋转回避，相互对视，谁也不敢前进；繁密的样子像绉纱，混乱的样子像弥漫的大雾，纷纷连连；有时停滞，有时波起，百里以内都是一样；风急流速、顺流而下到了沧海边，波澜壮阔、澎湃汹涌、怒吼相压，水波纵横交错，相互连结；在天空里放纵恣肆，在无边无际的海上摆荡，横着流过去又倒着折回来；大水喷涌回旋，翻起倾倒；水浪宛转回环、曲曲折折，旋转的像车轮，环绕的像带子，波浪矗立的像烽烟，奔涌向前的像火苗，跳动的像白鹭，腾跃的像鲤鱼，奇形怪状、姿态万千，风和水最值得观赏的景象全都展现了。所以卦辞说风在水上吹行就是涣，这也是天下最好的文章啊！然而风和水，难道有意要形成文章么？它们无意中形成文章，事先没有约定就互相遭遇了，那么文章就产生了。这里的文章，不是水面的文章，也不是风吹的文章。这两样东西，不能形成文章，可是不得不形成文章。事物之间相互作用，文章就在它们中间产生了，所以说这是天下最好的文章。如今的玉，颜色柔和润泽，并不是不美丽啊！可是它不能形成文章。雕刻刺绣之类的花纹，并非不是花纹，却不能把这样的花纹和自然产生的花纹相提并论。因此，天下没有刻意追求而产生文章的，只有水和风而已。

以前，君子生活在世上，不要求有什么功业，在不得已的情况下，功成名就了，天下人就认为他是个贤人。不要求有什么言论流传，在不得已的情况下，言论就流传了，天下人就把这些作为立论的资料。唉！这种道理是不能对别人讲的，只有我的哥哥可以。

心术

《权书》是苏洵的一组策论，共十篇，本文是其中一篇。《心术》讲的是军事。“心术”两个字其实是不能概括全文内容的，只能够概括第一部分的内容。作为用兵策论，本文强调“治心”，即将帅的思想与军事素养，所以标题为“心术”。文章每节自成段落，各有中心，又有内在的联系，逻辑很严密，分别从治心、尚义、养士、智愚、料敌、审势、出奇、守备等八个方面阐述了战争的战略策略思想，其中包含着一些朴素的辩证法观点，但也有“怀其欲而不尽”“士欲愚”之类的封建权术。

原文

为将之道，当先治心。泰山崩于前而色不变①，麋鹿兴于左而目不瞬，然后可以制利害，可以待敌。

凡兵上义；不义，虽利勿动。非一动之为利害，而他日将有所不可措手足也。夫惟义可以怒士，士以义怒，可与百战。

凡战之道，未战养其财，将战养其力，既战养其气，既胜养其心。谨烽燧，严斥堠，使耕者无所顾忌，所以养其财；丰犒而优游之，所以养其力；小胜益急，小挫益厉，所以养其气；用人不尽其所欲为，所以养其心。故士常蓄其怒、怀其欲而不尽。怒不尽则有余勇，欲不尽则有余贪。故虽并天下！而士不厌兵。此黄帝之所以七十战而兵不殆也②。不养其心，一战而胜，不可用矣。

凡将欲智而严，凡士欲愚。智则不可测，严则不可犯，故士皆委己而听命，夫安得不愚？夫惟士愚，而后可与之皆死。

注释

①泰山：在今山东泰安北，为五岳之一，古人以泰山为最高的山。

②黄帝：传说中我国中原各族的共同祖先，本为部落首领，曾打败炎帝，杀死蚩尤，被拥戴为部落联盟首领。

译文

当将领的原则，首先应当培养智谋胆略，即使泰山在面前崩塌，也要面不改色；麋鹿在前面突然出现，也要眼睛不眨，这样才可以控制战争形势有利与不利的变化，才可以应付敌人。

大凡用兵，应当崇尚正义，如果不义，即使于我有好处，也不轻易举动。并不是一动就会造成失败，而是怕将来会弄到手足无措的地步。只有正义才能激怒士卒，当士卒激起义愤时，就可驱使他们百战而不殆。

一切战争的道理是：战前要积蓄财力物力，临战时要养精蓄锐，战争打响后要鼓足勇气，胜利后要保持斗志。谨慎地做好警报工作，严密地做好侦察瞭望工作，使得耕种者一心生产，以此积蓄财力物力；给士兵丰厚的给养，使他们得到休息，以此来养精蓄锐；打了小胜仗不松劲，吃了小败仗更要加强锻炼，以此来提高士气；用人时不要一下子满足他的欲望，以此来保持其斗志。所以，用兵就是要使士兵常常胸怀义愤，心中有欲望而总不满足。义愤不能全部爆发就勇气十足，欲望得不到满足就会继续追求。所以，即使统一了天下，而士兵仍不厌战。这就是黄帝经历了七十多次战争后，他的士兵依然斗志不衰的原因。如果不保持斗志，只要打了一次胜仗，这军队就用不得了。

凡是做将帅的，必须足智多谋而又威严；当士兵的，应当愚昧一点。足智多谋就使人感到高深莫测，威严就使人感到凛然不可侵犯，因此就能使士兵都紧跟将帅而听从号令，这样，怎么不要求士兵愚昧一点呢？只有士兵愚昧了，将帅才能够与他们同生共死。

原文

凡兵之动，知敌之主，知敌之将，而后可以动于险。邓艾缒兵于蜀中，非刘禅之庸，则百万之师可以坐缚，彼固有所侮而动也[③]。故古之贤将，能以兵尝敌，而又以敌自尝，故去就可以决。

凡主将之道，知理而后可以举兵，知势而后可以加兵，知节而后可以用兵。知理则不屈，知势则不沮，知节则不穷。见小利不动，见小患不避，小利小患，不足以辱吾技也，夫然后可以支大利大患。夫惟养技而自爱者，无敌于天下。故一忍可以支百勇，一静可以制百动。

兵有长短，敌我一也。敢问："吾之所长，吾出而用之，彼将不与吾校；吾之所短，吾蔽而置之，彼将强与吾角，奈何？"曰："吾之所短，吾抗而暴之，使之疑而却；吾之所长，吾阴而养之，使之狎而堕其中，此用长短之术也。"

善用兵者，使之无所顾，有所恃。无所顾，则知死之不足惜；

有所恃，则知不至于必败。尺棰当猛虎，奋呼而操击；徒手遇蜥蜴，变色而却步，人之情也。知此者，可以将矣。袒裼而按剑，则乌获不敢逼[4]；冠胄衣甲，据兵而寝，则童子弯弓杀之矣。故善用兵者以形固。夫能以形固，则力有余矣。

注释

③邓艾：三国时，魏国大将，率兵攻蜀，选择艰险的阴平小道进军，山高谷深，缒绳而下，艾以毡裹身滑滚下山，乘蜀兵不备，直抵成都城下，蜀主刘禅出降。

④乌获：战国时秦国武士，能力举千钧，受到秦王信任。

译文

凡是军事行动，必须了解敌方的主帅，了解敌方的其他将领，然后可以进行冒险行动。邓艾用绳索挂着士兵翻山越岭，偷袭蜀国，如果不是刘禅的昏庸，那么即使有百万大军也会束手被擒，邓艾本来就是觉得可以轻视他们才冒险行动的，所以，古时候贤明的将帅，既能以自己的兵力去试探敌人，又能以敌人来检验自己的军队，因此，可以决断自己军队的行止。

凡是担任主将的法则是：必须通晓事理后才可以起兵，了解作战形势后才可以打仗，知道节制后才可以指挥军事。通晓事理则理不亏，了解作战形势则能保持不败，知道节制则不会陷入困境。见了小利不发兵，见了小患不避让，因为这些小利小患，不值得我施展才略，只有这样然后才能对付大利大患。只有留一手而不轻易施展本领的人才能无敌于天下。所以一个“忍”字可以对付各种轻率的勇猛，一个“静”字可以镇定各种轻举妄动。

军队各有长处及短处，无论是敌军或我军都是一样。那么请教：“我军的长处，我拿出来发挥它，但敌军不与我较量；我军的短处，我掩藏起来搁置一边，而敌军却偏要与我较量，怎么办呢？”回答说：“我军的短处，我把它显眼地暴露出来，使敌军疑虑而退却；我军的长处，我暗中藏起保护起来，让敌军轻率大意而落入我的圈套，这就是善用长处及短处的策略。”

善于用兵的，要使士卒既要无所顾恋而又有所依赖。无所顾恋，就知道死不足惜；有所依赖，就知道不至于一定失败。手中有了短棍，碰上猛虎，就会大声喊叫，用棍去击虎；两手空空，遇到一条四脚蛇，也会吓得脸上变色而后退，这是一般人的通常心理。明白这道理的，就可以带兵了。脱掉上衣露出胸臂而手执利剑，则连乌获也不敢逼近；戴着头盔，身穿战甲，却靠着武器睡大觉，那么连小孩也能弯弓射箭把他杀死。所以善于用兵的能利用形势来巩固军队的阵容。能够利用形势来巩固自己的，那么战斗力就会无穷无尽。

广 士

苏洵的著作以史论和政论为主，笔力雄健，议论锋利，善用比喻，语言明畅，具有独特的风格。本文主张选拔贤能之士不能以资历出身为标准，同时反对大地主贵族的土地兼并和政治特权。

原文

古之取士，取于盗贼，取于夷狄。古之人非以盗贼、夷狄之事可为也，以贤之所在而已矣。夫贤之所在，贵而贵取焉，贱而贱取焉。是以盗贼、下人、夷狄、异类，虽奴隶之所耻，而往往登之朝廷、坐之郡国，而不以为怍[①]；而绳趋尺步、华言华服者，往往反摈弃不用[②]。何则？天下之能绳趋而尺步、华言而华服者，众也，朝廷之政、郡国之事，非特如此而可治也。彼虽不能绳趋而尺步、华言而华服，然而其才果可用于此，则居此位可也。

古者天下之国大而多士大夫者，不过曰齐与秦也。而管夷吾相齐，贤也，而举二盗焉；穆公霸秦[③]，贤也，而举由余焉。是其能果于是非，而不牵于众人之议也。未闻有以用盗贼、夷狄而鄙之者也。今有人非盗贼、非夷狄而犹有不获用，吾不知其何故也。

夫古之用人，无择于势。布衣寒士而贤则用之，公卿之子弟而贤则用之，武夫、健卒而贤则用之，巫医方技而贤则用之，胥史贱吏而贤则用之。今也，布衣寒士持方尺之纸，书声病、剽窃之文，而至享万钟之禄；卿大夫之子弟饱食于家，一出而驱高车、驾大马，以为民上；武夫、健卒有洒扫之力，奔走之旧，久乃领藩郡、执兵柄；巫医、方技，一言之中，大臣且举以为吏。若此者，皆非贤也，皆非功也，是今之所以进之之途多于古也。而胥史、贱吏忽之而不录，使老死于敲榜趋走[④]，而贤与功者不获一施。吾甚惑也！不知胥、史之贤优而养之，则儒生、武士或所不若。

注释

①怍：惭愧。

②摈弃：挑除，抛弃。

③穆公：春秋五霸之一。德公之第三子。名任公，谥穆。勤求贤士，得由余、百里奚、蹇叔、丕豹、公孙支等贤臣，遂霸西戎，益国三十，开地千里。在位39年，殉死者177人。穆亦作缪。

④敲榜：棒打鞭打。

译文

古代选拔人才，有的从盗贼中选取，有的从夷狄中选取。古代的人并非认为盗贼、夷狄的事是可以干的，是因为他们中间有贤明的人罢了。贤明的人生活在高贵的人当中，就从高贵的人中选取他们；生活在贫贱的人当中，就从贫贱的人中选取他们。因此，像盗贼这样的下等人、夷狄这样的外族人，就是奴隶也会耻笑他们，可是掌权的人往往把他们提升到朝廷里，让他们坐在州郡的公厅上，都不当做是羞愧的事。但是那些循规蹈矩、言辞堂皇、衣着华丽的人往往被摈弃不用。为什么会这样呢？天下能够循规蹈矩、言辞堂皇、衣着华丽的人太多了。朝廷的政务、郡国的事情，并不是靠这些东西就能够办好的。他们虽然不会循规蹈矩、言辞堂皇、衣着华丽，然而他们的才能恰好可以用来处理这些事情。那么他们担任这样的官职是可以的。

古时候，天下的诸侯国既大又多读书人的，不过是秦国和齐国。管夷吾担任齐相，很有贤才，可他荐举了两个盗贼出身的人。秦穆公称霸诸侯时，也很有贤才，可他选用了西戎的由余。这说明他们在是非问题上勇于决断，没有受到众人议论的牵制，也从来没听说过他们由于起用盗贼、夷狄而被鄙视。现在有的人既不是盗贼，也不是夷狄，而没受到重用，我不知道这是什么原因？

古代选用人才，不会受到门第高低、势力大小的影响。平民百姓贫穷的读书人，如果贤明就起用他们；有权势的人的子弟，如果贤明就起用他们；武夫士卒，如果贤明就起用他们；巫师、医生、打卦的、相面的，如果贤明就起用他们；地位卑下的书吏衙役，如果贤明就起用他们。现在，平民百姓、贫贱的读书人拿着几尺见方的纸片，写上有声病、剽窃来的文章就可以享受万钟的俸禄；卿大夫的子弟在家里饱食终日，一出来就可以乘高大的车、驾着高大的马，去作为民众的长官；武夫士卒拥有为达官贵人洒扫的力气，奔走效劳的旧情，干得久了就可以做藩郡的长官，执掌兵权；巫师、医生、打卦的、相面的，凭借几句中听的花言巧语，就受到大臣们的推举，任为官吏。像他们这样的人，都不是贤明的人，也都不是有功劳的人，所以现在升官晋级的途径超过古代。但是忽视了书吏衙役，没有录用他们，使他们老死在鞭打罪犯、奉命奔走的小事上。可是他们的贤才和功夫从没得到施用。我感到很疑惑。人们不了解贤明的文书小吏，如果用优厚的待遇来供养他们，那么读书人、武夫有的也比不上他们。

原文

昔者汉有天下，平津侯、乐安侯辈[⑤]，皆号为儒宗，而卒不能为汉立不世大功。而其卓绝隽伟、震耀四海者，乃其贤人之出于吏、胥中者耳。夫赵广汉[⑥]，河间之郡吏也；尹翁归[⑦]，河东之狱吏也；张敞[⑧]，太守之卒史也；王尊[⑨]，涿郡之书佐也。是皆雄隽明博，出之可以为将，而内之可以为相者也，而皆出于吏、胥中者，有以也。夫吏、胥之人，少而习法律，长而习狱讼，老奸大豪，畏惮慑伏。吏之情状，变化出入，无不谙究。因而官之，则豪民猾吏之弊、表里毫末毕见于外，无所逃遁。

而又上之人择之以才，遇之以礼，而其志复自知得自奋于公卿，故终不肯自弃于恶，以贾罪戾而败其终身之利。故当此时，士君子皆优为之。而其间自纵于大恶者，大约亦不过几人；而其尤贤者，乃至成功如是。

今之吏胥则不然，始而入之不择也，终而遇之以犬彘也[10]。长吏一怒，不问罪否，袒而笞之[11]，喜而接之，乃反与交手为市。其人常曰："长吏待我以犬彘，我何望而不为犬彘哉！"是以平民不能自弃为犬彘之行，不肯为吏矣，况士君子而肯俯首为之乎？然欲使之谨饰[12]，可用如两汉，亦不过择之以才，遇之以礼，恕其小过，而弃绝其大恶之不可贳忍者[13]，而后察其贤有功，而爵之，禄之，贵之，勿弃之于冗流[14]之间，则彼有冀于功名，自尊其身，不敢匄夺，而奇才绝智出矣。

夫人固有才智奇绝而不能为章句、名数、声律之学者，又有不幸而不为者。苟一之以进士制策，是使奇才绝智有时而穷也。使吏胥之人得出为长吏，是使一介之才无所逃也。进士制策网之于上，此又网之于下，而曰天下有遗才者，吾不信也。

注释

⑤乐安侯：匡衡。汉东海承人，字稚圭。常夜读书，凿壁以借邻舍之光。淹贯经义，尤善说诗，诸儒为之语曰："无说诗，匡鼎来，匡说诗，解人颐。"宣帝时，学士多上书荐其经明当世少双，令为平原文学。元帝时，累官太子少傅，为丞相，封乐安侯。朝廷有政议，衡辄引经以对，成帝时坐事免为庶人。

⑥赵广汉：汉代蠡吾人，字子都。宣帝时为京兆尹，发奸摘伏如神，盗贼屏迹，名闻匈奴。及坐法，吏民守阙号泣者数万，曰："臣生无益县官，愿代赵京兆死！"广汉卒坐腰斩。

⑦尹翁归：汉代平阳人，字子况。宣帝时为东海太守，后入守右扶风。以清廉闻。

⑧张敞：汉代平阳人，字子高。宣帝时为京兆尹，市无偷盗，然无威仪。尝走马章台街，自以便面（扇子）拊马。又为妇画眉，长安中传张京兆眉怃。

帝问之，对曰："臣闻闺门之内，夫妇之私，有过于画眉者。"帝不之责。后坐与杨恽厚，免归。数月，京师枹鼓四起，冀州郑盗贼纵横。帝思敞功，召拜冀州刺史，乘传到郑，盗贼屏息。元帝欲以为左冯翊，会病卒。

⑨王尊：汉代高阳人，字子赣。为益州刺史。

⑩此句犹言：对待他们终究只像对待猪狗那样。彘：猪。

⑪袒而笞之：袒露出身体来鞭打。笞：用鞭、杖、竹板等来抽打。

⑫谨饰：谨小慎微地来矫饰、掩盖。

⑬贳忍：宽纵而忍让。

⑭冗流：多余的人流、人群。

译文

以前，汉占有天下，平津侯、乐安侯这样的人都称是儒家的大师，而最终不能为汉朝建立永垂史册的功勋。那些卓越出色、才艺超群、威震天下、扬名四海的人，不过是出身于文书小吏中的贤才罢了。赵广汉，曾经是河间的郡吏；尹翁归，曾经是河东的狱卒；张敞，曾经是太守的卒吏；王尊，曾经是涿郡的书佐，他们都是才艺超群、聪明博学的人，出外可以担任将帅的职务，在国内可以做宰相。但是他们都出身在文书小吏中，这是有原因的。这些文书小吏年轻的时候熟悉法令刑律，年长的时候就熟悉诉讼审讯。老奸巨猾的、仗势欺人的大户都畏惧、服从他们。做官的情形状况、变化出入，他们无不谙熟。因此，让他们做官，那么豪门大户、狡猾的官吏的弊端以及里里外外、大大小小的弊病都暴露在他们眼前，没有什么能够逃过他们的眼睛。位居他们上边的人，按照才能择取他们，用厚礼优待他们，那么他们的内心又会知道只有通过勤奋出力，才能升为公卿大臣，所以始终不会作恶、自暴自弃以致招来祸害，损害了他们终生的利益。因此在这个时候做官的都争取表现、处理好政务。他们中间放纵作恶的，大约也不过几个人，而那些突出贤明的人，竟至于成就这样大的功业。

现在的文书小吏却不是这样的。开始选用他们时，不加以选择，到头来对待他们就好像对待猪狗一样。官大的一发怒，也不问他们有没有罪，就让他们脱下衣服，鞭打他们；高兴时就接近他们，与他们交好、勾结，做一些买卖的勾当。这些人常说："长官对待我好像在对待猪狗，我哪有希望不成为猪狗呢？"所以平民百姓不会自暴自弃、甘心做猪狗，也就不肯出来做官。何况真正的士人君子，肯低头做猪狗么？然而想使他们做到谨慎严肃，如同两汉时的人物那样可以任用，也不过是按照才能选用他们，用厚礼优待他们，宽恕他们的小过失，抛弃他们中作恶多端、不可饶恕的人，而后考察他们的贤才与功劳，然后才给他们封爵、增加俸禄，让他们显贵起来，不要把他们遗弃在闲官冗员的行列中。那么他们就会寄希望于功名利禄，亲爱他们自己，不敢巧取豪夺，而奇异的才能，超常的智慧就可以施展出来。

人本来就有杰出的才能、超常的智力，可是不会做文章、名数、声律等的学问；又有的不幸没有学过这些东西。如果仅用进士制策的考试来选用他们，这会使有杰出才能的人很快陷入困境。要是文书小吏也能选拔出来做长官，这就使稍有才能的人都不会被埋没。用考进士的制策从上层官吏中网罗人才，又从下层官吏中网罗人才，却还说天下有遗弃的人才，我是不信的。

上欧阳内翰[1]第一书

苏洵反对浮艳怪涩的时文，提倡学习古文；强调文章要"得乎吾心"，写"胸中之言"；主张文章应"有为而作""言必中当世之过"。他特别善于从比较中品评各家散文的风格和艺术特色，而本文对孟子、韩愈和欧阳修文章的评论的确很精当，恰如其分地表达了自己对欧阳修文风的喜爱，并可以看作是对唐宋散文的概评。

原文

内翰执事：洵布衣穷居，尝窃有叹，以为天下之人，不能皆贤，不能皆不肖。故贤人君子之处于世，合必离，离必合。往者天子方有意于治，而范公在相府，富公为枢密副使，执事与余公[2]、蔡公为谏官[3]，尹公驰骋上下[4]，用力于兵革之地。方是之时，天下之人，毛发丝粟之才，纷纷然而起，合而为一。而洵也自度其愚鲁无用之身，不足以自奋于其间，退而养其心，幸其道之将成，而可以复见于当世之贤人君子。不幸道未成，而范公西，富公北，执事与余公、蔡公分散四出，而尹公亦失势，奔走于小官。

洵时在京师，亲见其事，忽忽仰天叹息，以为斯人之去，而道虽成，不复足以为荣也。

注释

①欧阳内翰：欧阳修。当时他任翰林学士，身居朝廷要职，专掌内命，参与机要，故称之为内翰。

②余公：余靖。

③蔡公：蔡襄。字君谟，福建仙游人。天圣进士，累官知谏院，直史馆，兼修起居注。

④尹公：尹洙。字师鲁，河南人。天圣进士。

译文

内翰执事：我本是平民百姓，生活贫困，常常私下感叹：认为天下的人，不可能都是贤明的，不可能全都不贤明，所以贤明的人、正直的君子生活在世上，会合后必然会分散，分散后又必然会聚合在一起。以前天子有意把国家治好的时候，范公任宰相，富公任枢密副使，您与余公、蔡公任谏官，尹公上下奔走，在战场上效力。就在那时，天下的人哪怕是拥有一点才能，也纷纷出来会合在一起为朝廷出力。我也自量自己是一个愚笨无用的人，不能够和他们一道奋发出力，便回来修身养性，希望自己在道德学问方面有所成就，可以使我再次和当世的贤人君子相见。不幸的是道德学问未修成，而范公就被贬谪到西边，富公贬到北边，您与余公、蔡公都贬到各地，而且尹公也失去了权势，为小官的事务奔忙。

那时我在京城，亲眼见到这些事情。我怀抱忧愁，经常仰天叹息，认为你们已经离去了，即使道德学问学有所成，也再没有值得荣耀的地方。

原文

既复自思，念往者众君子之进于朝，其始也，必有善人焉推之；今也，亦必有小人焉间之。今之世无复有善人也，则已矣！如其不然也，吾何忧焉？姑养其心，使其道大有成而待之，何伤？退而处十年，虽未敢自谓其道有成矣，然浩浩乎其胸中若与曩者异。而余公适亦有成功于南方，执事与蔡公复相继登于朝，富公复自外入为宰相，其势将复合为一。喜且自贺，以为道既已粗成，而果将有以发之也。

译文

后来心里再次忖度，想到以前众多的君子能够被朝廷进用，开始的时候必定会有好人推举他们，现在也必然有小人离间排斥他们，如今世上不再有好人也就罢了。如果不是这样，我有什么担忧呢？姑且修好我的心性，使我的道德学问学有所成，等待任用的日子，又有什么损害呢？回家住了十年，虽然不敢说我的道德学问已经学有所成，可是心胸开阔远大，好像与过去大不一样。而且余公刚好在南方有所建树，您和蔡公相继恢复官位，在朝廷上任职，富公又从外面调进，担任宰相。看那趋势，贤人、君子又将聚合在一起。我很高兴并为自己祝贺，认为道德学问已略有所成，而且果然将有施展才能的日子。

原文

既又反而思，其向之所慕望爱悦之而不得见之者，盖有六人焉，今将往见之矣。而六人者，已有范公、尹公二人亡焉，则又为之潸然出涕以悲。呜呼！二人者不可复见矣，而所恃以慰此心者，犹有四人也，则又以自解。思其止于四人也，则又汲汲欲一识其面，以发其心之所欲言。而富公又为天子之宰相，远方寒士，未可遽以言通于其前；余公、蔡公，远者又在万里外，独执事在朝廷间，而其位差不甚贵，可以叫呼扳援而闻之以言⑤。而饥寒衰老之病，又痼而留之，使不克自至于执事之庭。夫以慕望爱悦其人之心，十年而不得见，而其人已死，如范公、尹公二人者。则四人之中，非其势不可遽以言通者，何可以不能自往而遽已也！

注释

⑤扳援：援引、牵引，挽起。

译文

不久又反过来想一想，我以前羡慕、敬爱、喜欢而未能见到的人，一共有六个人。现在即将去拜见他们，可是六人中，范公、尹公已经去世了，我

又为此而感到悲伤，潸然泪下。唉！再也不能见到这两个人了！能有所安慰的是，还有四个人可以见到，就用这些来宽解自己。想到只有这四个人，就又急忙想见见他们，为的是说出自己的心里话。可是富公担任天子的宰相，我作为一个住在偏远地方的穷书生，是不可能骤然在他面前说话的，而且余公、蔡公又远在万里之外的地方，唯独您在朝廷任职，而且您的职位没有那么显贵，可以直接呼叫攀援，把要说的话讲给您听。可是因为饥寒而衰老的病体久治不愈便把这件事耽搁下来，使我不能够亲自到您的府上。我凭着仰慕、期望、敬爱、喜欢六个人的心情，过了十年，却没能相见，而且他们中有的人已经死了，例如范公、尹公两个人。那么这四个人中，不是因为地位关系不能够当面说话的人外，我怎么可以因为不能亲自前往拜会，就算了呢？

原文

执事之文章，天下之人莫不知之；然窃自以为洵之知之特深，愈于天下之人。何者？孟子之文，语约而意尽，不为巉刻斩绝之言[⑥]，而其锋不可犯。韩子之文，如长江大河，浑浩流转，鱼鼋蛟龙，万怪惶惑，而抑遏蔽掩，不使自露；而人望见其渊然之光，苍然之色，亦自畏避，不敢迫视。执事之文，纡余委备，往复百折，而条达疏畅，无所间断，气尽语极，急言极论，而容与闲易，无艰难劳苦之态。此三者，皆断然自为一家之文也。惟李翱之文[⑦]，其味黯然而长，其光油然而幽，俯仰揖让，有执事之态。陆贽之文[⑧]，遣言措意，切近得当，有执事之实；而执事之才，又自有过人者。盖执事之文，非孟子、韩子之文，而欧阳子之文也。

夫乐道人之善而不为谄者，以其人诚足以当之也；彼不知者，则以为誉人以求其悦己也。夫誉人以求其悦己，洵亦不为也；而其所以道执事光明盛大之德，而不自知止者，亦欲执事之知其知我也。虽然，执事之名，满于天下，虽不见其文，而固已知有欧阳子矣。而洵也不幸，堕在草野泥涂之中。而其知道之心，又近而粗成。而欲徒手奉咫尺之书，自托于执事，将使执事何从而知之、何从而信之哉？

注释

⑥巉刻：原意为高峻，此处转义为尖刻。巉刻斩绝：犹言尖刻阴毒。

⑦李翱：字习之，唐代赵郡人。贞元进士。元和初为国子博士，史馆修撰。再迁考功员外郎。性峭鲠，仕不显，怫郁无所发。尝面折宰相李逢吉之过，出为庐州刺史。后拜中书舍人，以山南东道节度使卒。翱始从韩愈为文章，辞致浑厚，见推当时，故亦谥曰文。有《论语笔解》《五木经》《李文公集》行世。

⑧陆贽：字敬舆，唐代嘉兴人。年十八登进士第，又中弘辞。有《陆宣公翰苑集》行世。其奏议尤为著名。

译文

您的文章，天下没有谁不知道的。然而我私下认为对您的文章，我了解得特别深刻，超过天下的人。为什么这样说呢？孟子的文章，言语简约而意思详尽，他不用那些锐利的语言，可是他的锋芒却不可侵犯。韩愈的文章就像长江大河，浩浩荡荡回流婉转，像鱼鳖蛟龙，千奇百怪、惊心动魄，却又采用抑制隐藏的手法，不让它自己显露出来，可是人们望到文章里渊博奥妙的光辉、苍然成熟的色彩，也会各自畏惧回避，不敢近前观看。您的文章，文辞从容委婉详尽、文笔回环往复曲曲折折，而且条理清晰、语言流畅，没有间断的地方。气势到了尽头、语言也到了极致，急切的语言、透彻的论述，您却显得从容不迫、安闲平易，没有艰难费力的样子。这三个人的文章都确实能自成一家。只有李翱的文章，意味深长、光彩自然、行文自如、平正严谨，有您的风格。陆贽的文章，安排言词、确立文意，准确得当，有您文章的实际特征。可是您的才能，又有超人的地方。因此您的文章，不是孟子、韩子的文章，而是欧阳修的文章。

那些乐于称道别人的长处而没有被看作是谄媚的人，是因为被称赞的人确实能够担当得起这样的赞誉。那些不了解内情的人，就会认为赞誉别人是为了求得别人赏识自己。通过赞誉别人来求得别人赏识自己，我苏洵是不会干的。然而我之所以要称道您光明盛大的德行而不能自我抑制的原因，也就是想让您知道我苏洵是了解您的。虽然这样，您的大名已经传遍天下，即使没有见过您的文章，也早就知道有个欧阳先生了。可是我很不幸运，出生在乡野平民中。然而我自己的道德学问，近来稍有成就，想双手奉上一纸书信，把自己托付给您，怎样才能使您了解我，怎样才能让您信任我呢？

原文

洵少年不学，生二十七岁，始知读书，从士君子游。年既已晚，而又不遂刻意厉行，以古人自期，而视与己同列者，皆不胜己，则遂以为可矣。其后困益甚，然后取古人之文而读之，始觉其出言用意，与己大异。时复内顾，自思其才，则又似夫不遂止于是而已者。由是尽烧曩时所为文数百篇，取《论语》《孟子》、韩子及其他圣人、贤人之文，而兀然端坐，终日以读之者，七八年矣。方其始也，入其中而惶然，博观于其外而骇然以惊。及其久也，读之益精，而其胸中豁然以明，若人之言固当然者。然犹未敢自出其言也。时既久，胸中之言日益多，不能自制，试出而书之。已而再三读之，浑浑乎觉其来之易矣，然犹未敢以为是也。近所为《洪范论》《史论》凡七篇，执事观其如何？噫！区区而自言，不知者又

将以为自誉，以求人之知己也。惟执事思其十年之心，如是之不偶然也而察之。

译文

我年轻的时候，不学无术，到了27岁才知道读书，与一些有学问的人交往。不但年纪大了，而且又不能刻意锻炼自己、砥砺德行，用古人的标准来要求自己，反而看到与自己一起学习的人，都超不过我，就以为自己的学问可以了。后来，我感到文思越来越窘困，然后拿出古人的文章来读，才开始觉得他们遣词立意与自己的大不相同。当时再回头看看自己，思量自己有多少才能，就又觉得好像不应停留在这样的水平上。于是烧光以前写的几百篇文章，取出《论语》《孟子》、韩愈及其他圣人贤人的文章，一动不动地端坐在那里，整天阅读这些文章，就这样过了七八年。开始的时候，深入钻研它们的实际内容，就怀有恐惧的心情，从外部统观那些文章又令人吃惊。久而久之书读得越精，而我的胸中也豁然明朗起来，似乎觉得别人的言论本来就应该这样。然而，就是这样也还不敢写出我想要说的话。时间久了，胸中积累的话越来越多，不能自我克制，就试着把它们写下来。然后再三诵读古人的书便觉得文思泉涌，写起来容易多了。然而，就是这样也不敢自以为是。近来所写的《洪范论》《史论》等七篇，您看看怎么样？唉！我一个小人物，这样自我介绍，不了解内情的人，又将以为我是在自卖自夸，用来求得别人的赏识。我只希望您想想我十年来的苦心，像我这样做绝不是偶然的，愿您察明我的心意。

张益州画像记

张益州，即张方平（1006—1091年），字道安，自号乐全居士，北宋南京（今河南商丘）人。

官至参知政事，即宰相。旧时常以某人统辖过的地方的名字代替某人的名字，张方平曾任益州知州，且政绩卓著，故也称张益州。

本文记叙了张方平在益州（今四川成都）时的政绩，极力赞扬张方平处变不惊，以仁爱待人，恰当地平息了一次可能发生的动乱。文中描写了当地人民对张方平的怀念之情，真挚感人，溢于言表。

原文

至和元年秋，蜀人传言，有寇至边[①]。边军夜呼，野无居人。妖言流闻，京师震惊。方命择帅，天子曰："毋养乱，毋助变。众言朋兴，朕志自定。外乱不作，变且中起。不可以文令，又不可以武竞，惟朕一二大吏，孰为能处兹文武之间，其命往抚朕师？"乃推曰："张公方平其人。"天子曰："然。"公以亲辞，不可，遂行。

冬十一月，至蜀。至之日，归屯军，撤守备。使谓郡县："寇来在吾，无尔劳苦。"明年正月朔旦，蜀人相庆如他日，遂以无事。又明年正月，相告留公像于净众寺[②]，公不能禁。

眉阳苏洵言于众曰[③]："未乱易治也，既乱易治也。有乱之萌，无乱之形，是谓将乱，将乱难治。不可以有乱急，亦不可以无乱弛。是惟元年之秋，如器之欹，未坠于地。惟尔张公，安坐于其

旁，颜色不变，徐起而正之。既正，油然而退，无矜容。为天子牧小民不倦，惟尔张公。尔繄以生，惟尔父母。且公尝为我言：'民无常性，惟上所待。人皆曰，蜀人多变，于是待之以待盗贼之意，而绳之以绳盗贼之法。重足屏息之民，而以碪斧令，于是民始忍以其父母妻子之所仰赖之身，而弃之于盗贼，故每每大乱。夫约之以礼，驱之以法，惟蜀人为易。至于急之而生变，虽齐鲁亦然④。吾以齐鲁待蜀人，而蜀人亦自以齐鲁之人待其身。若夫肆意于法律之外，以威劫齐民，吾不忍为也。'呜呼！爱蜀人之深，待蜀人之厚，自公而前，吾未始见也。"皆再拜稽首曰："然。"

注释

①蜀人传言：据《宋史·张方平传》，当时蜀人传言，广源（广西邕州）蛮族首领侬智高即将进犯，地方官员急忙调兵筑城，日夜不息，民大惊扰。张方平认为必皆妄言，遣归戍卒，尽罢诸役，时逢元宵佳节，令张灯结彩，城门三夜不闭，捕获造谣之人，枭首示众，蜀人遂安。

②净众寺：又名万福寺，在成都西北。

③眉阳：眉州。苏洵是眉州眉山（今属四川）人。该地西汉时曾置武阳县。

④齐鲁：古代的齐国和鲁国。齐为姜尚所封，鲁为周公旦之子伯禽所封，最受周礼影响。鲁后来又出生孔子，故齐鲁被称为礼仪之邦。

译文

宋仁宗至和元年秋天，四川一带传出谣言，说敌寇将要侵犯边界，驻边军士夜里惊呼，四野百姓全都逃光。谣言流布，京城上下大为震惊。正准备命令选派将帅，天子说："不要酿成祸乱，不要助成事变。虽然众人传说纷起，但我的主意已定，外患不一定会酿成，事变却会从内部兴起。这事既不可一味用文教感化，又不可以一味用武力解决，只需要我的一二个大臣去妥善处理。谁能够处理好这既需文治又需武功的事情，我就派他去安抚我的军队。”于是众人推荐说：“张方平就是这样的人。”天子说：“对！”张公以侍奉双亲为由推辞，未获批准，于是就动身出发。

冬季十一月到达蜀地。到任的那一天，就命令驻军回去，撤除守备，派人对郡县长官说：“敌寇来了由我负责，不必劳苦你们。”到明年正月初一早上，蜀地百姓像往年一样庆贺新春，于是一直相安无事。再到了明年的正月里，百姓相互商量要把张公的像安放在净众寺里，张公没能禁止得住。

眉阳人苏洵向众人说道：“祸乱没有发生，这是容易治理的；祸乱已成，这也容易治理；有祸乱的苗子，没有祸乱的表现，这叫作将要发生祸乱，祸乱将发未发之际最难治理。既不能因为有祸乱苗子而操之过急，又不能因为还没有形成祸乱而放松警惕。这至和元年秋季的局势，就像器物虽已倾斜，但还没有倒地。只有你们的张公，却能在它旁边安坐，面色不改，慢慢地起身扶正。扶正之后，从容地退后坐下，没有一点骄矜自得之色。替天子管理小民百姓，孜孜不倦，这就是你们的张公。你们是因了这张公而得生，他就是你们的再生父母。再者，张公曾对我说道，‘老百姓没有不变的性情，只看上司如何对待他们。人们都说，蜀地人经常发生变乱。所以上司就用对待盗贼的态度去对待他们，用管束盗贼的刑法去管束他们。对于本来已经战战兢兢、连大气也不敢出的百姓，却用残酷的刑法去号令他们，这样百姓才忍心不顾自己这父母妻儿所依靠的身躯，而沦为与盗贼为伍，所以常常发生大乱。倘若以礼义来约束他们，用法律来差使他们，那么只有蜀人是最容易管理的。至于逼急他们而发生变乱，那么即使是齐鲁的百姓也会如此的。我用对待齐鲁百姓的方法对待蜀人，那么蜀人也会把自己当成齐鲁之人。假如任意胡来不按法律，用淫威胁迫平民，我是不愿干的。’啊，爱惜蜀人如此深切，对待蜀人如此厚道，在张公之前，我还未曾见过。”大家听了，一齐再重新行礼，并说：“是这样的。”

原文

苏洵又曰:"公之恩在尔心;尔死,在尔子孙。其功业在史官,无以像为也。且公意不欲,如何?"皆曰:"公则何事于斯?虽然,于我心有不释焉。今夫平居闻一善,必问其人之姓名,与乡里之所在,以至于其长短大小美恶之状,甚者,或诘其平生所嗜好,以想见其为人。而史官亦书之于其传。意使天下之人,思之于心,则存之于目。存之于目,故其思之于心也固。由此观之,像亦不为无助!"苏洵无以诘,遂为之记。

公,南京人,为人慷慨有大节,以度量容天下。天下有大事,公可属。系之以诗曰:天子在祚,岁在甲午[5]。西人传言,有寇在垣。庭有武臣,谋夫如云。天子曰嘻,命我张公。公来自东,旗纛舒舒。西人聚观,于巷于涂。谓公暨暨,公来于于。公谓西人:"安尔室家,无敢或讹。讹言不祥,往即尔常。春尔条桑,秋尔涤场。"西人稽首,公我父兄。公在西囿,草木骈骈。公宴其僚,伐鼓渊渊。西人来观,祝公万年。有女娟娟,闺闼闲闲。有童哇哇,亦既能言。昔公未来,期汝弃捐。禾麻芃芃,仓庾崇崇。嗟我妇子,乐此岁丰。公在朝廷,天子股肱。天子曰归,公敢不承?作堂严严,有庑有庭。公像在中,朝服冠缨。西人相告,无敢逸荒。公归京师,公像在堂。

注释

⑤甲午:古代以干支纪年。宋仁宗时的甲午年,即至和元年,也就是1054年。

译文

苏洵又说："张公的恩情，记在你们心中；你们死了，记在你们子孙心里。他的功劳业绩，记载在史官的史册上，不用画像了。而且张公自己又不愿意，如何是好？"众人都说："张公怎么会关心这事？虽然如此，我们心里总觉不安。如今平时听到有人做件好事，一定要问那人的姓名及他的住处，一直问到那人的身材长短、年龄大小、面容美丑等情况；更有甚者，还有人讯问他平生的爱好，以便推测他的为人。而史官也把这些写入他的传记里，目的是要使天下人不仅铭记在心里，而且要显现在眼前。音容显现在人们眼中，所以心里的铭记也就更加真切久远。由此看来，画像也不是没有意义。"苏洵听了，无法答对，就为他们写了这篇画像记。

张公是南京人，为人意气昂扬，有高尚节操，雅量高致，闻名天下。国家有重大事情，张公是可以托付的。末了以诗作结，写道：大宋天子坐龙庭，甲午之年日月新。忽然蜀人谣言起，边关敌寇将兴兵。朝廷良将纷如雨，文臣谋士多如云。天子说句话，就命我张公远出征。张公方平来东方，西风猎猎大旗扬。蜀人围观睹风采，人山人海满街巷。齐道张公真坚毅，神色镇静又安详。张公开口谕蜀人："各自还家且安顿，谣言莫传自安宁。谣言不祥且勿听，回去照常做营生。春日动手修桑枝，秋天谷场要扫清。"蜀人磕头拜张公，称他就像父与兄。公在蜀国园林居，草木繁茂郁葱葱。宴请文官与武将，击鼓作乐"咚咚"响。蜀人庆贺来观望，共祝公寿万年长。姑娘佳丽美婵娟，幽娴贞静闺房间。幼儿哇哇向人啼，牙牙学语已能言。当初张公不来蜀，你辈早已填沟壑。如今庄稼多茂盛，粮仓高耸堆满谷。可感我们妇与子，欢欢喜喜庆丰足。张公本是朝中臣，天子左右得力人。天子下诏命返驾，张公岂敢不允承。修起殿堂好庄严，又有廊房又有庭。公像挂在正当中，朝服冠带宛如真。蜀人纷纷来禀告。不敢放荡做懒人。张公放心回京城，像挂殿堂传美名。

木假山记

这是一篇写木假山的记，作者先从木假山的形成过程写起，后渐显寓意，在咏木假山的背后蕴含着作者对人才问题的深沉的感喟与思考。树木的坎坷遭遇实际上是隐喻当时社会上人才遭受到的压抑与摧残，文中对三峰“巍然自立”的爱敬，乃作者自颂三苏父子“刚直不阿”的人格。文章多用排比句，而又参差变化、错落有致；描绘木假山之状，随物赋形，形象生动，寄慨遥深，耐人寻味。

原文

木之生，或蘖而殇[①]，或拱而夭[②]；幸而至于任为栋梁则伐；不幸而为风之所拔，水之所漂，或破折，或腐；幸而得不破折，不腐，则为人之所材，而有斧斤之患，其最幸者，漂沉汩没于湍沙之间[③]，不知其几百年，而其激射啮食之馀，或仿佛于山者，则为好事者取去，强之以为山，然后可以脱泥沙而远斧斤。而荒江之濆，如此者几何？不为好事者所见，而为樵夫野人所薪者，何可胜数？则其最幸者之中，又有不幸者焉。

予家有三峰，予每思之，则疑其有数存乎其间。且其蘖而不殇，拱而不夭，任为栋梁而不伐，风拔水漂而不破折，不腐；不破折、不腐，而不为人所材，以及于斧斤；出于湍沙之间，而不为樵夫野人所薪，而后得至乎此，则其理似不偶然也。

然予之爱之，则非徒爱其似山，而又有所感焉；非徒爱之而又有所敬焉。予见中峰，魁岸踞肆，意气端重，若有以服其旁之二

峰；二峰者，庄栗刻削[4]，凛乎不可犯；虽其势服于中峰，而岌然无阿附意。吁！其可敬也夫！其可以有所感也夫！

注释

①蘖：树木砍去后重长新芽。殇：未长成而夭折。

②拱：树干长到双手能合抱那么粗，称为拱。夭：死亡。

③湍沙：急流和泥沙。

④庄栗刻削：端庄凛栗，似刻削而成者。

译文

树木的生长，有还在幼苗时便死了的，有长到两手合围粗细时而死了的。幸而长成可以用作栋梁的，也就被砍伐了。不幸而被大风拔起，被流水漂走，有的折断了，有的腐烂了；幸而能够没有折断，没有腐烂，便被人认为是有用之材，于是遭受到斧头砍伐的灾祸。其中最幸运的，在急流和泥沙之中漂流沉没，不知经过几百年，在水冲虫蛀之后，有形状好似山峰一样的，就被喜欢多事的人拿走，加工做成木假山，从此它就可以脱离泥沙而且避免斧砍刀削的灾难了。但是，在荒野的江边，像这样形状似山峰的树木有多少啊，不被好事的人发现，却被樵夫农民当作木柴的，哪里数得清呢？那么在这最幸运的树木中，又存在着不幸呢！

我家有一座三个峰头的木假山。每当我想到它，总觉得在这中间似乎有命运在起作用。况且，它在发芽抽条时没有死，在长成两手合抱粗细时没有死，可用作栋梁而没有被砍伐，被风拔起，在水中漂浮而没有折断，没有腐烂，没有折断腐烂，却未被人当作材料。以至于遭受斧头的砍伐，从急流泥沙之中出来，也没有被樵夫、农民当作木柴，然后才能来到这里，那么这里面的理数似乎不是偶然的啊。

然而，我喜爱木假山，不光是喜爱它像山，而是还有感慨寄寓其间；不仅喜爱它，而且对它又有敬意。我看到中峰，魁梧奇伟，神情高傲舒展，意态气概端正庄重，好像有什么办法使它旁边的两座峰臣服似的。旁边的两座山峰，庄重谨慎，威严挺拔，凛然不可侵犯。虽然它们所处的地位是服从于中峰的，但那高耸挺立的神态，决然没有丝毫奉迎依附的意思。啊！它们是令人敬佩的呀！它们是令人感慨的呀！

谏论

原文

古今论谏，常与讽而少直[2]，其说盖出于仲尼[3]。吾以为讽、直一也[4]，顾用之之术何如耳[5]。伍举进隐语，楚王淫益甚[6]；茅焦解衣危论，秦帝立悟[7]。讽固不可尽与[8]，直亦未易少之[9]。吾故曰：顾用之之术何如耳。然则仲尼之说非乎[10]？

曰：仲尼之说，纯乎经者也[11]；吾之说，参乎权而归乎经者也[12]。如得其术，则人君有少不若桀纣者[13]，吾百谏而百听矣[14]，况虚己者乎[15]？不得其术，则人君有少不若尧舜者，吾百谏而百不听矣，况逆忠者乎？

然则奚术而可？曰：机智勇辩，如古游说之士而已[16]。夫游说之士，以机智勇辩济其诈[17]；吾欲谏者[18]，以机智勇辩济其忠。请备论其效[19]：周衰，游说炽于列国，自是世有其人。吾独怪夫谏而从者百一[20]，说而从者十九[21]，谏而死者皆是[22]，说而死者未尝闻[23]。然而抵触忌讳[24]，说或甚于谏，由是知不必乎讽而必乎术也[25]。

说之术，可为谏法者五：理谕之，势禁之，利诱之，激怒之，隐讽之之谓也。”。触龙以赵后爱女贤于爱子，未旋踵而长安君出

质[26]；甘罗以杜邮之死诘张唐，而相燕之行有日[27]；赵卒以两贤王之意语燕，而立归武臣[28]；此理而谕之也。子贡以内忧教田常，而齐不得伐鲁[29]；武公以麋鹿协顷襄，而楚不敢图周[30]；鲁连以烹醢惧新垣衍，而魏不果帝秦[31]：此势而禁之也。田生以万户侯启张卿，而刘泽封[32]；朱建以富贵饵闳孺，而辟阳赦[33]；邹阳以爱幸悦长君，而梁王释[34]：此利而诱之也。苏秦以牛后羞韩，而惠王按剑太息[35]；范雎以无王耻秦，而昭王长跪请教[36]；郦生以助秦凌汉，而沛公辍洗听计[37]：此激而怒之也。苏代以土偶笑田文[38]；楚人以弓缴感襄王[39]；蒯通以娶妇悟齐相[40]：此隐而讽之也。

五者，相倾险诐之论；虽然，施之忠臣，足以成功。何则？理而谕之，主虽昏必悟；势而禁之，主虽骄必惧；利而诱之，主虽怠必奋；激而怒之，主虽懦必立；隐而讽之，主虽暴必容。悟则明，惧则恭，奋则勤，立则勇，容则宽。致君之道[41]，尽于此矣。

吾观昔之臣，言必从，理必济，莫如唐魏郑公[42]。其初实学纵横之说[43]，此所谓得其术者欤？噫！龙逄、比干不获称良臣，无苏秦、张仪之术也；苏秦、张仪不免为游说，无龙逄、比干之心也。是以龙逄、比干，吾取其心，不取其术；苏秦、张仪，吾取其术，不取其心，以为谏法[44]。

注释

①谏：规劝，用于下对上，此指规劝君王。

②与：嘉许，肯定。讽：讽谏，即不直指其事，而用委婉曲折的语言对上进行规劝。少：与“与”对，作批评或不赞成讲。直：直谏，即直接指出，毫不隐晦。

③其说：这种说法。指“常与讽而少直”。盖：原来。《孔子家语》载孔子之语说“忠臣之谏君，有五义焉：一曰谲谏，二曰戆谏，三曰降谏，四曰直谏，五曰讽谏。唯度王以行之，吾以其谏乎？”

④一：一样的。

⑤顾：只是。术：技术，方法。何如：怎么样。

⑥伍举：楚庄王之臣。进：献上，此作讲述。隐语：不把本意直接说出而借别的词语来暗示的话。楚庄王即位，三年不出号令，日夜为乐，并下令曰有敢谏者，处死。伍举入谏，庄王左抱郑姬，右抱越女，坐独鼓之间。伍举曰愿有进言，曰“有鸟在于阜，三年不飞不鸣，是何鸟也?”庄王曰：“三年不飞，飞将冲天；三年不鸣，鸣将惊人。举退矣，吾知之矣。”居数月，淫益甚。见《史记·楚世家》。

⑦秦帝立悟：秦王政（即始皇）因其母亲不贞，迁之咸阳宫，并下令曰：以太后事谏者，戮而杀之，蒺藜其脊。谏而死者27人。齐客茅焦愿以太后事谏，秦王欲烹之。焦曰“迁母咸阳，有不孝之行；蒺藜谏士，有桀纣之治。天下闻之，尽瓦解，无向秦者，臣窃为陛下危之。”言完，解衣赴镬，王悟，自迎太后还，立茅焦为傅，并封为上卿。见刘向《说苑》。

⑧“讽固”句：这句说，讽谏本来是不可以完全肯定的。

⑨末易：不要轻易。少之：批评它。

⑩然则：那么。

⑪纯乎经：完全合于经。经：指至当不移的道理。

⑫“参乎”句：这句说，参用权变而又合于正理。

⑬少不若桀纣者：比桀纣稍好一点的。

⑭“吾百”句：这句说，规劝一百次，而能听一百次。

⑮虚己：虚心准备听受。

⑯游说：古代被称为游说之士的政客，奔走各国，凭着口才劝说君主采纳他的主张。

⑰济：补。诈：奸诈，虚伪。

⑱吾欲谏者：我希望讽谏的人。

⑲备：完，尽。效：效验。

⑳谏而从者：采用讽谏方法进行规劝而君主听从的。百一：百个中只有一个。

㉑“说而”句：这句说，采用直说方法规劝而君主听从的十个中有九个。

㉒“谏而”句：这句说，因讽谏而被处死的各代均有。

㉓未尝闻：没有听说过。

㉔抵触：触犯皇上。忌讳：因风俗习惯或个人理由，对某些言语或举动有所回避。

㉕不必乎讽：不一定采取委婉规劝的办法。必乎术：一定要讲究规劝的办法。

㉖赵后：指惠文王后。长安君：太后少子。秦攻赵，赵求救于齐。齐曰："必以长安君为质，兵乃出。"太后不肯。触龙求见，终于使太后同意以长安君为质。旋踵：指时间短暂。

㉗甘罗：古代神童，年十二，事秦相文信侯吕不韦。秦想要使张唐去相燕，唐不肯。经过甘罗之劝，张唐才去相燕，见《史记·甘茂列传》。有日：有确定的日子。

㉘"赵卒"句：秦亡后，楚汉相争之际，武臣曾为陈涉率张耳、陈余北略赵地，后自立为赵王，以陈余为大将军，以张耳为右丞相。一次赵王间出，为燕军所得，因之以求赵地。有厮养卒见燕将说：武臣、张耳、陈余攻下赵地数十城，三人都想称王，只因其势初定，未可三分为王，今囚赵王，张耳、陈余必分赵自立；现在一个赵，尚易对付燕，又何况是两贤王呢？那时，两人出兵讨伐囚禁赵王之罪，灭燕是很容易的。于是燕国释放赵王，养卒驾车，同赵王归还。见《史记·张耳陈余列传》。

㉙子贡：姓端木，名赐，卫人，孔子弟子。田常欲作乱于齐，怕高国鲍晏，所以移其兵，欲以伐鲁。孔子听说后，遣子贡前去对田常说，"忧在内者攻强，忧在外者攻弱。今君忧在内，吾闻君三封而三不成者，大臣有不听者也。"你应伐强大的吴国而不应伐弱小的鲁国。见《史记·仲尼弟子列传》。

㉚顷襄：楚王。楚欲图西周之地，周赧王使武公谓楚相昭子曰，西周之地，绝长补短，不过百里，虽名为天下共主，但裂其地，不足以肥国；得其众，不足以劲兵，而攻之者，名为弑君。何以有人欲攻之呢？因祭器在也。……现在楚伐周，诸侯正好发兵灭楚，既可裂楚地肥国，又得尊主之名。见《史记·楚世家》。武公：周臣。协：通"胁"，威胁。

㉛鲁连：即鲁仲连，齐人。新垣衍：魏之使臣。魏使新垣衍说赵，共尊秦为帝。仲连与赵平原君去见新垣衍说："吾将使秦王烹醢梁王（即魏王）。"后来新垣衍被鲁仲连说服，未尊秦为帝。见《史记·鲁仲连列传》。

㉜田生：齐人。张卿：即张子卿，名泽，汉宫中寺人。刘泽：汉高祖刘邦兄弟。田生曾劝张卿，讽诸大臣以闻太后，请立太后兄之子吕产为吕王，

太后果封之，赐张卿金千斤。田生又对张卿说，吕立王，诸大臣未服，可言太后封刘泽为王，泽得王，离去，诸吕王更加巩固了。太后封刘泽为琅琊王。见《史记·荆燕世家》。

㉝朱建：楚人。闳孺：汉孝惠帝幸臣。辟阳：县名，审食其封辟阳侯。时辟阳侯得幸吕后，有人向孝惠帝告发，帝大怒，欲诛之。朱建乃劝说闳孺，最后辟阳侯得出狱。见《史记·郦生陆贾列传》。

㉞邹阳：齐人。长君：即王信，汉景帝王后兄。梁王：即梁孝王，名武，景帝弟。梁王曾希望为汉嗣，爰盎等人反对。梁王怒，令人刺杀盎。上疑梁杀之，遣人责梁王。后梁王之谋事败，恐诛。邹阳往说王信曰，长君之弟得幸于后宫，太后又厚德长君，如通过你向皇帝言梁王事，两宫皆信任你，其荣永固。于是长君言于帝，帝怒才消除。见《汉书·邹阳传》。

㉟苏秦：字季子，东周洛阳人。惠王：即韩宣惠王。惠王欲事秦，苏秦劝曰，宁为鸡口，无为牛后……臣窃为大王羞之。于是韩王勃然作色，攘臂瞋目，按剑仰天太息曰：寡人虽不肖，必不能事秦。见《史记·苏秦列传》。

㊱范雎：字叔，魏人。范雎到秦国后，认为太后、穰侯、华阳、高陵权倾秦王，于昭王不利，为此，昭王曾屏退左右，多次长跪向范雎请教。见《史记范雎列传》。

㊲郦生：陈留高阳人。沛公即刘邦。沛公不好儒，至高阳，召郦生。郦入见，长揖不拜。沛公乃整衣以礼相见。见《史记·郦生陆贾列传》。

㊳苏代：一说苏秦兄，一说苏秦弟。田文：即齐孟尝君。以土偶笑田文：用土偶人笑木偶人的例子来说服田文。

㊴楚人：指庄辛。襄王：指楚顷襄王。庄辛对襄王说：黄鹄散游江上，食鱼吃水草，奋翮游于天空，自以为无忧，哪知射鸟的人正向它瞄准。现在你襄王日耽娱乐，哪里知道秦国正在派人来灭掉楚国呢？见《战国策》。缴：系在箭上的生丝绳，此指弓箭。

㊵蒯通：汉范阳人。齐相：指曹参，当时为齐悼惠王之相，曹礼贤下士，请通为客。通劝说曹参将东郭先生、梁石君等隐士待为上宾。见《汉书·蒯通传》。

㊶致君之道：求得规劝君主的道理、方法。

㊷魏郑公：即魏征，字玄成，唐太宗时拜谏议大夫，检校侍中，征敢于直谏，所言多被唐太宗采纳，封郑国公。

㊸纵横：合纵连横的简称。战国时弱国联合起来攻击强国，称为合纵。随从强国去进攻其他弱国，称为连横。

㊹以为谏法：我认为这就是规劝君主的方法。

译文

不论古时还是现代，人们议论进谏，往往赞成讽谏，贬低直谏，这种说法大概是由孔子首先提出来的。我认为，讽谏、直谏是一样的，只看使用的方法怎么样罢了。伍举使用隐语进谏，楚王荒淫放纵更加厉害；茅焦解开衣服，正言进谏，秦帝立即省悟过来。讽谏当然不能一概赞成，直谏也不能轻易贬低。所以我说：只看使用的方法怎么样罢了。但是孔子的说法就是错的吗？我说：孔子的思想是至当不移的道理，而我的是权变而又合于正理。如果能掌握适当的方法，那么君主比夏桀、商纣还稍强一些，我进谏一百次他会听从一百次的，何况是虚心纳谏的君主呢？如果不能掌握适当的方法，那么君主比唐尧、虞舜还稍差一些，我进谏一百次他会不听从一百次的，何况是拒绝忠言的君主呢？

情况如此，那么什么方法才可以呢？答道：机智、灵活、勇敢、善辩，就像古代游说诸侯的策士那样就可以了。那般游说诸侯的策士，靠着机智、灵活、勇敢、善辩助成他的诡诈；我要进谏君主，靠着机智、灵活、勇敢、善辩助成我的忠贞。让我全面论述一下它的实际效果吧！周朝衰落，游说之风在诸侯各国间兴盛起来，从此以后，世世代代都有这样的人物。我只是对这种现象感到奇怪：进谏君主而被听从的仅有百分之一，游说君主而被听从的却占十分之九，进谏君主因而丧命的比比皆是，游说君主因而丧命的却没有听说过。然而触犯君主的禁忌，戳到君主的痛处，有时游说比进谏还严重呢。由此可知，关键不一定在讽谏上，而在方法上。

游说的方法可供进谏时取法的有五种：讲清道理开导他，从形势上禁止他，使用利益引诱他，刺激他以便警醒他，含蓄委婉地讽喻他，这些就是所说的五种方法。触龙认为赵太后爱女儿胜过爱儿子，眨眼之间长安君就出国做人质去了；甘罗拿武安君死在杜邮这件事诘问张唐，张唐答应去做燕相并且定了出发日期；这些就是讲清道理开导他的事例呀。子贡用忧虑国内就应

征伐强国来指教田常，于是齐国就只好不征伐鲁国了；武公用麋鹿披上虎皮，必将招来众人攻击威胁顷襄王，于是楚国就不敢谋划进攻西周了。这些就是从形势上禁止他的事例呀。田生用万户侯打动张卿，（让他按照吕后的意图暗示群臣，请求封吕氏为王，并且建议吕后加封刘泽，巩固吕的地位）于是刘泽被封王了；朱建用富贵引诱闳孺，（让他劝说惠帝释放辟阳侯）于是辟阳侯就被赦免了。这些就是使用利益引诱他的事例呀。苏秦用韩国本是大国，却落了个“牛后”的名义羞辱韩惠王，于是韩惠王手按宝剑，仰天长吁一声；范雎用四大贵人独断专行，秦国简直等于没有国王耻笑秦昭王，于是秦昭王跪下请教。这些就是刺激他以便警醒他的事例呀。苏代用土偶人至死不离故土的故事讥笑田文；楚国射雁猎手用弋射诸侯鼓动顷襄王。这些就是含蓄委婉地讽谕他的事例呀。

以上五种，都是见解偏颇、不够公平的说法。虽然如此，由忠臣来运用它，完全可以成功。什么缘故呢？讲清道理开导他，君主即使昏庸，也一定会醒悟；从形势上禁止他，君主即使骄傲，也一定会害怕；使用利益引诱他，君主即使怠惰，也一定会振奋起来；刺激他以便警醒他，君主即使懦弱，也一定会坚强起来；含蓄委婉地讽喻他，君主即使凶暴，也一定会接受意见。醒悟就会明白，害怕就会谨慎，振奋就会勤劳，坚强就会勇敢，接受就会宽厚。辅助君主的正确方法，全在这里了。

照我看来，从前做臣子的，提出意见必定听从，治理政事必定成功，没有谁比得上唐代魏郑公。当初，他其实学的是纵横家的学说，这就是所谓能掌握适当方法的人吧？唉！龙逢、比干进谏国君，招致杀身之祸，也不能称为好臣子，因为他们没有苏秦、张仪的得力方法；苏秦、张仪游说国君，取得功名利禄，可是不免被人讥为游说之徒，因为他们没有龙逢、比干的耿耿忠心。因此，对于龙逢、比干，我肯定并学习他们的心地，但是却不肯定并学习他们的方法；对于苏秦、张仪，我肯定并学习他们的方法，但是却不肯定并学习他们的心地，以便供进谏时取法。

苏辙

苏辙（1039—1112年），北宋散文家。与其父苏洵、兄苏轼合称“三苏”，均在“唐宋八大家”之列。字子由，眉州眉山（今属四川）人。仁宗嘉祐二年（1057年）与苏轼一起中进士。不久因母丧，返里服孝。嘉祐六年，又与苏轼同中制举科。当时因“奏乞养亲”，未任官职，此后曾任大名府推官。熙宁三年（1070年）上书神宗，力陈法不可变，又致书王安石，激烈指责新法。熙宁五年（1072年），出任河南推官。元丰二年（1079年），其兄苏轼以作诗“谤讪朝廷”罪被捕入狱。他上书请求以自己的官职为兄赎罪，不准，牵连被贬，监筠州盐酒税。元丰八年，旧党当政，他被召回，任秘书省校书郎、右司谏，进为起居郎，迁中书舍人、户部侍郎。哲宗元祐四年（1089年）权吏部尚书，出使契丹。还朝后任御史中丞。元祐六年拜尚书右丞，进门下侍郎，执掌朝政。元祐八年，哲宗亲政，新法派重新得势。绍圣元年（1094年），他上书反对时政，被贬官，出知汝州、袁州，责授化州别驾、雷州安置，后又贬循州等地。崇宁三年（1104年），苏辙在颍川定居，过田园隐逸生活，筑室曰“遗老斋”，自号“颍滨遗老”，以读书著述、默坐参禅为事。死后追复端明殿学士，谥文定。

苏辙生平学问深受其父兄影响，以儒学为主，最倾慕孟子而又遍观百家。他擅长政论和史论，在政论中纵谈天下大事，如《新论》（上）说“当今天下之事，治而不至于安，乱而不至于危，纪纲粗立而不举，无急变而有缓

病”，分析当时政局，颇能一针见血。《上皇帝书》说“今世之患，莫急于无财”，亦切中肯綮。史论同父兄一样，针对时弊，古为今用。《六国论》评论齐、楚、燕、赵四国不能支援前方的韩、魏，团结抗秦，暗喻北宋王朝前方受敌而后方安乐腐败的现实。《三国论》将刘备与刘邦相比，评论刘备“智短而勇不足”，又“不知因其所不足以求胜”，也有以古鉴今的寓意。

苏辙在古文写作上也有自己的主张。在《上枢密韩太尉书》中说:“文者，气之所形。然文不可以学而能，气可以养而致。”认为“养气”既在于内心的修养，但更重要的是依靠广阔的生活阅历。因此赞扬司马迁“行天下，周览四海名山大川，与燕赵间豪俊交游，故其文疏荡，颇有奇气”。他的文章风格汪洋淡泊，也有秀杰深醇之气。例如《黄州快哉亭记》，融写景、叙事、抒情、议论于一炉，于汪洋淡泊之中贯注着不平之气，鲜明地体现了作者散文的这种风格。

苏辙的赋也写得相当出色。例如《墨竹赋》赞美画家文同的墨竹，把竹子的情态写得细致逼真，富于诗意。

苏辙写诗力图追步苏轼，今存诗作为数也不少，但较之苏轼，不论思想和才力都要显得逊色。早年诗大都写生活琐事，咏物写景，与苏轼唱和之作尤多。风格淳朴无华，文采稍逊。晚年退居颍川后，对农民生活了解较多，写出了如《秋稼》等反映现实生活较为深刻的诗。抒写个人生活感受之作，艺术成就也超过早期，如《南斋竹》:“幽居一室少尘缘，妻子相看意自闲。行到南窗修竹下，油然如见旧溪山。”意境闲澹，情趣悠远。苏辙于诗也自有主张。他的《诗病五事》以思想内容为衡量标准，对李白、白居易、韩愈、孟郊等都有讥评。如说李白“华而不实”，说“唐人工于为诗而陋于闻道”，这看法在宋代有一定代表性。

苏辙著有《栾城集》，包括《后集》《三集》，共84卷，有《四部丛刊》影明活字本。又《栾城应诏集》12卷，有《四部丛刊》影宋抄本。

六国论

苏辙的这篇《六国论》是一篇史学论文，苏辙所著史论计有《历代论》六卷，45篇。另有“进论”五卷25篇，除5篇外，其余20篇均为史论。本篇就是“进论”中的第四篇。原题为《六国》,“论”字为后世选文者所增添。所谓“进论”者，就是专门写给皇帝阅读的文章，也是当时时尚所推崇的“载道”之文，主要论述战国时齐、楚、燕、赵、韩、魏等六国被秦国灭亡的原因。全文抓住“天下之势”这个重点，着重分析了当时的战略形势及六国应采取的自安之计。本文议论纵横，言之成理，持之有故，语言明快，很能代表苏辙的散文风格。

原文

尝读六国世家，窃怪天下之诸侯，以五倍之地，十倍之众。发愤西向，以攻山西千里之秦[①]，而不免于灭亡。常为之深思远虑，以为必有可以自安之计；盖未尝不咎其当时之士，虑患之疏，而见利之浅，且不知天下之势也。

夫秦之所与诸侯争天下者，不在齐、楚、燕、赵也，而在韩、魏之郊[②]；诸侯之所与秦争天下者，不在齐、楚、燕、赵也，而在韩、魏之野。秦之有韩、魏，譬如人之有腹心之疾也。韩、魏塞秦之冲，而蔽山东之诸侯[③]，故天下之所重者，莫如韩、魏也。

注释

①山西千里之秦：山西指崤山（河南洛宁西北）以西，秦国处于这一地区。

②齐：辖今山东大部及河北东南部，建都临淄（山东淄博）。楚：据湖北、湖南、安徽、江苏、浙江及河南大部、山东西南部，开始时都城在郢（湖北江陵），后迁于陈（河南淮阳），再迁寿春（安徽寿县）。燕：辖河北北部及辽宁西南部，建都于蓟（北京）。赵：辖山西中部、北部及河北西部，始都晋阳（山西太原），后迁邯郸（今属河北）。以上四国皆远离秦国，不与它接壤。韩：辖山西东南部及河南中部，始都阳翟（河南禹县），后迁新郑（河南郑州），处于秦、楚两强之间，东与魏国相连，为军事上必争之地。魏：西达山陕交界的黄河，与秦国接壤；东北至河北定县，与赵、齐为邻；南至河南开封，与韩、楚连界。始都安邑（山西夏县），后迁大梁（河南开封）。地理位置也很重要。

③山东：崤山以东。

译文

我曾经阅读《史记》的六国世家，私下里感到奇怪的是，天下的诸侯国凭借五倍于秦国的土地，十倍于秦国的民众，全力向西攻打崤山西面方圆千里的秦国，最后竟然不能免于灭亡。我常常对这个问题深思远虑，认为一定有可以使他们保全自己的策略。因此未尝不责怪当时六国的那班谋臣，他们对于祸患的考虑太粗疏，谋求利益的眼光太短浅了，而且不能明察天下的形势啊！

秦王与诸侯争夺天下的地区，并不在齐、楚、燕、赵，而是在韩、魏的区域；诸侯与秦国争夺天下的地区，也不是在齐、楚、燕、赵，而是在韩、魏的区域。对秦国来说，韩、魏的存在就好比人有心腹之患。韩、魏两国阻塞着秦国的往来要冲，掩护着崤山以东的各诸侯国，所以天下最重要的地区，没有比得上韩、魏两国的了。

原文

昔者范雎用于秦而收韩④，商鞅用于秦而收魏⑤。昭王未得韩、魏之心，而出兵以攻齐之刚寿，而范雎以为忧，然则秦之所忌者可见矣⑥。秦之用兵于燕、赵，秦之危事也。越韩过魏，而攻人之国都，燕、赵拒之于前，而韩、魏乘之于后，此危道也⑦。而秦之攻燕、赵，未尝有韩、魏之忧，则韩、魏之附秦故也。夫韩、魏，诸侯之障，而使秦人得出入于其间，此岂知天下之势耶？委区区之韩、魏，以当强虎狼之秦，彼安得不折而入于秦哉？韩、魏折而入于秦，然后秦人得通其兵于东诸侯，而使天下遍受其祸。

注释

④范雎用于秦：据《史记·范雎传》记载，范雎对秦昭王说："今夫韩魏，中国之处，而天下之枢也。王其欲霸，必亲中国以为天下枢。"要昭王亲魏收韩。

⑤商鞅用于秦：据《史记·商君列传》记载，商鞅劝秦孝公出兵伐魏，"魏不支秦必东徙，东徙，秦据河山之固，东向以制诸侯，此帝王之业也。"后来终于使魏割河西之地与秦讲和。

⑥昭王攻刚寿：秦昭王三十六年（前271年）派兵攻齐，攻打刚寿（山东东平西南）。据《史记·范雎传》，他对秦昭王说："越韩魏而攻齐刚寿，非计也。今见与国之不亲也，越人之国而攻可乎？其于计疏矣。王不如远交而近攻，得寸则王之寸也，得尺亦王之尺也。今释此而远攻，不亦缪乎？"

⑦危道：据《史记·高祖本纪》："沛公略南阳，南阳守保城，沛公引兵过而西。张良谏曰，沛公虽欲急入关，秦兵尚众拒险，今不下宛，宛从后击，强秦在前，此危道也。"

译文

从前范雎在秦国受到重用时，就建议收服韩国；商鞅在秦国受到重用时，又建议收服魏国。秦昭王没有得到韩、魏的归顺，就出兵攻打齐国的刚寿地区，范雎把这看作是值得担忧的事情。那么秦国所顾忌的是什么，就可以看得清楚了。秦国对燕、赵两国用兵，对它来说是危险的事。因为越过韩国、穿过魏国去进攻另一国的国都，前面将遇到燕、赵的抵抗，而韩、魏又会乘机从背后打来，这是危险的用兵之道。然而秦国进攻燕国、赵国时，不曾担心韩、魏会从后面袭击，这是因为韩、魏都已归附了秦国的缘故。韩国、魏国是各诸侯国的屏障，却让秦国军队能够往来其间，这难道是明了天下的形势吗？放弃小小的韩、魏，让它们去抵挡如狼似虎的秦国，它们怎能不屈服并投入秦国的怀抱呢？韩、魏两国既已屈服而归附了秦国，然后秦国的军队就能够无所阻挡地向东方各诸侯国用兵，从而使各国都受到这件事的祸害了。

原文

夫韩、魏不能独当秦，而天下之诸侯，借之以蔽其西，故莫如厚韩亲魏以摈秦。秦人不敢逾韩、魏以窥齐、楚、燕、赵之国，而齐、楚、燕、赵之国，因得以自完于其间矣。以四无事之国，佐当寇之韩、魏，使韩、魏无东顾之忧，而为天下出身以当秦兵。以二国委秦，而四国休息于内，以阴助其急。若此，可以应夫无穷，彼秦者将何为哉？不知出此，而乃贪疆埸尺寸之利，背盟败约，以自相屠灭。秦兵未出，而天下诸侯已自困矣。至于秦人得间其隙，以取其国，可不悲哉？

译文

韩国和魏国不能独自抵挡秦国，然而天下的诸侯却又要凭借韩、魏来掩护自己不受西方的侵略，因此，不如加强和韩、魏的团结，从而抵制秦国。秦国军队不敢越过韩、魏来觊觎齐、楚、燕、赵四国，那么，齐、楚、燕、赵四国就能凭借这种形势使自己得以保全了。由四个没有战争的国家，来支持面对强敌的韩、魏，使韩、魏没有东顾之忧，而为天下的诸侯挺身而出，抵御秦兵。由韩、魏两国对付秦国，而另外四国在后方休养生息，并且暗中帮助解决韩、魏的急难，像这样就可以用来应付一切，那个秦国还能做什么呢？不知道出此策略，却贪图边界上的微小利益，背弃、破坏盟约，以至于自相残杀。秦国的大军尚未出动，而天下的诸侯已经把自己搞得困顿不堪了。致使秦人得以钻了他们的空子，攻取他们的国家，能不令人悲痛吗？

上枢密韩太尉书

枢密韩太尉，指当时掌握全国军事大权的韩琦。枢密使职同秦汉时的太尉，故称。本文是苏辙写给韩琦的一封求见信。

苏辙写这篇文章的时候年仅 19 岁，强烈的上进心溢于言表，他说他所交往的，不过是“邻里乡党之人”，他所见的不过是“数百里之间”，既无高山又无大野可以来扩展自己的胸怀。古代诸子百家的文章，虽然全都读了，但那是古人过时的东西，不足以激发志气。于是抛开书本，去探求天下奇异的事物、宏伟的景象，来了解天地的广阔。这真是壮志凌云，让人感到一个少年英姿勃勃的雄风。以 19 的年龄，而有这样的气概，真令人惊叹！文章曲折委婉地从做好文章决定于作者的精神气质谈起，认为人的气质除了读万卷书、行万里路增加阅历和知识外，还要向卓越的人物求教，最后点明自己仰慕韩琦的雄才大略，为了“养气”希望能获得一见。求见信写得结构严密而跌宕，内容浩荡而深邃，文气淡泊而用意显明，能使看信人顿生不能拒之门外之情，而欣然接纳。

原文

太尉执事：辙生好为文，思之至深。以为文者气之所形，然文不可以学而能，气可以养而致。孟子曰：“我善养吾浩然之气[①]。”今观其文章，宽厚宏博，充乎天地之间，称其气之小大。太史公行天下，周览四海名山大川，与燕、赵间豪俊交游，故其文疏荡，颇有奇气[②]。此二子者，岂尝执笔学为如此之文哉？其气充乎其中而溢乎其貌，动乎其言而见乎其文，而不自知也。

注释

①孟子：名轲，战国时邹（山东邹县）人，为孔子儒家学说的继承人，善养博大刚正的浩然正气，语出《孟子·公孙丑上》。

②太史公：指司马迁。

译文

太尉阁下：我生性善写文章，对这件事思考得很深入，我以为文章是作者气质、性格的显现，然而文章不是学了就能写好的，气质却可以通过加强修养而得到。孟子说：“我善于培养我的浩然正气。”现在看来，他的文章宽厚宏博，充塞于天地之间，和他的气概相称。太史公走遍天下，博览四海名山大川，与燕、赵之间的豪士俊杰交游，所以他的文章疏畅跌宕，颇有奇伟的气概。这两位夫子，难道是常常拿着笔写作这样的文章就成功的吗？他们的气质充满在心中，而流露在外表，反映在言语之中，表现在文字之间，而自己并没有察觉到。

原文

辙生十有九矣。其居家所与游者，不过其邻里乡党之人。所见不过数百里之间，无高山大野，可登览以自广。百氏之书，虽无所不读，然皆古人之陈迹，不足以激发其志气。恐遂汩没，故决然舍去，求天下奇闻壮观，以知天地之广大。过秦、汉之故都，恣观终南、嵩、华之高；北顾黄河之奔流，慨然想见古之豪杰。至京师，仰观天子宫阙之壮，与仓廪府库城池苑囿之富且大也，而后知天下之巨丽③。见翰林欧阳公，听其议论之宏辩，观其容貌之秀伟，与其门人贤士大夫游，而后知天下之文章聚乎此也④。

注释

③秦、汉之故都：秦都咸阳（陕西咸阳），西汉都长安（陕西西安），东汉都洛阳（河南洛阳）。终南山：在今陕西西安南。嵩山：为五岳之中岳，在今河南登封。华山：五岳之西岳，在今陕西渭南县。京师：北宋的首都，在东京开封府（今属河南）。

④欧阳公：欧阳修（1007—1072年），北宋庐陵（江西吉安）人，天圣进士，历知州县，后行翰林学士，嘉祐二年（1057年）知贡举。苏辙于本科中举。

译文

苏辙我出生已19年了，我住在家中时，所交游的不过是乡间邻里的人，所见到的不过是几百里之内的事物，没有高山旷野可供攀登观览，以开阔自己的胸襟。诸子百家的书，虽然无所不读，然而都是古人的陈迹，不能激发我的志气。我担心因此而埋没了自己，所以毅然离开了故乡，去寻求天下的奇闻壮观，以了解天地的广大。我路过了秦、汉的故都，尽情观赏了终南山、华山、嵩山的高峻，北望黄河的奔腾倾泻，深有感触地想起了古代的豪士俊杰。来到京城，仰望皇帝宫殿的宏伟，以及粮仓、财库、城池、苑囿的富足与广大，然后才知道天下是多么的宏伟壮丽。我也见过翰林学士欧阳公，听到他宏伟雄辩的言论，看到他秀美奇伟的容貌，和他的门人们交往，然后才知道天下间的文章都汇聚在这里。

原文

太尉以才略冠天下，天下之所恃以无忧，四夷之所惮以不敢发，入则周公、召公[⑤]，出则方叔、召虎[⑥]，而辙也未之见焉。

且夫人之学也，不志其大，虽多而何为？辙之来也，于山见终南、嵩、华之高，于水见黄河之大且深，于人见欧阳公，而犹以为未见太尉也。故愿得观贤人之光耀，闻一言以自壮，然后可以尽天下之大观而无憾者矣。

辙年少，未能通习吏事。向之来，非有取于斗升之禄，偶然得之，非其所乐。然幸得赐归待选[⑦]，使得优游数年之间，将以益治其文，且学为政。太尉苟以为可教而辱教之，又幸矣。

注释

⑤周公、召公：皆周文王（姬昌）的儿子，帮助哥哥武王（姬发）灭殷建立周朝，后又辅佐成王平定东方的叛乱。为西周初年的重臣。

⑥方叔、召虎：都是周宣王（姬静）时的大臣。方叔曾平定荆蛮、猃狁的叛乱。召虎曾平定淮夷的叛乱。

⑦赐归待选：苏辙在嘉祐二年（1057 年）19 岁时，中进士。当年母亲病故，奔丧回蜀。服除回京，于六年八月，应贤良方正直言极谏策问，授商州军事推官，上奏乞留京师养亲，获准赐归待选。直到治平二年（1065 年）三月，方出任大名府推官。

译文

太尉的雄才大略称冠天下，天下士民依仗您而平安无忧，四方各族惧怕您而不敢发难。您在朝廷之内如同周公、召公辅佐君王，您在边域就如同方叔、召虎那样御侮安边。然而我还未曾见到您啊。

再说，一个人求学问，如果不立志于学习那最伟大的，学得再多又有什么用？我来京城的时候，就山来说，已经见过终南山、嵩山、华山的高峻；就水来说，已经见过黄河的宽广与深度；就人来说，已经见过欧阳公，可是仍以没能谒见您为遗憾的事。所以说希望见到贤人的风采，听到您的一句话也足以使自己心志壮阔。然后再去看尽天下的壮观，就不会再有任何遗憾的事情了！

我还很年轻，还不能通晓做官的事务。先前来京都应试，不是为了谋取区区的俸禄。偶然得到，也不是我所喜欢的。然而有幸得到恩赐回家，等待朝廷的选用，使我能悠闲几年，将进一步钻研作文之道，并且学习从政的业务。太尉如果认为我还可以指教，而屈尊给我以教诲的话，就更使我感到荣幸了。

黄州快哉亭记

《黄州快哉亭记》作于宋神宗元丰六年（1083年）。时作者谪贬筠州（今江西高安县），官场不得意。黄州即今湖北黄冈市。在文中作者极写形胜与览古之快，抒发其不以得失为怀的开朗心境，同时也流露出无可奈何的士大夫的情怀。文章雄放而有风致，文笔纡徐而又条理明畅。

原文

江出西陵[①]，始得平地，其流奔放肆大。南合湘沅[②]，北合汉沔[③]，其势益张。至于赤壁之下[④]，波流浸灌，与海相若。清河张君梦得，谪居齐安，即其庐之西南为亭，以览观江流之胜[⑤]。而余兄子瞻名之曰“快哉”。[⑥]

盖亭之所见，南北百里，东西一舍，涛澜汹涌，风云开阖。昼则舟楫出没于其前，夜则鱼龙悲啸于其下。变化倏忽，动心骇目，不可久视。今乃得玩之几席之上，举目而足。西望武昌诸山[⑦]，冈陵起伏，草木行列，烟消日出，渔夫、樵父之舍，皆可指数，此其所以为“快哉”者也。至于长洲之滨，故城之墟，曹孟德、孙仲谋之所睥睨，周瑜、陆逊之所驰骛[⑧]，其风流遗迹，亦足以称快世俗。

注释

①西陵：西陵峡，为长江三峡之一，在今湖北宜昌和巴东县之间。

②湘、沅：皆水名，即湘江和沅江，都在长江南岸，为湖南省主要河流，北流入长江。

③汉：汉水，出陕西宁强县北潘冢山，初出山时名漾水，东南经过沔县（现为勉县，下同），会合沔水。沔：沔水，出陕西留坝县西，进入沔县。另有一源出自陕西略阳，东南流至沔县。诸水会合，东经褒城县再合褒水，始称汉水。

④赤壁：一名赤鼻矶，在今湖北黄冈市。并非三国赤壁之战的地方。苏轼据民间传说，姑且记之，未做定论。

⑤张梦得：张怀民字，清河（今属河北）人，贬官齐安，即黄州。元丰六年（1083年）七月，营新居于江上。

⑥子瞻：即苏轼，为作者之兄，当时亦贬官黄州，与张梦得交往。本年十月十二日夜访张怀民，有《记承天寺夜游》记其事。

⑦武昌：今湖北鄂州市。

⑧睥睨、驰骛：此指三国时的赤壁之战，曹操（字孟德）与孙权（字仲谋）在此交锋。周瑜：字公瑾。陆逊：字伯言。皆东吴的名将。

译文

长江流出西陵峡，开始进入平地，它的水势就变得一泻千里，滚滚滔滔。等到它和南边来的沅水、湘水，北边来的汉水、沔水合流的时候，它的水势更加强大了。到了赤壁下面，江水浩荡，和大海相像。清河县的张梦得先生贬官到黄州，就着他的住宅的西南面建了一个亭子，来欣赏长江上的风景，我哥哥子瞻给它取了一个名字叫“快哉”。

站在亭子里望到的水面很宽，从南到北可以望到上百里，从东到西可以望到三十里左右。波涛汹涌，风云变化。白天有来往的船舶在它的前面时隐时现，晚上有鱼类和龙在它的下面悲壮地呼啸。从前没有亭子时，江面变化迅速，惊心骇目，游客不能在这里看个畅快。现在却可以在亭子里的茶几旁座位上欣赏这些景色，张开眼睛就看个饱。向西眺望武昌一带山脉，丘陵高低不等，草木成行成列，烟雾消失，太阳出来，渔翁和樵夫的房屋，都可以用手指点得清楚，这就是取名“快哉”的缘故啊！至于长江的岸边，古城的遗址，是曹操、孙权蔑视对方的地方，是周瑜、陆逊纵横驰骋的场所，他们遗留下来的影响和古迹也很能使世界上一般人称为快事。

原文

昔楚襄王从宋玉、景差于兰台之宫[9]，有风飒然至者，王披襟当之，曰:“快哉此风！寡人所与庶人共者耶?”宋玉曰:“此独大王之雄风耳，庶人安得共之?”玉之言，盖有讽焉。夫风无雌雄之异，而人有遇不遇之变。楚王之所以为乐，与庶人之所以为忧，此则人之变也，而风何与焉?

士生于世，使其中不自得，将何往而非病?

使其中坦然，不以物伤性，将何适而非快？今张君不以谪为患，收会稽之余，而自放山水之间，此其中宜有以过人者。将蓬户瓮牖，无所不快，而况乎濯长江之清流，挹西山之白云[10]，穷耳目之胜以自适也哉！不然，连山绝壑，长林古木，振之以清风，照之以明月，此皆骚人思士之所以悲伤憔悴而不能胜者，乌睹其为快也！

注释

⑨楚襄王：战国时楚国的君主（前229—前252年在位）。相传他曾梦见巫山神女。宋玉：楚国的大夫，善作辞赋。下文故事即见他所著的《风赋》。景差：楚国的大夫，亦善辞赋。兰台之宫：在今湖北钟祥市。

⑩西山：又名樊山。《东坡志林》有樊山的记载。在今湖北鄂城西。

译文

从前，宋玉、景差陪伴楚襄王到兰台宫游玩，有一阵凉风呼呼地吹来，襄王敞开衣襟让风吹，说："凉快呀这阵风！这是我和老百姓共同享受的吧！"宋玉说："这只是大王您的高级的风罢了，老百姓怎么能享受它！"宋玉的话大概含有讽刺的意味。风是没有低级、高级的分别的，而人却有走运和倒运的不同。楚襄王觉得快乐，老百姓却感到痛苦，这是由于人们的处境不同，和风有什么关系呢？

读书人生活在世上，如果他的内心不能自得其乐，那么，他到什么地方去会不忧愁呢？如果他心情开朗，不因为环境的影响而伤害自己的情绪，那么，他到什么地方去会不整天愉快呢？现在，张先生不因为贬官而烦恼，利用办公以外的空闲时间，自己在山水之中纵情游览，这说明他的内心应该是有一种自得之乐，远远超过一般人。像他这样的人，即使处在最穷困的环境里，也没有什么不愉快，何况是在长江的清水里洗脚，和西山的白云交朋友，耳朵和眼睛充分欣赏长江的美好景物，从而使自己得到最大的满足呢！要不是这样，那么，长江上群山绵延、山谷幽深、森林高大、古树参天，清风吹着它们，明月照着它们，这种景色都是满腹牢骚的诗人和有家难归的士子触景伤情、痛苦难堪的，哪里看得到它是快乐的呢！

武昌九曲亭记

“乌台诗案”后，苏轼被贬至黄州上任，在黄州把家小安顿下来后，过江到鄂州来游玩。由其弟苏辙所撰的本文可知，苏轼正是从西山之游中，找到了人生的乐趣。

原文

子瞻迁于齐安，庐于江上[①]。齐安无名山，而江之南武昌诸山，陂陁蔓延，涧谷深密。中有浮图精舍，西曰西山，东曰寒溪。依山临壑，隐蔽松枥，萧然绝俗，车马之迹不至。每风止日出，江水伏息，子瞻杖策载酒，乘渔舟乱流而南[②]。山中有二三子，好客而喜游。闻子瞻至，幅巾迎笑，相携徜徉而上。穷山之深，力极而息，扫叶席草，酌酒相劳，意适忘反，往往留宿于山上。以此居齐安三年，不知其久也。

然将适西山，行于松柏之间，羊肠九曲而获小平。游者至此必息，倚怪石，荫茂木，俯视大江，仰瞻陵阜[③]，旁瞩溪谷，风云变化，林麓向背，皆效于左右。有废亭焉，其遗址甚狭，不足以席众客。其旁古木数十，其大皆百围千尺，不可加以斤斧。子瞻每至其下，辄睥睨终日。一旦大风雷雨，拔去其一，斥其所据[④]，亭得以广。子瞻与客入山视之，笑曰:“兹欲以成吾亭邪!”遂相与营之。亭成而西山之胜始具，子瞻于是最乐。

昔余少年从子瞻游，有山可登，有水可浮，子瞻未始不褰裳先之⑤。有不得至，为之怅然移日。至其翩然独往，逍遥泉石之上，撷林卉，拾涧实，酌水而饮之，见者以为仙也。盖天下之乐无穷，而以适意为悦。方其得意，万物无以易之⑥。及其既厌，未有不洒然自笑者也。譬之饮食，杂陈于前，要之一饱，而同委于臭腐。夫孰知得失之所在？惟其无愧于中，无责于外，而姑寓焉。此子瞻之所以有乐于是也。

注释

①庐：居住。

②乱：横渡。

③陵阜：大土山。

④斥：开拓。

⑤褰：揭起，提起。

⑥易：改变。

译文

子瞻被贬到齐安后，在长江边上建了一座房子居住。齐安没有名山，而长江以南武昌的群山，险峻弯曲、山涧幽深、山谷树木茂密，里面有寺庙僧舍。西边的叫西山寺，东边的叫寒溪寺。它们靠着山，面对山谷，在遮天蔽日的松树、枥树丛中，静悄悄地与世隔离，没有车来这里。每当风停了，太阳出来的时候，江水缓缓地流，子瞻便拄着拐杖，带着酒、乘着渔船向南横渡长江。山中有几个人，热情好客，喜爱游玩，听说子瞻来了，他们只用幅巾裹着头发，笑着出来迎接他，然后相互提携，绕着小路而上，一直走到山的最深处，直到筋疲力尽时才休息。他们扫开落叶，坐在草地上，相互斟酒慰劳，过得很开心，忘记了返回的时间，往往在山上过夜。子瞻就这样在齐安住了三年，也不觉得时间过得很快。

然而打算到西山寺去，就要从长着松树柏树的林子里经过，还要走弯弯曲曲的羊肠山路，才能到达平坦的地方。游玩的人到了这里一定要休息一会儿，他们背靠着怪石，在茂密的树荫下乘凉，向下俯视浩浩的长江，仰望高峻的山峰，从旁边看看四周溪谷，风云变化无常，森林山脚的对面都呈现在眼前。有一个废弃的亭子，它的遗址很窄小，不能容纳众多的游客。在它的旁边有几十棵古树，其中大的要有一百个人才能围住，高达千尺，不能用斧头砍倒。子瞻每次走到这里，总要久久观赏。有一天刮起了大风，下起了雷雨，拔走了其中的一棵，把那长树的地方开辟出来，亭的地基就可以扩大了。子瞻与客人一同进山观看，笑着说："这是老天要成全我建一座亭子啊！"于是大家一起修建亭子。亭子建成后，西山的胜景才算具备。子瞻对这件事感到很快乐。

以前我年少时与子瞻一起游玩，如果有山可以攀登、有水可以畅游，子瞻无不先撩起衣裳走在我的前面。假如有不能到达的地方，他就几天不高兴。当他轻快飘忽地到了一个地方，一个人逍遥自在地在泉边岩石上游玩、采摘林间的鲜花、拾起山沟里的野果、舀起溪水饮用时，见到他的人都以为他是神仙。天下的欢乐无穷无尽，而适合自己心意的最叫人喜爱。在他得意的时候，万物都不能与他交换这种快乐；等到他满足的时候，没有一次不畅快地讥笑自己的天真。好比所吃的东西，杂乱地摆在面前，饱餐一顿后又一同化为腐臭的东西。谁知道得失在哪里呢？只要他于心无愧、外人又无从指责，就姑且把心思寄托在这里吧！这便是子瞻之所以如此快乐的原因。

王安石

王安石（1021—1086年），字介甫，号半山，小字獾郎，封荆国公，世人又称王荆公。抚州临川人，北宋杰出的政治家、思想家、文学家。他出生在一个小官吏家庭。父益，字损之，曾为临江军判官，一生在南北各地做了几任州县官。王安石少好读书，记忆力特强，从小受到较好的教育。庆历二年（1042年）登杨镇榜进士第四名，先后任淮南判官、鄞县知县、舒州通判、常州知州、提点江东刑狱等地方官吏。治平四年（1067年）神宗初即位，诏王安石知江宁府，旋召为翰林学士。熙宁二年（1069年）提为参知政事，从熙宁三年起，两度任同中书门下平章事，推行新法。熙宁九年罢相后，隐居，病死于江宁（今江苏省南京市）钟山，谥文。

王安石从小随父宦游南北，对北宋中期隐伏的社会危机有所认识。在他进入仕途任地方官吏时，能够关心民生疾苦，多次上书建议兴利除弊，减轻人民负担。由于较长时期接触了解社会现实，“慨然有矫世变俗之志”。嘉祐三年（1058年）《上仁宗皇帝言事书》，系统地提出了变法主张，要求改变北宋“积贫积弱”的局面，抑制大官僚地主的兼并和特权，推行富国强兵政策。在他任参知政事和宰相期间，取得神宗的支持，抓住“理财”和“整军”两大课题，积极推行农田水利、青苗、均输、方田均税、免役、市易、保甲、保马等新法，史称“王安石变法”或“熙宁变法”。由于受到以司马光为代表的大官僚大地主集团的坚决反对，神宗后来也动摇、妥协，革新派内部又产生裂痕等，新法终被全部废止。王安石变法，虽然归根结底是为加强皇权，

巩固封建地主统治地位，但在当时对生产力的发展和富国强兵，确曾起了推动的作用，也在一定程度上减轻了人民的负担，在历史上有其进步的意义。伟大革命导师列宁称誉王安石是“中国十一世纪改革家”（《列宁全集》第十卷第152页）。

为了给变法确立理论根据并反击守旧派，王安石提出“天变不足畏”“尚变者，天道也”，用“新故相除”的进化观点驳斥了守旧派的“道不可变”的形而上学论调。同时又公然提出“祖宗不足法”，认为“祖宗之法，未必尽善，可革则革，不足循守”（《司马温公传家集·学士院试李清臣等策目》）。在变法过程中，他更设置专局，使子芳及门人修撰《诗》《书》《周官》三经新义，对新政从理论上加以解释与阐发，并通过政府力量作为学校诵习的定本，被称为“新学”，直接或间接为推行新法服务。上述这些思想，具有一定的进步意义。

王安石不仅是一位著名的政治家和思想家，同时也是一位卓越的文学家。他为了实现自己的政治理想，把文学创作和政治活动密切地联系起来，强调文学的作用首先在于为社会服务。他反对西昆派杨亿、刘筠等人空泛的靡弱文风，认为“所谓文者，务为有补于世而已矣。所谓辞者，犹器之有刻镂绘画也。诚使巧且华，不必适用；诚使适用，亦不必巧且华。要之以适用为本，以刻镂绘画为之容也。”（《上人书》）正因为王安石以“务为有补于世”的“适用”观点视为文学创作的根本，他的作品多揭露时弊、反映社会矛盾，具有较浓厚的政治色彩。今存《王临川集》《临川集拾遗》《临川先生歌曲》等。

王安石为“唐宋八大家”之一，他的散文，雄健简练，奇崛峭拔，大都是书、表、记、序等体式的论说文，阐述政治见解与主张，为变法革新服务。这些文章针对时政或社会问题，观点鲜明，分析深刻，长篇则横铺而不力单，短篇则纡折而不味薄。《上仁宗皇帝言事书》，是主张社会变革的一篇代表作，根据对北宋王朝内外交困形势的深入分析，提出了完整的变法主张，表现出作者“起民之病，治国之疵”的进步思想。《本朝百年无事札子》，在叙述并阐释宋初百余年间太平无事的情况与原因的同时，尖锐地提示了当时危机四伏的社会问题，期望神宗在政治上有所建树，认为“大有为之时，正在今日”。它对第二年开始施行的新政，无异吹起了一支前奏曲。《答司马谏议书》，以数百字的篇幅，针对司马光指责新法为侵官、生事、征利、拒谏四事，严加剖驳，短小精悍，言简意赅，措词得体，体现了作者刚毅果断和坚持原则的政治家风度。王安石的政论文，不论长篇还是短制，结构都很谨严，立意超卓，说理透彻，语言朴素精练，“只用一二语，便可扫却他人数大段”（刘熙载《艺概·文概》），具有较强的概括性与逻辑力量。这对推动变法和巩固北宋诗文革新运动的成果起了积极的作用。王安石的一些小品文，脍炙人口，《鲧说》《读孟尝君传》《书刺客传后》《伤仲永》等，评价人物，笔力劲健，文风峭刻，富有感情色彩，给人以显豁的新鲜感。他还有一部分山水游记散文，《城陂院兴造记》，简洁明快而省力，酷似柳宗元文；《游褒禅山记》，亦记游，亦说理，二者结合得紧密自然，既使抽象的道理生动、形象，又使具体的记事增加思想深度，显得布局灵活又曲折多变。

王安石的诗歌，大致可以罢相（1076年左右）划界而分为前、后期，在内容和风格上有较明显的区别。“王荆公少以意气自许，故诗语惟其所向，不复更为含蓄……后为群牧判官，从宋次道尽假唐人诗集，博观而约取，晚年始尽深婉不迫之趣”（叶梦得《石林诗话》）。前期的诗歌，长于说理，倾向性十分鲜明，涉及许多重大而尖锐的社会问题，注意到下层人民的痛苦，替他们发出了不平之声。《感事》《兼并》《省兵》等，从政治、经济、军事等方面描写和提示了宋代国势的积弱或内政的腐败，指出了大地主、大商人兼并土地对于国家和人民的危害，提出“精兵择将”的建议；《收盐》《河北民》等，反映了当时人民群众备受统治者迫害压榨的悲惨遭遇；《试院中》《评定试卷》等，则直接抨击以诗、赋取士的科举制度，要求起用经世济国的人才；《元日》《歌元丰》等，热情地讴歌了变法带来的新气象和人民的欢乐；《商鞅》《贾生》等，通过对历史人物功过得失的评价，抒发了自己的新见解，有进步意义。王安石后期的隐居生活，带来了他诗歌创作上的变化。他流连、陶醉于山水田园中，题材内容比较狭窄，大量的写景诗、咏物诗取代了前期政治诗的位置，抒发一种闲恬的情趣。但艺术表现上却臻于圆熟，“雅丽精绝，脱去流俗，每讽味之，便沉沆瀣生牙颊间。”（《后山诗话》载黄鲁直语）《泊船瓜洲》《江上》《梅花》《书湖阴先生壁》等诗，观察细致，精工巧丽，意境幽远清新，表现了对大自然美的歌颂和热爱，历来为人们所传诵。

游褒禅山记

作者和四位友人一起游华山，进入一个深远幽暗的山洞，当看到的景物正越来越奇异之际，伙伴中有一人疲倦了想出洞，说："不出洞，火把就要熄灭了！"出来后才感到后悔，于是一起责怪那个想出来的人，作者自己也感到后悔。这本是一件小事，而王安石自己却有了一番感想。作者认为，"奇伟、瑰怪、非常之观，常在于险远"，必须"尽吾志"以赴之，始能于己无悔，不为人讥。这虽然是在说游山，实际上是以游山作比喻，说明无论研求高深的学问，还是创建宏伟的事业，都必须以百折不挠的精神，坚持完成自己的意志。这样做了，即使不成功，也可以免于后悔，免于受讥。

王安石自己也是一个坚强、有毅力的人，他在宋神宗时任宰相，认清了"变法"于国家有利，就决心推行新法。尽管守旧派强烈反对，他也毫不动摇，仍然坚持自己的主张。

这篇文章也足以反映了王安石那种百折不回、敢于进取的改革家的思想作风。

原文

褒禅山亦谓之华山[1]，唐浮图慧褒始舍于其址[2]，而卒葬之[3]，以故其后名之曰"褒禅"[4]。今所谓慧空禅院者，褒之庐冢也[5]。距其院东五里，所谓华阳洞者，以其乃华山之阳名之也[6]。距洞百余步，有碑仆道[7]，其文漫灭，独其为文犹可识曰"花山"。今言"华"如"华实"之"华"者[8]，盖音谬也。其下平旷，有泉侧出[9]，而记游者甚众[10]，所谓前洞也。由山以上五六里[11]，有穴窈

然[12]，人之甚寒。问其深，则其好游者不能穷也[13]，谓之后洞。予与四人拥火以入[14]，入之愈深，其进愈难，而其见愈奇。有怠而欲出者[15]，曰："不出，火且尽[16]。"遂与之俱出。盖予所至，比好游者尚不能十一[17]，然视其左右[18]，来而记之者已少。盖其又深，则其至又加少矣[19]。方是时[20]，予之力尚足以入，火尚足以明也[21]。既其出[22]，则或咎其欲出者[23]，而予亦悔其随之[24]，而不得极乎游之乐也[25]。

注释

①褒禅山：在今安徽含山县。褒：指唐代和尚慧褒。禅（chán）：梵语"禅那"的省称，意为坐禅或静虑，是佛教徒修行的一种方式。下文指出，山名"褒禅"，是因为慧褒生前在这里坐禅修行，死后又葬在这里。

②浮图：这里指和尚。始舍于其址：起初在这个山脚下造屋居住。舍，筑舍，盖房。址，基，这里指山脚。

③卒：死后。

④以故：因为这个缘故。

⑤庐：房屋，这里指禅房。冢（zhǒng）：坟墓。

⑥阳：南面。古代以水北、山南为阳。

⑦"有碑"三句：谓有块石碑倒在路上，碑文模糊磨灭，只有"花山"二字还能认出来。

⑧"今言"二句：作者根据碑文，认为"华山"的"华"应读作"花"，人们读成"华（huá）实"的"华"，是把音读错了。谬，错误。按，学界认为汉语到元代才分阴平、阳平。据本文之义，宋代似已分。

⑨侧出：从山侧流出来。

⑩记游者：指在游览处题名留念的人。

⑪以：而。

⑫窈（yǎo）然：幽暗深远的样子。

⑬好（hào）游者：喜欢游览的人。穷：尽，止。

⑭拥火以入：拿着火把进去。拥，抱，持。

⑮怠：懈怠，松劲。

⑯火且尽：火把就要烧完了。且，将。

⑰尚不能十一：还不到十分之一。

⑱视其左右：谓看看两边的洞壁。

⑲“盖其”二句：谓大概洞愈深，到的人就愈加少了。

⑳方：当。是时：这时。

㉑明：照明。

㉒既其出：已经出来。其，句中语气词。

㉓咎（jiù）：责怪。

㉔随：跟随。

㉕“而不”句：谓没有能使这次游览尽兴。极，尽。夫（fú），这，那。

译文

褒禅山也称为华山。唐代和尚慧褒当初在这里筑室居住，死后又葬在这里，因为这个缘故，后人就称此山为褒禅山。现在人们所说的慧空禅院，就是慧褒和尚的墓舍。距离那禅院东边五里，是人们所说的华阳洞，因为它在华山南面而这样命名。距离山洞一百多步，有一座石碑倒在路旁，上面的文字已被剥蚀、损坏，近乎磨灭，只有从勉强能认得出的地方还可以辨识出“花山”的字样。现在将“华”读为“华实”的“华”，大概是因字同而产生的读音上的错误。山洞下面平坦而空阔，有一股山泉从旁边涌出，在这里游览、题记的人很多，这就叫作“前洞”。经由山路向上五六里，有个洞穴，一派幽深的样子，进去便感到寒气逼人，询问它的深度，就是那些喜欢旅游探险的人也未能走到尽头，这是人们所说的“后洞”。我与四个人打着火把走进去，进去越深，前进越困难，而所见到的景象越奇妙。有个懈怠而想退出的伙伴说：“再不出去，火把就要熄灭了。”于是，只好都跟他退出来。我们走进去的深度，比起那些喜欢旅游探险的人来说，大概还不足十分之一，然而看看左右的石壁，来此而题记的人已经很少了。洞内更深的地方，大概来到的游人就更少了。当决定从洞内退出时，我的体力还足够前进，火把还能够继续照明。我们出洞以后，就有人埋怨那主张退出的人，我也后悔跟他出来，而未能极尽游洞的乐趣。

原文

于是予有叹焉：古人之观于天地、山川、草木、虫鱼、鸟兽㉖，往往有得㉗，以其求思之深而无不在也㉘。夫夷以近㉙，则游者众；险以远，则至者少。而世之奇伟瑰怪非常之观㉚，常在于险远，而人之所罕至焉。故非有志者，不能至也。有志矣，不随以止也，然力不足者，亦不能至也。有志与力而又不随以怠，至于幽暗昏惑㉛，而无物以相之㉜，亦不能至也。然力足以至焉㉝，于人为可讥，而在己为有悔；尽吾志也而不能至者，可以无悔矣，其孰能讥之乎㉞？此予之所得也。予仆碑，又有悲夫古书之不存、后世之谬其传而莫能名者㉟，何可胜道也哉㊱！此所以学者不可以不深思而慎取之也。四人者：庐陵萧君圭君玉㊲，长乐王回深父㊳，予弟安国平父、安上纯父㊴。

注释

㉖观于……：对……观察。

㉗有得：有心得，有收获。

㉘求思：探求思考。无不在：无所不在，无处不到。

㉙夷以近：平坦而且近。

㉚瑰（guī）怪：瑰丽奇异。非常之观：不寻常的景象。观，可供游赏的景物、景象。

㉛至：到。幽暗昏惑：指幽深不明、使人迷惑的地方。

㉜相：助。

㉝“然力”三句：意谓但是力气足以达到而没有达到，这在别人说来是理当指责的，在自己说来是会感到悔恨的。

㉞孰：谁。

㉟以：因此。谬其传：即以讹传讹的意思。莫能名：不能（正确地）叫出它的名称。

㊱何可胜道：哪能说得尽。

㊲萧君圭：字君玉，庐陵（今江西吉水）人。

㊳王回：字深父（fǔ），福州侯官（今福建侯官）人。宋代理学家，治平二年（1065年）卒，年43岁。长乐：今福建福州。

㊴王安国：字平甫，王安石四弟。王安上：字纯父，王安石七弟。

译文

于是我有所感慨：古人观察天地、山川、草木、虫鱼、鸟兽，往往有所得益，是因为他们探究、思考深邃而且广泛。平坦而又近的地方，前来游览的人便多；危险而又远的地方，前来游览的人便少。但是世上奇妙雄伟、珍异奇特、非同寻常的景观，常常在那险阻、僻远、少有人至的地方，所以，不是有意志的人是不能到达的。虽然有了志气，也不盲从别人而停止，但是体力不足的，也不能到达。有了志气与体力，也不盲从别人、有所懈怠，但到了那幽深昏暗、令人迷乱的地方却没有必要的物件来支持，也不能到达。可是，力量足以达到目的而未能达到，在别人看来是可以讥笑的，在自己来说也是有所悔恨的。尽了自己的主观努力而未能达到，便可以无所悔恨，难道谁还能讥笑吗？这就是我这次游山的收获。我对于那座倒地的石碑，又感叹古代刻写的文献未能存留，后世讹传而无人弄清其真相的事，哪能说得完呢？这就是学者不可不深入思考而谨慎地援用资料的缘故。同游的四个人是：庐陵人萧君圭，字君玉；长乐人王回，字深父；我的弟弟安国，字平父；安上，字纯父。

答司马谏议书[1]

熙宁二年（1069年），神宗以王安石为参知政事，实行新法，朝廷上下对此议论纷纷。元老重臣韩琦、文彦博、富弼、欧阳修等都曾经是王安石的推荐者，至此，也均言其不便，相继罢去。三年初，司马光“援朋友责善之义”，三次给王安石写信，“反复劝之”。后来作者撰此文答复，文中辩明侵害、生事、征利、拒谏、致怨五事，并对士大夫不恤国事、苟且偷安、墨守成规的思想表示不满。全文简明严整，措辞委婉而有骨力，不卑不亢，尤见骨气。

原文

某启：昨日蒙教[2]。窃以为与君实游处相好之日久，而议事每不合，所操之术多异故也[3]。虽欲强聒，终必不蒙见察，故略上报，不复一一自辨[4]。重念蒙君实视遇厚，于反复不宜卤莽，故今具道所以，冀君实或见恕也[5]。

盖儒者所争，尤在于名实，名实已明，而天下之理得矣[6]。今君实所以见教者，以为侵官、生事、征利、拒谏，以致天下怨谤也[7]。某则以谓受命于人主，议法度而修之于朝廷，以授之于有司，不为侵官；举先王之政，以兴利除弊，不为生事；为天下理财，不为征利[8]；辟邪说，难壬人，不为拒谏[9]；至于怨诽之多，则固前知其如此也。

注释

①司马谏议：指司马光（1019—1086年）。司马光，字君实，陕州夏县（今山西省夏县）人。官至尚书左仆射兼门下侍郎，封温国公。在政治上，他是反对王安石变法的守旧派领袖，执政时，曾废弃一切新法。新党执政，他便闭门主编《资治通鉴》。新法推行时，司马光为翰林学士兼侍读学士、右谏议大夫，他曾三次致书王安石反对新法（文见《温国文正司马公文集》卷六十），本文是作者就司马光《与王介甫书》的回信。

②某：古人写信，起草时常以“某”代替自己的名字，正式抄录时，再写上全名。启：书信用语，意如陈述。

③游处：交往相处。司马光信中说“然自接待以来，十有余年，屡尝同僚。”作者早年曾与司马光同为群牧司判官。但司马光信中亦云：“曩者与介甫议论朝廷事，数相违戾。”操持。

④聒：喧扰。《楚辞·九思·疾世》：“鴘鸼鸣兮聒余。”注：多声乱耳为聒。强聒，强作解释。辨：同“辩”，申辩。

⑤视遇：看待。反复：指书信往来。卤莽：同“鲁莽”，粗疏草率。

⑥名实：名指名称、观念，实指客观事实。《孟子·告子下》：“先名实者，为人也。”赵岐注：“名者，有道德之名；实者，治国惠民之功实也。”

⑦侵官：侵犯其他官吏的职责。王安石变法，设“制置三司条例司”管理财政，司马光认为这样做侵夺了原来主管财政的盐铁、度支、户部三司的职权。他在给王安石的信中说：“夫侵官，乱政也，介甫更以为治术而先施之。”“财利不以委三司而自治之，……是知条例一司已不当置而置之。”生事：制造事端。司马光在信中指责王安石派人“使行新法于四方”是“骚扰百姓”“生事扰民”。征利：求利。司马光信中说：“今介甫为政，首建制置条例司，大讲财利之事。又命薛向行均输法于江、淮，欲尽夺商贾之利；又分遣使者散青苗钱于天下而收其息，使人人愁痛，父子不相见，兄弟妻子离散。”拒谏：拒绝规劝。司马光信中说：“及宾客僚属谒见论事，则唯希意迎合，曲从如流者，亲而礼之，或所见小异。微言新令之不便者，介甫辄艴然

加怒，或诟骂以辱之，或言于上而逐之，不待其辞之毕也。明主宽容如此，而介甫拒谏乃尔，无乃不足于恕乎？”怨谤：埋怨、指责。司马光信中说：“介甫从政始期年，而士大夫在朝及四方来者，莫不非介甫，如出一日；下至闾阎细民、小吏走卒，亦窃窃怨叹，人人归咎于介甫。”

⑧理财：管理财政。

⑨辟：打击，抨击。难：反驳。壬人：巧言谄媚的人。

译文

安石启：昨日承蒙您来信指教，我私意以为跟您友好相处的日子很久了，但讨论国事往往意见不同，这是由于所采取的政治主张和方法不同的缘故。我虽然想在你耳边啰嗦以强行作辩解，恐怕结果一定不会得到您的谅解。后来又想到您待我一向很好，对于书信往来是不应简慢无礼的，因而我详细地说出我之所以这样做的理由，希望您能够谅解我。

大概我们读书人所要争论的问题，特别是名称与实际是否符合。名称与实际的关系明确了，天下的真理也就有正确的认识了。现在您所用来教诲我的，是以为我侵官、生事、征利、拒谏，以致天下的人都怨恨和诽谤我。我却认为接受皇上的命令，议定法令制度，又在朝廷上修正、决定，交给主管官署去执行，不算是侵官。发扬前代贤君的治国原则，以便兴利除弊，这不算是生事。替国家整理财政，这不算征利。抨击不正确的言论，批驳巧言谄媚的坏人，这不算拒谏。至于怨恨毁谤我的人很多，那是本来早就该料到的。

原文

人习于苟且非一日，士大夫多以不恤国事、同俗自媚于众为善，上乃欲变此，而某不量敌之众寡，欲出力助上以抗之，则众何为而不汹汹然[10]！盘庚之迁，胥怨者民也，非特朝廷士大夫而已[11]。

盘庚不为怨者故改其度，度义而后动，是而不见可悔故也⑫。

如君实责我以在位久，未能助上大有为，以膏泽斯民，则某知罪矣⑬。如曰今日当一切不事事，守前所为而已，则非某之所敢知⑭。无由会晤，不任区区向往之至⑮。

注释

⑩恤：关心。同俗：附和世俗之见。汹汹然：喧闹的样子。

⑪盘庚：商代中兴之主，汤的九世孙、阳甲之弟。从汤到盘庚，商迁都五次。盘庚将都城从奄（今山东省曲阜市）迁到亳之殷地（今河南省安阳县）时，曾遭到贵族和被贵族鼓动起来的一些人的反对。文中“盘庚之迁”二句出自《尚书·盘庚序》：“盘庚五迁，将治亳殷，民咨胥怨。”孔安国传：“胥，相也。”胥怨：相互埋怨。

⑫度：计划。下句“度”是揣度、考虑的意思。“度义”，考虑到理由正当。义：宜。《左传·昭公四年》：“且吾闻为善者不改其度，故能有济也。民不可逞，度不可改。”

⑬膏泽：恩泽，这里作动词用。《孟子·离娄下》：“膏泽下于民。”

⑭事事：办事。前“事”为动词，后“事”为名词。知：领教。

⑮由：缘由，机会。不任：不胜。区区：爱慕、思念。向往：仰慕。

译文

人们习惯于得过且过的守旧之风已经不是一天了，做官的人又大多不为国家大事操心，以附和旧俗之见来讨好众人为美德。皇上却想改变这种现状，而我又不顾政敌的多少，想尽力去帮助皇上抵制他们，那么，众人怎么会不大吵大闹呢？过去商王盘庚迁都，群起怨恨的是老百姓，不仅是朝廷士大夫而已。盘庚并不因为有人怨恨的缘故，就改变他的计划。他考虑理由正当，然后去做，他认为正确，看不出有值得悔改的地方。

如果您责备我执政很久了，没有能够帮助皇上大大地做一番事业，以此造福人民，那我自知有罪了。但如果说今天应当什么事也不必干，只是守着老规矩就行了，那就不是我所敢领教的了。没有会面的机会，实在诚心仰慕得很。

上人书

作者把文和辞分开来探讨，文指作文的本意，辞指修饰之美，而文和辞的关系，实际上就是内容和形式的关系。文章开门见山，简洁刚劲，说理透彻，语言精练，具有很强的说服力。

作者在本文中还批评了韩愈、柳宗元。认为他们在关于文辞的论述中，只告诉人们在辞上下功夫，忽视了文。而事实上，韩愈是以恢复和继承孔子道统自任的，提倡“文以载道”，柳宗元也主张“文以明道”。在重视文学的实用价值方面，他们与王安石在根本上是一致的。

原文

尝谓文者，礼教治政云尔[1]。其书诸策而传之人，大体归然而已[2]。而曰“言之无文，行之不远”云者，徒谓辞之不可以已也，非圣人作文之本意也[3]。

自孔子之死久，韩子作，望圣人于百千年中，卓然也[4]。独子厚名与韩并，子厚非韩比也，然其文卒配韩以传，亦豪杰可畏者也[5]。韩子尝语人以文矣，曰云云，子厚亦曰云云。疑二子者，徒语人以其辞耳，作文之本意，不如是其已也[6]。孟子曰：“君子欲其自得之也。自得之，则居之安；居之安，则资之深；资之深，则取诸左右逢其原[7]。”独谓孟子之云尔，非直施于文而已，然亦可托以为作文之本意[8]。

且所谓文者，务为有补于世而已矣。所谓辞者，犹器之有刻镂绘画也。诚使巧且华，不必适用；诚使适用，亦不必巧且华[9]。要之以适用为本，以刻镂绘画为之容而已[10]。不适用，非所以为器也。不为之容，其亦若是乎？否也。然容亦未可已也，勿先之，其可也。

某学文久，数挟此说以自治[11]。始欲书之策而传之人，其试于事者，则有待矣。

其为是非邪，未能自定也。执事正人也，不阿其所好者，书杂文十篇献左右，愿赐之教，使之是非有定焉[12]。

注释

①尝：曾经。礼教：封建社会中关于礼法条规和道德标准的教育称为礼教。治政：治理政事，亦可解为政治。

②策：本为成编的竹简，这里指书本。大体：大致。归然：归于此，这里指归于礼教治政。

③不文：没有文采。引文见于《左传》襄公二十五年，孔子的话，原文是“言之无文，行而不远”。已：止，这里是不要的意思。圣人：指孔子。

④韩子：指韩愈。作：兴起，出现。望：仰望，敬慕，这里有学习、继承的意思。百千年：言岁月久远，孔子卒于鲁哀公十六年（前479年），韩愈生于大历三年（768年），其间相距一千二百余年。卓然：高超、高远的样子。《汉书·成帝纪》：“使卓然可观。”颜师古注：“卓然，高远之貌也。”

⑤并：齐。非韩比：意谓比不上韩愈。作者《读柳宗元传》：“余观八司马，皆天下之奇才也，一为叔文所诱，遂陷于不义。至今士大夫欲为君子者，皆羞道而喜攻之。然此八人矣，既困矣，无所用于世，往往能自强以求别于后世，而其名卒不废焉。”可畏：值得敬畏。

⑥其辞：指韩柳谈如何锤炼言词的方法。其实韩柳对文章内容、形式方面的要求都很重视。如韩说过：“愈之志在古道。又甚好其言辞。”作者对韩愈经常说到“唯陈言之务去”“词必己出”是不太满意的，其诗《韩子》云“纷纷易尽百年身，举世何人识道真？力去陈言夸末俗，可怜无补费精神。”

⑦自得：自有心得。作者很强调学有心得，曾说：“彼其于道也，非心得之也。其书之策也，独能不悖耶？”资：藉，凭借。原：同“源”。孟子的话见于《孟子·离娄下》，原文为：“君子深造之以道，欲其自得之也。自得之，则居之安，居之安，则资之深，资之深，则取之左右逢其原。”安，安稳，牢固。资，《说文》：“资，货也。”段玉裁注云“资者，积也。旱则资舟，水则资车，夏则资皮，冬则资絺绤，皆积之谓。”

⑧独谓：一本无此二字。直：仅。施：推行。托：借。

⑨巧且华：言文词华美巧妙。作者在《上邵学士书》中说：“某尝悉

（一作“患”）近世之文。辞弗顾于理，理弗顾于事。以襞积故实为有学，以雕绘语句为精新，譬之撷奇花之英，积而玩之，虽光华馨香，鲜缛可爱，求其根柢济用，则蔑如也。”又在《张刑部诗序》中批评西昆体的作者。言“杨、刘以其文词染当世，学者迷其端原，靡靡然穷日力以摹之，粉墨青朱，颠错丛庞，无文章黼黻之序，其属情藉事，不可考据也”。

⑩要之：总之。本：根本。容：容貌，这里指文章的外在形式。作者把文章的立意称为“本”，把表现形式称为“末”。曾批评说：“甚者置其本，求之末，当后者反先之，无一焉无悖于极。”（《与祖择之书》）

⑪挟：持，怀着。自治：这里指用以指导自己的写作。

⑫阿：曲从。

译文

我曾经认为文章，不外是讲礼教政治罢了。那些写在书上而传授给人们的，大体都归于这些方面。至于古书说的“语言没有文采，流传就不会久远”，仅仅是说修辞不可以不要，并非圣人写文章的本意。

自孔子死了好久以后，有韩愈出现，千百年中，人们所瞻仰的圣人只有韩愈一人，真是个了不起的杰出人物。只有柳宗元和韩愈齐名，他虽然比不上韩愈，然而他写的文章最终与韩愈的文章并传，也是可敬畏的豪杰呀。韩愈曾对人说过关于写文章的事，说应该这样那样；柳宗元也说过应该这样那样。我怀疑韩、柳二人说的，只不过是修辞的问题，至于写文章的本意，不是这样就够了的啊！

孟子说：“君子应该有自己的心得，有了心得，就能安心进行钻研；安心进行钻研，就能打下深厚的基础；有了深厚的基础，就能应用自如，左右逢源了！”我说孟子说的这些话，不仅直接适用于写文章，同时也可借用来说明写文章的本意。而且我所说的文章，务必要做到有益于社会。所谓修辞，犹如器具上有雕刻绘画一样。如果使器具精巧华丽，不一定适用；如果适用，也不一定要精巧华丽。总之，要以适用为本，以雕刻绘画作它的修饰罢了。不适用，就不是制造器具的本意，不给它进行修饰，难道是制造器具的本意吗？不是的。但修饰也是不可以去掉的，只是不把它放在首要地位就行了。

我学写文章很久了，多次拿这个说法来指导自己写文章，现在才想把它写出来传授给人，至于在实践上的应用，那还有待于更长的时间。这种说法是对的或是错的呢？我自己还没有把握确定。你是一个正直的人，不会阿谀奉承自己喜欢的人。现抄上所写的杂文十篇献给您，希望得到您的指教，使我能确定是对或不对。

伤仲永

本文是作者青年时期的作品，清蔡上翔《王荆公年谱考略》定为仁宗庆历三年（1043 年），作者 23 岁。文章通过仲永的事例，表明作者对人的知识来源的看法上有两种截然不同的观点。

从仲永的事例开始，作者首先承认有“受之于天”的“通悟”。这显然是信奉儒家“天纵”的说法。这就陷入了唯心主义先验论。

但是，作者同时承认人类知识来源于后天，即学习、教育。通过仲永的事例，他还指出：即使是“受之于天”的“神童”，不经过后天的学习、教育,“天才”也是会消失的。可见“天才”的不足恃。作者对仲永的“伤”，就在于仲永认为“天才”是永存的，完全否定了后天的学习、教育的必要。

作者本文的主旨，是强调学习、教育对人们获取知识具有决定作用，表现出朴素的、不自觉的唯物主义认识论的观点。

原文

金溪民方仲永[1]，世隶耕[2]。仲永生五年，未尝识书具[3]；忽啼求之。父异焉。借旁近与之[4]，即书诗四句，并自为其名。其诗以养父母、收族为意[5]，传一乡秀才观之[6]。自是指物作诗立就，其文理皆有可观者。邑人奇之[7]，稍稍宾客其父[8]，或以钱币乞之[9]。父利其然也[10]，日扳仲永环谒于邑人[11]，不使学。

予闻之也久。明道[12]中，从先人还家[13]，于舅家见之，十二三矣。令作诗，不能称前时之闻[14]。又七年，还自扬州，复到舅家，问焉，曰："泯然众人矣[15]！"

王子曰[16]："仲永之通悟[17]，受之天也。其受之天也，贤于材人远矣[18]。卒之为众人[19]，则其受于人者不至也[20]。彼其受之天也，如此其贤也；不受之人，且为众人[21]。今夫不受之天，固众人；又不受之人，得为众人而已邪？"

注释

①金溪：县名，现江西省金溪县。

②隶：属于。

③书具：写字的工具，指笔、墨、纸、砚。

④旁近：邻居。

⑤收族：使同族人按辈分、亲疏的宗法关系和谐地组织起来。以……为意：以……作为诗的内容。

⑥秀才：指一般学识优秀的士人。

⑦邑人：同乡人。

⑧宾客其父：用宾客的礼节款待他的父亲。宾客：把……当成宾客。

⑨乞：讨取。

⑩利其然：贪图这样。利：以……为利。

⑪扳：领着。环谒：到处拜访。

⑫明道：宋仁宗（赵祯）年号（1032—1033年）。

⑬先人：作者死去的父亲，即王益。

⑭称：相称，相当。

⑮泯然：才华尽灭的样子。

⑯王子：作者自称。

⑰通悟：通达聪慧。

⑱材人：指后天培养起来的人才。

⑲卒：最终。

⑳受于人：受教育。

㉑且：尚且。

译文

金溪县人方仲永，世代务农。方仲永五岁时，还不认得笔墨纸砚，一天忽然哭闹着索要这些东西。他父亲很奇怪，就向近邻借来给他。方仲永马上写下了四句诗，并且写上自己的名字。那诗表达了孝养父母、团结宗族的意思，诗被乡里一位读书人拿去阅读。从此有人指定事物叫他写诗，他能立刻完成，诗的文采和道理都有值得欣赏的地方。同县的人对他感到惊奇，渐渐地请他的父亲去做客，有人用钱财和礼物求仲永写诗。他的父亲认为那样有利可图，每天牵着方仲永四处拜访同县的人，不让他学习。

我很久就听闻此事了，明道年间，我跟从父亲回到家乡，曾于舅家见到方仲永，他已经十二三岁了。我们叫他作诗，已经与我过去所听闻的水准不能相比了。再过了七年，我从扬州回来，又到舅舅家，问起方仲永的情况，舅舅说："他才能完全消失，和普通人一样了。"

我认为：方仲永的聪明颖悟，是上天赋予的。他有天赋，比起力学而成的人要优越得多。然而最终还是和平常人差不多，那是因为没有受到常人所受的教育的结果。他的天资是那样的好，只因为没有受到教育培养，尚且沦为普通人一样。现在一般说来天分不高的人自然是很多的，如果再不加以教育培养，恐怕会连一个平常人都不如吧？

度支副使厅壁题名记

和壁记同属于史志类厅壁文化的另一项形式是题名，就是把供职本单位的历任领导和各级职员的姓名，以刻壁勒碑的办法保留在衙署里。题名前也往往有记，王安石的《度支副使厅壁题名记》即为此类。

原文

三司副使，不书前人姓名①。嘉祐五年，尚书户部员外郎吕君冲之，始稽之众史，而自李纮已上至查道，得其名；自杨偕已上，得其官；自郭劝已下，又得其在事之岁时，于是书石而镵之东壁。

夫合天下之众者财，理天下之财者法，守天下之法者吏也。吏不良，则有法而莫守；法不善，则有财而莫理。有财而莫理，则阡陌闾巷之贱人，皆能私取予之势，擅万物之利，以与人主争黔首，而放其无穷之欲，非必贵强桀大而后能。如是而天子犹为不失其民者，盖特号而已耳。虽欲食蔬衣敝，憔悴其身，愁思其心，以幸天下之给足，而安吾政，吾知其犹不行也。然则善吾法，而择吏以守之，以理天下之财，虽上古尧、舜犹不能毋以此为先急，而况于后世之纷纷乎？

三司副使，方今之大吏，朝廷所以尊宠之甚备。盖今理财之

法，有不善者，其势皆得以议于上而改为之。非特当守成法，吝出入，以从有司之事而已。其职事如此，则其人之贤不肖，利害施于天下如何也！观其人，以其在事之岁时，以求其政事之见于今者，而考其所以佐上理财之方，则其人之贤不肖，与世之治否，吾可以坐而得矣。此盖吕君之志也。

注释

①书：记录。

译文

三司副使官署中，以往不记录历任副使的姓名。嘉祐五年，尚书户部员外郎吕冲之方才开始查考各种文献资料，终于查明了从李纮以前直至第一任度支副使查道的姓名，以及杨偕以前历任度支副使的官阶品秩，从郭劝以后，又查清了历任度支副使任职的年月，于是将他们的姓名写在石上并且刻在度支副使厅的东壁上。

能聚合天下之民众的是经济，治理天下经济的是法令，执行天下法令的是官吏。官吏不好，则虽有法令而不能贯彻；法令不当，则虽然经济形势很好而无从管理。经济形势很好而不妥善管理，那样连一般富商豪民都会有操纵市场的势力，获得垄断各种物资的利益，来与皇帝争夺黎民百姓，从而满足他们自己的无穷欲望，这不一定需要豪门强宗大势力的人才可以办到。如果到了这个地步还说是皇帝没有失去百姓，那只不过是徒有天子之名罢了。即使皇帝粗衣淡饭、终日操劳得筋疲力尽，忧愁郁结于心，想使天下富足、政治安定，我们知道这依旧是行不通的。由此看来制订正确的法令，选择好的官吏来贯彻，从而管理好天下的经济，即使是上古时代的尧舜也不能不以理财为第一重要的事情，更何况后世乱乱纷纷的世道呢。

三司副使是当今的大官，朝廷所以在各方面都非常器重。因为如今管理经济方面的法令，如果有不足之处，主管者就有权在朝堂上与皇帝一起讨论后而加以修正，并不一定要求死守现成的法令，把财政收支管得太死，只要听从上级的命令就算了。它的职务是这样的重要，那么担任此职的官员的好坏，关系到天下百姓的利害也就多么重要啊！我们看到历任职官的姓名，并且知道他任职的年月，来考究他的政绩对于今日的影响，而且考察他辅助皇上管理经济的方略，那么这人究竟是贤能还是不称职，把天下是否管理好，我们就可以因此而明白了。这大概就是吕君刻石的用意所在吧！

同学一首别子固

这是一篇写给曾巩的送别文章。子固，即曾巩，是王安石的朋友。同学，便是共同学习圣贤之道，是志同道合的意思。本文记述了作者与曾巩以及孙侔之间的友谊，同时说明了朋友之间言行相同的原因在于共同学习圣贤之道。

原文

江之南有贤人焉，字子固，非今所谓贤人者，予慕而友之。淮之南有贤人焉，字正之，非今所谓贤人者，予慕而友之[1]。二贤人者，足未尝相过也，口未尝相语也，辞币未尝相接也。其师若友，岂尽同哉？予考其言行，其不相似者何其少也！曰：学圣人而已矣。学圣人，则其师若友，必学圣人者。圣人之言行，岂有二哉？其相似也适然。

予在淮南，为正之道子固，正之不予疑也。还江南，为子固道

正之，子固亦以为然。予又知所谓贤人者，既相似又相信不疑也。子固作《怀友》一首遗予[2]，其大略欲相扳以至乎中庸而后已。正之盖亦常云尔。夫安驱徐行，轥中庸之庭，而造于其室，合二贤人者而谁哉？予昔非敢自必其有至也，亦愿从事于左右焉尔。辅而进之其可也。

噫！官有守，私有系，会合不可以常也。作《同学一首别子固》，以相警，且相慰云。

注释

①正之：孙侔（1019—1084年），字正之。吴兴（今属浙江）人，为文奇古，与王安石、曾巩为友，名倾一时。终身不仕，客居江淮间，士大夫敬畏之。刘敞知扬州，言其孝悌忠信，足以扶世矫俗，诏授扬州教授，辞不就。

②曾巩的《怀友》，不在他的《南丰集》中，近出《曾巩集》亦未补佚。此文实存于《能改斋漫录》卷十四，题作《曾子固怀友寄荆公》。其中有："予少而学，不得师友，焦思焉而不中，勉勉焉而不及，抑其望圣人之中庸而未能至者也。尝欲得行古法度士与之居游。皇皇四海，求若人而不获。自得介卿，然后始有周旋激恳，摘予之过而接之以道者。"大意是以中庸之道共勉。

译文

江南有一位贤人，字子固，他不是现在一般人所说的那种贤人，我敬慕他，并和他交朋友。淮南有一位贤人，字正之，他也不是现在一般人所说的那种贤人，我敬慕他，也和他交朋友。这两位贤人，不曾互相往来，不曾互相交谈，也没有互相赠送过礼品。他们的老师和朋友，难道都是相同的吗？我注意考察他们的言行，他们之间的不同之处竟是那么少呀！应该说，这是他们学习圣人的结果。学习圣人，那么他们的老师和朋友，也必定是学习圣人的人。圣人的言行难道会有两样的吗？他们的相似就是必然的了。

我在淮南，向正之提起子固，正之不怀疑我的话。回到江南，向子固提起正之，子固也很相信我的话。于是我知道被人们认为是贤人的人，他们的言行既相似，又互相信任而不猜疑。子固写了一篇《怀友》赠给我，其大意是希望互相帮助，以便达到中庸的标准才肯罢休。正之也经常这样说。驾着车子稳步前进，辗过中庸的门庭而进入内室，除了这两位贤人还能有谁呢？我过去不敢肯定自己有可能达到中庸的境地，但也愿意跟在他们左右奔走。在他们的帮助下前进，大概能够达到目的。

唉！做官的各有自己的职守，由于个人私事的牵挂，我们之间不能经常相聚，作《同学一首别子固》，用来互相告诫，并且互相慰勉。

祭欧阳文忠公文

一般说来，王安石的抒情文以祭文为多。用杂言韵文写的《祭欧阳文忠公文》，高度赞扬欧阳修的文学成就和道德情操，词清韵幽，感情歔欷，在当时各家所写的祭文中欧阳修最为杰出。

原文

夫事有人力之可致，犹不可期，况乎天理之溟漠[①]，又安可得而推？

惟公生有闻于当时，死有传于后世，苟能如此足矣，而抑又何悲？如公器质之深厚，智识之高远，而辅学术之精微，故充于文

章，见于议论，豪健俊伟，怪巧瑰琦。其积于中者，浩如江河之停蓄；其发于外者，烂如日星之光辉。其清音幽韵，凄如飘风急雨之骤至；其雄辞闳辩，快如轻车骏马之奔驰。世之学者，无问乎识与不识，而读其文，则其人可知。

呜呼！自公仕宦四十年，上下往复，感世路之崎岖；虽迍邅困踬[2]，窜斥流离，而终不可掩者，以其公议之是非。既压复起，遂显于世；果敢之气，刚正之节，至晚而不衰。

注释

①溟漠：渺茫不可揣度。

②迍（zhūn）邅（zhān）：处境困难。困踬：困厄难近。

译文

人的力量能够做到的事情，还不一定成功，何况天理渺茫不可捉摸，又怎么能捉摸得清楚呢！

先生生时，闻名于当代；先生死后，有著述流传后世。有这样的成就已经可以了，我们还有什么可悲切的呢！先生具有那样深厚的气质，那样高远的见识，加以精微的学术功力，因此无论是文章，还是议论，都很豪放、强劲，英俊、奇伟，神奇、巧妙，灿烂、美好。把它们蕴蓄在胸中，浩大有如江水的积储；发为文章，明亮有如日月的光辉。清亮幽雅的韵调，凄凄切切如急雨飘风的突然来到；雄伟宏广的文辞，明快敏捷如轻车骏马的奔驰。世上的学者，不问他是否熟识先生，只要读到他的著作，就能知道他的为人。

唉！先生做官四十年来，升升降降，调出调进，深深地感到人生道路的崎岖不平。虽然处境艰难困苦，被流放到边远州郡，但到底不会埋没无闻，因为是是非非，自有公论。既经压抑，再又起用，就名闻全国。先生果敢刚正的气节，到老年还是保持不衰。

原文

方仁宗皇帝临朝之末年，顾念后事，谓如公者，可寄以社稷之安危；及夫发谋决策，从容指顾，立定大计，谓千载而一时。功名成就，不居而去，其出处进退，又庶乎英魄灵气，不随异物腐散，而长在乎箕山之侧，与颍水之湄。

然天下之无贤不肖，且犹为涕泣而歔欷。而况朝士大夫，平昔游从，又予心之所向慕而瞻依？

呜呼！盛衰兴废之理，自古如此，而临风想望，不能忘情者，念公之不可复见，而其谁与归？

译文

当仁宗皇帝在朝的最后几年，考虑到他身后的事情，曾经说过，像先生这样的人才，可以把国家的前途委托。后来确定方针，从容行动，当机立断，辅助圣上即位，真可说是千载难逢的功勋一朝建立。功成名就，不自居有功而请求退休，从出任官职到退隐归家，这样的英灵，想来决不会随着躯体消灭，而长留在箕山之旁与颍水之滨。

现今全国上下的人士，都在为先生的逝去而哭泣哽咽，何况我是同朝的士大夫，长期交游往来，失去的况且又是我向来仰慕而亲近的人呢！

啊！事物兴盛衰废的规律，自古以来就是如此，而伫立风中怀念，怎能不动感情呢！想到自己不能再和欧阳公一起交往，谁还是我宗仰的对象呢！

曾巩

曾巩（1019—1083年），字子固，南丰人。北宋散文家，“唐宋八大家”之一。幼年聪慧，12岁作《六论》，一挥而就，言简意赅，气势雄浑，得到欧阳修的赞赏，从此名闻四方。青年时，多次外游，和王安石友善，常有诗文往来，并将王安石推荐给欧阳修。嘉祐二年（1057年）中进士后，调任太平州司法参军。翌年，召回京师，编校史馆书籍，迁馆阁校勘、集贤校理。熙宁二年（1079年）先后在齐、襄、洪、福、明、亳等州任知州，守正不阿，颇有政声。元丰三年，徙知沧州，过京师，神宗召见时，他提出节约为理财之要，颇得神宗赏识，留三班院供事。元丰四年，神宗以其精于史学，委任史馆修撰，编纂五朝史纲，未成。元丰五年，拜中书舍人。次年卒于江宁府。理宗时追谥文定。著有《元丰类稿》50卷、《续元丰类稿》40卷、《隆平集》30卷。

曾巩的思想属儒学体系，他赞同孔孟的哲学观点，强调“仁”和“致诚”，认为只要按照“中庸之道”虚心自省、正诚修身就能认识世界和主宰世界。在政治上他反对兼并政策，主张发展农业和广开言路。他任地方官时，总是以“仁”为怀，“除其奸强，而振其弛坏；去其疾苦，而抚其善良。”（《齐州杂诗序》）由于他思想有一定局限性，因此，对王安石变法有些不同看法。他认为法愈密，则弊愈多。但是曾巩也不主张死守成法，他对在位者的因循苟且表示不满，提出“法者，所以适变也，不必尽同；道者，所以立本也，不可不一”（《战国策目录序》）的观点。主张在不失先王意旨的前提下，对法制作必要的改革。在行动上，他能够维护新法，在齐州为官时，能力行保甲之法，使州人安居乐业。

曾巩的散文创作成就很高，他是北宋诗文革新运动的积极参加者。他师承司马迁、韩愈和欧阳修，主张“文以明道”，把欧阳修的“事信、言文”观点推广到史传文学和碑铭文字上。他在《南齐书目录序》中说:“古之所谓良史者，其明必足以周万事之理，其道必足以适天下之用，其智必足以通难显之情，然后其任可得而称也。”他强调只有“蓄道德能文章者”，才足以发难显之情，写“明道”之文。他的散文大都是“明道”之作，文风以“古雅、平正、冲和”见称。《宋史》本传说他“立言于欧阳修、王安石间，纡徐而不烦，简奥而不晦，卓然自成一家”。他的议论性散文，剖析微言，阐明疑义，卓然自立，分析辩难，不露锋芒。《唐论》就是其中的代表作，援古事以证辩，论得失而重理，语言婉曲流畅，节奏舒缓不迫，可与欧阳修的《朋党论》媲美。他的记叙性散文，记事翔实而有情致，论理切题而又生动。著名的《墨池记》和《越州赵公救灾记》熔记事、议论、抒情于一炉，深刻有力，通情达理。他的书、序和铭也是很好的散文，《寄欧阳舍人书》和《上福州执政书》历来被誉为书简范文。叙事委婉深沉，语言简洁凝练，结构十分严谨。《战国策目录序》论辩入理，气势磅礴，极为时人所推崇。当西昆体盛行时，他和欧阳修等人的散文，一扫雕琢堆砌之风，专趋平易自然。王安石曾赞叹说:“曾子文章世稀有，水之江汉星之斗。”（《赠曾子固》）苏轼也说:“醉翁门下士，杂从难为贤；曾子独超轶，孤芳陋群妍。”曾巩也擅长写诗，有四百余首传世，其诗或雄浑瑰伟，或委婉超逸，无不含义深刻，妙趣横生。五古《追租》，描绘了“今岁九夏旱，赤日万里灼”“计虽卖强壮，势不旭弱”的惨状，发出“暴吏体宜除，浮费义可削”的呼声，与王安石的《兼并》诗，有异曲同工之妙。绝句《西楼》《城南》，清新隽永，具有王安石晚年诗作的风致。他的咏物诗多数富有新意，如《咏柳》诗:“乱条犹未变初黄，倚得东风势便狂。解把飞花蒙日月，不知天地有清霜。”以柳树隐喻奸臣和邪恶势力，形象逼真，寓意深刻，别开生面。曾巩的诗作，格调超逸、字句清新，但有些也存在宋诗言文言理的通病，又为其文名所掩，故不甚为人们所注意。后人有曾巩能文不能诗之说，其实是不公正的。

曾巩一生整理古籍、编校史书，也很有成就。《战国策》《说苑》《列女传》《李太白集》和《陈书》等都曾经过他的校勘。《战国策》和《说苑》两书，多亏他访求采录，才免于散失。他每校一书，必撰序文，借以“辨章学术，镜考源流”。曾巩好藏书，珍藏古籍达两万多册；收集篆刻五百卷，名为《金石录》。

曾巩治学严谨，每力学以求之，深思以索之，使知其要，识其微，故能“上下驰骋，愈出而愈工”。其弟曾肇，说他的文章“一落纸，为人传去，不旬月而周天下，学士大夫手抄口诵，唯恐得之晚也”。（曾肇《亡兄行状》，见《元丰类稿》卷末）曾巩培养了一批名儒，陈师道、王无咎、曾肇和曾布受业于他。《宋元学案》云:“陈无已（师道）好学苦志，以文谒曾子固，子固为点去百十字，文约而义意加备，无已大服。”曾巩的文章对后世的影响也很大。南宋朱熹“爱其词严而理正，居尝诵习”。明代唐宋派散文家王慎中、唐顺之、茅坤、归有光，清代的桐城派方苞、刘大櫆、姚鼐和钱鲁斯等人都把他的文章奉为圭臬。《明史・王慎中传》载:“慎中为文，初主秦汉，谓东京之下无可取，已司欧、曾作文之法，乃尽焚旧作，一意师仿，尤得力于曾巩；顺之初不服，久亦变而从之。”足见曾巩在中国文学史上的地位。

墨池记

此记是应州学教授之请而写。他从王羲之的一则轶事阐发出一种道理，借以勉励州学学者，是很切题的。本文记墨池，并未对墨池细加描写，只是略介绍它所处的方位和形状，对它的来历作了推测性的说明。作者着重指出的是王羲之的书法精妙，全在于他“以精力自致”“非天成也”。因此，人要有“一能”，勤奋学习的功夫就不可缺少，而要“深造道德”，学习就尤为重要。文章借事立论，因小见大，篇幅短而含义深。许多设问句的出现，使得语句委婉，更能发人深思。

原文

临川之城东[1]，有地隐然而高，以临于溪，曰新城[2]。新城之上，有池洼然而方以长[3]，曰王羲之之墨池者[4]，荀伯子《临川记》云也[5]。羲之尝慕张芝[6]，临池学书，池水尽黑，此为其故迹。岂信然邪[7]？

方羲之之不可强以仕[8]，而尝极东方[9]，出沧海[10]，以娱其意于山水之间，岂其徜徉肆恣[11]，而又尝自休于此邪？

羲之之书晚乃善[12]，则其所能，盖亦以精力自致者，非天成也。然后世未有能及者，岂其学不如彼邪[13]？则学固岂可以少哉！况欲深造道德者邪？

墨池之上，今为州学舍[14]。教授王君盛[15]恐其不章也[16]，书“晋王右军墨池”之六字于楹间以揭之[17]。又告于巩曰：“愿有记！”推王君之心，岂爱人之善，虽一能不以废[18]，而因以及乎其迹邪[19]？其亦欲推其事，以勉学者邪？夫人之有一能，而使后人尚之如此，况仁人庄士之遗风馀思[20]，被于来世者如何哉！

庆历八年九月十二日，曾巩记。

注释

①临川：宋抚州临川郡。即今江西抚州市。

②曰：名叫。

③洼然：低陷的样子。

④王羲之：字逸少，东晋著名书法家，世称王右军，后人号为“书圣”。

⑤荀伯子：南朝宋人，曾任临川内史，有《临川记》。《太平寰宇记》卷一一〇载其记叙王羲之官临川及墨池的事。

⑥张芝：字伯英，东汉著名书法家，善草书，人称“草圣”。

⑦岂信然邪：难道是真的吗？

⑧“方羲之”句：王羲之当时与王述齐名，羲之任会稽内史，朝廷又命王述为扬州刺史，会稽属扬州，羲之耻位于王述下，便辞职隐居，誓不再仕。事见《晋书·王羲之传》。

⑨极：至，达。

⑩出沧海：泛舟东海。据《晋书·王羲之传》载：“羲之既去官，与东土人士尽山水之游，弋钓为娱。又与道士许迈共修服食，采药石不远千里，遍游东中诸郡，穷诸名山，泛沧海。”

⑪徜徉（cháng yáng）肆恣：纵情遨游。

⑫“羲之”句：王羲之的书法初不如庾翼、郗愔，晚年才臻于精妙之境。见《晋书·王羲之传》。

⑬彼：指王羲之。

⑭州学舍：指抚州州府的学舍。

⑮教授：官名，主管学政和教育所属生员。

⑯章：同“彰”。显著的意思。

⑰楹：厅堂前部的柱子。揭之：标明。

⑱不以废：不肯让它埋没。

⑲“而因”句：因而爱及到他的遗迹吗？

⑳仁人庄士：有道德修养、为人楷模的人。遗风馀思：留下来的风范，传下来的思想。

译文

临川郡城的东面，有块突起的高地，下临溪水，名叫新城。新城上面有一口低洼的长方形水池，称为王羲之墨池。这是南朝宋人荀伯子在《临川记》里所记述的。王羲之曾经仰慕东汉书法家张芝，在此池边练习书法，池水都因而变黑了，这就是他的故迹。难道真的是这回事吗?

当王羲之不愿受人勉强而做官的时候，他曾遍游越东各地，泛舟东海之上，以沉浸于水光山色的喜悦之中。难道当他逍遥遨游尽情游览的时候，曾经在此地休息过吗?

王羲之的书法到了晚年才渐入佳境，看来他所以能有这么深的造诣，是因为他刻苦用功所达到的结果，而不是天才所致。但后世没有能及得上王羲之的，恐怕是他们所下的学习功夫不如王羲之吧?学习的功夫怎么可以少花呢!更何况对于想要在道德方面取得很高的成就的人呢?

墨池旁边现在是抚州州学的校舍。教授王君生怕关于墨池的事迹被湮没无闻，就写了“晋王右军墨池”这六个大字在门前两柱之间来标明它，又对我说:“希望有篇叙记文章。”我推测王君的心意，莫非是因为爱好别人的长处，即使是一技之长也不肯让它埋没，因此就连他的遗迹一并重视起来吧?或者是想推广王羲之临池苦学的事迹来勉励这里的学生吧?人有一技之长，尚且使后代人尊崇到这般地步，更不用说仁人君子们留下来的风尚和美德会怎样地影响到后世人呢!

庆历八年九月十二日，曾巩记。

道山亭记

原文

闽，故隶周者也。至秦，开其地，列于中国，始并为闽中郡。自粤之太末，与吴之豫章，为其通路。其路在闽者，陆出则阸[①]于两山之间，山相属无间断，累数驿乃一得平地，小为县，大为州，然其四顾亦山也。其途或逆坂如缘絚[②]，或垂崖如一发，或侧径钩出于不测之溪上，皆石芒峭发，择然后可投步。负戴者虽其土人，犹侧足然后能进。非其土人，罕不蹶也。其溪行，则水皆自高泻下，石侧出其间，如林立，如士骑满野，千里下上，不见其首尾。水行其隙间，或衡缩蟉糅[③]，或逆走旁射，其状若蚓结，若虫镂，其旋若轮，其激若矢。舟溯沿者，投便利，失毫分，辄破溺[④]。虽其土长川居之人，非生而习水事者，不敢以舟楫自任也。其水陆之险如此。汉尝处其众江淮之间而墟其地[⑤]，盖以其陿[⑥]且阻，岂虚也哉？

福州治侯官，于闽为土中，所谓闽中也。其地于闽为最平以广，四出之山皆远，而长江在其南，大海在其东，其城之内外皆涂，旁有沟，沟通潮汐，舟载者昼夜属于门庭。麓多杰木，而匠多良能，人以屋室巨丽相矜，虽下贫必丰其居。而佛、老子之徒，其宫又特盛。城之中三山，西曰闽山，东曰九仙山，北曰粤王山，三山者鼎趾立。其附山，盖佛、老子之宫以数十百，其瑰诡殊绝之状，盖已尽人力。

光禄卿、直昭文馆程公为是州，得闽山嵚崟之际[7]，为亭于其处，其山川之胜，城邑之大，宫室之荣，不下簟席而尽于四瞩。程公以谓在江海之上，为登览之观，可比于道家所谓蓬莱、方丈、瀛州之山，故名之曰“道山之亭”。闽以险且远，故仕者常惮往，程公能因其地之善，以寓其耳目之乐，非独忘其远且险，又将抗其思于埃壒之外[8]，其志壮哉！

程公于是州以治行闻，既新其城，又新其学，而其馀功又及于此。盖其岁满就更广州，拜谏议大夫，又拜给事中、集贤殿修撰，今为越州，字公辟，名师孟云。

注释

①阸（ài）：阻隔。

②縆（gēng）：粗绳。

③衡缩蟉（liù）糅：水势曲折奔流。

④破溺：船破溺水。

⑤处：安置。

⑥陿：狭。

⑦嵚崟（qīn yīn）：山势高耸的样子。

⑧埃壒（ài）：尘埃、尘世。

译文

闽，原来隶属于周朝，到秦时，开辟了这方土地，列入中原，这才合并为闽中郡。从越国的太末县到吴地的豫章郡，是（自中原通向）它的通道。这通道到了闽地，陆路就被阻塞在两山当中，而山相连没有间断，接连过了几个驿站才能见到一块平地，小的作为县，大的作为州，然而从州、县（城）的四面望去也都是山。它的道路有的迎着山坡像攀缘着粗绳登上，有的垂直挂在山崖上像一丝头发，有的小路蜿蜒在深不可测的溪流上，（路旁）都有石刃从峭壁上刺出，要看准了脚下的地方然后才可以举步。背着、顶着东西的人即使是本地人，也还要侧着脚然后才能够前进。不是那个地方的人很少不被绊倒的。走水路，水都是从高处奔流而下，岩石交错出于水中，如树木竖立，如兵马遍布野外，上下千里，见不到头尾。水流穿行在它的空隙间，有的曲折盘绕流淌，有的逆行侧射，它的形状像蚯蚓盘结，像虫形雕刻，旋涡像轮子，水流激射如箭。船逆行而上或顺流而下时，要善于利用水势，稍微有分毫差错，即刻船破溺水。即使是本地人，如不是一生下来就练习水上功夫，也不敢担任起行船的职责。闽地水陆两路的艰险就是这样。汉代曾经把这里的人民迁徙到江淮之间，而使这地方空着，大概是因为这地方险狭多阻，难道这是虚言吗？

福州的州治所在侯官，对闽地来说是土地的中部，就是所说的闽中。它是闽地最平坦宽广的地方，离四面的山都很远，而闽江就在它的南边，大海就在它的东边。城内外都有路，路旁有小河，小河可以沟通大海，船载的人和货物昼夜都可以聚集在家门。山上多大树，工匠中有很多是手艺精湛的。人们竞相夸耀自己房屋的大和华丽，即使是下等贫苦的人也一定要使自己的住宅宽敞。而佛教、道教之徒，他们的庙观又特别壮丽。城中有三座山，西边的叫闽山，东边的叫九仙山，北边的叫越王山，三座山鼎足而立。沿着山势，佛教、道教的庙现有数十上百处，它那宏伟奇异决然不同的形状，也许已经用尽了人工之力。

光禄卿、直昭文馆程公主政福州，在福州的高耸处，建了一座亭子，这里的山水胜景，城池的宏大，宫室的繁荣，不用走离竹席就尽可观望四面景色。程公认为这里在江海之上，作登山四望的观看，可以和道家所说的蓬莱、方丈、瀛洲三座仙山并列，所以为它起名为“道山之亭”。闽地由于道路险远，所以做官的常怕到此任职，程公能够依照这地方的长处筑亭，用来寄托他耳目的欢乐，不但忘掉了它路远而险峻，又将他的思想提高出于尘埃之外，他的志向多么壮阔啊！

程公在这个州府由于治理得好而闻名，既改造了城墙、又革新了学府，并且利用公事之余的时间又办到了建亭这件事。他一年以后就改任广州知府，随后又赴任谏议大夫，接着任给事中、集贤殿修撰，现在担任越州知府，他的字是公辟，名字叫师孟。

醒心亭记

本文是曾巩在四处游历山川风物过程中写的游记散文，文中透露了对自然恬静的生活的向往。

原文

滁州之西南，泉水之涯[①]，欧阳公作州之二年，构亭曰“丰乐”[②]，自为记以见其名之意。既又直丰乐之东，几百步，得山之高，构亭曰“醒心”，使巩记之。

凡公与州之宾客者游焉，则必即丰乐以饮。或醉且劳矣，则必即醒心而望。以见夫群山之相环，云烟之相滋，旷野之无穷，草树众而泉石嘉，使目新乎其所睹，耳新乎其所闻，则其心洒然而醒[③]，

更欲久而忘归也。故即其事之所以然而为名，取韩子退之《北湖》之诗云。噫！其可谓善取乐于山泉之间也，而名之以见其实，又善者矣。

虽然，公之乐，吾能言之。吾君优游而无为于上，吾民给足而无憾于下，天下学者，皆为材且良[4]，夷狄鸟兽草木之生者，皆得其宜，公乐也。一山之隅，一泉之旁，岂公乐哉？乃公所以寄意于此也。若公之贤，韩子殁数百年，而始有之。今同游之宾客，尚未知公之难遇也。后百千年，有慕公之为人而览公之迹，思欲见之，有不可及之叹，然后知公之难遇也。则凡同游于此者，其可不喜且幸欤！而巩也，又得以文词托名于公文之次，其又不喜且幸欤！

庆历七年八月十五日记。

注释

①涯：边际。

②构：建筑。

③洒然：吃惊的样子。

④且良：泛指有才能。

译文

在滁州的西南面，一泓泉水的边上，欧阳公任知州的第二年，建造了一个名叫“丰乐”的亭子，并亲自作记，以表明这个名称的意思。不久以后，又在丰乐亭的东面几百步，找到一个山势较高的地方，建造了一座名叫“醒心”的亭子，让我作记。

每逢欧阳公与州里的宾客们到这里游览，就肯定要到丰乐亭喝酒。有时酒醉人倦了，就一定要登上醒心亭眺望。那里群山环抱、云雾相生、旷野无垠、草木茂盛、泉石皆美，所见到的美景使人的眼睛为之一亮，所听到的泉声使人的耳朵为之一新。于是心胸顿觉清爽，洒脱而酒醒，更想久留而不返了。所以就根据这个缘故给亭子命名为“醒心亭”，是取自韩退之的《北湖》诗。啊！这大概可以称得上是善于在山水之间寻找乐趣，又用所见到的当地美景来给它命名，这就更有水平了。

尽管这样，我是能够说出欧阳公真正的快乐的。我们的皇帝在上悠然自得，无为清静；我们的百姓在下丰衣足食，心无不满；天下的学者都贤德有才能；四方的少数民族以及鸟兽草木等生物都各得其宜。这才是欧阳公真正的快乐啊！一个山角落、一汪清泉水，哪里会是欧阳公的快乐所在呢？他只不过是在这里寄托他的感想啊！像欧阳公这样的贤人，韩愈死后几百年才产生一个。今天和他同游的宾客还不知道欧阳公那样的贤人是很难遇到的。千百年后，有仰慕欧阳公的为人，瞻仰他的遗迹，想要见到他的人，就会有没有与他同时代的感叹。到那时才知道很难遇到欧阳公。如此看来，凡是现在与欧阳公同游的人，能不感到欢喜和幸运吗？而我曾巩又能够用这篇文章托名在欧阳公文章的后面，又能不欢喜和庆幸吗？

庆历七年八月十五日记。

越州赵公救灾记

这是一篇调查记，记述赵抃在越州救灾的具体措施，意在表彰赵抃急民之难的负责精神和卓越的工作能力。同时也是总结赵抃救灾的经验，为后来的官员们制定救灾措施提供参考资料。在赵抃知越州前，曾巩曾任通判。那时越州出现灾荒，作者本人也参与过救灾工作，采用过类似赵抃所用的方法，因而这篇调查记能写得如此翔实、顺畅，而且富有感情。

本文的优点之一在于把十分琐碎的事情写得有条不紊，而另一个优点是，作者并未停留在对具体事实的叙述上，还写出了赵抃遇事当机立断、敢于承担责任，而做事兢兢业业、事必躬亲的作风，使人能更深地了解赵抃的为人。文章末尾说到作记目的，是从另一角度阐发赵抃救灾的意义，以衬托他的政绩之美。

原文

熙宁八年夏，吴越大旱。九月，资政殿大学士、右谏议大夫知越州赵公，前民之未饥，为书问属县：灾所被者几乡，民能自食者有几，当廪于官者几人，沟防构筑可僦民使治之者几所[①]，库钱仓廪可发者几何，富人可募出粟者几家，僧道士食之羡粟书于籍者其几具存[②]，使各书以对，而谨其备。

州县吏录民之孤老疾弱、不能自食者二万一千九百余人以告。故事，岁廪穷人，当给粟三千石而止。公敛富人所输及僧道士食之羡者，得粟四万八千余石，佐其费。

使自十月朔，人受粟日一升，幼小半之。忧其众相蹂也，使受粟者男女异日，而人受二日之食。忧其且流亡也，于城市郊野为给粟之所，凡五十有七，使各以便受之，而告以去其家者勿给。

计官为不足用也，取吏之不在职而寓于境者，给其食而任以事。不能自食者，有是具也。能自食者，为之告富人，无得闭粜。又为之出官粟，得五万二千余石，平其价予民。为粜粟之所，凡十有八，使籴者自便，如受粟。又僦民完城四千一百丈，为工三万八千，计其佣与钱，又与粟再倍之。民取息钱者，告富人纵予之，而待熟，官为责其偿。弃男女者，使人得收养之。

注释

①僦：雇用。

②羡粟：多余的粮食。羡，多余。

译文

熙宁八年夏天，吴、越一带发生了严重的旱灾。这年九月，资政殿大学士、右谏议大夫、知越州赵公，在老百姓未遭到饥荒威胁以前，就给所属各县下达文件，询问：有多少个乡受灾？百姓有能力自己养活自己的有多少户？应当由官府发给救济粮的有多少人？可以雇工修建的渠道、堤坝等工程有几处？仓库里的钱粮可以发出去的有多少？可以征募粮食的富户有多少？和尚、道士除口粮外，剩余的粮食记在账上的数目实际上还有多少？这些都要各县呈文报上，并且谨慎地做好准备。

州县官吏经过登记，报告说全州有孤儿、老人、病人、体弱等无法养活自己的人共二万一千九百多人。按以往的规矩，官府每年给穷人发救济粮，发到三千石就停止了。赵公通过征收富户人家上缴的粮食和和尚、道士剩余的粮食，共得谷子四万八千多石，就用它来补充救济粮的不足。

规定从十月初一开始，每人一天领救济粮一升，幼小的孩子每天领粮食半升。他担心人多，领粮时会发生相互践踏的情况，又规定男人和女人在不同的日子里领粮，每人一次领两天的口粮。又担心人们将要流亡在外，就在大小城镇和郊外设置发粮点五十七处，使各人就近领粮，并通知说，凡离开家的人都不发粮。

这样计算一下，官员们就不够用，于是便把那些不在职而家住在当地的官员们召集来，发给他们口粮并委任工作。对于无法养活自己的人，就用这些措施来解决困难。对那些有能力买粮养活自己的人，就告诉富人不能停止向他们卖粮。又为他们调出官仓里的粮食五万二千多石，用平常的价格卖给百姓。设置了18个卖粮点，使得人们买粮食就像领救济粮那样方便。又雇用民工修补城墙4100丈，做工之人38000人，按做工的工时给民工发工钱，又发给他们比一般定量多一倍的口粮。老百姓中有愿出利息借债的，官府就劝告富裕人家尽量把钱借出去，等到有了收成，再由官府责令他们还清借款。被人扔弃的小孩子，都让人们把他们收养起来。

原文

明年春，大疫，为病坊③，处疾病之无归者。募僧二人，属以视医药饮食，令无失所恃。凡死者，使在处随收瘗之。

法，廪穷人，尽三月当止，是岁尽五月而止。事有非便文者，公一以自任，不以累其属。有上请者，或便宜多辄行。公于此时，蚤夜惫心力不少懈，事细巨必躬亲。给病者药食，多出私钱。民不幸罹旱疫，得免于转死，虽死，得无失敛埋，皆公力也。

是时旱疫被吴越，民饥馑疾疠④，死者殆半，灾未有巨于此也。天子东向忧劳，州县推布上恩，人人尽其力。公所拊循，民尤以为得其依归。所以经营绥辑先后终始之际⑤，委曲纤悉，无不备者。其施虽在越，其仁足以示天下；其事虽行于一时，其法足以传后。盖灾沴之行，治世不能使之无，而能为之备。民病而后图之，与夫

先事而为计者，则有间矣；不习而有为，与夫素得之者，则有间矣。予故采于越，得公所推行，乐为之识其详，岂独以慰越人之思，将使吏之有志于民者，不幸而遇岁之灾，推公之所已试，其科条可不待顷而具，则公之泽岂小且近乎！

公元丰二年以大学士加太子少保致仕，家于衢。其直道正行在于朝廷，岂弟之实在于身者，此不著。著其荒政可师者，以为《越州赵公救灾记》云。

注释

③病坊：收容病人的地方。

④饥馑：谷不熟为饥，蔬不熟为馑。

⑤绥辑：安顿。

译文

第二年春天，瘟疫十分严重。于是官府又设置了收养病人的处所，来安排那些身患疾病而又无家可归的人。还招来两位僧人，委托他们照料病人的医药、饮食，让那些病人不要失去依靠。凡是死了人，便叫当地的人就地收殓埋葬。

按规定，每年给穷人发放救济粮满了三个月就停止，这一年发了五个月才结束。凡是不便用公文处理的事情，赵公一概承担责任，不让下属官员受到连累。下面向他请示的事情，只要对救灾有好处，便立即批准实行。赵公在这段时间内，早晚疲惫，劳心费力，从未稍微松懈过，事无大小都亲自处理。给病人吃药、吃饭的开销多半是他私人出的钱。老百姓不幸遇上旱灾和瘟疫，能够避免在逃亡、流浪中死去，即使死了也不会无人收殓埋葬，都是靠赵公的力量。

这两年干旱、瘟疫遍及吴越一带，老百姓受到饥荒、瘟疫的折磨，死去的人将近一半，灾情再没有比这更严重的了。皇帝为东南方的灾民忧心劳神，州县官吏把皇帝的恩惠带给广大人民，人人都尽了自己的力量。赵公对百姓的抚慰，使他们尤其感到有了依靠和归宿。他用来筹划安顿百姓，哪件事先做、哪件事后做、如何开始、如何结束的措施周到细致，没有一处考虑得不全面。他的德政虽然只在越州推行，但他对人民的仁爱却可以作天下的示范；他的措施虽然只是在短时间内实行，但他这套方法却值得传给后人。

大致灾害疾疫的发生，太平时代也不能避免，但可以预先做好防备。等到老百姓受了灾，处于困境以后再来想办法，和事先就谋划好，二者是有很大的差别的；不经过学习就去办事，和平时注意学习、积累经验，那也是有很大差别的。所以我到越州采访，搜集到赵公推行的一套办法，很高兴地把它们详细记了下来。我这样做，不只是用来抚慰越州百姓对赵公的思念，还将使那些有志于为人民做好事的官员们在不幸遇到灾年时，能推行赵公已经试行过的办法，很快地制定出规章条例。这样看来，赵公的恩泽怎么能说是很小、只是影响到一时一地呢？

赵公在元丰二年以大学士加太子少保的身份辞职退休，住在衢州。他正直的道德行为表现在朝廷里，平易近人的品质表现在他的身上，这些不记述了。这里只记他那些可以效仿的救灾措施，把它写成《越州赵公救灾记》。

赠黎安二生序

本文针对黎生提出写古文遭到当时人嘲笑一事，提出作文要志于道，不取悦于世俗的主张，勉励黎安二生坚持学习古文，反对只迎合流俗的俗文。文章从“迂阔”二字生发出议论，结合自己的体会娓娓而谈，循循善诱。

原文

赵郡苏轼，予之同年友也[①]。自蜀以书至京师遗予，称蜀之士曰黎生、安生者。

既而黎生携其文数十万言，安生携其文亦数千言，辱以顾予。读其文，诚闳壮隽伟，善反复驰骋，穷尽事理，而其才力之放纵，若不可极者也。二生固可谓魁奇特起之士，而苏君固可谓善知人者也。

顷之，黎生补江陵府司法参军[②]，将行，请予言以为赠。予曰：“予之知生，既得之于心矣，乃将以言相求于外邪？”黎生曰：“生与安生之学于斯文，里之人皆笑以为迂阔。今求子之言，盖将解惑于里人。”

注释

①赵郡：后魏置，宋初称赵州，今属河北。唐朝武则天时担任宰相的苏味道，是赵郡人，贬为眉州（四川眉山）刺史，子孙世居眉州。苏轼就是他的后裔。曾巩本文称赵郡苏轼，是指他的祖籍。

②江陵府：治所在今湖北江陵县。司法参军：官名，州府官的属员。

译文

赵州人苏轼是我同年考中进士的朋友。他从四川写了一封信寄到京城给我，信里称赞两位四川的读书人黎生和安生。

不久，黎生带着他的文章几十万字，安生也带着他的文章也有几千字，屈尊前来拜访我。读他们的文章，的确是气势雄壮，文辞俊逸伟丽，善于反复论辩，讲清事物、说清道理，他们奔放的才华，看来不可估量。他们两个人确实称得上是卓越奇伟、出类拔萃的读书人，而苏君也确实称得上是善于了解别人的人！

不久，黎生补任江陵府司法参军，将要赴任时，请我写几句话作为临别的赠言。我说："我对你的了解，已经在心里深知了。难道还要我用语言表达出来吗？"黎生说："我和安生学写古文，家乡的人都讥笑我们，认为我们是不切实际、死心眼的人。如今请您赠言，是为了解除乡里人的困惑。"

原文

予闻之，自顾而笑。夫世之迂阔，孰有甚于予乎？知信乎古，而不知合乎世；知志乎道而不知同乎俗。此余所以困于今而不自知也。世之迂阔，孰有甚于予乎？今生之迂，特以文不近俗，迂之小

者耳，患为笑于里之人。若予之迂大矣，使生持吾言而归，且重得罪，庸讵止于笑乎？然则若予之于生，将何言哉？谓予之迂为善，则其患若此；谓为不善，则有以合乎世，必违乎古，有以同乎俗，必离乎道矣。生其无急于解里人之惑，则于是焉，必能择而取之。遂书以赠二生，并示苏君，以为何如也？

译文

我听了这些，自觉好笑。在这个世界上，不切实际、死心眼的，还有谁超过我呢？只知道相信古代而不知道迎合当今的世情，只知道笃志于道而不知道随俗浮沉。这就是我一直穷困到现在而不知醒悟的原因啊！世上的死心眼，有谁能超过我呢？现在你们的死心眼，只不过是文章不近世俗。这只是很小的迂，还担心被家乡人耻笑。像我的迂才是大迂，如果你们带着我的赠言回去，将会招来更多的指责。岂止是讥笑啊？既然这样，我还能对你们说什么呢？说我的迂是好的吧，那么它的害处我已经说了；说是不好吧，那就有一些东西迎合了世俗，一定会违背古人的；苟同流俗，也就会背离圣贤之道。你们不要急于解除家乡人的困惑，对此，人们一定能区别是非选取好的。于是我写了这些话赠给二生，并给苏君看看。你们认为怎么样？

《战国策》目录序①

这是曾巩校勘整理《战国策》后，为书作的目录序。整篇序言是围绕对刘向说法的批驳而展开的。序文摆出刘向的论点后，就正面阐述儒家先王之道不可变，只能以道为本、以法适变的道理。并赞扬孔、孟阐明先王之道是“因其所遇之时，所遭之变而为当世之法”，他们这样做才是坚持正道、不为流俗所惑。再用战国时代谋士们论诈言战的投机行为和孔、孟对照，揭露他们的言行并非顺应时势，“不得不然”。批驳了刘向的观点之后，文章转而谈到对《战国策》的处置意见，过渡得十分自然。作者提出对一种错误学说的否定，不能采用毁灭书籍的办法，而应将邪说的内容公布于世，让大家鉴别以引起警惕，自然而然地消除影响。全文结构谨严，条理清晰，言词简洁，立论精到，是曾巩书序中的代表作。

原文

刘向所定《战国策》三十三篇，《崇文总目》称第十一篇者阙②。臣访之士大夫家，始尽得其书，正其误谬，而疑其不可考者，然后《战国策》三十三篇复完。

叙曰：向叙此书，言周之先，明教化，修法度，所以大治。及其后，谋诈用，而仁义之路塞，所以大乱③。其说既美矣，卒以谓此书，战国之谋士度时君之所能行，不得不然，则可谓惑于流俗而不笃于自信者也④。

夫孔、孟之时，去周之初已数百年，其旧法已亡、旧俗已熄久

矣[⑤]。二子乃独明先王之道，以谓不可改者，岂将强天下之主，以后世之不可为哉？亦将因其所遇之时、所遭之变，而为当世之法，使不失乎先王之意而已。二帝三王之治，其变固殊，其法固异，而其为国家天下之意，本末先后，未尝不同也[⑥]。二子之道，如是而已。盖法者所以适变也，不必尽同；道者，所以立本也，不可不一，此理之不易者也，故二子者守此，岂好为异论哉？能勿苟而已矣。可谓不惑乎流俗而笃于自信者也。

注释

①《战国策》：书成于战国末年，刘向整理为33篇。该书主要记载战国时期各国游说之士的策谋、言论和活动，反映的是纵横家的思想。书按国别排列，依次为西周、东周、秦、齐、楚、赵、魏、韩、燕、宋、卫、中山。刘向《战国策书录》："臣向因国别者，略以时次之，分别不以序者以相补，除复重得三十三篇，本字多误脱为半字，以小为肖，以齐为立，如此字者多，中书本号或曰国策，或曰国事，或曰短长，或曰事语，或曰长书，或曰修书。臣向以为战国时，游士辅所用之国。为之策谋，宜为《战国策》。其事继《春秋》以后，讫楚、汉之起，245年间之事。"

②刘向（前77—前6年）：本名更生，字子政，沛（今江苏省沛县）人。西汉经学家、目录学家、文学家。著有《说苑》《新序》《列女传》等书。《崇文总目》：宋代时国家的书目总集。由翰林学士王尧臣等人编纂而成。书目共分66卷，著录崇文院（皇家藏书院）所藏书30669卷，按类排列。

③叙：同"序"。修：修治。法度：制度，规矩。

④笃：深厚坚定。

⑤孔、孟之时：孔、孟分别生活在公元前六世纪、四世纪，距西周初期为五百年到七百年左右。

⑥二帝：指唐尧、虞舜。三王：指夏禹、商汤、周武王。本末：本指树木的根本和树梢，引申为主次。

译文

刘向编定的《战国策》共三十三篇，《崇文总目》说它缺少第十一篇。我到士大夫家去访求，才统统找到它们，校正了其中错误的地方，那些不能考明的地方暂时存疑，然后《战国策》三十三篇就完整了。

我说：刘向给《战国策》写的《书录》，说周朝初期，实行教育感化，修治法令制度，所以天下大治。到了后来，计谋欺诈盛行，仁义之路被堵塞，所以天下大乱。他的说法都是很好的，但他在文章的最后认为，这本书是战国时代的谋士揣测当时的国君所能实行的是什么，才不得不这样说。这可以说，他是被世俗的见解所迷惑，而不能坚定地相信自己的人了。

孔子、孟子的时代，距离周朝初期已经好几百年，周朝的老办法已经消失，旧时的习俗也已经消亡很久了。孔子、孟子就独自阐明唐尧、虞舜、夏禹、商汤、周文王、武王治国的原则，认为是不可改变的，难道是用后世所不能办的事去强迫当时天下的国君吗？他们只不过是要根据他们所碰上的时代，所遭遇的变化，而提出当时应当实行的主张，使那些主张不背离先王们的用意罢了。二帝三王治理天下，他们之间的改变，本来各不相同，他们的办法，本来就有差别，而他们治理国家天下的用意，以什么为根本，以什么为末事，先干什么，后干什么，未尝不相同。孔孟之道，也不过如此罢了。法，只是用来适应变化，不一定完全相同；道，是用来确立根本的原则，不能够不统一。这是不可改变的道理。所以孔子、孟子坚持这个原则，难道是喜欢提出不同的言论主张吗？能够做到不苟且就行了。他们可以说是不被世俗的见解所迷惑，而能坚定地相信自己的人了。

原文

战国之游士则不然，不知道之可信，而乐于说之易合，其设心注意，偷为一切之计而已⑦。故论诈之便而讳其败，言战之善而蔽其患⑧。其相率而为之者，莫不有利焉而不胜其害也；有得焉而不胜其失也。卒至苏秦、商鞅、孙膑、吴起、李斯之徒以亡其身，而诸侯及秦用之者，亦灭其国，其为世之大祸明矣，而俗犹莫之寤也⑨。惟先王之道，因时适变，为法不同而考之无疵、用之无弊，故古之圣贤，未有以此而易彼也。

或曰："邪说之害正也，宜放而绝之⑩，则此书之不泯可乎？"对曰："君子之禁邪说也，固将明其说于天下，使当世之人，皆知其说之不可从，然后以禁，则齐。使后世之人，皆知其说之不可为，然后以戒，则明。岂必灭其籍哉！放而绝之，莫善于是。是以孟子之书，有为神农之言者，有为墨子之言者，皆著而非之。至于此书之作，则上总《春秋》，下至楚、汉之起，二百四五十年之间，载其行事，固不可得而废也。"

此书有高诱注者二十一篇，或曰三十二篇，《崇文总目》存者八篇，今存者十篇。

注释

⑦游士：游说之士。设心注意：指用意企图。设：用，筹划。注：集中。偷：苟且。一切之计：权宜之计。《汉书·平帝纪》："元始元年春正月，……赐天下民爵一级，吏在位200石以上，一切满秩如真。"颜师古注："时诸官有试守者。物加非常之恩，令如真耳。……一切者，权时之事，非经常也。犹如以刀切物，苟取整齐，不顾长短纵横，故言一切。"

⑧便：便宜，指有好处。讳：忌讳，隐讳。

⑨苏秦：字季子，东周洛阳人，战国时著名政治家，纵横家代表人物。他主张"合纵"共同对付秦国。后佩六国相印，为纵约长。后被齐人所杀。商鞅：战国时卫国人，姓公孙氏。他帮助秦孝公变法，使秦国得以富强。后被车裂。

⑩放：放弃。绝：断绝。

译文

战国时代的游说之士却不是这样，他们不懂得道是可信的，却喜欢他们的言论容易与国君的想法相合；他们居心用意，只是苟且地提出一时权宜的策略罢了。所以他们谈论欺诈的好处，而讳言欺诈的失败；夸耀战争的好处，而隐瞒战争带来的祸患。他们互相沿袭去做的事，不是没有利，但是不能超过它的害处；不是没有所得，但是不能超过所失。最后到苏秦、商鞅、孙膑、吴起、李斯之辈，因此而失去了他们的身躯；而任用他们的诸侯和秦国，也使自己的国家遭到灭亡。游说之士的那套办法是社会的大灾祸再明白不过了！但世俗之人对它还没有觉悟过来，只有先王之道，根据时代，适应变化，做法不同。对它加以考察，它没有缺点；用它治理国家，不会发生弊病。所以古来的圣贤没有用先王的原则去与游士之说作交换的。

有人说："邪伪之说对正确的原则是有害的，应当弃绝它。那么《战国策》

这部书不消灭，行吗?”我回答说:“有道德有学问的人要禁止邪说，本来应向天下的人说明那些邪说，使当时的人，都知道邪说不能信从，然后加以禁止才能统一认识；使后代的人，都懂得邪说不能照着办，然后加以告诫才能使人明白。难道一定要消灭这部书吗?”要弃绝邪说，没有比这个办法更好的了。所以孟子的书里，把农家的学说、墨家的言论都记载下来并加以驳斥。至于《战国策》的写作，往上紧接着《春秋》，往下到楚、汉的兴起，共245年，记载了其间的历史事迹，根本就不可能废弃。

这部书有东汉高诱注解的21篇，有人说是32篇；《崇文总目》中记有八篇，现在存在的共10篇。